季羡林：国学大师斑斓人生书系

我的黛蓝时代

季羡林——著

浙江出版联合集团
浙江人民出版社

目 录

第一辑　天竺心影

第二辑　尼泊尔行

第三辑　曼谷美城

第四辑　他国之旅

第五辑　台游随笔

第六辑　北国风光

第七辑　南国风光

第一辑

天竺心影

楔　子

我走在罗湖桥上。

这是一座非常普普通通的桥，如果它坐落在其他地方，决不会引起任何人的注意，甚至不会令人感到它的存在。何况我走过这座桥，至少已经有三四次了。因此，当我踏上桥头的时候，我的心情是很平静的，平静得有如古井静水，没有任何涟漪。

然而，却出现了我意想不到的情况。

我猛然一抬头，看到十几米以外，对面桥头上站着一位解放军，草绿色的军帽，草绿色的军衣，整洁朴素，雍容大方，同国内天天见到的成千上万的解放军一样，也没有什么特异之处；而且就在一个月以前我还是天天看到他们的，当时，对他们简直可说是视若无睹。然而，此时此地，军帽上那一颗红星，领子上那两块红色领章，却闪出了异样的光彩，赫然像一团烈火，照亮了我的眼睛，照亮了我的心。我心里猛然一震动，泪水立刻夺眶而出：我最可爱的祖国，我又踏上你的土地了，又走到你的怀抱里来了。我很想俯下身去，吻一吻祖国的土地；但我终于控制住了自己，仍然走上前去。

更令我吃惊的是，在这无比快乐的心潮中，却有一点淡淡的哀愁在。这是什么原因呢？刚分手不久的印度人民、印度朋友的音容笑貌又突然出现在我的眼前，回荡在我的耳边。其中有老人，也有青年；有工人，也有农民；有大学生，也有大学教授；有政府官员，也有全印柯棣华大夫纪念委员会和印中友好协会的领导人。“印中友好万岁”“印地秦尼巴依巴依”（“印中人民是兄弟”）的喊声我又仿佛能够听到；那种充满了热情的眼神，我又仿佛能够感到；那一双双热乎乎的手，我又仿佛能够握到；老教授朗诵自己作的欢迎诗的声音，年轻的男女大学生致欢迎词的清脆的声音，我又仿佛能够听到；万人大会上人群像汹涌的大海的情景，我又仿佛能够看到。我的脖子上又仿佛感到沉重起来，成串的红色的、黄色的、蓝色的、棕色的花环仿佛又套上我的脖子，花香直刺我的嗅官。

这一切都是说不完道不完的。

然而现在哪里去了呢？

中国古诗上说：“马后桃花马前雪，教我哪得不回头？”我想改一下：“桥前祖国桥后印，教我前后两为难。”杜甫的诗说：“明日隔山岳，世事两茫茫。”我也想改一下：“今日隔山岳，世事两茫茫。”印度对我已经有点茫茫了。

我们在印度的时候，经常对印度人民说：“我给你们带来了中国人民的友谊，我也将把你们的友谊带回中国去，带给中国人民。”然而友谊究竟应该怎么个带法呢？友谊确确实实是存在的，但却是我看不到摸不着，既无形体，又无气味；既无颜色，又无分量。成包地带，论斤地带，都是毫无办法的。唯一的办法，就是用我们的行动带。对我这样喜欢舞笔弄墨的人来说，行动就是用文字写下来，让广大的中国人民都能读到，他们虽然不能每个人都到印度去，可是他们能在中国通过文字来分享我们的快乐，分享印度人民对中国人民的友情。

一说到舞笔弄墨，我就感到内疚于心。我虽然舞得不好，弄得不好，却确实舞过弄过，而且舞弄了已经几十年了。但是到印度来之前，我却一点想舞想弄的意思都没有，我带来了一个笔记本，上面连一个字也没有写。为什么呢？原因很多，我在这里不去谈它了。总之是什么也不想写。

在印度过了半个多月以后，今天又回到祖国。我现在走在罗湖桥上，一时万感交集，奔突脑海。我深深地感觉到：如果我不把我的经历写下来，那就好像是对印度人民犯了罪，也好像是对中国人民犯了罪；至少也是自私自利的行为。我的内心在催促着我，在驱策着我。不管舞弄得好或坏，我只好舞弄它一下子了。于是过去三十年来积压在心头的东西一下子腾涌起来。我自己也难以说明白，为什么在过去这样长的时间竟基本上什么也没有写。写成的一点点东西，竟也没有拿出去发表——论中印友好的文章，我确实还是写了一些。但是我自己的亲身感受却是没有去碰。这究竟是为什么呢？我说不出。

我现在脑海里乱得很，里面好像在过电影。这些电影片有旧的、有新的。按理说，新的总应该比旧的清晰一些。但是有时候也不尽然。有的旧的比新的还要清晰，还要色彩绚丽。有时候我自己也分不出哪新哪旧。既然这些影片非要转变成文字不可，那就让它们转一转吧。至于是新是旧，那是无关紧要的，我也不去伤那个脑筋加以分辨；反正都是发生在印度大地上，发生在我的眼前，反映到我的心中，现在又在我笔下转变成了文字。

《儒林外史》上有一个回目叫："说楔子敷陈大义。"我也在这里敷陈大义。什么是我的大义呢？我的大义就是中印两国人民的传统的、既古老又崭新的友谊。下面的故事和经历，虽然有前有后，而且中间相距将近三十个年头。时移世变，沧海桑田，难免有一些变化，但是哪一个也离不开这个"大义"。而且这个"大义"不但在眼前起作用，在将来也还要起作用，要永远地起作用。这就是我坚定的信念。我相信，这也会是印度人民的坚定的信念。

1979年10月11日

初抵德里

机外是茫茫的夜空，从机窗里看出去，什么东西也看不见。黑暗仿佛凝结了起来，凝成了一个顶天立地的黑色的大石块。飞机就以每小时二千多里的速度向前猛冲。

但是，在机下二十多里的黑暗的深处，逐渐闪出了几星火光，稀疏，暗淡，像是寥落的晨星。一转眼间，火光大了起来，多了起来，仿佛寥落的晨星一变而为夏夜的繁星。这一大片繁星像火红的珍珠，有的错落重叠，有的成串成行，有的方方正正，有的又形成了圆圈，像一大串火红的珍珠项链。

我知道，德里到了。

德里到了，我这一次远游的目的地到了。我有点高兴，但又有点紧张，心里像开了锅似的翻腾起来。我自己已经有二十三年的时间没有到印度来了。中间又经历了一段对中印两国人民来说都是不愉快的时期。虽然这一点小小的不愉快在中印文化交流的长河中只能算是一个泡沫；虽然我相信我们的印度朋友绝不会为这点小小的不愉快所影响；但是到了此时此刻，当我们乘坐的飞机就要降落到印度土地上的时候，我脑子里的问号一下子多了起来。印度人民现在究竟想些什么呢？我不知道。他们怎样看待中国人民呢？我不知道。我本来认为非常熟悉的印度，一下子陌生起来了。

这不是我第一次访问印度，我以前已经来过两次了。即使我现在对印度似乎感到陌生，即使我对将要碰到的事情感到有点没有把握，但是我对过去的印度是很熟悉的，对过去已经发生的事情是很有把握的。

我第一次到印度来，已经是二十七年前的事情了。同样乘坐的是飞机，但却不是从巴基斯坦起飞，而是从缅甸；第一站不是新德里，而是加尔各答；不是在夜里，而是在白天。因此，我从飞机上看到的不是黑暗的夜空，而是绿地毯似的原野。当时飞机还不能飞得像现在这样高，机下大地上的一切都历历如在目前。河流交错，树木蓊郁，稻田棋布，小村点点，好一片锦绣山河。有时甚至能看到在田地里劳动的印度农民，虽然只像一个小点，但却清清楚楚，连妇女们穿的红绿沙丽都清晰可见。我虽然还没有踏上印度土地，但却似乎已经熟悉了印度，印度对于我已经不陌生了。

不陌生中毕竟还是有点陌生。一下飞机，我就吃了一惊。机场上人山人海，红旗如林。我们伸出去的手握的是一双双温暖的手。我们伸长的脖子戴的是一串串红色、黄色、紫色、绿色的鲜艳的花环。我这一生还是第一次戴上这样多的花环。花环一直戴到遮住我的鼻子和眼睛。各色的花瓣把我的衣服也染成各种颜色。有人又向我的双眉之间、双肩之上，涂上、洒上香油，芬芳扑鼻的香气长时间地在我周围飘拂。花香和油香汇成了一个终生难忘的印象。

即使是终生难忘吧，反正是已经过去的事了。我第二次到印度来只参加了一个国际会议，不算是印度人民的客人。停留时间短，访问地区少，同印度人民接触不多，没有多少切身的感受。现在我又来到了印度。时间隔得长，中间又几经沧桑，世局多变。印度对于我就成了一个谜一样的国家。我对于印度曾有过一段从陌生到熟悉的过程，现在又从熟悉转向陌生了。

我就是带着这样一种陌生的感觉走下了飞机。因为我们是先遣队，印度人民不知道我们已经来了，因此不会到机场上来欢迎我们，我们也就无从验证他们对我们的态度。我们在冷冷清清的气氛中随着我们驻印度使馆的同志们住进了那花园般的美丽的大使馆。

我们的大使馆确实非常美丽。庭院宽敞，楼台壮丽，绿草如茵，繁花似锦。我们安闲地住了下来。每天一大早，起来到院子里去跑步或者散步。从院子的一端到另一端恐怕有一两千米。据说此地原是一片密林。林子里有狼、有蛇、有猴子，也有孔雀。最近才砍伐了密林，清除了杂草，准备修路盖房子。有几家修路的印度工人就住在院子的一个角落上。我们散步走到那里，就看到他们在草地上生上炉子，煮着早饭，小孩子就在火旁游戏。此外，还有几家长期甚至几代在中国使馆工作的印度清扫工人，养花护草的工人，见到我们，彼此就互相举手致敬。最使我感兴趣的是一对孔雀，它们原来是住在那一片密林中的。密林清除以后，它们无家可归。夜里不知道住在什么地方。可是每天早晨，还飞回使馆来，或者栖息在高大的开着红花的木棉树上，或者停留在一座小楼的阳台上。见到我们，仿佛吃了一惊，连忙拖着沉重的身体缓慢地飞到楼上，一转眼，就不见了。但是，当我们第二天跑步或散步到那里的时候，又看到它们蹲在小楼的栏杆上了。

日子就这样悠闲地过去。我们的团长在访问了孟加拉国之后终于来到德里。当我到飞机场去迎接他们的时候，我的心情仍然是非常悠闲的，我丝毫也没有就要紧张起来的思想准备。但是，一走近机场，我眼前一下子亮了起来：二十七年前在加尔各答机场的情景又出现在眼前了。二十七年好像只是一刹那，中间那些沧海桑田，那些多变的世局，好像从来没有出现过。我看到的是高举红旗的印度青年，一个劲地高喊“印中是兄弟”的口号。恍惚间，仿佛有什么人施展了仙术，让我一下子返回到二十七年以前去。我心里那些对印度从陌生到熟悉又从熟悉到陌生的感觉顿时涣然冰释。我多少年来向往的印度不正是眼前的这个样子吗？

因为飞机误了点，我们在贵宾室里待的时间就长了起来。这让我非常高兴，我可以有机会同迎接中国代表团的印度朋友们尽兴畅叙。朋友中有旧知，也有新交。对旧知是“有朋自远方来，不亦乐乎”！对新交是“乐莫乐兮新相知”。各有千秋，各极其妙。但是，站在机场外面的印度人民，特别是德里大学和尼赫鲁大学的教师和学生，也不时要求我们出去见面。当然又是戴花环，又是涂香油。一回到贵宾室，印度的新闻记者，日本的新闻记者，还有一些不知道从哪儿来的新闻记者，以及电台录音记者、摄影记者，又一拥而上，相机重重，镁光闪闪，一个个录音喇叭伸向我们嘴前，一团热烈紧张的气氛。刚才在汽车上还保留的那种悠闲自在的心情一下子消逝得无影无踪了。对我来说，这真好像是一场遭遇战；然而这又是多么愉快而兴奋的遭遇战啊！回想几天前从巴基斯坦乘飞机来印度时那种狐疑犹豫的心情，简直觉得非常好笑了。我的精神一下子抖擞起来，投入了十分紧张、十分兴奋、十分动人、十分愉快的对印度的正式的访问。

1979年10月

在德里大学和尼赫鲁大学

我一生都在大学中工作，对大学有兴趣，是理所当然的，而别人也认为我是大学里的人。因此，我同大学，不管是国内的，还是国外的，发生联系，就是不可避免的了。

这也就决定了我到德里后一定要同那里的大学发生一些关系。

但我却绝没有想到，素昧平生的德里大学和尼赫鲁大学竟然先对我发出了邀请。我当然更不会想到，德里大学和尼赫鲁大学会用这样热情隆重到超出我一切想象的方式来欢迎我这个微不足道的人物。也许是因为我懂一点梵文和巴利文，翻译过几本印度古典文学作品，在印度有不少的朋友，又到过印度几次，因此就有一些人知道我的名字。但是实际上，尽管我对印度人民和印度文化怀有深厚的敬意，我对印度的了解却是非常肤浅的。

二十七年前，当我第一次访问印度的时候，尼赫鲁大学还没有建立，德里大学我曾来过一次。当时来的人很多，又是一个非常正式的场合，所以见的人多，认识的人少。加之停留时间非常短，又相隔了这样许多年，除了记得非常热闹以外，德里大学在我的印象中已颇为模糊了。

这一次旧地重游，到的地方好像是语言学科和社会科学学科所在地。因为怕我对这里不熟悉，拉吉波特·雷易教授特地亲自到我国驻印度大使馆来接我，并陪我参观。在门口欢迎我们的人并不多，我心里感到有点释然。因为事前我只知道，是请我到大学里来参观，没有讲到开会，更没有讲到要演讲，现在似乎证实了。然而一走进会场，却使我吃了一惊，那里完完全全是另一番景象。会场里坐满了人，门外和过道还有许多人站在那里，男、女、老、少都有。里面显然还有不少的外国人，不知道是教员还是学生。佛学研究系的系主任和中文日文系的系主任陪我坐在主席台上。我心里有点打起鼓来。但是，中国古语说，既来之，则安之。既然安排了这样一个环境，也就只好接受下来，不管我事前是怎样想的，到了此刻都无济于事。我的心一下子平静下来。

首先由学生代表致欢迎词。一个女学生用印地语读欢迎词，一个男学生用中文读。欢迎词中说：

在德里大学的历史上，这是我们第一次欢迎北京大学的教授来访问。我们都知道，北京大学是中国的主要的大学之一，也是世界闻名的大学之一。它曾经得到“民主堡垒”的盛名。我们希望通过季羡林教授的访问在北京大学和德里大学之间建立一座友谊的桥梁。我们希望从今以后会有更多的北京大学的学者来访问德里大学。我们也希望能有机会到北京大学去参观、学习。

欢迎词中还说：

中国跟印度有两千年的友好往来。印度佛教徒图澄、鸠摩罗什、菩提达摩跟成百的其他印度人把印度文化的精华传播到中国。四十年前，印度医生柯棣华、巴苏华跟其他医生，不远千里去到中国抗日战争前线治疗伤病员。柯棣华大夫为中国人民的解放事业贡献出自己的生命。同样，中国的佛教徒法显、玄奘跟义净已经变成印度老幼皆知的名字。他们留下的记载对印度历史的研究作出了卓越的贡献。

这些话使我们在座的中国同志都感到很亲切，使我们很感动。长达几千年的传统的友谊一下子把我们的心灵拉到一起来了。

学生代表致过欢迎词以后，佛学研究系系主任辛格教授又代表教员致词。他首先用英文讲话，表示对我们的欢迎，接着又特地用梵文写了一首欢迎我的诗。在这里，我感觉到，所有这一切都不只是对北京大学的敬意，而是对中国所有大学的敬意，北京大学只不过偶尔作为象征而已。当然更不是对我个人的欢迎，而是对新中国所有大学教员和学员的欢迎，我只不过是偶尔作为他们的象征而已。

然而，当这样一个象征，却也并非易事。主人致过欢迎词以后，按照国际上的不成文法，应该我说话了。我的心情虽然说是平静了下来，但是要说些什么，却是毫无准备。当主人们讲话的时候，我是一方面注意地听，一方面又紧张地想。在这样一个场合，应该说些什么呢？说什么才算是适宜得体呢？我对于中印文化交流的历史曾做过一些研究，积累过一些资料。我也知道，印度朋友最喜欢听的也是这样的历史。我临时心血来潮，决定讲一讲中印文化交流从什么时候开始的问题。这是一个争论颇多的问题。我有我自己的一套看法，我就借这个机会讲了出来。我不同意那种认为中印文化交流开始于佛教的传入的说法，也就是说，中印文化交流始于公元一世纪。我认为要早得多，至少要追溯到公元前三四世纪的屈原时代。在屈原的《天问》中有“顾菟在腹”这样一句话。“顾菟”虽然有人解释为“蟾蜍”，但汉以来的注释都说是兔子。月亮里有兔子的神话在印度极为流行。唐玄奘《大唐西域记》卷第七婆罗痆斯国就有三兽窣堵波的记载：

劫初时，于此林野，有狐、兔、猿，异类相悦。时天帝释欲验修菩萨行者，降灵应化为一老夫，谓三兽曰：“二三子善安隐乎？无惊惧耶？”曰：“涉丰草，游茂林，异类同欢，既安且乐。”老夫曰：“闻二三子情厚意密，忘其老弊，故此远寻。今正饥乏，何以馈食？”曰：“幸少留此，我躬驰访。”于是同心虚己，分路营求。狐沿水滨，衔一鲜鲤，猿于林树，采异花果，俱来至止，同进老夫。惟兔空还，游跃左右。老夫谓曰：“以吾观之，尔曹未和。猿、狐同志，各能役心，惟兔空还，独无相馈。以此言之，诚可知也。”兔闻讥议，谓狐、猿曰：“多聚樵苏，方有所作。”狐、猿竞驰，衔草曳木，既已蕴崇，猛焰将炽。兔曰：“仁者：我身卑劣，所求难遂，敢以微躬，充此一餐。”辞毕入火，寻即致死。是时老夫复帝释身，除烬收骸，伤叹良久，谓狐、猿曰：“一何至此！吾感其心，不泯其迹，寄之月轮，传乎后世。”故彼咸言，月中之兔，自斯而有。

在汉译佛典里面，这个故事还多次出现。根据种种迹象，这个神话可能就源于印度，然后传入中国，写入屈原的著作中。那么中印文化交流至少已有二千三四百年的历史。如果再说到二十八宿，中印都有这个名称，这个历史还可能提前许多年。总之，我们两国的文化交流源远流长，至今益盛，很值得我们两国人民引为骄傲的了。

我这一番简单的讲话显然引起了听众的兴趣。欢迎会开过之后，我满以为可以参观一下，轻松一下了。然而不然。欢迎会并不是高潮，高潮还在后面。许多教员和学生把我围了起来，热烈地谈论中印文化交流的问题。但是他们提出的问题又不限于中印文化交流。有的人问到四声、反切。有的人问到中国古代有关外国的记载，比如《西洋朝贡典录》之类。有的人甚至问到梵文文学作品的翻译。有的人问到佛经的中译文。有的人甚至问到人民公社，问到当前的中国教育制度，等等，等等。实际上我对这些东西都只是一知半解。可能是由于多年没有往来，今天偶尔碰到我这样一个人，印度朋友们就像找到一本破旧的字典，饥不择食地查问起来了。

但是，印度朋友们也并不光是想查字典，他们还做一些别的事情。有的人递给我一杯奶茶。有的人递给我一碟点心。有的人拿着笔记本，让我签上名字。有的人拿着照相机来照相。可是，实际却茶也喝不成，点心也吃不成，因为很多人同时挤了上来，许多问题从不同的嘴里同时提了出来。只有一个眼观六路耳听八方的人才能应付裕如，我却绝非其人。我简直幻想我能够像《西游记》上的孙悟空那样，从身上拔下许多毫毛，吹一口气，变成许许多多的自己，来同时满足许多印度朋友的不同的五花八门的要求。当然这只是一种幻想。我只是一个肉身的人，不是神仙，我只剩下出汗的本领，只有用满头大汗来应付这种局面了。

但是，我心里是愉快的。印度朋友们渴望了解新中国的劲头，他们对中国来宾招待的热情，所有那一天到德里大学去的中国同志都深深地被感动了。我自己是首当其冲，内心的激动更无法细说。但是，我内心里又有点歉然，觉得自己知道的东西实在太少，完全不能满足热情的印度朋友对我的要求和期望。拉吉波特·雷易教授很有风趣地说："整个校园都变得发了疯似的了！"情况确实是这个样子。整个校园都给浓烈的中印友谊的气氛所笼罩了。

我万万没有想到，在忙碌了一早晨之后到德里大学餐厅去吃午饭的时候，竟然遇到了中国人民的老朋友、印度著名的经济学家吉安·冒德教授。50年代初，我们访问印度的时候，他曾招待过我们。在新德里和加尔各答，都受到他热情的欢迎。后来他又曾访问过中国，好像还会见了毛主席和周总理。他一直从事促进中印友好的工作。但是在过去二十多年的漫长的时间内，我几乎没有听到他的消息。说句不好听的话，我以为像他那样大的年龄，恐怕早已不在世上了。谁知道他竟像印度神话里讲的某一个神灵那样，突然从天上降落到人间，今天站在我的面前了。这意外的会面更提高了我本来已经很高的兴致，也使我很激动。以他这样的高龄，腿脚又已经有点不方便，由一个人搀扶着，竟然还赶到大学里来会见我们这些中国朋友，怎能不令人激动？我握住了他的手，笑着问他高寿，他很有风趣地说："我刚刚才八十六岁。"这话引得旁边的人都大笑起来，他自己也笑了起来，笑得像一个年轻人那样天真，那样有力。我知道，这一位老人并不服老。为了印度人民，为了中印两国人民的友好，他将硬朗地活下去。我们也希望这一位"刚刚才八十六岁"的老而年轻的人活下去，我衷心祝愿他长寿！

隔了一天，我们又应邀到尼赫鲁大学去参观访问。情况同在德里大学差不多，也是先开一个欢迎会，同大家见见面。礼堂里挤了大概有千把人，掌声不断，情绪很高昂。所不同的只是，这里的学生用中文唱了中国歌。在万里之外，竟能听到中国歌，仿佛又回到了祖国，我们当然感到很亲切，兴致一下子就高涨了起来。同我一起坐在主席台上的除了学校领导和教授之外，还有学生会主席，他是一个年纪不到二十岁的男孩子。别人告诉我，他已经是第三次连选连任学生会主席了。这个大孩子，英俊、热情、机敏、和蔼。他似乎是无拘无束地陪我们坐在那里，微笑从来没有离开他的脸。主人们致词以后，又轮到我讲话。然后是赠送礼物，鼓掌散会，进行参观。学校里刚进行过学生会改选工作，他们所到之处，墙上都贴满了标语、传单，上面写着："选某某人！""反对某某人！"看来这里的民主气氛还是比较浓的。我们会见了许多领导人，什么副校长，什么系主任，都是亲切、和蔼、热情、友好。我们参观了许多高楼大厦、许多部门，其中包括图书馆。馆中藏有不少的中文书，给我留下了深刻的印象。他们有不少的微型胶卷。据说全套的《人民日报》和其他一些中国报刊，他们都有。中国古代的典籍他们收藏也很丰富。总之，图书馆的收藏与设备给我们留下了深刻的印象。我们所到之处，也都受到热情友好的招待。大学的几位领导人，一直陪同我们参观。那一位年轻的学生会主席也是寸步不离，一直陪同我们。到了将要分手的时候，他悄悄地对我说："我真是非常想到中国去看上一看！"我觉得，这绝不是他一个人的愿望，而是广大印度青年的共同愿望。在以后的访问过程中，我在印度许多城市，遇到了无数的印度男女青年，他们都表示了同样的愿望。正如我国的青年也愿意访问印度、了解印度一样，印度青年的这种愿望，我是完全能理解的。我衷心祝愿这位年轻的学生会主席的愿望能够早日实现！

又隔了一天，我又应邀到尼赫鲁大学去参加现代中国研究会的成立典礼。

我又万没有想到，在这里竟然遇到了另一位中国人民的老朋友，印中友好协会的主席、已达耄耋高龄的九十四岁的森德拉尔先生。他曾多次访问过中国，受到过毛主席的接见。他把毛主席接见他时合影的照片视若珍宝。回印后翻印了数万张，广为散发。1955年我第二次访问印度的时候，他那时已届七十高龄，然而仍然拄着拐杖亲自到机场去迎接我们。他一生为促进中印友好而努力。在中印友谊的天空里暂时出现乌云的日子，这一位老人始终没有动摇过。“岁寒然后知松柏之后凋也”，他经受住了考验，他坚信中印友好是人心所向，大势所趋，总有一天会拨开浓雾见青天的。他胜利了。今天我们中国友好代表团又到了印度。当我在尼赫鲁大学见到他的时候，虽然我自己也已经有了一把子年纪，但是同他比起来还要小几乎三十岁，无怪在他的眼中我只能算是一个小孩子。他搂住我的脖子，摸着我的下巴颏儿，竟像一个小孩一般地呜呜地哭起来。我们的团长王炳南同志到他家里去拜望他的时候，他也曾哭过，他说：“我今年九十多岁了。但请朋友们相信，在印中两国没有建立完全的友好关系之前，我是决不会死去的！”如果我也像问吉安·昌德教授那样问他的年龄，他大概也会说：“我刚刚才九十四岁。”在以后我在德里的日子里，我曾多次遇到这一位老人，他每会必到，每到必发言，每发言必如悬河泻水，滔滔不绝。如果没有人请他休息，他会不停地说下去的。我真不知道，这个个儿不大的小老头心中蕴藏了多少对中国人民的友谊，蕴藏着多少刚毅不屈的精神。他在我眼中真仿佛成了印度人民的化身，中印友好的化身。我也祝愿他长寿，超过一百岁。即使中印完全建立了友好关系，他也不会死去。

总之，我在德里大学和尼赫鲁大学不但遇到了对中国热情友好的年轻人，也遇到了对中国友好的多次访问过中国的为中印友好而坚贞不屈的老年人。老年人让我们回忆到过去，回忆起两千多年的历史。年轻人让我们看到未来，看到我们的友谊将会持续下去，再来一个两千多年，甚至比两千多年更长的时间。

1979年2月24日

琼楼玉宇，高处不胜寒

阿格拉是有名的地方，有名就有在泰姬陵。世界舆论说，泰姬陵是不朽的，它是世界上多少多少奇之一。而印度朋友则说："谁要是来到印度而不去看泰姬陵，那么就等于没有来。"

我前两次访问印度，都到泰姬陵来过，而且两次都在这里过了夜。我曾在朦胧的月色中来探望过泰姬陵。整个陵寝在月光下幻成了一个白色的奇迹。我也曾在朝暾的微光中来探望过泰姬陵，白色大理石的墙壁上成千上万块的红绿宝石闪出万点金光，幻成了一个五光十色的奇迹。总之，我两次都是名副其实地来到了印度。这一次我也决心再来，否则，我的三访印度，在印度朋友心目中就成了两访印度了。

同前两次一样，这一次也是乘汽车来的。车子下午从德里出发，一直到黄昏时分，才到了阿格拉。泰姬陵的白色的圆顶已经混入暮色苍茫之中。我们也就在苍茫的暮色中找到了我们的旅馆。从外面看上去，这旅馆砖墙剥落，宛如年久失修的莫卧儿王朝的废宫。但是里面却是灯光明亮，金碧辉煌，完全是另一番景象。房间都用与莫卧儿王朝有关的一些名字标出，使人一进去，就仿佛到了莫卧儿王朝；使人一睡下，就能够做起莫卧儿的梦来。

我真的做了一夜莫卧儿的梦。第二天一大早，我们就赶到泰姬陵门外。门还没有开。院子里，大树下，弥漫着一团雾气，掺杂着淡淡的花香。夜里下过雨，现在还没有晴开。我心里稍有懊恼之意：泰姬陵的真面目这一次恐怕看不到了。

但是，突然间，雨过天晴云破处，流出来了一缕金色的阳光，照在泰姬陵的圆顶上，只照亮一小块，其余的地方都暗淡无光，独有这一小块却亮得耀眼。我们的眼睛立刻明亮起来：难道这不就是泰姬陵的真面目吗？

我们走了进去，从映着泰姬陵倒影的小水池旁走向泰姬陵，登上了一层楼高的平台，绕着泰姬陵走了一周，到处瞭望了一番。平台的四个角上，各有一座高塔，尖尖地刺入灰暗的天空。四个尖尖的东西，衬托着中间泰姬陵的圆顶那个圆圆的东西，两相对比，给人一种奇特的美。我想不出一个适当的名词来表达这种美，就叫它几何的美吧。后面下临阎牟那河。河里水流平缓，有一个不知什么东西漂在水里面，一群秃鹫和乌鸦趴在上面啄食碎肉。秃鹫们吃饱了就飞上栏杆，成排地蹲在那里休息，傲然四顾，旁若无人。

我们就带着这些斑驳陆离的印象，回头来看泰姬陵本身。我怎样来描述这个白色的奇迹呢？我脑筋里所储存的一切词汇都毫无用处。我从小念的所有的描绘雄伟的陵墓的诗文，也都毫无用处。“碧瓦初寒外，金茎一气旁。山河扶绣户，日月近雕梁。”多么雄伟的诗句呀！然而，到了这里却丝毫也用不上。这里既无绣户，也无雕梁。这陵墓是用一块块白色大理石堆砌起来的。但是，无论从远处看，还是从近处看，却丝毫也看不出堆砌的痕迹，它浑然一体，好像是一块完整的大理石。多少年来，我看过无数的泰姬陵的照片和绘画；但是却没有看到有任何一幅真正的照出、画出泰姬陵的气势来的。只有你到了泰姬陵跟前，站在白色大理石铺的地上，眼里看到的是纯白的大理石，脚下踩的是纯白的大理石；陵墓是纯白的大理石，栏杆是纯白的大理石，四个高塔也是纯白的大理石。你被裹在一片纯白的光辉中，翘首仰望，纯白的大理石墙壁有几十米高，仿佛上达苍穹。在这时候，你会有什么样的感觉，我不知道。反正我自己仿佛给这个白色的奇迹压住了，给这纯白的光辉网牢了，我想到了苏东坡的词：“琼楼玉宇，高处不胜寒。”我自己仿佛已经离开了人间，置身于琼楼玉宇之中。有人主张，世界上只有阴柔之美与阳刚之美。

把二者融合起来成为浑然一体的那种美，只应天上有。我眼前看到的就是这种天上的美。我完全沉浸在这种美的享受中，忘记了时间的推移。等到我从这琼楼玉宇中回转来时，已经是我们应该离开的时候了。

从泰姬陵到红堡是一条必由之路，我们也不例外。到了红堡，限于时间我们只匆匆地走了一转。莫卧儿王朝的这一座故宫，完全是用红砂岩筑成的。如果说泰姬陵是白色的奇迹的话，那么这里就是红色的奇迹。但是，我到了这里，最关心的却是一块小小的水晶。据说，下令修建泰姬陵的沙扎汗，晚年被儿子囚了起来。他本来还准备在阎牟那河这一边同河对岸泰姬陵遥遥相对的地方，修建一座完全用黑色大理石砌成的陵墓，如果建成的话，那将是一个不折不扣的黑色的奇迹。然而在这黑色的奇迹出现以前，他就失去了自由，成为自己儿子的阶下囚。他天天坐在红堡的一个走廊上，背对着泰姬陵，凝神潜思，忍忧含悲，目不转睛地注视着镶嵌在一个柱子上的那一块水晶，里面反映出整个泰姬陵的影像。月月如此，天天如此，这位孤独的老皇帝就这样度过了他的残生。

这个故事很有些浪漫气息。几百年来，也打动了千千万万好心人的心弦，滴下了无数的同情之泪。但是，我却是无泪可滴。我上一次来的时候，印度朋友曾告诉过我，就在这走廊下面那一片空地上，莫卧儿皇帝把囚犯弄了来，然后放出老虎，让老虎把人活活地吃掉。他们坐在走廊上怡然欣赏这一幕奇景。这样的人，即使被儿子囚了起来，我难道还能为他流下什么同情之泪吗？这样的人，即使对死去的爱姬有那么一点情意，这种情意还值得几文钱呢？我正在胡思乱想的时候，红堡城墙下长着肥大的绿叶子的树丛中，虎皮鹦鹉又吱吱喳喳叫了起来。这种鸟在中国是会被当作珍禽装在精致的笼子里来养育的。但是在阿格拉，却多得像麻雀。有那么一个皇帝，再加上这些吱吱喳喳的虎皮鹦鹉，我的游兴已经索然了。那些充满了浪漫气氛的故事对于我已经毫无吸引力了。

我走下了天堂，回到了现实。人间和现实是充满了矛盾的，但是它们又确实是美的。就是在阿格拉也并非例外。二十七年前，当我第一次到阿格拉来的时候，我在旅馆中遇到的一件小事，却使我忆念难忘。现在，当我离开了泰姬陵走下天堂的时候，我不由得又回忆起来。

我们在旅馆里看一个贫苦的印度艺人让小黄鸟表演识字的本领。又看另一个艺人让眼镜蛇与獴决斗。两个小动物都拼上命互相搏斗，大战了几十回合，还不分胜负。正在看得入神的时候，我瞥见一个印度青年在外面探头探脑。他的衣着不像一个学生，而像一个学徒工。我没有多加注意，仍然继续观战。又过了不知多少时候，我又一抬头，看到那个青年仍然站在那里，我立刻走出去。那个青年猛跑了几步，紧紧地抓住了我的手，我感觉到他的手有点颤抖。他递给我一个极小的小盒，透过玻璃罩可以看到，里面铺的棉花上有一粒大米。我真有点吃惊了，这一粒大米有什么意义呢？青年打开小盒，把大米送到我眼底下，大米上写着“印中友谊万岁”几个字，只能用放大镜才能看得清楚。他告诉我，他是一个学徒工，最热爱新中国，但却从来没有机会接触一个中国人。听说我们来了，他便带了大米来看我们。从早晨等到现在，中午早已过了，但是几次被人撵走。现在终于见到中国朋友了，他是多么兴奋啊！我接过了小盒，深深地被这个淳朴的青年感动了。我握住了他的手，心里面思绪万千，半天没有说出话来。我一直目送这个青年的背影消失在大街上熙熙攘攘的人群中，才转回身来。

泰姬陵是美的，是不朽的。然而，人们心里的真挚感情不是比泰姬陵更美，更不朽吗？上面说的这件小事，到现在，已经过了二十七年，在人的一生中，二十七年是一段漫长的时间。可是，不管我什么时候想起这件小事，那个学徒工的影像就栩栩如生地浮现在我的眼前。现在他大概都有四五十岁了吧。中间沧海桑田，世间多变。但是我却不相信，他会忘掉我，会忘掉中国，正如我不会忘掉他一样。据我看，这才是真正的美，真正的不朽。是美的、不朽的泰姬陵无法比拟的美，无法比拟的不朽。

1978年

难忘的一家人

三月初的德里，已经是春末夏初时分。北京此时恐怕还会飘起雪花吧。而在这里，却已是杂花生树，群莺乱飞。月季花、玫瑰花、茉莉花、石竹花，还有其他许多不知名的鲜花，纷红骇绿，开得正猛。木棉那大得像碗口的红花，开在凌云的高枝上，发出了异样的光彩，特别引起了我这个异乡人的惊奇。

就正在这繁花似锦的时刻，我会见了将近二十年没有见面的印度老朋友普拉萨德先生。

当时，我刚从巴基斯坦来到德里。午饭后，我站在我们的大使馆楼前的草地上，欣赏那一朵朵肥大的月季花，正在出神，冷不防从对面草地上树荫下飞也似的跳出来了一个人，一下子扑了过来，用力搂住我的脖子，拼命吻我的面颊。他眼里泪水潸潸，眉头痛苦地或者是愉快地皱成了一个疙瘩。他就是普拉萨德。他这出乎意料的举动，使得我惊愕、快乐。但是，我的眼里却没有泪水流出，好像是我还没有来得及把泪水酿出。

这自然就使我回忆起过去在北京大学的一些事情。

普拉萨德是在解放初期由印中友协主席、中国人民始终如一的老朋友森德拉尔先生介绍到北大来任教的。他为人正直、坦荡，老老实实，本本分分，从来不弄什么小动作，不要什么花样。借用德国老百姓的一句口头语：他忠实得像金子一样。在工作方面，他勤勤恳恳，给什么工作，就做什么工作，决不讨价还价。因此，他同中国教师和历届的同学都处得很好，没有人不喜欢他，不尊重他的。他后来回国结了婚，带着夫人普拉巴女士又回到北京。生的第一个男孩，取名就叫做京生。长到三四岁的时候，活泼伶俐，逗人喜爱。每次学校领导宴请外国教员，一个必不可少的节目就是要京生高唱《东方红》。此时宴会厅里，必然是笑声四起，春意盎然，情谊脉脉，喜气融融。

时光就这样流逝过去。他做的事情都是平平常常的事情，过的日子也都是平淡无奇的日子。没有兴奋，没有激动。没有惊人的变化，也没有难忘的伟绩。忘记了是哪一年，他生了肺病，有点紧张。我就想方设法，加以劝慰。我现在已经忘记究竟对他说了些什么话，但是估计像我这样水平低的人，也决不会说出什么精辟的话。他可就信了我的话，情绪逐渐平静了下来。又忘记了是哪一年，他告诉我，想到莫斯科去参加青年联欢节。我通过有关的单位，使他达到了目的。这些都是小事，本来是不足挂齿的。然而他却惦记在心，逢人便说。他还经常说，我是他的长辈，是他的师尊。这很使我感到有点尴尬，觉得受之有愧。

天不会总是晴的，人世间也绝不会永远风平浪静。大约是在1959年，中印友谊的天空里突然升起了一团乌云。某一些原来对中国友好的印度人，接踵转向。但是，普拉萨德一家人并没有动摇。他们不相信那一些造谣诬蔑，流言蜚语。他们一直坚持到自己的护照有被吊销的危险的时候，才忍痛离开了中国。

接着来的是一段对中印两国人民都不愉快的时光。我自己毕生研究印度的文化和历史，十分关心中印两国人民的传统友谊。在这一团乌云的遮蔽下，我有说不出来的苦恼，心情很沉重。我不时想到普拉萨德，想到他那一家人。当他们还在北京的时候，我实际上并没有这样想过。现在一旦暌违，却竟如此忆念难置。我自己也说不清楚其中的原因。难道我也想到"鸿雁几时到，江湖秋水多"吗？我不知道，普拉萨德一家人在想些什么，他们在干些什么。但是，我对于他那一家人对中国人民的深厚友谊，是从来没有怀疑的。我相信，他同广大的印度朋友一样，既能同中国人民共安乐，也能同我们共忧患。他们既然能度过丽日和风，也必然能度过惊涛骇浪。

事实也正是这个样子。等到天空里的乌云逐渐淡下去的时候，从遥远的西天传来了普拉萨德一家的消息。他确实是没有动摇。在那些日子里，他仍然坚持天天到中国驻印度大使馆去上班。当时大使馆门外驻扎着军警，每一个到中国大使馆来的印度人，都要受到盘问。许多印度朋友，不管内心里多么热爱中国，在这种情况下，也只好望而却步。然而普拉萨德却毅然岿然，决不气馁。当他在中国生肺病的时候，我心里曾闪过一个念头，窃以为他太脆弱。现在才知道，我错了。在大是大非面前，他是非常坚强的。我认识到他是这样一个人：在脆弱中有坚强，在简单中有深刻，在淳朴中有繁缛，在平淡中有浓烈。

他的爱人普拉巴是夫唱妇随。有人要她捐献爱国捐，她问为什么，说是为了对付中国。她坚决回答："爱国人人有份。但是捐了金银首饰去打中国，我宁死不干。我决不相信，中国会侵略印度！"这一番话义正词严，简直可以说是掷地作金石声。在那黑云翻滚的日子里，敢于说这样的话，是需要有点勇气的。普拉巴平常看起来也像她丈夫一样是朴素而安静的。就在这样一个朴素而安静的印度普通妇女的心中蕴藏着多少对中国兄弟姐妹的爱和信任啊！但是在千千万万印度朋友心中蕴藏着的正是这样的爱和信任。印度古书上有一句话："真理就是要胜利。"她说的话正是真理，因此就必然会胜利的。

难道说普拉萨德一家人不热爱自己的祖国吗？正相反。我知道，他们是非常热爱自己的祖国的。而他们这样的举动也正是真正热爱祖国的表现。

就这样，我们虽然相别十余年，相隔数万里，其间也没有通过信。但是，我们的心是相通的，我们的心是挨得非常近的。

可是我无论如何也没有预料到，我们竟然能够在花团锦簇的暮春时分，在德里又会了面。

看样子，这一次意外的会面也给普拉萨德带来了极大的愉快。他告诉我，当他听说我要到印度来的时候曾高兴得几夜睡不着觉。我知道，他确实是非常高兴的。那时候，我们的访问非常紧张，一个会接着一个会，忙得不可开交。但是他却利用一切机会同我会面和交谈。有一天晚上，他还带了另一位印度朋友来看我。刚说了几句话，他们俩突然跪到地上摸我的脚。我知道，这是对最尊敬的人行的礼节。我大吃一惊，觉得真是当之有愧。但是面对着这一位忠实得像金子一般的印度朋友，我有什么办法呢？

普拉萨德再三对我讲，他要把他全家都带来同我会面。这正是我的愿望，我是多么想看一看这一家人啊！但是时间却挤不出。最后商定在使馆招待会前半小时会面。到了时候，他们全家果然来了。当年欢蹦乱跳的京生已经长成了稳重憨厚的青年，大学医学院的毕业生。当年在襁褓中的兰兰也已经长成了中学生。我看到这个情景，心里面思绪万千，半天说不出话来。但是，普拉萨德却滔滔不绝地讲了起来，讲他过去十几年的经历。从生活到思想，从个人到全家，不厌其详地讲述。兰兰大概觉得他说话太多了，有点生气似的说道："爸爸！看你老讲个不停，不让别人说半句话。"普拉萨德马上反驳说："不行不行！我非向他汇报不行。我的话三天三夜也讲不完。"说完又讲了起来，大有"词源倒流三峡水"的气概，看样子真要讲上三天三夜了。但是，招待会的时间到了，他们才依依不舍地辞别离去。

我们在德里的最后一个节目是印中友协的欢迎会。散会后，也就是我同普拉萨德全家告别的时候。我自然而然地紧紧地搂住了他的脖子，吻他的面颊。好像也用不着去酿出，我的眼里流满了泪水。同这样一位忠诚淳朴，对中国人民始终如一的印度朋友告别，我难道还能无动于衷吗？

普拉萨德绝不是一个个人，而是广大的印度朋友的代表和象征；他也是千千万万善良的印度人的典型。他也绝没有把我看成一个个人，而是看成整个中国人民的代表。他对我流露出来的感情，不是对我一个人的，而是对全体中国人民。正如中印友谊万古长青一样，我们之间的友谊也是长存的。即使我们暂时分别了，我相信，我们有一天总还会会面的，在印度，在中国。

我遥望西天，为普拉萨德全家祝福。

1979年10月

孟买，历史的见证

天下事真有出人意料的巧合：我二十七年前访问孟买时住过的旅馆，这一次来竟又住在那里。这一下子就激发起游兴，没有等到把行李安顿好，我就走到旅馆外面去了。

旅馆外面，只隔一条马路，就是海滨。在海滨与马路之间，是一条铺着石头的宽宽的人行道。人行道上落着一群鸽子——看样子是经常在那里游戏的——红红的眼睛，尖尖的嘴，灰灰的翅膀，细细的腿，在那里拥拥挤挤，熙熙攘攘，啄米粒，拍翅膀，忽然飞上去，忽然又落下来，没有片刻的宁静，却又一点也不令人感到喧哗。马路上车水马龙，人行道上行人摩肩接踵，但却没有人干扰这一小片鸽子的乐园。只是不时地有人停下来买点谷子之类的杂粮，撒到鸽子群中去喂它们。有几个小孩子站在这乐园边上拍手欢跳。卖杂粮的老人坐在旁边，一动也不动，活像一具罗丹雕塑的石像。

从这里再往前走几步，就到了海边。海边巍然耸立着一座极其宏伟壮丽的拱门，这就是英国人建造的著名的印度门。门前是汪洋浩瀚的印度洋，门后是幅员辽阔的印度大地。在这里建这样一座门，是殖民主义者征服印度的象征，是他们耀武扬威的出发点。据说，当年英国派来的总督就都从这里登岸，一过这座门，就算是到了印度。英国的皇太子，所谓威尔士亲王也曾从这里上岸访问印度。当年高车驷马、华盖如云的盛况，依稀还能想象得出。

然而曾几何时，沧海桑田，风云变幻，当年那暴戾恣睢、不可一世的外来侵略者到哪里去了呢？只剩下大海混茫，拱门巍峨，海浪照样拍打着堤岸，涛声依旧震撼着全城。印度人民挺起腰杆走在自己的土地上。群鸽飞鸣，一片生机。这一座印度门就成了历史上兴亡盛衰的见证。

我第一次到孟买来的时候，就曾注意到这一座拱门。我们同殖民主义者相反，不是走进印度门，而是走出印度门。我们从这里乘汽艇到附近的爱里梵陀去看著名的石窟雕刻。石窟并不大，石雕也不多，而且没有任何碑文；但是每一座石雕都是一件珍贵的艺术品，结构谨严，气韵生动，完全可以置于世界名作之林。印度劳动人民的艺术天才留给我们的印象是永世难忘的。

同样使我们难忘的是当年孟买的印度朋友对我们显示的无比的热情。我们到孟买的时候正逢上印度最大的节日——点灯节。记得有一天晚上，孟买的许多著名的文学家、艺术家、音乐家、舞蹈家，邀请我们共同欢度节日。我们走进了一座大院子。曲径两旁，草地边上都点满了灯烛，弯弯曲曲的两排，让我立刻想到沿着孟买弧形海岸的那两排电灯，那叫做“公主项链”的著名的奇景。我小时候在中国的某一些名山古刹的庙会上，在夜间，曾见过这样的奇景。我们就在这“项链”的中间走过去，走进一个大厅，厅内也点满了灯烛。虽然电灯都关闭了，但厅内仍然辉煌有如白日。大家都席地而坐，看和听印度第一流的艺术家表演绝技。首先由一个琵琶国手表演琵琶独奏。弹奏之美妙我简直无法描绘，我只好借用唐代大诗人白居易的几句诗：“嘈嘈切切错杂弹，大珠小珠落玉盘。间关莺语花底滑，幽咽泉流冰下难。”弹奏快要结束的时候，余音袅袅，不绝如缕。打一个比喻的话，就好像暮春的游丝，越来越细，谁也听不出是什么时候结束的。接着是著名的舞蹈家表演舞蹈。最后由著名的乌尔都诗人朗诵自己的歌颂印中友谊的诗篇。我不懂乌尔都语，但是他那抑扬顿挫的声调，激昂动人的表情，特别是那些用三合元音组成的尾韵，深深地打动了我的心，我好像是获得了通灵，一下子精通了乌尔都语，完全理解了颂诗的内容。我的心随着他的诵声而跳动，而兴奋。夜已经很深了。我们几次想走；但是，印度朋友却牢牢地抓住我们不放。

他们说："我们现在不让你们睡觉，我们要让你们在印度留一天就等于留两天。你们疲倦，回国以后再去睡觉吧。我们相信，我们到了中国，你们也不会让我们睡觉的。"我们还有什么话好说呢？印度朋友到了中国，我们不也会同样不让他们睡觉吗？到现在已经过去了二十七年；但是，当时的情景还历历如在眼前，朗诵声还回荡在我的耳边。印度人民的这种友谊使我们永生难忘。

一讲到人民的友谊，人们立刻就会想到柯棣华大夫。他的故乡就在孟买附近，他哥哥和几个妹妹一直到现在还住在孟买市内。四十年前，日本侵略者百万大军压境，在我们神圣的国土上狼奔豕突，践踏蹂躏。中华民族正处于风雨如磐的危急存亡之秋。当时，柯棣华大夫刚从大学医学院毕业，他像白求恩大夫一样，毅然决定，不远万里来到中国抗日战争的前线，穿上八路军的军服，全心全意为伤病员服务。后来他在中国结了婚，生了孩子。终于积劳成疾，死在离开自己的故乡孟买数万里、中间隔着千山万水的中国。我们不说他病死异乡，因为他并不认为中国是异乡。他是继白求恩之后的另一个伟大的国际主义战士。毛主席亲笔为他写了悼词，每个字都像小盆子那样大，气势磅礴，力透纸背。这幅悼词，现在仍然悬挂在孟买他哥哥的家中。二十年前，叶剑英委员长到印度来访问时，曾到过他家，让人把这幅悼词拍了照。我们这一次到孟买来，也到了他家，受到他哥哥和几个妹妹以及所有亲属的极其热烈的款待。我当时坐在那里，注视着墙上毛主席的题词，转眼又看到同样是悬挂在墙上的柯棣华的夭亡了的小孩柯印华的照片，镜框上绕着花环，我真是心潮翻涌，思绪万千，上下古今，浮想联翩。在中印两千多年的友谊史上，无数的硕学高僧、游客、负贩，来往于中印两国之间，共同培育了这万古长青的友谊。但是，像柯棣华这样的人，难道不可以说是空前的吗？毛主席对他作了那样高的评价，真是恰如其分。听说一直到今天，四十年已经过去了，柯棣华生前的许多中国老战友，一提起他来，还禁不住热泪盈眶。什么东西能这样感人至深呢？除了深厚的友谊之外，还能有别的什么呢？我在上面已经说过，孟买的印度门是历史的见证。

它告诉我们，腐朽的邪恶的东西必然死亡。柯棣华的例子又告诉我们，新生的正义的东西必然永存。在这个意义上来说，孟买又成了中印人民友谊的历史的见证。

今天孟买人民完全继承了柯棣华的遗愿。他们竭尽全力来促进中印传统友谊的发展。我们从新德里乘“空中公共汽车”来到孟买的时候，已经过了半夜，绝大部分居民早已进入梦乡。可是机场外面仍然聚集了一千多人，手举红旗，高呼口号。这是什么精神鼓舞着他们呢？马哈拉施特拉邦的邦长会见了我们。孟买市长会见了我们，并且设宴招待。许多知名人士亲自到旅馆来同我们会面。这又是为了什么呢？特别令人难忘的是那个规模极大的群众欢迎大会。举行的地点是在工人区内一个中学的操场上，在操场中间临时搭了一个主席台。参加大会的据说超过一万人，大部分是工人。操场周围高楼上住的也都是工人。他们的家属就站在阳台上往下看，他们也算是大会的参加者。鞭炮齐鸣，红旗高悬。每一个发言者都热烈歌颂印中友谊，会场上洋溢着热情友好的气氛。散会后，印度青年工人臂挽臂形成了两座人墙，让我们从中间走出去。那出色的组织能力和纪律性给我们留下了深刻的印象。当我们乘汽车回到旅馆的时候，天已经完全黑了下来。我们就从“公主项链”下面驶过。那两排电灯，每一盏都像是一颗光辉灿烂的夜明珠，绕着弧形的海岸，亮上去，亮上去，一直亮到遥远的天际。这又让我立刻回想到二十七年前在孟买同印度文学艺术界的朋友共同欢度点灯节时的情景。岁月流逝，而友谊长青。今天我们又到了孟买，受到了同当时一样的甚至是更热烈的款待。我真有点抑制不住自己的兴奋激动了。

孟买是比较年轻的城市，是一座工业城市。比起科钦来，它只能算是小弟弟。我在过去常常有一种偏见：我愿意访问古老的文化遗迹，而对于新兴工业城市则不太感兴趣。我愿意在断壁颓垣下，古塔佛寺旁，发思古之幽情，怀传统之友谊。顾而乐之，往往流连忘返。然而今天我来到孟买，我发现它同样能够成为历史的见证，同样能让我们怀念古老的友谊。在巍峨的拱门下，在熙攘的马路上，在高矗的大厦旁，在鳞次栉比的商肆间，我们不但可以怀念过去，而且可以瞻望未来。在怀念古老的传统的友谊之余，我们看到站起来的印度人民，想到倒下去的老殖民主义者，看到生气勃勃的鸽群，听到混茫的大海的涛声，真禁不住要“问苍茫大地，谁主沉浮”？答案远在天边，近在眼前，作为历史的见证的孟买恰恰就回答了这个问题。

一个抱小孩子的印度人

事情已经过去了二十多年，但是我常常会回忆起一个抱小孩子的印度人。特别是当我第三次踏上印度国土的时候，我更加强烈地想到了他。我现在一看到印度火车，就痴心妄想地希望在熙攘往来的人流中奇迹般地发现他。他仿佛就站在我眼前，憨厚的面孔上浮着淳朴的微笑；衣着也非常朴素。他怀里抱着的那个三四岁小孩子正在对着我伸出了小手，红润的小脸笑成了一朵花……

当时也正是冬天。当祖国的北方正是千里冰封、万里雪飘的时候，我们却在繁花似锦四季皆夏的印度访问。我们乘坐的火车奔驰在印度北方大平原上。到过印度又乘坐过印度火车的人都知道，印度火车的车厢同中国是完全不一样的。我们的车厢每一节前后都有门，即使在火车飞奔的时候，我们仍然可以从一个车厢走到另一个车厢，来去自如，毫无阻碍。但是印度的车厢却完全不同，它两端都没有门，只在旁边有门，上下车都得走这个门；因此，只有当火车进站停驶时才能上下。火车一开，每一个车厢就形成了一个小小的独立王国，想从一个车厢到另一个车厢去，那就绝无可能了。

我们乘的是一节专车，挂在一列火车的后面。车里面客厅、卧室、洗手间、餐厅，样样俱全。我们所需要的东西一概不缺。火车行驶时，我们就处在这个小天地里，与外界仿佛完全隔绝。当我们面对面坐着的时候，除了几个陪同我们的印度朋友以外，全是中国人，说的是中国话，谈的有时也是中国问题。只有凭窗外眺时，才能看到印度，看到铁路两旁高耸的山峰，蓊郁的树林，潺湲的小溪，汹涌的大河，青青的稻田，盛开的繁花，近处劳动的农民，远处乡村的炊烟。我们也能看到蹲在大树上的孔雀，蹦跳在田间林中的猴子。远处田地里看到似乎有人在耕耘，仔细一看，却全都是猴子。在这时候，只有在这时候，我们才感觉到我们是在印度，我们已经同祖国相隔千山万水了。

我们样样都满足，我们真心实意地感激我们的印度主人。但是我们心里却似乎缺少点什么：我们接触不到印度人民。当然，我们也知道，印度语言特别繁多。我们不可能会所有的语言，即使同印度人民接触，也不一定能够交谈。但是，只要我们看到印度人对我们一点头，一微笑，一握手，一示意，我们就仿佛能够了解彼此的心情，我们就感到无上的满足，简直可以说是赛过千言万语。在这样的时候，语言似乎反而成了累赘，一声不响反而能表达出语言无法表达的东西了。

因此，每到一个车站，不管停车多久，我们总争先恐后地走出车厢，到站台上拥拥挤挤的印度人群中去走上一走，看上一看。我们在这里看到的人当然很多：男的、女的、老的、少的，工人、农民、学生、士兵，还有政府官员模样的，大学教授模样的，面型各不相同，衣服也是五光十色，令人眼花缭乱，目不暇给。但他们看到中国朋友都流露出亲切和蔼的笑容，我们也报以会心的微笑，然后怀着满意的心情走回我们的车厢。有时候，也遇到热烈欢迎的场面。印度人民不知从哪里知道我们要来。他们扛着红旗，拿着鲜花，就在站台上举行起欢迎大会来。他们讲话，我们答谢。有时甚至迫使火车误点。在这样的欢迎会之后，我们走回自己的车厢，往往看到地毯上散乱地堆满了玫瑰花瓣，再加上我们脖子上戴的花环，整个车厢就充满了香气。佛教不是常讲“众香界”吗？这地方我没有去过，现在这个车厢大概也就是众香界了。

我们在车上几天的日子就是这样度过的，确实是非常振奋，非常动人。时间一长，好像也就有点司空见惯之感了。

但是，我逐渐发现了一件不寻常、不司空见惯的事。在过去的一两天中，我们每次到车站下车散步时总看到一个印度中年人，穿着一身印度人常穿的白布衣服，朴素大方。面貌也是一般印度人所具有的那种忠厚聪慧的面貌。看起来像一个工人或者小公务员，或者其他劳动人民。他怀里抱着一个三四岁的孩子，火车一停，就匆匆忙忙地不知道从哪一个车厢里走出来，走到我们车厢附近，杂在拥挤的人流中，对着我们微笑。当火车快开的时候，我们散步后回到自己的车厢，他又把孩子高高地举在手中，透过玻璃窗，向我们车厢内张望，向我们张望，小孩子对着我们伸出了小手，红润的小脸笑成了一朵花……

他第一次这样做的时候，我并没有注意，也不可能注意。因为类似这样的事情，我们在印度已经遇到多次；而且我们满眼都是印度人，他这个人的容貌和衣着丝毫也没有什么引人注目之处。但是，一次这样，两次这样，每到一站都是这样，这就不能不引起我的注意了：他是什么人呢？他要到哪里去呢？他为什么每一站都来看我们呢？他是不是对我们有什么要求呢？一连串的问号在我脑海里翻腾。我决意自己去解开这个谜。

不久，我们就来到一个车站上。现在我已经忘记了车站的名字，在记忆中反正是一个相当大的站，停车时间比较长。车一停，当那位印度朋友又抱着孩子来到我们车厢旁的时候，我立刻下了车，迎面走上前去，向他合十致敬。这一位憨厚的人有点出乎意外，脸上紧张了一刹那，但立刻又恢复了常态，满脸笑容，对我答礼。我先问他要到什么地方去，他腼腼腆腆地不肯直接答复。我又问他是不是对我们有什么要求，他又腼腆地一笑，不肯回答我的问题。经我再三询问，他才告诉我说："我实际上早已到了目的地，早就该下车了。但是我在德里上车以后，发现中国文化代表团就在这一列车上。我从小就听人说到中国，说到中国人，知道中国是印度的老朋友。前几年，又听说中国解放了，中华人民共和国成立了。我觉得很好奇，很想了解一下中国。但是连我自己都从来没有见过中国人，更不用说我的小孩子了。我自己是个小职员，怎么能了解中国和中国人呢？现在中国朋友就在眼前，这个机会无论如何不能放过呀！我的小孩子虽然还不懂事，我也要让他见一见中国人，让他在幼小的心灵里埋下印中友好的种子。我于是就补了车票。自己心里想：到下一站为止吧！但是到了下一站，你们好像吸铁石一样，吸引住了我。我又去买了车票。到下一站为止吧！我心里又这样想。就这样一站一站地补下来。自己家里本来不富，根本没有带多少钱出来，现在钱也快花光了。你们又同我谈了话，我的愿望就算是达到了。我现在就到车站上去买回头的票，回到一个车站去，看我的亲戚去了。希望你们再到印度来，我也希望能到中国去。至少我的小孩子能到中国去。祝你幸福！我们暂时告别吧！”

这些话是非常简单朴素的，但是我听完了以后，心里却热乎乎的。我眼前的这个印度朋友形象忽然一下子高大起来，而且身上洋溢着光辉。我只觉得满眼金光闪闪。连车站附近那些高大的木棉树上碗口大的淡红的花朵都变得异样地大，异样地耀眼。他一下子好像变成了中印友谊的化身。我抓住了他的双手，一时说不出话来。他仍然牢牢地抱住自己的孩子。我用手摸了摸小孩子的脸蛋，他当然还不懂什么是中国人，但他却天真地笑了起来。我祝愿他幸福康宁，祝愿他的小孩子茁壮成长。我对他说，希望能在中国见到他。他似乎也有点激动起来，也祝愿我旅途万福，并再一次希望我再到印度来。开车的时间已到，他匆忙地握了握我的手，便向车站的售票处走去。在熙熙攘攘的人群中，他还不时回头看，他的小孩子又对着我伸出了一双小手，红润的脸笑成了一朵花……

到现在将近三十年过去了。我当然没能在中国看到他。今天我又来到了印度，仍然看不到他和他的孩子；不管我怎样望眼欲穿，也是徒劳。这个小孩子今年也超过三十岁了吧，是一个大人了。我不知道他们父子今天在什么地方，他们在干什么。这小孩子是否还能回忆起自己三四岁时碰到中国叔叔的情景呢？“明日隔山岳，世事两茫茫”，我们古代的诗人这样歌唱过了。我们现在相隔的岂止是山岳？简直是云山茫茫，云天渺渺。恐怕只有出现奇迹我才能再看到他们了。但是世界上能有这样的奇迹吗？

佛教圣迹巡礼

我第二次来到了孟买，想到附近的象岛，由象岛想到阿旃陀，由阿旃陀想到桑其，由桑其想到那烂陀，由那烂陀想到菩提伽耶，一路想了下来，忆想联翩，应接不暇。我的联想和回忆又把我带回到三十年前去了。

那次，我们是乘印度空军的飞机从孟买飞到了一个地方。地名忘记了。然后从那里坐汽车奔波了大约半天整，天已经黑下来了，才到了阿旃陀。我们住在一个颇为古旧的旅馆里，晚饭吃的是印度饭，餐桌上摆着一大盘生辣椒。陪我们来的印度朋友看到我吃印度饼的时候，居然大口大口地吃起辣椒来，他大为吃惊。于是吃辣椒就成了餐桌上闲谈的题目。从吃辣椒谈了开去，又谈到一般的吃饭。印度朋友说，印度人民中间有很多关于中国人民吃东西的传说。他们说，中国人使用筷子已经到了出神入化的境界，用筷子连水都能喝。他们又说，四条腿的东西，除了桌子以外，中国人什么都吃；水里的东西，除了船以外，中国人也什么都吃。这立刻引起我们的哄堂大笑。印度朋友补充说，敢想敢吃并不是一件简单的事情。敢吃才能添加营养，增强体质。印度有一些人却是这也不吃，那也不吃。结果是体质虚弱，寿命不长，反而不如中国人敢想敢吃的好。有关中国人的这些传说虽然有些荒诞不经，但反映出印度老百姓对中国既关心又陌生的情况。于是餐桌上越谈越热烈，有时间杂着大笑。外面是黑暗的寂静的夜，这笑声仿佛震动了外面黑暗的、一点声音都没有的夜空。

我从窗子里看出去，模模糊糊看到一片树的影子，看到一片山陵的影子。在欢笑声中，我又时涉遐想：阿旃陀究竟在什么地方呢？它是在黑暗中哪一个方向呢？我们什么时候才能看到它呢？我真有点望眼欲穿了。

第二天一大早，我们就起身向阿旃陀走去。穿过了许多片树林和山涧，走过一条半山小径，终于到了阿旃陀石窟。一个个的洞子都是在半山上凿成的。山势形成了半圆形，下临深涧，涧中一泓清水。洞子有大有小，有深有浅，有高有低，沿着半山凿过去，一共有二十九个。窟内的壁画、石像，件件精美，因为没有人来破坏，所以保存得都比较完整。印度朋友说，唐朝的中国高僧玄奘曾到这里来过。以后这些石窟就湮没在荒榛丛莽中，久历春秋，几乎没有人知道这里还有这样一些洞子了。一百多年前，有一个什么英国人上山猎虎，偶尔发现了这些洞子，这才引起人们的注意。以后印度政府加以修缮，在洞前凿成了曲曲折折的石径，有点像中国云南昆明的龙门。从此阿旃陀石窟就成了全印度、全世界著名的佛教艺术宝库了。

我们走在洞子前窄窄的石径上，边走边谈，边谈边看，注目凝视，潜心遐想。印度朋友告诉我说，深涧对面的山坡上时常有成群成群的孔雀在那里游戏、舞蹈，早晨晚上孔雀出巢归巢时鸣声响彻整个山涧。我随着印度朋友的叙述，心潮腾涌，浮想联翩。我仿佛看到玄奘就踽踽地走在这条石径上，在阴森黑暗的洞子中出出进进，时而跪下拜佛，时而喃喃诵经。对面山坡上的成群的孔雀好像能知人意，对着这位不远万里而来的异国高僧舞蹈致敬。天上落下了一阵阵的花雨，把整个山麓和洞子照耀得光辉闪闪。

“小心！”印度朋友这样喊了一声，我才从梦幻中走了出来。眼前没有了玄奘，也没有了孔雀。盼望玄奘出现，那当然是完全不可能的。但是，盼望对面山坡上出现一群孔雀总是可能的吧。我于是眼巴巴地望着山涧彼岸的山坡，山坡上绿树成荫，杂草丛生，榛莽中一片寂静，郁郁苍苍，却也明露荒寒之意。大概因为不是清晨黄昏，孔雀还没有出巢归巢，所以只是空望了一番而已。我们这样就离开了阿旃陀。石壁上绚丽的壁画，跪拜诵经的玄奘的姿态，对面山坡上跳舞的孔雀的形象，印度朋友的音容笑貌，在我眼前织成一幅迷离恍惚的幻影。

离开阿旃陀，我们怎样又到了桑其的，我现在已经完全记不清楚了。在我的记忆里，这一段经过好像成了一段曝了光的底片。

越过了这一段，我们已经到了一个临时搭成的帐篷里，在吃着什么，或喝着什么。然后是乘坐吉普车沿着看样子是新修补的山路，盘旋驶上山去。走了多久，拐了多少弯，现在也都记不清楚了。总之是到了山顶上，站在举世闻名的桑其大塔的门前。说是塔，实际上同中国的塔是很不一样的。它是一个大冢模样的东西，北海的白塔约略似之。周围绕着石头雕成的栏杆，四面石门上雕着许多佛教的故事。主要是佛本生的故事。大塔的来源据说可以追溯到公元前阿育王时代。无论如何这座塔总是很古很古的了。据说，它是同释迦牟尼的大弟子大目犍连的舍利有联系的。现在印度学者和世界其他国家学者之所以重视它，还是由于它的美术价值。这一点我似乎也能了解一点。我看到石头浮雕上那些仙人、隐士、老虎、猴子、花朵、草叶、大树、丛林，都雕得形象逼真，生动饱满，简简单单的几个人和物就能充分表达出一个完整的故事。内行的人可以指出哪一块浮雕表现的是哪一个故事。艺术概括的手段确实是非常高明的。我完全沉浸在艺术享受中了。

事隔这样许多年，我们在那座小山上待的时间又非常短，我现在再三努力搅动我的回忆；但是除了那一座圆圆的所谓塔和周围的石雕栏杆以外，什么东西也搅动不出。山势是什么样子？我说不出。塔的附近是什么样子？我说不出。那里的山、水、树、木都是什么样子？我也说不出。现在在我的记忆里，就只剩下一座圆圆的、光秃秃的、周围绕着石栏杆、栏杆上有着世界著名的石雕的大塔，矗立在荒烟蔓草之间……

我们怎样到的那烂陀，现在也记不清楚了。对于这个地方我真是“久仰大名，如雷贯耳”。在长达几百年的时间内，这地方不仅是佛学的中心，而且是印度学术中心。从晋代一直到唐代，中国许多高僧如法显、玄奘、义净等都到过这里，在这里求学。玄奘在《大唐西域记》里面对那烂陀有生动的描述。《大唐大慈恩寺三藏法师玄奘传》里对那烂陀的描述更是详尽：

> 六帝相承，各加营造，又以砖垒其外，合为一寺，都建一门。庭序别开，中分八院。宝台星列，琼楼岳峙；观竦烟中，殿飞霞上。生风云于户牖，交日月于轩檐。加以渌水逶迤，青莲菡萏，羯尼花树，晖焕其间。庵没罗林，森竦其外。诸院僧室，皆四重重阁。虬栋虹梁，绿栌朱柱，雕楹镂槛，玉础文梠。甍接瑶晖，榱连绳彩。印度伽蓝，数乃万千；壮丽崇高，此为其极。僧徒主客，常有万人。

对于玄奘来到这里的情况，这书中也有详尽生动的叙述：

> 向幼日王院安置于觉贤房第四重阁。七日供养已，更安置上房，在护法菩萨房北，加诸供给。日得赡步罗果一百二十枚，槟榔子二十颗，豆蔻二十颗，龙脑香一两，供大人米一升。其米大于乌豆，作饭香鲜，余米不及。唯摩揭陀国有此粳米，余处更无。独供国王及多闻大德，故号为供大人米。月给油三升，酥乳等随日取足，净人一人，婆罗门一人，免诸僧事，行乘象舆。

除了玄奘以外，还有别的一些印度本地的大师。《大唐西域记》里写道：

> 至如护法、护月，振芳尘于遗教；德慧、坚慧，流雅誉于当时。光友之清论，胜友之高谈，智月则风鉴明敏，戒贤乃至德幽邃。

看了这段描述，我眼前仿佛出现了一座极其壮丽宏伟的寺院兼大学。四层高楼直刺入印度那晴朗悠远的蓝天。周围是碧绿的流水，水里面开满了荷花。和煦的微风把荷香吹入我的鼻中。我仿佛看到了上万人的和尚大学生，不远千里万里而来，聚集在这里，攻读佛教经典和印度传统的科学宗教理论，以及哲学理论。其中有几位名扬国内外的大师，都享受特殊的待遇。这些大师都峨冠博带，姿态肃穆。或登坛授业，或伏案著书。整个那烂陀寺远远超过今天的牛津、剑桥、巴黎、柏林等等著名的大学。梵呗之声遨云霄，檀香木的香烟缭绕檐际。夜间则灯烛辉煌，通宵达旦。节日则帝王驾临，慷慨布施。我眼前是一派堂皇富丽、雍容华贵的景象。

我仿佛看到玄奘也居于这些大师之中，住在崇高的四层楼上，吃着供大人米，出门则乘着大象。我甚至仿佛看到玄奘参加印度当时召开辩论大会的情况。他在辩论中出言锋利，如悬河泻水，使他那辩论的对手无所措手足，终至伏地认输。输掉的一方，甚至抽出宝剑，砍掉自己的脑袋。我仿佛看到玄奘参加戒日王举行的大会，他被奉为首座。原野上毡帐如云，象马如雨，兵卒多如恒河沙数，刀光剑影，上冲云霄。戒日王高踞在宝帐中的宝座上，玄奘就坐在他的身旁……

所有这一些幻象都是非常美妙动人的。但幻象毕竟是幻象，一转瞬间，就消逝了。书上描绘的那种豪华的景象早已荡然无存。我眼前看到的只是一片废墟。连断壁颓垣都没有，只有从地里挖掘出来的一些墙壁的残迹。“庭序别开，中分八院”，约略可以看出来。至于崇楼峻阁，则只能相寻于幻想中。如果借用旧诗词的话，那就是“西风残照，汉家陵阙”。

我们在这一片废墟中徘徊瞻望。抚今追昔，感慨万端。虽然眼前已没有什么东西可看，但是又觉得这地方很亲切，而为之流连忘返。为了弥补我们幻想之不足，我们去参观了旁边的那烂陀展览馆。那是一座不算太大的楼房，里面陈列着一些从那烂陀遗址中挖掘出来的文物。还陈列着一些佛典，记得还有不少是从斯里兰卡送来的东西。所有这一切，似乎也没能给我们留下多么深刻的印象。只有玄奘的影子好像总不肯离开我们。中国唐代的这一位高僧不远万里，九死一生，来到了印度，在那烂陀住了相当长的时间，攻读佛典和印度其他的一些古典。他受到了印度人民和帝王的极其优渥的礼遇。他回国以后完成了名著《大唐西域记》，给当时的印度留下极其翔实的记载。至今被印度学者和全世界学者视为稀世珍宝。在印度人民中，一直到今天，玄奘这名字几乎是家喻户晓，妇孺皆知，我们在印度到处都听到有人提到他。在中国，伟大的文学家鲁迅在他的《中国人失掉自信力了吗?》这篇文章中，列举了埋头苦干的人、拼命硬干的人、为民请命的人、舍身求法的人，明白地说这些人都是"中国的脊梁"。他虽然没有提到玄奘的名字，但在"舍身求法的人"中显然有玄奘在。我们同鲁迅一样，对宗教并不欣赏，也不宣扬，但玄奘却不仅仅是一个宗教家。对于这样一位高僧，我平常也是非常崇敬的。今天来到印度，来到了他长期学习生活过的地方，回想到他不是很自然的吗？他的影子不肯离开我们不也是很容易理解的吗？我们抚今追昔，把当时印度人民对待玄奘的情况，同今天印度人民热情款待我们的情况联想起来，对比起来，看到了中印友谊的源远流长。看到这友谊还会长期存在下去，发展下去，我们心里就会热乎乎的，不也是很自然的吗？我们就是怀着这样的心情依依不舍地离开了那烂陀。回望那些废墟又陡然化成了崇楼峻阁，画栋雕梁，在我们眼里闪出异样的光芒。

我们从巴特那乘坐印度空军的飞机，飞到菩提伽耶，在一个小小的比较简陋的飞机场上降落，好像没用了多少时间。

这里是佛教史上最著名的圣迹。根据古代佛典的记载，释迦牟尼看破红尘出家以后，曾到处游行，寻求大道。碰了许多钉子，曾一度修过苦行，饿得眼看就要活不了了，于是决定改弦更张，喝了一个村女献给他的粥，身体和精神都恢复了一下。最后来到菩提伽耶这个地方，坐在菩提树下，发下宏愿大誓：如果不成正道，就决不离开这个地方。

这个故事究竟可靠到什么程度，今天的佛教学者哪一个也不敢确说。究竟有没有一个释迦牟尼？释迦牟尼是否真到这里来过呢？这些问题学者们都提起过。我们来到这里参观访问，对这些传说都只能姑妄言之姑妄听之。听一听的话，也会觉得很好玩，很有趣，也可以为之解颐。至于追根究底去研究，那是专家学者的事，我们眼前没有那个余裕，没有那个兴趣。就让这个地方涂上一些神话的虹彩，又何尝不可呢？眼前的青山、绿水、竹篱、茅舍，比那些宗教祖师爷对我更有内容，更有吸引力。

同在那烂陀寺一样，法显、玄奘和义净等著名的中国和尚都是到这里来过的。他们留下的记载都很生动、翔实，又很有趣。当然他们都是虔诚的佛教信徒，对这一切神话，他们都是坚信不疑的。我们没有也不可能有那种坚定的信仰。我们只是踏在印度土地上，想看一看印度土地上的一切现实情况，了解一下印度人民的生活情况，如此而已。对于菩提伽耶，我们也不例外。

我们于是就到处游逛，到处参观。现在回想起来，这里的宝塔、寺庙，好像是非常多。详细的情景，现在已经无从回忆起。在我的记忆里，只是横七竖八地矗立着一些巍峨古老的殿堂，大大小小的宝塔，个个都是古色斑斓，说明了它们已久历春秋。其中最突出的一座，就是紧靠金刚座的大塔。我已经不记得有关这座大塔的神话传说，我也不太关心那些东西，我只觉得这座塔非常古朴可爱而已。

紧靠这大塔的后墙，就是那一棵闻名世界的菩提树。玄奘《大唐西域记》卷第八说：

> 金刚座上菩提树者，即毕钵罗之树也。昔佛在世，高数百尺，屡经残伐，犹高四五丈。佛坐其下成等正觉，因而谓之菩提树焉。茎干黄白，枝叶青翠，冬夏不凋，光鲜无变。每至如来涅槃之日，叶皆凋落，顷之复故。是日也，诸国君王，异方法俗，数千万众，不召而集，香水香乳，以溉以洗。于是奏音乐，列香花，灯炬继日，竞修供养。

今天我们看到的菩提树大概也只高四五丈，同玄奘看到的差不多，至多不过有一二百年的寿命。从玄奘到现在，又已经历了一千多年。这一棵菩提树恐怕也已经历了几番的“屡经残伐”了。不过玄奘描绘的“茎干黄白，枝叶青翠，冬夏不凋，光鲜无变”，今天依然如故。在虔诚的佛教徒眼中，这是一棵神树。他们一定会肃然起敬，说不定还要跪下，大磕其头，然而在我眼中，它只不过是一棵枝叶青翠、叶子肥绿的树，觉得它非常可喜可爱而已。

树下就是那有名的金刚座。据佛典上说，这个地方“贤劫初成，与土地俱起，据三千大千之中，下极金轮，上齐地际，金刚所成”，世界动摇，独此地不动，简直说得神乎其神。前几年，唐山地震，波及北京，我脑海里曾有过一闪念：现在如果坐在金刚座上，该多么美呀！这当然只是开开玩笑，我们是决不会相信那神话的。

但是我们也有人，为了纪念，在地上拣起几片掉落下来的叶片，当时给我们驾驶飞机的一位印度空军军官，看到我们对树叶这样感兴趣，出于好心，走上前去，伸手抓住一条树枝，从上面把一串串的小树枝条折了下来，让我们尽情地摘取树叶。他甚至自己摘落一些叶片，硬塞到我们手里。我们虽然知道这棵树的叶片是不能随便摘取的，但是这位军官的厚意难却，我们只好每个人摘取几片，带回国来，做一个很有意义的纪念品了。

同在阿旃陀和那烂陀一样，在这里玄奘的身影又不时浮现到我的眼前。不过在这里，不止是玄奘一个人，还添了法显和义净。我仿佛看到他们穿着黄色的袈裟，跪倒在地上磕头。我仿佛看到他们在这些寺院殿塔之间来往穿行。我仿佛看到他们向那一棵菩提树顶礼膜拜。我仿佛看到他们从金刚座上撮起一小把泥土，小心翼翼地包了起来，准备带回中国。我在这里看到的玄奘似乎同别处不同：他在这里特别虔诚，特别严肃，特别忙碌，特别精进。我小时候阅读《西游记》时已经熟悉了玄奘。当然那是小说家言，不能全信的。现在到了印度，到了菩提伽耶，我对中国这一位舍身求法的高僧，心里不禁油然涌起了无限的敬意。对于增进中印两国人民的友谊，他的作用是不可估量的。在中国人民心目中，在印度人民心目中，他实际上变成了中印友谊的象征，他将长久地活在人民的心中。

我眼前不但有过去的人物的影子，也还有当前的现实的人物。正当我们在参观的时候，好像从地里钻出来一样，突然从远处跑来了一个年老的中国妇女，看样子已经有七十多岁了。她没有削发，却自称是个尼姑。她自己说是湖北人，前清时候来到印度。详细的过程我没有听清楚，也没听清楚她住在什么地方。总之是，她来到了菩提伽耶，朝佛拜祖，在这里带发修行。印度的农民供给她食用之需，待她非常好。看样子她也不懂多少经文，好像连字——不管是中国字还是印度字，也不认识。她缠着小脚，走路一瘸一拐地，却飞也似的冲着我们跑过来，直跑得上气不接下气。恐怕她已经好久没有看到祖国来的人了。今天忽然听说祖国人来，她就不顾一切，拼命跑了过来。她劈头第一句话就是："老爷们的行李下在哪个店里？"我乍听之下，不禁心里一抖：她"不知秦汉，无论魏晋"。我们同她之间的距离已经大到无法想象的程度了，我们好像已经不是同一个世纪的人了。她对祖国的感情，对祖国来的亲人的感情看样子是非常浓厚的，但是她无法表达。我们对她这样一个桃花源中的人物，也充满了同情。在离开祖国万里之外的异域看到这样一个人物，心里酸甜苦辣，什么滋味都有。我们又是吃惊，又是怜悯，又是同情，又是高兴，但是我们也无法表达。我脑海中翻腾出许许多多的问题：在现在这个世界上，怎么还能有这样的人物呢？在过去漫长的四五十年中，她的生活是怎样过的呀！她不懂印度话，同印度人民是怎样往来呀？她是住在茅庵里，还是大树上呀！她吃饭穿衣是怎样得来的呀？她形单影孤，心里想些什么呀？西天佛祖真能给她以安慰吗？如果我们现在告诉她祖国的情况，她能够理解吗？如此等等，一系列的问号涌上心头。面对着这样一个诚悫朴实又似乎有点痴呆的老年妇女，我们简直不知说些什么好，简直是无所措手足。我们唯一的办法就是给她一些卢比，期望她的余年过得更好一点，此外再也没有什么话可说了。在她那一方面，也似乎有些不知所措。她伸手接过我们给的钱，又激动，又吃惊，又高兴，又悲哀，眼睛里涌出了泪水，说话声音也有些颤抖了。当我们的汽车开动时，她拖着那一双小脚一瘸一拐地跟在我们车后紧跑了一阵。我们从汽车的后窗里看到她的身影，眼睛里也不禁湿润起来……

佛教圣地遍布印度各地，我无法一一回忆。况且事情已经隔了将近三十年，我努力把我的回忆来搅动，目前也只能搅动出这么多来。其余零零碎碎的回忆还多得很，让它们暂且保留在我的记忆中吧！

1979年3月

回到历史中去

一提到科钦，我就浮想联翩，回到悠久的中印两国友谊的历史中去。

中印两国友谊的历史，在印度，我们到处都听人谈到。人们都津津有味地谈到这一篇历史，好像觉得这是一种光荣，一种骄傲。

但是，有什么具体的事例证明这长达两千多年的友谊的历史呢？当然有的。比如唐代的中国和尚玄奘就是一个。无论在哪个集会上，几乎每一位致欢迎词的印度朋友都要提到他的名字，有时候同法显和义净一起提。听说，他的事迹已经写进了印度的小学教科书。在千千万万印度儿童的幼稚的心灵中，也有他这个中国古代高僧的影像。

但是，还有没有活的见证证明我们友谊的历史呢？也当然有的，这就是科钦。而这也就是我同另外一位中国同志冒着酷暑到南印度喀拉拉邦这个滨海城市去访问的缘由。

我原来只想到这个水城本身才是见证。然而，一下飞机，我就知道自己错了。机场门外，红旗如林，迎风招展。大概有上千的人站在那里欢迎我们这两个素昧平生的中国人。“印中友谊万岁”的口号声，此起彼伏，宛如科钦港口外大海中奔腾汹涌的波涛。一双双洋溢着火热的感情的眼睛瞅着我们，一只只温暖的手伸向我们，一个个照相机录音机对准我们，一串串五色缤纷的花环套向我们。科钦市长穿着大礼服站在欢迎群众的前面，同我们热烈握手，把两束极大的紫红色的溢着浓烈的香味的玫瑰花递到我们手中。

难道还能有比这更好的更适当的中国印度两国友谊的活的见证吗？

但这才刚刚是开始。

我们在飞行了一千多公里以后，只到旅馆里把行李稍一安排，立刻就被领到一个滨海的广场上，去参加科钦市的群众欢迎大会。这是多么动人的场面啊！还没有走到入口处，我们就已经听到人声鼎沸，鞭炮齐鸣，大人小孩，乐成一团。最使我们吃惊的是，我们在离祖国千山万水遥远的异国，居然看到只有节日才能看到的焰火。随着一声声巨响，焰火飞向夜空，幻化出奇花异草，万紫千红。科钦地处热带，一年四季都是夏天。在大地上看到万紫千红的奇花异草，那就是“司空见惯浑闲事”。然而现在那长满了奇花异草的锦绣大地却蓦地飞上天去，谁会不感到吃惊而且狂喜呢？

就在这吃惊而且狂喜的气氛中，我们登上了大会的主席台。市长穿着大礼服坐在中间，大学校长和从邦的首府特里凡得琅赶来参加大会的部长坐在他的身旁。我们当然是坐在贵宾的位子上。大会开始了。只见万头攒动，掌声四起，估计至少也有一万人。八名幼女，穿着色彩鲜艳的衣服，手里拿着一些什么东西，迈着细碎而有节奏的步子，在主席台前缓慢地走了过去，像是一朵朵能走路的鲜花。后面紧跟着八名少女，也穿着色彩鲜艳的衣服，手里拿着烛台和灯，迈着细碎而有节奏的步子，在主席台前缓慢地走了过去，也像是一朵朵能走动的鲜花。我眼花缭乱，恍惚看到一团团大花朵跟着一团团小花朵在那里游动，耳朵里却是“时闻杂佩声珊珊”。最后跟着来的是一头大象，一个手撑遮阳伞的汉子踞坐在它的背上。大象浑身上下披挂着彩饰，黄的是金，白的是银，累累垂垂的是珊瑚珍珠，错彩镂金，辉耀夺目，五色相映，光怪陆离。它简直让人看不出是一头大象，只像是一个神奇的庞然大物，只像是一座七宝楼台，只像是一座嵚崎的山岳，在主席台前巍然地走了过去。在印度神话中，我们有时遇到天帝释出游的场面，难道那场面就是这个样子吗？在梵文史诗和其他著作中，我们常常读到描绘宫廷的篇章，难道那宫廷就是这样富丽堂皇吗？印度的大自然红绿交错，花团锦簇，难道这大象就是大自然的化身吗？我脑海里幻想云涌，联想蜂聚，一时排遣不开。

但眼睛还要注视着眼前的一切情景，我真有点如入山阴道上应接不暇了。

但是，花环又献了上来，究竟有多少人多少单位送了花环，我看谁也说不清楚。我们都不懂马拉雅兰语。主席用马拉雅兰语朗读着献花单位的名称。于是，干部模样的、农民模样的、学生模样的、教员模样的，男的、女的、老的、少的，一个接一个地走到我们的桌前，往我们脖子上套花环。川流不息，至少有七八十人，或者更多一些。而花环的制作，也都匠心独运。有的长，有的短，有的粗大厚实，有的小巧玲珑，都是用各色各样的鲜花编成：白色的茉莉花和晚香玉，红色的石竹，黄色的月季，紫红色的玫瑰，还有许多不知名的花朵，都是用金线银线穿成了串，编成了团，扎成了球。我简直无法想象，印度朋友在编扎这些花环时用了多少心血，花环里面编织着多少印度人民的深情厚谊。花环套上脖子时，有时浓香扑鼻，有时感到愉快的沉重。在我心里却是思潮翻滚，感动得说不出话来。然而花环却仍然是套呀，套呀，直套到快遮住了我的眼睛，然后轻轻地拿下来，放在桌子上。又有新的花环套呀，套呀。我成了一个花人，一个花堆，一座花山，一片花海。一位印度朋友笑着对我说："今天晚上套到你们脖子上的花至少有一吨重。"我恨不得像印度神话中的大梵天那样长出四个脑袋，那样就能有四个脖子来承担这些花环，有八只手来接受这些花环。最好是能像《罗摩衍那》中的罗刹王罗波那那样长出十个脑袋，那样脖子就增加到十个，手增加到二十只。这一吨重的花环承担起来也就比较容易了。当然，这些都是幻想。实际上，我们清醒地意识到，这些花环决不是送给我们个人的，送的对象是整个的新中国，全体新中国的人民。我们获得这一份荣誉来接受它们，难道还能有比这更令人欢欣鼓舞的事情吗？

我们就怀着这样的心情，在大会结束后，欣赏了南印度的舞蹈。一直到深夜，才回到旅馆前布置得像阆苑仙境一般的草坪上，参加市长举行的、有四个部长作陪的十分丰盛的晚宴。就这样度过了一个暴风骤雨的夜晚。

我们万没有想到，在第二天，在暴风骤雨之后，又来了一个风和日丽。在极端紧张的访问活动中，主人居然给我们安排了游艇，畅游了科钦港。我们乘一叶游艇，在波平如镜的海面上，慢慢地航行；在错综复杂的渔港中，穿来穿去。我们到处都看到用木架支撑起来的渔网。主人说："本地人管它叫中国网。"我们走到长满椰林的一个小岛旁，主人问："你们看小岛上的房屋是不是像中国建筑？"我抬眼一看，果然像中国房屋：中国式的山墙，中国式的屋顶，整整齐齐地排列在那里。我的心忽然一动，眼前恍惚看到四五百年前郑和下西洋乘坐的宝船，一艘艘停泊在那小岛旁边。穿着明代服装的中国水手上上下下，忙忙碌碌，从船上搬下成捆的中国的青花瓷器，就堆在椰子树下。欢迎中国水手的印度朋友也是熙熙攘攘地拥挤在那里。我真的回到历史中去了。但是这一刹那的幻影，稍纵即逝。我在历史中游逛了一阵，终于还是回到了游艇上。艇外风静縠纹平，渔舟正纵横。摩托声响彻了渔港，红色的椰子在浓绿从中闪着星星般的红光。

从历史中回到了现实世界以后，又到两个报馆去参观，受到了极其热烈的欢迎。又举行了一个像兄弟话家常般的别开生面的记者招待会，匆匆赶回旅馆，收拾了一下行李，立刻到了机场，搭乘飞机，飞向班加罗尔。

人虽然已经离开了科钦，但又似乎没有完全离开。科钦的水光椰影，大会的热烈情景，印度主人的一颦一笑，宛然在眼前，无论如何也从心头拂拭不掉。难道真能成为"明日隔山岳，世事两茫茫"吗？到了今天，我回到祖国已经半个多月了。每当黎明时分，我伏案工作的时候，偶一抬眼，瞥见那一条陈列在书架上的科钦市长赠送的象牙乌木龙舟，我的心就不由得飞了出去，飞过了千山万水，飞向那遥远西天下的水城科钦。

1978年4月17日

深夜来访的客人

来到了喀拉拉邦的名城科钦，我不禁想起近在咫尺的喀拉拉邦的首府特里凡得琅，想到喀拉拉邦的海滨胜地科摩林海角，想到将近三十年前在那里遇到的深夜来访的客人。事情虽然已经过了这样长的时间，但是我却一直忆念难忘。

事情也真让人忆念难忘啊！

我们当时正在漫游印度全国。我们从新德里出发，经过瓜廖尔、占西、博帕尔、孟买、科钦、班加罗尔等著名的城市，参观了许多著名的石窟，游览了许多著名的名胜古迹，终于来到了印度最南端的海滨大城特里凡得琅。

在过去一个多月的时间内，我们走过了大半个印度，经历的事情比我过去生活过的四十年似乎还要多。印度的火车、飞机、汽车、汽艇等，我们都乘坐过了。印度的奇花异木，我们都欣赏过了。印度的珍馐美味，我们都品尝过了。印度各阶层的人士，我们都会见过了。印度人民的情谊把我们每个人的心都填得满满的，简直已经满到要溢出来的程度。我们又是兴奋，又是感动，我们觉得，我们已经认识了印度，认识了印度人民。过多的兴奋，过多的激动已经使我们有点疲惫了。

可是当我们乘坐的飞机飞临特里凡得琅上空的时候，下视飞机场上红旗如林，欢声冲天，我们心中开始抬头的那一点疲惫之感立刻消逝，我们的精神又重新抖擞起来了。

我们就是这样精神抖擞地踏上特里凡得琅的土地。

这一座印度最南端的土城，似乎也是“车挂，人驾肩。廛閈扑地，歌吹沸天。孳货盐田，铲利铜山。才力雄富，士马精研”。可惜我们没有多少余裕，可以从容去街头漫步，巡视观赏。我们只是坐在汽车上匆匆忙忙地驶过大街小巷，领略一下这座南国大城的风光。就是在这样的情况下，只要有印度人民发现了我们，立刻就有亲切的微笑飘了过来。只要汽车一停，立刻就有印度男女青年把温暖的手伸了过来。这飘过来的微笑，伸过来的双手的温暖，在我们眼中，在我们手上，只是极为短暂的、转瞬即逝的。但是，在我们的心中，它却是永恒的、常在的，它温暖着我们的心。

我们首先去拜访当地的大君。他的王宫同印度其他土邦王公的宫阙一样，是非常富丽堂皇的。但是这一位大君却同其他土邦王公不大一样。据说他刚从英国牛津大学留学回来。他很年轻，很英俊；态度潇洒，谈吐文雅，看样子还有不少的新思想。他对中国了解得很多很细，对我们也很和蔼亲切。我想象中的印度土邦王公都是老古董，都是封建气息很浓的人，看来是不对了。可惜到现在已经过了几十年，当时谈话的详细内容已经无从回忆起，残留在我的记忆中的，只是一座宏伟的宫殿、一个年轻和蔼的大君，如此而已。

我们又去访问了一所小学校。小学生们给我们准备了盛大的欢迎式，演出了舞蹈和歌唱等节目。我不了解，这些十岁上下的男女小学生对我们究竟了解些什么，对新中国究竟了解些什么。他们可能从父母和老师口中听到一些中国的情况，像听海外奇谈那样感到新奇有趣，遥远难测。估计他们也会像中国小孩子听到《天方夜谭》一样，引起自己一些幼稚天真的幻想。然而今天，一大群中国的叔叔阿姨竟出现在自己眼前。这也许还是他们生平的第一次。所以那一双双又圆又黑又亮的小眼睛都瞪得大大的，闪烁出又惊奇又快乐的光芒。但是他们对待我们都是彬彬有礼的。在老师指导下，他们招待我们，周旋进退，有礼有节。我们都从心眼里爱上了这一群印度的男女小学生。

最让我难忘的是一出舞蹈。一个看样子只有六七岁的小女孩跳蛇舞。

她表演蛇的动作真是惟妙惟肖。印度地处热带，蛇很多；在印度南部，就更多。大概小孩子也从小就看惯了这玩意儿，所以跳起蛇舞来，才能这样生动。令人惊奇的是，蛇本来是很可怕的东西，然而舞蹈艺术竟能把可怕几乎转变为可爱，艺术的力量真可谓大矣哉。事情隔了这样长久的时间，那个小女孩跳蛇舞的情景，还不时飘到我的眼前，飘上我的心头。她那双小而圆亮的眼睛里闪出的光芒，她那柔软如杨柳枝条般的身躯，历历如在目前。我的记忆的丝缕不由得就牵回到离别了将近三十年的那座印度南端的大城市里去。

第二天，我们就乘汽车从特里凡得琅出发到印度最南端，也可以说是亚洲最南端的科摩林海角去。一路之上，椰林纵横，一派南国风光。当时正当十二月，在我们祖国，正飘着雪花，然而此地却是炎阳似火，浓荫喜人，“姹紫嫣红开遍”。各种各样的南国佳花异卉，开得纷纷披披，光怪陆离。我们有时候甚至感到像是已经脱离了尘世，身处阆苑仙境之中。这些花草树木，我们几乎都叫不出名字，“看花苦为译秦名”，在极端的快乐中，我们竟似乎感到有点苦恼了。

我们在科摩林海角下了汽车，走进了一座建筑在海滨上的宾馆。我们稍稍安排了一下，立刻就争先恐后地走到海滩上，换上游泳衣，匆匆忙忙地下了海。一个月以来的访问确实非常忙，现在却是“难得浮生半日闲”，大家的兴致一下子高昂起来。我们中间有些人早已胡须满腮，有了一把子年纪，然而现在也像是返老还童，仿佛变成了小孩子。我们沐浴在海水中，会游泳的就游泳，不会的就站在水里浸泡。远望印度洋碧波万顷，如翠琉璃。远处风帆数点，白鸟几行，混混茫茫，无边无际。到此真是心旷神怡，不禁手舞足蹈了。我已经好多年没有见过海了。科钦虽然靠海，但是我们在那里见到的却只是港汊。到了科摩林海角，才算是真正看到浩瀚的大洋。我自然而然地就想到了木华的《海赋》：“淼浹㴔滟，浮天无岸。浺瀜沆瀁，渺弥湠漫。波如连山，乍合乍散。嘘噏百川，洗涤淮汉。”只有这样的词句才真正能描绘出大海波涛汹涌的景象，也只有看到波涛汹涌的大海才能联想起这样的词句。我们都被这种景象迷住了。但是同时我们也都意识到，我们脚下踏的土地就是亚洲的最南端。再往西南，就是非洲大陆。当时我还没有到过非洲，怅望西南，遐想联翩。同时我们也都意识到，我们离开祖国已经很远很远了。实际上，这地方比《西游记》里的大雷音寺还要辽远。过去相信，只有孙悟空驾起筋斗方才能飞到，然而我们却来到这里了。我们简直像是生活在神话中。

度过了一个非常愉快的下午，我们又走回了宾馆，在灯光辉煌的大厅中晚餐。宾馆离开城市和乡村都非常遥远。现在又是夜间，周围是一片无边无际的黑暗，连海上的渔火和远村的灯光都渺不可见，在寂静中只听到惊涛拍岸的有节奏而又单调的声音。我嘴里不自觉地吟出了一句“波撼科摩林”。当然对句是没有的。我也毫无作诗的意思，只是尽情地享受这半日的清闲。其他的中国同志也都纵声谈笑，畅谈旅行的感受和印度人民对中国人民的浓情厚谊。整个大厅里笑声四起，春意盎然。

然而，正在这个时候，我忽然听到剥啄的叩门声。什么人会在这个时候来到这样一个地方呢？我们都有点吃惊了。门开了，走进来的是一个十六七岁的印度男孩子。满脸稚气，衣着朴素。脸上的表情又是吃惊，又是疲倦，又是快乐，又是羞涩。简直是瞬息数变。我们也都有点惊疑不定地看着他。问他是不是来找我们，他点了点头，但没有说话。我们又问他为什么来找我们，他抬起手来，手里拿着一卷什么东西。打开来看，是一张画，记得画的是印度神话中的一个什么神。究竟是哪一个神灵，我现在记不清了，反正是一张颇为精致的图画。他腼腼腆腆地说，他的家离开这里有几十里路，他在一所中学里上学，从小就听人说世界上有一个中国，那里的人都很灵巧聪明，同印度人民是好朋友。后来又听到说新中国成立了，但他不知道什么叫新中国。他只是觉得中国人大概是非常可爱的。今天忽然听说中国人来到这里，他就拿了一幅自己画的画，奔波跋涉了几十里路，赶到宾馆里来想见一见我们，把这幅画送给我们，如此而已。他并没有什么别的要求，只要能看上我们一眼，他就高兴了，就可以安心回家了。

这是一个非常平凡的故事。但是难道不是一个非常感人的故事吗？

我们让他坐下，请他喝水，问他吃没吃饭，他一概拒绝。在大厅中站了一会，就告辞走了。我们都赶到门外，向他告别，看着他那幼弱的身影消逝在无边无际的黑暗中，步履声消融在时强时弱的涛声里，渐远渐弱，终于只剩下涛声，在有节奏地拍打着岸边的礁石。

我们的心都好像也被他带走了。我们再回到大厅中，仍然想继续刚才的谈笑，纵谈古今，放眼东西。但是刚才那种勃勃的兴致却似乎受到了干扰。厅堂如旧，灯火依然，然而却似乎缺少了点什么。我们又是兴奋，又是感动，又有点惘然若有所失。就这样度过了一个不平凡的夜晚。我们离开科摩林海角以后，仍继续在印度参观访问，主要是印度东部和北部许多城市，又会见了许多印度朋友，遇到了许多非常动人的事迹。可是我总忘不掉这个在印度最南端深夜来访的小客人。直到今天，我们当然不会再从他那里听到任何消息。我们也不知道他姓甚名谁，家住哪里。但是这样一个印度男孩子的影子却仿佛已经镂刻在我们心中，而且我相信，他的影子将永远镂刻在我的心中。

1979年3月9日

海得拉巴

我脑海里有两个海得拉巴：一个是二十七年以前的，一个是今天的。

二十七年前，当我第一次访问印度时，我曾来到这里，而且住了三四天之久。时间相隔既然是这样悠久，我对海得拉巴的记忆，就只剩下了一些断片，破碎支离，不能形成一个清晰的整体。在一团灰色的回忆的迷雾中，时时闪出了巨大的红色的斑点，这是木棉花。我当时曾惊诧于这里木棉树之高、之大，花朵开得像碗口那样大，而且开在参天的巨树上，这对于我这生长在北国的人来说，确实像是一个奇迹，留在脑海里的印象就永生难忘了。

但是，除了木棉花之外，再也不能清晰地回忆起什么东西来。只还记得住在尼扎姆的迎宾馆中，庭院清幽，台殿阒静，绿草如茵，杂花似锦；还有一些爬山虎之类的蔓藤，也都开着五彩斑斓的花，绿叶肥大，花朵绚丽，红彤彤，绿油油，显出一片茂盛热闹的景象。至于室内的情况，房屋的结构，则模糊成一团，几乎完全回忆不起来了。

我们到海得拉巴的第一天晚上，就到一个富丽堂皇的宫殿般的邸宅里去拜会尼扎姆的一位兄弟还是什么亲属，我记不清楚了。印度著名的女诗人奈都夫人好像同他也有什么亲戚关系。奈都夫人的女儿陪我们游遍全印。我们就在这里遇到奈都夫人的弟弟。他对我们非常热情，同我们谈到印度农民的生活情况，他们每年的收入，以及他们养的牛和收成等，给我留下了深刻的印象。同印度上流社会的人物谈印度农民，这是比较少见的事。从他的言谈中，我体会到，他对印度农民怀有深切的关怀。这当然使我很受感动。他说话的情态，说话时的眼神至今一闭眼仿佛就出现在眼前。我的印象：印度各阶层的人，许多都是希望同中国加强联系，继承和发扬我们两国人民之间的传统友谊。

二十七年前的海得拉巴留给我的印象就只剩下了这一点点。如果需要归纳一下的话，我可以归纳为八个字：清新美妙，富丽堂皇。

一转瞬间，时间竟过去了二十七年，今天我又来到了海得拉巴。我看到的却完全是另一番景象：拥挤不堪的街道，熙熙攘攘的人群，中间奔驰着横冲直撞纵横交错的各种车辆。20世纪的汽车、摩托车，同公元前的马车、牛车并肩前进，快慢悬殊，而且好像是愿意怎样走就怎样走，愿意在什么地方停就在什么地方停，这当然更增加了混乱。行人的衣着也是五光十色，同这一些车辆配合在一起形成了一幅色调迷乱但又好像有着内在节奏的图画，奏成了一曲喧声沸腾但又不十分刺耳的大合唱。

这就是我看到的今天的海得拉巴。如果需要归纳一下的话，我也可以归纳为八个字：喧阗吵闹，烟雾迷腾。

我有点迷惘，有点不解：难道这就真是海得拉巴吗？我记忆中的海得拉巴完全不是这个样子的，那一个海得拉巴要美妙得多，幽静得多。但是我眼前看到的却确实就是这个样子。那么究竟哪一个海得拉巴是真实的呢？两个当然都是真实的，但是两个似乎又都不够真实。最真实的只有印度人民对中国人民的深情厚谊。二十七年前是这样，今天仍然是这样。这一点是丝毫也不容怀疑的。

在海得拉巴，同在印度其他大城市一样，我们接触到的人民，对我们都特别友好。我们在这里参加过群众大会，也是人山人海，万头攒动，花环戴得你脖子受不住，眼睛看不见，花香猛冲鼻官，从鼻子一直香到心头。我曾到奥斯玛尼亚大学去参加全校欢迎大会，教授和学生挤满了大礼堂。副校长（在印度实际上就是校长）亲自出面招待，主持大会，并亲自致欢迎词。他在致词中说，希望我讲一讲教育和劳动的问题。我感到这个题目太大，大有不知从何处说起之感，临时决定讲中国唐代研究梵文的情况，讲到玄奘，讲到义净的《梵语千字文》和礼言的《梵语杂名》等，似乎颇引起听众的兴趣。我知道，在印度，只要讲中印友谊，必然博得热烈的掌声，在海得拉巴也不例外。我们也参加了中印友好协会海得拉巴分会举行的欢迎大会。这次大会开得颇为新颖别致，同时却又生动热烈。大家都盘腿坐在地上，主席台上下完全一样。台上铺着极大的白布垫子，我们都脱掉鞋子坐在上面。照例给中国朋友大戴其花环。黄色花朵组成的花环，倒也罢了。红色玫瑰花组成的花环却引起了一点不安。鲜红的玫瑰花瓣从花环上不停地往下掉落，撒满了坐垫，原来雪白的坐垫，一下子变成了红色花毯。我们就坐在玫瑰花瓣丛中。坐碎了的花瓣染得白布上点点如桃花，芬芳的香气溢满鼻孔，飘拂在空中。我们就在这香气氤氲中倾听着中印两国朋友共颂中印友谊。

所有这一切当然都给我留下难以忘怀的甜蜜的回忆。但是最难以忘怀、最甜蜜的还是对海得拉巴动物园的参观。

印度许多大城市都有动物园。二十七年前我到印度的时候，曾经参观过不少。并且有的规模非常大，比如加尔各答的动物园，在世界上也是颇有一点名气的。印度由于气候的关系，动物繁殖很容易，所以动物的种类很多，数量很大。大象、猴子和蛇，更是闻名世界。海得拉巴的动物园并不特别大，里面动物也不算太多，但是却具有几个其他动物园没有的特色。为了让濒于绝种的狮子能够自由繁殖，人们在这个动物园里特别开辟了一大片山林，把狮子养在里面。一头雄狮可以带多至八个母狮，它们就这样组成了一个狮子家庭，自由自在地生活在荒草密林中，而要参观狮子的人却必须乘坐在带铁笼子的汽车里，开着汽车，到处寻觅狮子。陪我们参观的园主任很有风趣地说："在别的地方是动物被锁在铁笼子里，让人来参观。在这里却是人被锁在铁笼子里，让动物来参观。"我们心惊胆战地坐在车上，在丛莽榛榛的密林中绕了许多圈子，终于在一片树林中发现了狮子家庭。我们的心情立即紧张起来，满以为它们会大声一吼扑上前来。然而不然。狮子家庭怡然傲然躺在地上树荫里，似乎在午睡。听到汽车声，一动也不动。有几只母狮只懒洋洋地把眼睁了睁，又重新闭上，大有不屑一顾之状。我们都有点失望了，没有得到我们心中所期望的那种惊险。我们喊了几声，狮群也是置之不理，我们的汽车停了一会，就又重新开出门禁森严的狮子林。我们都是生平第一次坐在铁笼里被野兽来欣赏。这当然别有风味在心头，我们也就都很满意了。

出了狮子林，又进老虎山。这里的老虎山也别具特色。我们到的时候，老虎还在山中河畔奔跳嬉戏。饲虎人发出了一声怪调，老虎立刻跑回到铁栅栏里，饲虎人乘机把一个铁门放下来，挡住了老虎的退路。老虎只好待在一个几丈见方的铁栅栏里，来回地绕圈子。这时园主任就亲切地招呼我们把手从铁柱子的缝隙里伸进铁栅栏去摸老虎。我们开头确实有点胆怯，手想伸又缩。中国俗话说“老虎屁股摸不得”，这话早已深入人心，老虎如何能去摸呢？但是园主任却再三敦促解释，说这老虎是在动物园里养大的，人抚摩它，它会感到高兴，吼上两声，是表示它内心的快乐，绝无恶意，用不着害怕。他并且还再三示范，亲自把手伸进铁栅栏，抚摩老虎的脖子和屁股。我也就战战兢兢地把手伸了进去，摸了一下老虎的屁股。中国俗话说是摸不得的东西我终于摸了，这难道不是一生中难以忘怀的事情吗？

我们转身又去看一只病豹，它被夹在一个铁笼子里，不能转身，不能乱动，这样医生就可以随意给它扎针注射。我们还去看了一只小老虎。园主任说，这只小老虎从小养在他家里，他的小孩就同它玩，像一只小猫似的。现在，不过才八个月，但已经知道龇牙咧嘴，大有不逊之意，不像小时候那样驯服好玩，只好把它关在笼子里了。

我们就这样参观了海得拉巴的动物园。这一切都可以说是奇遇，都是毕生难忘的。但是，这一切之所以难忘，并不在于猎奇，而在于印度劳动人民对我们自然流露出来的友好情谊。据我了解，在印度饲养狮虎的人大抵都是出身于低级种姓的劳动人民。我们刚进动物园的时候，并没有注意到他们，因为他们好像影子似的，悄悄地走路，悄悄地干活，不发出一点声音。仿佛到了狮子林老虎山，他们才突然出现在我们眼前。狮子林中、老虎山上，饲养员就是他们这一些人。另外还有一个狮子山，里面养着几头狮子，同前面讲的狮子林不是一回事，在这里狮子是圈在一片山林中的，人们站在壕沟旁边来欣赏它们。一个皮肤黝黑的饲养员发出一种类似“来，来”的声音。这当然不是中文的“来”，而好像是狮子的名字。听到呼喊自己的名字，猛然从密林深处响起一片惊雷似的怒吼，一头大雄狮狂奔过来。山洞中怒吼的回声久久不息。我们冷不防吃了一惊，我们下意识地就想躲开，但一看到前面的壕沟，知道狮子是跳不过来的，才安定了心神，以壕沟对面的雄狮为背景，大照其相。

到了此时，我才认真注意到这位饲养员的存在，如果没有他，我们是无论如何也无法把狮子叫过来的。我默默地打量着那位淳朴老实的印度劳动人民，心里油然生出感激之情。

在上面讲到狮林虎山中，照管狮子老虎的也同样是这些皮肤黝黑的劳动人民。他们大都不会讲英语，连我在二十七年前住在印度总统府中时遇到的那一位服务员也不例外。我们无法同他们攀谈，不管我们的主观愿望是如何迫切。但是，只要我们一看他们那朴素的外表、诚恳的面容、和蔼的笑貌、老实的行动，就会被他们吸引住。如果再端详一下他们那黧黑的肤色，还有上面那风吹日晒的痕迹，我们就更会感动起来。同我们接触，他们不免有些拘谨，有些紧张，有些腼腆，甚至有些不知所措。但是他们那一摇头、一微笑的神态，却是充满了热情的。此时无言胜有言，这些无言的感受反而似乎胜过千言万语。语言反而成为画蛇添足的东西了。至于他们对新中国是怎样了解的，我说不清楚。恐怕连他们自己也说不清楚。他们可能认为中国是一个很神秘的国家，一个非常辽远的国家，但又是一个很友好的国家。他们可能对中国有一些不切实际的幻想。但是他们对中国有感情，对中国人民有感情，这是一眼就可以看出来的。至于像园主任这样的知识分子，他们都能讲英语，我们交流思想是没有困难的。他们对中国、对中国人的感情可以直接表达出来。此时有言若无言，语言作为表达人民之间的感情也是未可厚非的了。

我现在不再伤脑筋去思索究竟哪一个海得拉巴是真实的了。两者都是真实的，或者两者都不是真实的，这似乎是一个玄学的问题，完全没有回答的必要。勉强回答，反落言筌。不去回答，更得真意。海得拉巴的人民，同印度全国的人民一样，都对中国人民友好。因此，对我来讲，只有一个海得拉巴，这就是对中国友好的海得拉巴。这个海得拉巴是再真实不过的，我将永远怀念这样一个海得拉巴。

1979年2月21日

天雨曼陀罗

——记加尔各答

到了加尔各答，我们的访问已经接近尾声。我们已经访问了十一个印度城市，会见过成千上万的印度各阶层的人士。我自己认为，对印度人民的心情已经摸透了，绝不会一见到热烈的欢迎场面就感到意外、感到吃惊了。

然而，到了加尔各答，一下飞机，我就又感到意外、感到吃惊起来了。

我们下飞机的时候，已经过了黄昏。在淡淡的昏暗中，对面的人都有点看不清楚。但是，我们还能隐约认出我们的老朋友巴苏大夫，还有印中友协孟加拉邦的负责人黛维夫人等。在看不到脸上笑容的情况下，他们的双手好像更温暖了。一次匆忙的握手，好像就说出了千言万语。在他们背后，站着黑压压的一大群欢迎我们的印度朋友。他们都热情地同我们握手。照例戴过一通花环之后，我们每个人脖子上、手里都压满了鲜花，就这样走出了机场。

因为欢迎的人实在太多了，在机场前面的广场上，也就是说，在平面上，同欢迎的群众见面已不可能。在这里只好创造发明一下了：我们采用了立体的形式，登上了高楼，在三楼的阳台上，同站在楼下广场上的群众见面。只见楼下红旗招展，万头攒动，宛如波涛汹涌的大海。口号声此起彼伏，惊天动地，这就是大海的涛声。在訇隐汹磕的涛声中隐约听到“印中友谊万岁”的喊声。我们站在楼上拼命摇晃手中的花束。

楼下的群众就用更高昂的口号声来响应。楼上楼下，热成一片，这热气好像冲破了黑暗的夜空。

第二天一大早，旅馆楼下的大厅里就挤满了人：招待我们的人、拜访我们的人、为了某种原因想看一看我们的人。其中有白发苍苍的大学教授，有活泼伶俐、满脸稚气的青年学生，有学习中国针灸的男女青年赤脚医生，有柯棣华纪念委员会和印中友好协会的工作人员，也有西孟加拉邦政府派来招待我们的官员。他们都热情、和蔼、亲切、有礼。青年人更是充满了求知欲。他们想了解新中国的政治、经济、文化、教育。他们想了解我们学习印度语言，其中包括梵文和巴利文的情况。他们想了解我们翻译印度文学作品的数量。他们甚至想了解我们对待中外文学遗产的做法。总之，有关中国的事情，他们简直什么都想知道。大概是因为他们知道我是在大学工作的，所以我往往就成了被包围的对象。只要我一走进大厅，立刻就有人围上来，像查百科全书似的问这问那。我看到他们那眼神，深邃像大海，炽热像烈火，灵动像流水，欢悦像阳春，我简直无法抑制住内心的激动了。

在旅馆以外，也有类似的情况。有一天下午，我参加了一个同印度知识界会面的招待会。出席的都是教授、作家、新闻记者等文化人。我被他们团团围住。许多著名的学者把自己的著作送给我们，书里面签上自己的名字。接着就是一连串的问题。我当然也不放过向他们学习的机会。我向他们了解大学的情况、文学界的情况，我也向他们提出了一连串的问题。我们就像分别多年的老友重逢一般相对欢笑着，互相询问着，专心致志，完全忘记了周围发生的事情，忘记了时间和空间。我有时候偶尔一抬头，依稀瞥见台上正有人唱着歌，好像中印两国的朋友都有；隐约听到悠扬的歌声，像是初夏高空云中的雷鸣声。再一转眼，就看到湖中小岛上参天古树的枝头落满了乌鸦，动也不动，像是开在树枝上的黑色的大花朵。

我们曾参观过加尔各答郊区的一个针灸中心。这里的居民一半是农民，一半是工人。同在其他地方一样，我们在这里也受到极其热烈的欢迎。附近工厂里的工人高举红旗，喊着口号，拦路迎接我们。农村的小学生穿上制服，手执乐器，吹奏出愉快的曲调，慢步走在我们前面，走过两旁长满了椰子树的乡间小路，走向针灸中心。农民站在道旁，热情地向我们招手。到了针灸中心，我们参加了村民欢迎大会。加尔各答四季皆夏，此时正当中午，炎阳直晒到我们头上。有七八个身穿盛装的女孩子，手执印度式的扇子，站在我们身后，为我们驱暑。我们实在过意不去，请她们休息。但是她们执意不肯，微笑着说："你们是最尊敬的客人，我们必须尽待客之礼。"尽管我们心里总感到有点不安，但是这样的感情，我们只有接受下来了。

更使我高兴的是，我们在加尔各答看到了真正的农民舞蹈。这一专场舞蹈是西孟加拉邦政府特别为我们安排的。新闻和广播部长亲自陪我们观看演出。在演出的过程中，他告诉我们演员都是农民，是刚从田地里叫来的。说实话，我真有点半信半疑。因为，在舞台上，他们都穿着戏装，戴着面具，我们看到的是珠光宝气，金碧辉煌，而且他们的艺术水平都很高超。难道这些人真正是农民业余演员吗？我真有点难以置信了。但是，演出结束后，他们一卸装，在舞台上排成一队，向我们鼓掌表示欢迎，果然都是面色红黑，粗手粗脚，是地地道道的劳动人民。我心里一阵热乎乎的，望着他们那淳朴憨厚的面孔，久久不想离去。

我们在加尔各答接触的人空前地多，接触面空前地广，给我们留下的印象也同印度其他城市不同。在其他城市，我们最多只能停留一两天；我们虽然也都留有突出的印象，但总是比较单纯的。但是，到了加尔各答，万汇杂陈，眼花缭乱，留给我们的印象之繁复、之深刻，是其他城市无法比拟的。我们在这里既有历史的回忆，又有现实的感受。加尔各答之行好像是我们这一次访问的高潮，好像是一个自然形成的总结。光是我们每天从工人、农民、知识分子手中接过来的花环和花束，就多到无法计算的程序。每一个花环，每一束花，都带着一份印度人民的情谊。每一次我们从外面回来，紫红色的玫瑰花瓣，洁白的茉莉花瓣，黄色的、蓝色的什么花瓣，总是散乱地落满旅馆下面大厅里的地毯，人们走在上面，真仿佛是“步步生莲花”一般。芬芳的暗香飘拂在广阔的大厅中。印度古书上常有天上花雨的说法，“天雨曼陀罗”的境界，我没有经历过。但眼前不就像那样一种境界吗？这花雨把这一座大厅变成了一座花厅、一座香厅。这当然会给清扫工作带来不少的麻烦。我们都感到有点歉意。但是旅馆的工作人员看来却是高兴的，他们总是笑嘻嘻地看着这一切。就这样，不管加尔各答给我们的印象是多么繁复，多么多样化，但总有一条线贯穿其中，这就是印度人民的友谊。

而这种友谊在平常不容易表现的地方也表现了出来。我们在加尔各答参观了有名的植物园，这是我前两次访问印度时没有来过的。园子里古木参天，浓荫匝地，真像我们中国旧小说中常说的，这里有“四时不谢之花，八节长春之草”。给我印象最深的是一株大榕树。据说这是世界上最大的一株榕树。一棵母株派生出来了一千五百棵子树，结果一棵树就形成了一片林子。现在简直连哪棵是母株也无法辨认了。这一片“树林”的周围都用栏杆拦了起来。但是，栏杆可以拦人，却无法挡住树。已经有几个地方，大榕树的子树，越过了栏杆，越过了马路，在老远的地方又扎了根，长成了大树。陪同我们参观的一位印度朋友很有风趣地说道：“这棵大榕树就像是印中友谊，是任何栏杆也拦不住的。”多么淳朴又深刻的话啊！

友谊是任何栏杆也拦不住的。如果疾病也算是一个栏杆的话，我就有一个生动的例子。我在加尔各答遇到了一个长着大胡子、满面病容的青年学生。他最初并没能引起我的注意，但是，他好像分身有术，我们所到之处几乎都能碰到他。刚在一处见了面，一转眼在另一处又见面了。我们在旅馆中见到了他，我们在加尔各答城内见到了他，我们在农村针灸中心见到了他，我们又在植物园里见到了他。他就像是我们的影子一样，紧紧地跟随着我们。我不由自主地想到了印度古代史诗《罗摩衍那》中的神猴哈奴曼，想到了中国长篇小说《西游记》中的孙悟空。难道我自己现在竟进入了那个神话世界中去了吗？然而我眼前看到的绝不是什么神话世界，而是活生生的现实。那个满面病容的、长着大胡子的印度青年正站在我们眼前，站在欢迎人群的前面，领着大家喊口号。一堆人高喊："印中友谊——"另一堆人接声喊："万岁！万岁！"在这两堆人中间，他都是带头人。但是，有一天，我注意到他在呼喊间歇时，忽然拿出了喷雾剂，对着自己嘴里直喷。我也知道，他是患着哮喘。我连忙问他哮喘的情况，他腼腆地笑了一笑，说道："没什么。"第二天看到他没带喷雾剂，我很高兴，问他："今天是不是好一点？"他爽朗地笑了起来，连声说："好多了！好多了！"接着又起劲地喊起"印中友谊万岁"来。他那低沉的声音似乎压倒了其他所有人的声音。他那苍白的脸上流下了汗珠。我深深地为这情景所感动。我无法知道，在这样一个满面病容的印度青年的心里蕴藏着多少对中国人民的深情厚谊。一直到现在，一直到我写这篇短文的时候，我还恍惚能看到他的面容，听到他的喊声。亲爱的朋友！可惜我由于疏忽，连你的名字也没有来得及问。但是，名字又有什么意义呢？我想把白居易的诗句改动一下："同是心心相印人，相逢何必问姓名！"年轻的朋友，你是整个印度人民的象征，就让你永远做这样一个无名的象征吧！

1978年5月14日

国际大学

我怎样来描绘国际大学留给我的印象呢？这个名字是紧密地同印度大诗人泰戈尔的名字联系在一起的，而我又是在学生时代见到过泰戈尔的一个人。因此谈一谈国际大学，对我来说好像就是责无旁贷、义不容辞了。

1951年，我第一次访问印度，曾在圣地尼克坦国际大学住了两夜，就住在泰戈尔的故居叫做北楼的一座古旧的房子里。第二天一大早，我起来到楼外去散步。楼外是旭日乍升，天光明朗，同楼内形成了鲜明的对比。参天的榕树，低矮的灌木，都葱葱郁郁，绿成一团。里面掺杂着奇花异草，姹紫嫣红。我就在这红绿交映中，到处溜达，到处流连。最引起我的注意的是泰戈尔生前做木匠活的一些工具，如斧头、刨、锯之类。眼前一亮，我瞥见在我身后小水池子里，正开着一朵红而大的水浮莲，好像要同朝阳争鲜比艳。

又过了二十多年。我又带着对那一朵水浮莲的回忆到国际大学来访问了。

在路上，我饱览了西孟加拉的农村景色。马路两旁长着古老的榕树，中间间杂着高大的木棉树。大朵的红花开满枝头，树下落英缤纷，成了红红的一堆。我忽然想起了王渔洋的诗句："好是日斜风定后，半江红树买鲈鱼。"我知道，这里说的红树是指的经霜的枫树，与木棉毫不相干。但是，两者都是名副其实的红树，两者都是我所喜欢的，因而就把它们联想在一起了。我喜欢我心中的红树。

猛然间从路旁的稻田和菜田里惊起了一群海鸥似的白色的鸟，在绿地毯似的稻田上盘旋了几圈以后，一下子翻身飞了上去，排成一列长队，飞向遥远的碧空，越飞越小，最后只剩下几星白点，没入浩渺的云气中。我立刻又想到杜甫的诗句："江湖多白鸟，天地有青蝇。"我并不知道，杜甫所说的白鸟究竟是什么东西。但是，我眼前看到的确实是白鸟，我因而又把它们联想在一起了。我喜欢我心中的白鸟。

快到圣地尼克坦的时候，汽车正要穿过一个十字路口，突然从两旁跑出来了一大群人，人人手持红旗，高呼口号。这是等候着拦路欢迎我们的印度朋友。我们下车，同他们握手、周旋，又上车前进。但是，走了很短一段路，路两旁又跑出来了一大群人。又是人人手执红旗，高呼口号。我们又下车，同他们握手、周旋，然后上车前进。就这样，当我们的旅程快要结束的时候，我突然从大自然回到了人间，感受到印度人民的友情。

圣地尼克坦到了。这时候，大学副校长、教员和学员、中国学院的教员和学员，已经站在炎阳下，列队欢迎我们，据说已经等了很长的时间。接着来的是热情的招待会和茶会，热情的握手和交谈。西孟政府的一位部长特地从加尔各答赶了来，在一个中学里为我们举行了盛大的欢迎会。紧跟着是参观中国学院。我万没有想到，在万里之外，竟会看到我们敬爱的周总理的手迹。我的眼睛突然亮了起来，心里热乎乎的。我们匆匆吃过晚饭，又到大草坪去参加全校的欢迎大会，会后又欣赏印度舞蹈，到副校长家去拜访。总之，整个下午和整个晚上，一刻也没有停，忙得不可开交。

第二天一大早，我就起来到室外散步。我念念不忘，想寻觅那一朵水浮莲。不但水浮莲看不到，连那一个小水池子也无影无踪了。我怅望着参天的榕树和低矮的灌木，心里惘然。我们参观了学生上朝会和在大榕树下面席地上课以后，就去参观泰戈尔展览馆。展览馆是一座新建的漂亮的楼房。有人告诉我，这地址就是以前的北楼，我的心一跳，一下子回到了二十年前去。我仿佛看到老诗人穿着他那身别具风格的长袍，白须飘拂，两眼炯炯有神，慢步走在楼梯上，房间中，草地上，树荫下。

他嘴里曼声吟咏着新作成的诗篇。我仿佛听到老诗人在五十多年前访问中国时对中国人民讲的话："印度认为你们是兄弟，她把她的爱情送给了你们。""在亚洲，我们必须团结起来，不是通过机械的组织的办法，而是通过真诚同情的精神。""现在仍然持续着的这个时代，必须被描绘成为人类文明中最黑暗的时代。但是，我并不失望，有如早晨的鸟，甚至当黎明还处在朦胧中时，它就高唱，宣布朝阳的升起，我的心也宣布伟大的未来将要来临，它已经来到我们身旁。我们必须准备去迎接这个新时代。"

老诗人离开我们已经很久很久了。但是他在印度人民心中，特别是在孟加拉人民心中的影响还是存在的。他对中国人民的深情厚谊已经在别人的心中生了根，发了芽。我无论如何也忘不掉我二十多年前第一次访问印度时一位年轻的孟加拉诗人那歌唱新中国的热情奔放的诗句：

而现在铃声响了，
它为我而响。
它把我的热爱之歌响给你们听，
中国，我的中国。
它唱着你那和平幸福的新生活，
中国，我的中国。
它响在人类解放的黎明中，
从许多世纪古老的奴役中解放出来，
中国，我的中国。
而现在这铃声把我的敬礼传给你，
中国，我的中国。

如果我现在就借用这样的诗句来描绘国际大学和泰戈尔给我的印象，难道说不是很恰当的吗？加尔各答是我们这次访问的最后一站，就让这些洋溢着无量热情的诗句永远留在我们的记忆中吧！

别印度

俗话说："千里搭凉棚，没有不散的宴席。"我们要离开印度的日期终于来到了。我的心情不知怎么忽然有点沉重起来。仅仅在十几天前还是完全陌生的面孔，现在却感到十分熟悉、十分亲切，离开他们而无动于衷似乎有点困难了。中国唐代诗人刘皂有一首著名的诗：

客舍并州数十霜，
归心日夜忆咸阳。
无端又渡桑干水，
却望并州是故乡。

我在印度没有住上几十年，这一次只有十几天，因此，我的心情还没有达到这样的程度。但是，确实有点依恋难舍，这也是事实。我有时甚至有意避开印度朋友们那和蔼可亲的面孔、那充满了热情的眼神，他们心里怎么想，我不知道。从他们的行动和谈话中也略可以看出同样的心情。"悲莫悲兮生别离"，我现在就好像有这样的想法了。

离开加尔各答的前夕，我们观看了印度魔术。最初听到西孟加拉邦政府给我们安排这样一个节目，我们还有点不解。第一次安排，因为别的会太多，把节目冲掉了。到了离别的前一天晚上，又在许多宴会、拜访、辞别等活动的空隙里加上了这个魔术的节目。我们更是有点不解：魔术为什么竟这样重要呢？但客随主便，古有明训。我们整个代表团就在团长率领下，准时到了表演魔术的剧场。主人在那里热情地迎接了我们。

主要演员实际上只有一个人，他表演了所有的节目，其余的人可以说都是配角。这一场独角戏真是绚丽多彩，令人眼花缭乱。主要演员穿着五光十色珠光宝气的彩衣，与强烈的电灯光争辉，只觉得满台金光闪闪，有如彩虹落地，万卉升天。我们如入阆苑仙境中。他有时说英语，有时说孟加拉语，大概逗哏的时候非说本地话不行，有如中国的相声，外国人是根本无法欣赏的，也是无法翻译的。我们都不懂孟加拉语，但不时听到哄堂大笑，足见观众是欣赏他的表演和逗哏的。我们坐在那里，看下去，看下去，原来有这样那样的不理解的中国客人，现在都感到主人真是煞费苦心，在我们离别前安排了这样精彩的节目。我们对印度主人的精心安排都不禁感激起来了。连那几个中间还有别的活动要临时退场的同志，都依依不舍，迟迟不肯离开了。

有一个节目特别引起我们的注意和好奇。主要演员用两块厚厚的白面糊住了自己的眼睛。上面又让人蒙上了两块黑色不透明的呢绒。然后让观众自愿上台参加表演，果然有几个印度朋友上台去了，两三个爱热闹的小孩子也蹦蹦跳跳地跑上了台。为了对中国贵宾表示特殊的友谊，把我们的一位大夫和一位精通印地语的同志请上了台。主要演员让他们在黑板上写字，你写什么，蒙了眼睛的演员也写什么。而且不论什么文字都行。一个小孩子写了一道算术题，没有答案。主演人用飞快的速度，写上了原题，并且加上了答案。我们的大夫写了一句中文“中印友谊万岁”。主要演员几乎用同样的速度在黑板上写出了“中印友谊万岁”。那位精通印地语的同志用印地语写上了“印地秦尼巴依巴依”，主演人没有写而是高声读了出来。诵声刚落，台下就是一片欢腾，我们心里一片温暖，还加上一点吃惊。

演出结束了。我们正准备退场。但是招待我们的主人和魔术团的负责人，也就是那个主要演员，却走上前来，把我们拉上了舞台。我们走上去，一回头面对群众，下面就一片掌声。所有的演员都走上舞台，整整齐齐地排在那里，连那一匹参加演出的骡子也被牵上舞台，规规矩矩地站在那里，它好像也通人意，要对中国客人表现出有礼貌。我们中国客人被邀请站在中间。印度主人一定要我们对全场的印度朋友讲几句话。我临时讲了几句，感谢主人，感谢印度人民，并说要把印度人民这种深情厚谊带回中国去。话刚落音，下面又是一片掌声。然后拉上布幕，男主角和他的爱人，也是一个演员，又重新和我们握手闲谈。他告诉我们，他出生在一个魔术世家，他和他父亲都是走遍全球。在伦敦的演出，曾轰动整个雾城。据说他曾用白面糊上眼再蒙上黑绒骑摩托车在伦敦大街上飞驶。他父亲在日本演出，生病死在那里。其他国家，他都到过了，最感到遗憾的是他还没有到过他最热爱的中国。他深切希望能够到中国去一趟。我们祝愿他的愿望能够实现，就握手告别，每个人心里都是热乎乎的。

我们怀着愉快而兴奋的心情回到了旅馆。在半夜的餐桌上，我们议论纷纷，对刚才在剧场的感受，谈个不休。特别使我们不解的是蒙上眼睛在黑板上写字的那一个节目。我们就像猜一个难猜的谜语一样，猜来猜去。但是无论如何，也得不出自己认为满意的答案：为什么蒙上眼睛他还能瞧得见呢？为什么他根本不懂中文而竟能跟着我们的大夫书写如流呢？一连串的疑问，一阵阵的吃惊。但是大家印象最深的、最受感动的还是印度人民，其中当然也包括这几个演员，对中国人民表示的深情厚谊。我们身在旅馆，我们的心却仿佛还留在那永生难忘的剧场里了。

我们谈呀谈呀，几乎忘记了睡觉。到了深夜，我们才各自走回自己的房间去。也许是由于过度的兴奋，我躺在床上无论如何也睡不着。就这样过了一个不眠之夜，但却又是一个十分愉快的一夜。十几天在印度的经历，一幕幕奔来心头。各种影像，纷至沓来，一齐在我眼前飞动：德里的高塔、德里的比尔拉庙、德里和阿格拉的红堡、阿格拉的泰姬陵、孟买的印度门、科钦的海港、海得拉巴的老虎、圣地尼克坦的泰戈尔故居、加尔各答的大榕树，等等，等等，一齐飞到我的眼前来，中间还间杂着到处能飞的虎皮鹦鹉、活蹦乱跳的猴子，简直是五光十色，光怪陆离。刚才看过的魔术当然更在其中占有显著的地位。我眼前金光闪闪，有如彩虹落地，万卉升天，我又如入阆苑仙境中。

第二天一清早我们准时到了机场。英国航空公司的班机晚了点。一位印度朋友对我说："以前如果飞机晚了点，我最憎恨。但是这一次晚点，我却最欢迎，因为这样，我们可以同中国朋友们在一起待更长的时间。"简单一句话，里面含着多少深厚的感情啊！

机场贵宾室里挤满了来送行的人，其中有西孟加拉邦政府的官员，有陪我们游遍全程的柯棣华委员会副会长汗夫人、秘书长拉蒂菲先生，还有许许多多只见过面来不及问名字的加尔各答的男女大学生、男女赤脚医生。我被一群青年团团围住，在最后一分钟仍然有提不尽的问题。在谈话间歇的一瞬间，我抬眼可以瞥见我们的团长正同围住他的印度朋友们热情地谈着话。印度著名歌手、中国人民的老朋友比斯瓦斯这时引吭高歌《印中友好歌》。我一面说话，一面还只是用一个耳朵听到了他的歌声。我清晰地听到那热爱中国的歌手高唱着：

友好的歌声四处起，
印中人民是兄弟。
黎明降临到大地，
朝霞泛起在天际。
友好的歌声四处起，
印中人民是兄弟。
印中人民一定要突破旧世界的锁链。
告诉我吧！
谁能把我们的英雄们抗击。

这歌声发自内心深处。往复回荡，动人心魄，整个候机室里，响彻了这歌声。印度朋友说："这样的歌，好久好久没有听到了，今天听了特别觉得高兴。"这真是说出了我们心里的话，我们何尝没有同样的想法呢？

但是，可惜得很，飞机误点不能永久地误下去，虽然我们下意识中希望它永久误下去。终于播出了通知，要旅客们上飞机了。这时中印两国的朋友们都不禁露出了惜别的神色。我们每个人又被赠送了成包成串的紫色的玫瑰花。我们就抱着这些浓香扑鼻的玫瑰花，走向飞机旁边。从贵宾室到飞机旁这一段短短的路程，双腿走起来好像有千钧重。大家仿佛有千言万语，但是不知道从何处说起，热烈的握手，相对的凝视，一切尽在不言中了。在最后的一刹那，一位印度朋友紧握住了我的双手深情地说："埃及的朋友说：'谁喝了尼罗河的水，他总要再回埃及来的。'我现在改一句：'谁喝了恒河的水，他总要再回印度来的。'"

是的，我现在虽然离开印度，但我相信，这只是暂时的别离。我总要再回印度去的。

再见吧，可爱的印度！

1979年10月

德里风光

在印度，德里不是最古的城，也不是最美的城，但它却是一个很有个性的城。游过一次，终生难忘。

而我游德里，不是一次，是三次。

第一次是在新中国成立初期。我当时被招待住在总统府内。这是一座红砂石垒成的建筑。从下面乘车走上去，经过一片开阔的草地和马路，至少有三四里路，两旁也都是一座座宫殿式的建筑。走到尽头，一座规模极大的建筑，矗立在眼前，宏伟巍峨，气势逼人。印度古代神话中吉罗娑神山顶上的神仙宫阙，大概也不外就是这个样子。这就是印度的总统府。

德里的名胜古迹，当然不限于总统府。从古迹的角度来看，总统府是算不上数的。你如果问一个本地人：什么古迹最有名？他会毫不犹疑地回答：红堡。第一次来，因为住在总统府内，所以先参观了总统府，然后才参观红堡。第二次、第三次来，我就径直地参观红堡。

红堡的建筑风格，同总统府是完全不相同的。同阿格拉的红堡一样，它修建于16世纪莫卧儿王朝。顾名思义，它是红色的伊斯兰式的建筑。但这红色仅仅只限于城墙。人们一进去，里面的楼、台、殿、阁却另是一种颜色。这些建筑基本上都是用灰白色的大理石建造的。大坪石柱上、壁上，都镶嵌着许多红、绿、黄、紫的宝石，衬着灰白色的大理石，相映成趣，闪闪发光。来到这里，人们很容易想到伊斯兰的文化，想到古代伊朗的文学艺术，想到阿拉伯的《一千零一夜》，做起伊斯兰的梦来。

完全可以同红堡媲美的是库图布高塔。高塔周围的建筑群，在风格上，可以明显地分为两类：一类是印度古代固有的风格，一类是后来传进来的伊斯兰风格；泾渭分明，但又和谐。原来大概都是印度古式建筑，信伊斯兰教的统治者来到以后，拆旧建新，就成了现在这个样子。拆建的痕迹，赫然在目。印度古式建筑，远远望去，黑糊糊一片，有点“浓得化不开”；细看却是精雕细刻，栩栩如生。如果借用一句中国论诗的话来形容，那就是：沉郁顿挫。伊斯兰风格完全相反：线条简明。也借用一句中国论诗的话：清新俊逸。两种风格相映成趣，成为印度印回两大文化的象征。

高塔是德里最高的建筑，共有五层，高约22丈，建于12世纪末叶，至今已有七八百年的历史。建筑风格是典型的伊斯兰式，与印度古代的塔（窣堵波）完全不同。我先后三次登上高塔，每次攀登的时候，总不由自主地想到唐代著名诗人岑参的《与高适薛据登慈恩寺浮屠》一诗：

塔势如涌出，
孤高耸天宫。
登临出世界，
蹬道盘虚空。

这样的诗句，用来形容这一座高塔，不是非常合适的吗？

德里的名胜古迹还多得很，一篇短文是介绍不完的，我也就不再介绍了。

不管这些名胜古迹给我留下了多么深刻的印象，离开了人的名胜古迹，即使再美，也是一堆没有生命的东西。最使我难忘的还是印度人民的友情。这种深厚的友情，以这些名胜古迹为背景，二者相得益彰，才真是终生难忘。四年前，我第三次访问印度，在德里大学受到无比热烈的欢迎。那些可爱的印度大学生，一双双温暖的手，一双双热情的眼睛，真使我感动极了。我这样一个微不足道的人，为什么能受到这样的欢迎呢？他们是把我当做中国人民的一个代表，这种热烈的友情是针对中国人民的，我不过碰巧成为接受者而已。友情，同名胜古迹，同总统府、红堡、高塔不一样，无法用图片来表达，它没有形体，没有颜色，但有重量，就让我把印度人民极重极重的友情，贮藏在我的内心深处吧！

1982年12月11日

第二辑

尼泊尔行

飞越珠穆朗玛峰

我们的专机从北京起飞，云天万里，浩浩茫茫，大约三个多小时以后，机上的服务人员说，下面是西藏的拉萨。我们赶快转向机窗，瞪大了眼睛向下看：雪峰林立，有如大海怒涛，在看上去是一个小山沟沟里，错错落落，有几处房舍，有名的布达拉宫，白白的一片，清清楚楚地映入我们的眼帘。

一转瞬间，下面的景象完全变了。雅鲁藏布江像一条深绿色的带子蜿蜒于万山丛中。中国古代谢朓的诗说“澄江净如练”。我们现在看到的却不是一条白练，而是一条绿玉带。

又过了不久，机上的服务人员又告诉我们说，下面是珠穆朗玛峰。我们又赶快凭窗向下张望。但是万山耸立，个个都戴着一顶雪白的帽子，都是千古雪峰，太阳照在上面，发出刺眼的白光，真可以说是宇宙奇观。可是究竟哪一个是珠峰呢？机组人员中形成了两个“学派”：一个是机右说，一个是机左说。我们都是外行，听起来，公说公有理，婆说婆有理，也没有法子请出一个权威来加以评断。难道能请珠峰天女自己来向我们举手报告吗？

此时一秒值千金，我无暇来参加两个学派的研讨，我费上最大的力量，把眼睛瞪大到最大可能的限度，下望万峰千岭。有时候我觉得这一座山峰像是珠峰，但是一转瞬间，另一座雪峰突兀峥嵘，同我想象中的珠峰相似。我似乎看到了峰顶插着的五星红旗在迎风招展，给皑皑的白雪涂上了胭脂似的鲜红。我顾而乐之，陶醉在自己的想象中。

但是飞机只是不停地飞，下面的山峦也在不停地变幻，我脑海里的想法跟着不停地变化。说时迟，那时快，飞机已经飞越雪峰的海洋。我没有别的办法，只有这样来安慰自己：不管哪一座雪峰是珠峰，既然我望眼欲穿地看了那么多的山峰，其中必有一个是真正的珠峰，我总算看到这个大千奇迹世界最高峰了。我心里感到安慰，感到高兴。这种感觉一直陪伴我到了尼泊尔的首都加德满都。

1986年11月25日凌晨于加德满都苏尔提宾馆

加德满都的狗

我小时候住在农村里，终日与狗为伍，一点也没有感觉到狗这种东西有什么稀奇的地方，但是狗却给我留下了极其深刻的印象。我母亲逝世以后，故乡的家中已经空无一人。她养的一条狗——连它的颜色我现在都回忆不清楚了——却仍然日日夜夜卧在我家门口，守着不走。女主人已经离开人世，再没有人喂它了。它好像已经意识到这一点，但是它却坚决宁愿忍饥挨饿，也绝不离开我们那破烂的家门口。黄昏时分，我形单影只从村内走回家，屋子里摆着母亲的棺材，门口卧着这一只失去了主人的狗，泪眼汪汪地望着我这个失去了慈母的孩子，有气无力地摇摆着尾巴，嗅我的脚。茫茫宇宙，好像只剩下这只狗和我。此情此景，我连泪都流不出来了，我流的是血，而这血还是流向我自己的心中。我本来应该同这只狗相依为命，互相安慰。但是，我必须离开故乡，我又无法把它带走。离别时，我流着泪紧紧地搂住了它，我遗弃了它，真正受到良心的谴责。几十年来，我经常想到这一只狗，直到今天，我一想到它，还会不自主地流下眼泪。我相信，我离开家以后，它也绝不会离开我家的门口。它的结局我简直不忍想下去了。母亲有灵，会从这一只狗身上得到我这个儿子无法给她的慰藉吧。

从此，我爱天下一切狗。

但是我迁居大城市以后，看到的狗渐渐少起来了。最近多少年以来，北京根本不许养狗，狗简直成了稀有动物，只有到动物园里才能欣赏了。

我万万没有想到，我到了加德满都以后，一下飞机，在机场受到热情友好的接待。汽车一驶离机场，驶入市内，在不算太宽敞的马路两旁就看到了大狗、小狗、黑狗、黄狗，在一群衣履比较随便的小孩子们中间，摇尾乞食，低头觅食。

这是一件小事，却使我喜出望外：久未晤面的亲爱的狗竟在万里之外的异域会面了。

狗们大概完全不理解我的心情，它们大概连辨别本国人和外国人的本领还没有学到。我这里一往情深，它们却漠然无动于衷，只是在那里摇尾低头，到处嗅着，想找到点什么东西吃吃。

晚上，我们从中国大使馆回旅馆的时候，天已经完全黑了。加德满都的大街上，电灯不算太多，霓虹灯的数目更少一些。我在阴影中又隐隐约约地看到了大狗、小狗、黑狗、黄狗，在那里到处嗅着。回到旅馆，在沐浴后上床的时候，从远处的黑暗中传来了阵阵的犬吠声。古人说，深夜犬吠若豹。我现在听到的不是吠声若豹，而是吠声若犬。这事当然并不稀奇。可这并不稀奇的若犬的犬吠声却给我带来了无尽的甜蜜的回忆。这甜蜜的犬吠声一直把我送入我在加德满都过的第一夜的梦中。

1986年11月25日凌晨于苏尔提宾馆

乌鸦和鸽子

傍晚，我们来到了清凉宫。正当我全神贯注地欣赏绿玉似的草地和珊瑚似的小红花的时候，忽然听到天空里一阵哇哇的叫声。啊！是乌鸦。一片黑影遮蔽了半个天空。想不到暮鸦归巢的情景竟在这里看到了。

这使我立即想起了三十多年以前我的第一次缅甸之行。我首先到了仰光，那种堆绿叠翠的热带风光牢牢地吸引住了我。但是，更吸引住我、使我感到无限惊异的是那里的乌鸦之多。我敢说，在世界的任何地方都不会有这么多的乌鸦。据说，缅甸人虔信佛教，佛教禁止杀生到了可笑的地步。乌鸦就趁此机会大大地繁殖起来，其势猛烈，大有将三千大千世界都化为乌鸦王国的劲头。

我曾在距离仰光不太远的伊洛瓦底江口看到我生平第一次见到的最大的乌鸦群，恐怕有几万只。停泊在江边的大小船上的桅杆上、船舱上、船边上，到处都落满了乌鸦，漆黑一大片。在空中盘旋飞翔的，数目还要超过几倍。简直成了乌鸦的世界，乌鸦的天堂，乌鸦的乐园，乌鸦的这个，乌鸦的那个，我理屈词穷，我说不出究竟是乌鸦的什么了。

今天早晨，也就是到清凉宫去的第二天的早晨，我参观哈奴曼多卡古王宫时，我又第二次看到了我生平见到的最大的乌鸦群之一，大概有上千只吧。它们忽然一下子从王宫高塔的背面飞了出来，呼哨一声，其势惊天动地，在王宫天井上盘旋了一阵，又呼哨一声，飞到不知道什么地方去了。

乌鸦在中国古代不被认为是吉祥的动物，名声不佳。人们听到它们的鸣声，往往起厌恶之感。可是这些年以来，在北京，甚至在树木葱茏的燕园里面，除了麻雀以外，别的鸟很少见到了。连令人讨厌的乌鸦也逐渐变得不那么讨厌了。它们那种绝不能算是美妙的叫声，现在听起来大有日趋美妙之势了。

我在加德满都不但见到了乌鸦，而且也见到了鸽子。

鸽子在北京现在还是能够见到的，都是人家养的，从来没有听说过野鸽子。记得我去年春天到印度新德里去参加《罗摩衍那》的作者蚁垤国际诗歌节，住在一所所谓五星旅馆的第十九层楼上。有一天，我出去开会，忘记了关窗子。回来一开门，听到鸽子咕噜咕噜的叫声。原来有两位长着翅膀的不速之客，趁我不在的时候，到我房间里来了。两只鸽子就躲在我的沙发下面亲热起来，谈情说爱，卿卿我我，正搞得火热。看到我进来，它俩坦然无动于衷，丝毫没有想逃避的意思，也看不出一点内疚之意。倒是我对于这种“突然袭击”感到有点局促不安了。原来印度人决不伤害任何动物，鸽子们大概从它们的鼻祖起就对人不怀戒心，它们习惯于同人们和平共处了。反观我们自己的国家，情况有很大的不同。专就北京来说，鸟类的数目越来越少。每当我在燕园内绿树成荫的地方，或者在清香四溢的荷花池边，看到年轻人手持猎枪、横眉竖目，在寻觅枝头小鸟的时候，我简直内疚于心，说不出话来。难道在这些地方我们不应该向印度等国家学习吗？

我不是哲学家，也不喜欢，更不擅长去哲学地思考。但是古今中外都有不少的哲人，主张人与大自然应该浑然一体，人与鸟兽（有害于人类的适当除外）应该和睦相处，相向无猜，谁也离不开谁，谁都在大自然中有生存的权利。我是衷心地赞成这些主张的。即使到了人类大同的地步，除了人与人之间的关系应该同过去完全不同之外，人与大自然的关系，其中也包括人与鸟兽的关系，也应该大大地改进。我不相信任何宗教，我也不是素食主义者。人类赖以为生的动植物，非吃不行的，当然还要吃。只是那些不必要的、损动物而不利己的杀害行为，应该断然制止。写到这里，我忽然想到一件不大不小的事：过去有一段时间，竟然把种草养花视为修正主义。我百思不得其解。有这种主张的人有何理由？是何居心？真使我惊诧不已。世界一切美好的东西，不管是人类，还是鸟兽虫鱼，花草树木，我们都应该会欣赏，有权利去欣赏。我认为，这是天经地义的真理。难道在僵化死板的气氛中生活下去才算得上唯一正确吗?

写到这旦，正是黎明时分。窗外加德满都的大雾又升起来了。从弥漫天地的一片白色浓雾的深处传来了咕咕的鸽子声，我的心情立刻为之一振，心旷神怡，好像饮了尼泊尔和印度神话中的甘露。

1986年11月26日凌晨

雾

浓雾又升起来了。

近几天以来，我早晨起床后第一件事就是推开窗子，欣赏外面的大雾。

我从来没有喜欢过雾。为什么现在忽然喜欢起来了呢？这其中有一点因缘。前天在飞机上，当飞临西藏上空时，机组人员说，加德满都现在正弥漫着浓雾，能见度只有一百米，飞机降落怕有困难。加德满都方面让我们飞得慢一点。我当时一方面有点担心，害怕如果浓雾不消，我们将降落何方？另一方面，我还有点好奇：加德满都也会有浓雾吗？但是，浓雾还是消了，我们的飞机按时降落在尼泊尔首都机场，机场上阳光普照。

因此，我就对雾产生了好奇心和兴趣。

抵达加德满都的第二天凌晨，我一起床，推开窗子：外面是大雾弥天。昨天下午我们从加德满都的大街上看到城北面崇山峻岭，层峦叠嶂，个个都戴着一顶顶的白帽子，这些都是万古雪峰，在阳光下闪出了耀眼的银光。这是我生平第一次看到这种景象，我简直像小孩子一般地喜悦。现在大雾遮蔽了一切，连那些万古雪峰也隐没不见，一点影子也不给留下。旅馆后面的那几棵参天古树，在平常时候，高枝直刺入晴空，现在只留下淡淡的黑影，衬着白色的大雾，宛如一张中国古代的画。昨天抵达旅馆下车时，我看到一个尼泊尔妇女背着一筐红砖，倒在一大堆砖上。现在我看到一个男子，手里拿着一堆红红的东西。我以为他拿的也是红砖，但是当他走得近了一点时，我才发现那一堆红红的东西簌簌抖动，原来是一束束红色的鲜花。我不禁自己笑了起来。

正当我失神落魄地自己暗笑的时候，忽然听到不知从哪里传来了咕咕的叫声。浓雾虽然遮蔽了形象，但是却遮蔽不住声音。我知道，这是鸽子的声音。当我倾耳细听时，又不知从哪里传来了阵阵的犬吠声。这都是我意想不到的情景。我万万没有想到，我在加德满都学会了喜欢的两种动物——鸽子和狗，竟同时都在浓雾中出现了。难道浓雾竟成了我在这个美丽的山城里学会欣赏的第三件东西吗？

世界上，喜欢雾的人似乎是并不多的。英国伦敦的大雾是颇有一点名气的。有一些作家写散文、写小说来描绘伦敦的雾，我们读起来觉得韵味无穷。对于尼泊尔文学我所知甚少，我不知道，是否也有尼泊尔作家专门写加德满都的雾。但是，不管是在伦敦，还是在加德满都，明目张胆大声赞美浓雾的人，恐怕是不会多的，其中原因我不甚了了，我也没有那种闲情逸致去钻研探讨。我现在在这高山王国的首都来对浓雾大唱赞歌，也颇出乎自己的意料。过去我不但没有赞美过雾，而且也没有认真去观察过雾。我眼前是由赞美而达到观察，由观察而加深了赞美。雾能把一切东西：美的、丑的、可爱的、不可爱的，一塌刮子都给罩上一层或厚或薄的轻纱，让清楚的东西模糊起来，从而带来了另外一种美，一种在光天化日之下看不到的美，一种朦胧的美，一种模糊的美。

以前，当我第一次听到“模糊数学”这个名词的时候，我曾说过几句怪话：数学比任何科学都更要求清晰，要求准确，怎么还能有什么模糊数学呢？后来我读了一些介绍文章，逐渐了解了模糊数学的内容。我一反从前的想法，觉得模糊数学真是一个了不起的发现。在人类社会中，在日常生活中，在社会科学和自然科学中，有着大量模糊的东西。无论如何也无法否认这些东西的模糊性。承认这个事实，对研究学术和制定政策等都是有好处的。

在大自然中怎样呢？在大自然中模糊不清的东西更多。连审美观念也不例外。有很多东西，在很多时候，朦胧模糊的东西反而更显得美。

月下观景，雾中看花，不是别有一番情趣在心头吗？在这里，观赏者有更多的自由，自己让自己的幻想插上翅膀，上天下地，纵横六合，神驰于无何有之乡，情注于自己制造的幻象之中；你想它是什么样子，它立刻就成了什么样子，比那些一清见底、纤毫不遗的东西要好得多。而且绝对一清见底、纤毫不遗的东西，在大自然中是根本不存在的。

我的幻想飞腾，忽然想到了这一切。我自诧是神来之笔，我简直陶醉在这些幻象中了。这时窗外的雾仍然稠密厚重，它似乎了解了我的心情，感激我对它的赞扬。它无法说话，只是呈现出更加美妙更加神秘的面貌，弥漫于天地之间。

1986年11月26日

神　牛

我又和我的老朋友神牛在加德满都见面了。这是我意料中但又似乎有点出乎意料的事情。

过去，我曾在印度的加尔各答和新德里等大城市的街头见到过神牛。三十多年以前我第一次访问印度的时候，在加尔各答那些繁华的大街上第一次见到神牛。在全世界似乎只有信印度教的国家才有这种神奇的富有浪漫色彩的动物。当时它们在加尔各答的闹市中，在车水马龙里面，在汽车喇叭和电车铃声的喧闹中，三五成群，有时候甚至结成几十头上百头的庞大牛群，昂首阔步，威仪俨然，真仿佛天上天下，唯我独尊。它们对人类社会的一切现象，对人类一切的新奇的发明创造，什么电车汽车，又是什么自行车摩托车，全不放在眼中。它们对人类的一切显贵，什么公子、王孙，什么体操名将、电影明星，什么学者、专家，全不放在眼中。它们对人类创造的一切法律、法规，全不放在眼中。它们是绝对自由的，愿意到什么地方去，就到什么地方去；愿意在什么地方卧倒，就在什么地方卧倒。加尔各答是印度最大的城市，大街上车辆之多，行人之多，令人目瞪口呆。从公元前就有的马车和牛车，直至最新式的流线型的汽车，再加上涂饰华美的三轮摩托车，有上下两层的电车，无不具备。车声、人声、马声、牛声，混搅成一团，喧声直抵印度神话中的三十三天。在这种情况下，几头神牛，有时候竟然兴致一来，卧在电车轨道上，“我困欲眠君且去”，闭上眼睛，睡起大觉来。于是汽车转弯，小车让路，电车脱离不了轨道，只好停驶。没有哪一个人敢去驱赶这些神牛。

对像我这样的外国人来说，这种情景实在是“匪夷所思”，实在是非常有趣。我很想研究一下神牛的心理。但是从它们那些善良温顺的大眼睛里我什么也看不出，猜不出。它们也许觉得，人类真是奇妙的玩意儿。他们竟然聚居在这样大的城市里，还搞出了这样多不用马拉牛拖就会自己跑的玩意儿。这些神牛们也许会想到，人这种动物反正都害怕我们，没有哪一个人敢动我们一根毫毛，我们索性就愿意怎样干就怎样干吧。

但是，据我的观察，它们的日子也并不怎么好过。虽然没有人穿它们的鼻子，用绳子牵着走，稍有违抗，则挨上一鞭，但是也没有人按时给它们喂食喂水。它们只好到处游荡，自己谋食。看它们那种瘦骨嶙峋的样子，大概营养也并不好。而且它们虽然被认为是神牛，并没有长生不老之道，它们的死亡率并不低。当我隔了二十年第二次访问加尔各答的时候，在同一条大街上，我已经看不到当年那种十几头上百头牛游行在一起的庞大的阵容了。只剩下零零落落的几头老牛徘徊在那里，寥若晨星，神牛的家族已经很不振了。看到这情景，我倒颇有一些寂寞苍凉之感。但是神牛们大概还不懂什么牛口学（对人口学而言），也不懂什么未来学，它们不会为21世纪的牛口问题而担忧，这也算是一种难得糊涂吧。

我似乎不曾想到，隔了又将近十年，我来到了尼泊尔，又在加德满都街头看到久违的神牛了。我在上面曾说到，这次重逢是在意料中的，因为尼泊尔同印度一样是信奉印度教的国家。我又说有点出乎意料，不曾想到，是因为尼泊尔毕竟不是印度。不管怎么样，我反正是在加德满都又同神牛会面了。

在这里，神牛的神气同印度几乎一模一样，虽然数目相差悬殊。在大马路上，我只见到了几头。其中有一头，同它的印度同事一样，走着走着，忽然卧倒，傲然地躺在马路中间，摇着尾巴，扑打飞来的苍蝇，对身旁驶过的车辆，连瞅都不瞅。不管是什么样的车辆，都只能绕它而行，绝没有哪一个人敢去惊扰它。隔了几天，我又在加德满都郊区看见了几头，在青草地上悠然漫步。它是不是有“食草绿树下，悠然见雪山”的雅兴呢？我不敢说。可是看到它那种悠闲自在的神态，真正羡慕煞人，它真像是活神仙了。尼泊尔是半热带国家，终年青草不缺，这就为神牛的生活提供了保证。

神牛们有福了！

我祝愿神牛们能够这样悠哉游哉地活下去。我祝愿它们永远不会想到牛口问题。

神牛们有福了！

1986年11月27日凌晨

时窗外浓雾中咕咕的鸽声于耳

游巴德冈故宫和哈奴曼多卡宫

出加德满都，汽车行驶约三十公里，来到了巴德冈故宫广场。

当年尼泊尔河谷曾经分为三国，这里是一国的首都。我无论如何也难以理解，在这样一条窄狭的河谷里竟然能容下三个国家。他们之间鸡犬之声相闻，打起仗来，怎样能摆开阵势呢？想到中国的三国，相距千里，中阻长江大河，崇山峻岭，一旦交兵，或则舳舻蔽江，投鞭断流，或则火烧连营七百里，那是一种什么样的场面，又是一种多么大的气势呢？

这故宫广场不算太大，也不方方正正。这里有一所国家艺术画廊，是一所古老的建筑。外面墙上窗子上有非常精美的木雕。木雕是尼泊尔人民民间艺术的精华，颇能表现出尼泊尔民间艺人的艺术水平。木雕的内容大概不外是神话故事、佛像和印度教的神像，以及天然景物，树木花卉，鸟兽虫鱼之类，看上去姿态生动逼真，细致而又繁复。

在广场周围有许多尼泊尔著名的宫殿和庙宇，有金门，有五十五扇精雕细琢的窗子，还有尼亚塔波拉庙，即所谓五层塔，是闻名遐迩的古代建筑，也是尼泊尔最高的寺庙建筑。另外还有一座独木庙，叫做被达塔特拉亚庙，据说是用一棵无比巨大的大树建成的，迄今已有五百年的历史了。

这些古代庙宇对我这个初来尼泊尔的人来说都是非常新奇的、可爱的；但是，说也奇怪，我最感兴趣的还是这里的人民。因为警卫森严，其他参观游览者都被阻在一条警卫线以外，那里万头攒动，伸长了脖子，看我们这一群“洋鬼子”。在那些人里面，我看到了几个碧眼黄发的真正的“洋鬼子”，高高耸立在尼泊尔人群之上，手执照相机，拼命在那里抢几个十分难得的镜头。

但是最让我感动的却是一个只有五六岁的小男孩。尼泊尔的警察规定，住在街道两边的住户决不允许跨出门限。这个小男孩和他的母亲就站在门限以内，双手合十，装出十分严肃的样子，瞅着我们。我一转瞬瞥见了这个小男孩，觉得十分有趣，也连忙双手合十，对他说了一声Namaste（向你致敬）！小孩腼腆一笑，竟然也说了一声Namaste。这是一件只发生在几秒钟以内的小事，然而却将使我终生不忘。这个小男孩人小作用大，他对中国人民由衷的感情，真使我万分感动。

过了一天，我们又去参观哈奴曼多卡宫，这也是一座古老的王宫，正处在加德满都闹市中心，周围是最繁华的商业街道和巴扎尔。这一座王宫最早建于13世纪以前的李查维王朝。15世纪末马拉王朝分裂，这一座王宫就成了历代马拉国王的正式宫殿。后来，普里特维·纳拉扬攻陷加德满都，统一了尼泊尔，此宫又成为沙阿王朝的王宫，直至19世纪70年代王室迁出为止。

“哈奴曼多卡”的意思是“哈奴曼门”。哈奴曼是印度大史诗《罗摩衍那》中神猴的名字。今天，这个神猴的像还矗立在王宫门前，颈挂花环，口涂红水，座前香烟缭绕，看来仍然受到尼泊尔人民的膜拜。

宫内房屋极多，千门万户，宛如蜂房。我们走进去，好像进入了迷魂阵一样。历代国王的画像，还有他们的寝宫，一个接一个，令人目不暇接。但是我感兴趣的却是一座极高大的似楼又似塔的建筑，檐边挂着红绸子，在风中飘动，同在我国西藏所见到的情景几乎完全一样，由此可见两国文化宗教关系之密切。事实上，两国过去有长期的文化交流的历史，尼泊尔工程师到中国来建筑宫殿，连我们日常吃的菠菜也是从尼泊尔移植过来的。一提到这些事情，尼泊尔朋友就发生极大的兴趣，两国人民的心好像更挨近了。

在这座寥落的故宫里，引起了我极大兴趣的还有成群的鸽子。也不知道它们原来栖息在什么地方，忽然倾巢而出，在巍峨崇高的楼台殿阁之间，盘旋飞翔，翅影弥天。因为今天这里戒严，参观群众都被阻在宫门以外，宽敞的庭院里，除了我们这一伙人外，空无一人。鸽子的叫声和翅影给这种寂静带来了生气，带来了诗意。我看了风中飘动的红绸，听了鸽子的叫声，身处寥落古王宫之中，仿佛进入了某一种幻境，飘飘然遗世而独立了。

仍然像在巴德冈故宫一样，一走出王宫的大门，群众被拦在警戒线以外，除了形形色色的尼泊尔老百姓以外，还有不少碧眼黄发的欧美人士站在人群里，因为个子高，大有鹤立鸡群之势，个个手执照相机，高高地举了起来，想抢一个难得的镜头。大家都面含笑意，我们对着他们微笑，他们也以微笑相报。无法谈话，无从握手，但是感情仿佛能得到交流。连这一座古老的宫殿都仿佛变得年轻了，到处洋溢着勃勃的生气，友谊弥漫太空。

此情此景，我将毕生难忘。

1986年12月4日北京大学朗润园

世界佛教联谊会第十五届大会

赤、橙、黄、绿、青、蓝、紫……

是印度教的哪一位大神从大梵天的天宫里把这些颜色撒上人间大地？是佛教的哪一位菩萨从三十三天上把这些颜色撒上人们的衣服，撒上旗帜，撒上佛像？

我一走进大会的会场德什拉特体育场，简直吃惊得目瞪口呆，说不出话来。眼前的景象太不寻常了。体育场三面的看台上挤满了人，体育场中心也挤满了人，我们就座的主席台两旁也挤满了人，目光所至，无不是人，总是人，人，人，是人的大山，是人的海洋，是人的密林，是人的丛莽。加德满都只有四十五万人，而今天会场上的人据估计有四万多，几乎占了全城人口的十分之一。真可以说是盛会空前了吧。

我眼前的形象过多，颜色过多，我的两只眼睛是无论如何也不够用的。我恨不能像神庙里供的千手千眼佛那样，长出一千只眼睛来。这样就勉强可以看到一切，巨细不遗。即使长出一千只眼睛，我相信，每一只眼睛也都能派上用场，决不会待业，决不会投闲置散，会场中千奇百怪的景象是无论如何也看不完的。

在主席台的下面，在跑道的对面，沿着跑道，陈列着十几尊佛像和神像，据说都是从尼泊尔全国各大寺庙里搬来的。有的佛像庄严肃穆，有的则是姿态怪异，龇牙咧嘴，属于牛鬼蛇神之列。但是都穿着五颜六色的盛装，脖子上挂着花环。大概佛们平常各自住在各自的庙中，享受香火，没有开碰头会的机会。今天在这里会面了，互相攀谈起来，说不尽的相思，道不尽的致敬，情绪异常热烈。我眼中的佛像，个个仿佛都活跃起来，可惜吾辈凡人，不懂佛语，只有双手合十了。

场子中间排列着许多方队。最引人注目的是小女孩形成的队伍，她们每个人手中拿着一面有五种颜色的小旗，不时举起来摇晃摇晃。今天所有到会的人每人一面这样的小旗。据说五色象征着东、西、南、北四个方向和天堂。那些小女孩们有时候坐下，有时候又站起来，片刻不停。从她们脸上的笑容来看，她们显然是非常高兴、非常激动的。这样的会她们或许还从来没有参加过。凝聚在她们周围的那种欢悦气氛，陪衬上她们鲜花似的面庞和身上穿的鲜艳的衣服，光彩焕发，辉耀全场，在身跟前形成了五彩缤纷的幻景。

大会开始以后，首先是绕场游行。几十个妙龄女郎，身上穿着棕黄色的——我不敢说是不是就是这种颜色——衣服，共同拉着一张非常巨大的红布，上面写着庆祝颂扬世界佛教联谊会开幕的吉祥词句，迈着轻盈的步伐，扭摆着杨柳枝一般的腰肢，走在最前面。后面跟着的是各国代表团。有的代表团人数很多，有的比较少，有的只有一个尼泊尔小姑娘双手举着国名牌，目不斜视地跟着大队走，身后却空无一人。中国台湾代表团就属于这一类。牌子上写着Taiwan，China，后面却是空空荡荡。据说，台湾确实派来了代表团，但是他们却像害怕泰山石敢当一样，害怕这个牌子，害怕牌子上这几个字。我听说，台湾的僧人对我们还是非常友好的。在一次会议上，台湾的一个小和尚亲切热情地搀扶我们青海的一个活佛。既然如此，为什么又不敢跟着这样一个牌子走呢？友好是他们的内心，不敢跟着走是表现出来的形式。内心与外在形式往往也会产生一点矛盾的。其中隐秘，明眼人一看便知，然而不足为外人道也。总之，中国台湾牌子后面跟着的是一团空气。在四五万人的热烈气氛中，显得十分不调和，引起人们的窃窃私议。

在西方国家的代表团中，比如联邦德国、美国、加拿大、澳大利亚等，确实有剃光了脑袋的和尚和尼姑。最引起我的注意的是美国代表团的一个尼姑，碧眼高鼻，端庄秀丽，上面却是光光的一个脑袋。我左看左不像右看右不像，我无论如何也抑制不住内心里觉得滑稽的想法。我大概是凡夫俗子，尘心太重，注定了是西方无分、涅槃绝缘了。

各个国家和地区的代表团的队伍过去了以后，跟着来的是尼泊尔僧俗的庞大的队伍。看样子尼泊尔全国各县都来了人。最前面以写着县名的红布标为前导，游行的人跟在后面，其中有的代表团竟全是妇女。她们手托银盘，盘中盛着大米一类的东西，随走随用手轻撒米粒，大概是想表示吉祥如意吧！妇女中有的白发盈头，年逾古稀，依然健步如飞，精神矍铄，难道真是佛祖在天有灵，冥冥中加以佑护吗？有的妇女怀抱婴儿，也昂首阔步，奋勇向前。婴儿毕竟是有分量的，这一位母亲有什么感觉，我们局外人实在无法臆猜了。

每一个县的代表团，服装的颜色和式样都不一样。其中有的人载歌载舞，有的人漫不经心，有的人漠然随着大队走。中间还有不少小孩子，光着小脚丫子，有穿鞋的鞋被挤踩掉了，也不敢或者也没有工夫把鞋提上，只好趔趔趄趄地一脚高一脚低地慌里慌张地跟着大人走上前去。在巨大的人流中，宛如一个节奏不合的小小的泡沫。

队伍中有不少西藏人，也许就是尼泊尔的藏族。他们的特点是，在每一个游行队伍中，走在最前面的是一个身强力壮的大汉，手托高高的竹竿，竹竿上拴着两个牦牛尾巴，有的两个全是黑的，有的全是白的，有的一黑一白，中间点缀上许多五颜六色的小旗子之类的东西。看来这一根竹竿是颇有一些分量的，有一两丈高，有碗口那样粗。可是这一位大汉必须迅速地不停地把这竹竿在手中转动，让竿上悬的牦牛尾巴在摆动中直立起来。大汉们有时候还想露上两手，把长竿转到身后，从一只手中传到另一只手中，而长竿的转动速度并未降低，以至于那些黑白牦尾仍然能够直立起来。我生平第一次见到这种绝技，真可以说是大开眼界。表演这种绝技时，大汉们脸上都显露出洋洋自得的神气，难道说诞生于今天尼泊尔境内的佛祖颇为欣赏自己的老乡们这种勇敢行为而对他们降福赐祉吗？

绕场游行的尼泊尔各地区各民族的队伍，简直不知道有多少。我看到了场上的队伍已经绕场一周而且登上了对面的看台，我心里想：游行大概就这样结束了。然而不然。从对面看台下的一个门洞里忽然又涌出了彩旗，跟在后面的是海浪一般的人流。流呀，流呀！简直不知道要流到什么时候。我看不到门洞外面的情况，当然不知道究竟还有多少队伍在那里等候着流向会场。但是人流只是不断地从那一个小洞口往里涌。涌呀，涌呀！不知道要涌到什么时候。坐在我身后的一位女士用中国话说："哎呀，不得了！简直没完没了啦!"事实上确实是没完没了。等到这一位女士第三遍说同样的话的时候，情况一点没有改变，她也只好住口不说。可是人流却依然是没完没了，好像尼泊尔全国一千二百万人口都从这个小小的洞口里流出来了，都从那一个神秘的洞口向外涌，涌向广场上人的大洋中，给这一片汪洋大海增添了不计其数的、五颜六色的、大小不同的、形状各异的浪花。这大海更显得汹涌澎湃，大有波浪滔天之势了。

赤、橙、黄、绿、青、蓝、紫……

七种颜色的波涛腾涌起来了。

天上怎样呢？天上飞来了直升飞机。飞机飞得很低，上面坐的人清晰可见。他正从飞机上向场上倾倒鲜花。一次没能倾倒完，飞机又飞回来一次，那个人仍然忙碌着向下倾倒鲜花。如此周而复始，结果是鲜花蔽空。我简直仿佛能够嗅到芬芳的香气，这香气弥漫六合，溢满三界。当年佛祖说法时，常常是天雨曼陀罗。这种情景必然是非常奇妙的。试想：碗口大的花朵从九天之上，飘飘摇摇，直堕大地，遮天盖地，芳香四溢。这是一种多么奇妙的情景呢？我闭上眼睛，似乎也能看到这样神奇不可思议的情景。然而睁着眼睛是什么也看不到的。万万没有想到，今天这种神奇的情景竟然明明白白地展现在我的眼前。我真仿佛亲临两千多年前佛祖亲自主持的灵山法会，亲眼看到天雨曼陀罗，看来自己即使不能成佛作祖，灵山毕竟有份了。

在眼前这一派歌吹沸天、人海腾涌、目迷五色、眼花缭乱的纷乱繁忙的情景中，我偶然一抬头，竟然在北方天际看到白雪皑皑的万古雪峰，高高地耸出云层之上。我原以为是白云，但立刻就意识到是雪山。这是我以前完全没有预料到的，我有点欢喜，又有点吃惊。又套用那两句陶诗："拜佛广场内，悠然见雪山。"一转瞬间，我竟然有了陶渊明的心情，岂不大可异哉！又岂不大可喜哉！

我的眼前一闪，我仿佛看到雪山峰巅的群神，不管是印度教的众位大神，还是佛教的众位大菩萨，好像都从他们那些耸入云天的莲花座上站了起来，兴致勃勃地向下界凝望，向这广场凝望。他们看到自己的像就罗列在广场上，前面点着蜡烛，香烟缭绕。多么有趣呀！人这种动物是多么离奇呀！他们也许会顾而乐之吧。他们也许会想到，人这种动物天天忙吃忙穿，争名于朝，争利于市，居然还能忙里偷闲，居然还能有这种闲情逸致来搞这些花样，又吹又打，又跳又舞，手举彩旗，口宣佛号，多么可爱的动物呀！但是，我想，神仙们毕竟会高兴的。神仙绝不会比凡人高明。有的凡人喜欢别人拍马屁，难道神仙们就不喜欢吹捧吗？我不相信，我绝不相信。神仙们在高兴之余，说不定会大发慈悲，降厥福祉。行将见风调雨顺，天下太平了。阿弥陀佛！

我又一抬头，看到片片白云飘过雪山。我仿佛看到，神仙们个个自选一朵白云，坐了上去，让白云把他驮到大会会场上面。他们大概也想像刚才那一架直升飞机一样，学习当年的佛祖说法时的情景，天雨曼陀罗。也许是因为来得仓促，忘记了携带仙花。只好坐在白云上面，向下张望一番，又飞回雪山顶上阆苑仙宫里去了。

正当我神驰雪山想入非非的时候，我耳边厢忽然人声鼎沸。我收神定睛，仔细一瞧：全场乱起来了。五颜六色的人群从看台上向上涌，涌向主席台前，大概是想看一看台上的衮衮诸公，什么二王，什么部长，什么国外贵宾，什么国内显贵。场上原来整整齐齐的队伍不见了，赤、橙、黄、绿、青、蓝、紫，搅在一起了。大会就要收场了。我也连忙走下主席台，陷入人流之中。回望水晶般的雪峰正在夕阳斜照中闪出了清冷的白光。

1986年11月19日晚，从中国大使馆参加招待会归来

写于苏尔提旅馆

游兽主（Paśupati）大庙

我们从尼泊尔皇家植物园返回加德满都城，路上绕道去看闻名南亚次大陆的印度教的圣地——兽主大庙。

大庙所处的地方并不冲要，要走过几条狭窄又不十分干净的小巷子才能走到。尼泊尔的圣河，同印度圣河恒河并称的波特摩瓦底河，流过大庙前面。在这一条圣河的岸边上建筑了几个台子，据说是焚烧死人尸体的地方，焚烧剩下的灰就近倾入河中。这一条河同印度恒河一样，据说是通向天堂的。骨灰倾入河中，人就上升天堂了。

兽主是印度教三大主神之一，平常被称作湿婆的就是。湿婆的象征linga，是一个大石柱。这里既然是湿婆的庙，所以linga也被供在这里，就在庙门外河对岸的一座石头屋子里。据说，这里的妇女如果不生孩子，来到linga前面，烧香磕头，然后用手抚摩linga，回去就能怀孕生子。是不是真这样灵验呢？就只有天知道或者湿婆大神知道了。

庙门口皇皇然立着一个大木牌，上面写着："非印度教徒严禁入内"。我们不是印度教徒，当然只能从外面向门内张望一番，然后望望然去之。庙内并不怎样干净，同小说中描绘的洞天福地迥乎不同。看上去好像也并没有什么神圣或神秘的地方。古人诗说："凡所难求皆绝好。"既然无论如何也进不去，只好觉得庙内一切"皆绝好"了。

人们告诉我们，这座大庙在印度也广有名气。每年到了什么节日，信印度教的印度人不远千里，跋山涉水，到这里来朝拜大神。我们确实看到了几个苦行僧打扮的人，但不知是否就是从印度来的。不管怎样，此处是圣地无疑，否则拄竹杖梳辫子的圣人苦行者也不会到这里来流连盘桓了。

说老实话，我从来也没有信过任何神灵。我对什么神庙，什么兽主，什么linga，并不怎么感兴趣。引起我兴趣的是另外一些东西，庙中高阁的顶上落满了鸽子。虽然已近黄昏，暮色从远处的雪山顶端慢慢下降，夕阳残照古庙颓垣，树梢上都抹上了一点金黄。是鸽子休息的时候了。但是它们好像还没有完全休息，从鸽群中不时发出了咕咕的叫声。比鸽子还更引起我兴趣的是猴子。房顶上，院墙上，附近居民的屋子上，圣河小桥的栏杆上，到处都是猴子，又跳又跃，又喊又叫。有的老猴子背上背着小猴子，或者怀里抱着小猴子，在屋顶与屋顶之间，来来往往，片刻不停。有的背上驮着一片夕阳，闪出耀眼的金光。当它们走上桥头的时候，我也正走到那里。我忽然心血来潮，伸手想摸一下一只小猴子。没想到老猴子决不退避，而是龇牙咧嘴，抬起爪子，准备向我进攻。这种突然袭击，真正震慑住了我，我连忙退避三舍，躲到一旁去了。

我忽然灵机一动，想入非非。我上面已经说到，印度教的庙非印度教徒是严禁入内的。如果硬往里闯，其后果往往非常严酷。但这只是对人而言，对猴子则另当别论。人不能进，但是猴子能进。难道因为是畜类而格外受到优待吗？猴子们大概根本不关心人间的教派、人间的种姓、人间的阶级、人间的官吏，什么法律规章，什么达官显宦，它们统统不放在眼中，加以蔑视。从来也没有什么人把猴子同宗教信仰联系起来。猴子是这样，鸽子也是这样，在所有的国家统统是这样。猴子们和鸽子们大概认为，人间的这一些花样都是毫无意义的。它们独行独来，天马行空，海阔纵鱼跃，天高任鸟飞，它们比人类要自由得多。按照一些国家轮回转生的学说，猴子们和鸽子们大概未必真想转生为人吧！

我的幻想实在有点过了头，还是赶快收回来吧。在人间，在我眼前的兽主大庙门前，人们熙攘往来。有的衣着讲究，有的浑身褴褛。苦行者昂首阔步，满面圣气，手拄竹杖，头梳长发，走在人群之中，宛如鸡群之鹤。卖鲜花的小贩，安然盘腿坐在小铺子里，恭候主顾大驾光临。

高鼻子蓝眼睛满头黄发的外国青年男女，背着书包，站在那里商量着什么。神牛们也夹在中间，慢慢前进。讨饭的瞎子和小孩子伸手向人要钱。小铺子里摆出的新鲜的白萝卜等蔬菜闪出了白色的光芒。在这些拥挤肮脏的小巷子里散发出一种不太让人愉快的气味，一团人间繁忙的气象。

我们也是凡夫俗子，从来没有想超凡入圣，或者转生成什么贵人，什么天神，什么菩萨，等等。对神庙也并不那么虔敬。可是尼泊尔人对我们这些“洋鬼子”还是非常友好，他们一不围观，二不嘲弄。小孩子见了我们，也都和蔼地一笑，然后腼腼腆腆地躲在母亲身后，露出两只大眼睛瞅着我们。我们觉得十分可爱，十分好玩。我们知道，我们是处在朋友们中间。兽主大庙的门没为我们敞开，这是千百年来的流风遗俗，我们丝毫也不介意。我们心情怡悦。当我们离开大庙时，听到圣河里潺潺的流水声，我们祝愿，尼泊尔朋友在活着的时候就能通过这条圣河，走向人间天堂。我们也祝愿，兽主大庙千奇百怪的神灵会加福给他们！

1986年11月30日离别尼泊尔前，于苏尔提旅馆

望雪山

——游图利凯尔

其实，在加德满都城内，到处都可以望到雪山。六天以前，我一走下飞机，就惊异于此地山岭之多，抬眼向四周一看，几乎都是高高低低起伏如波涛的山峦。在碧绿的群山背后，有几处雪峰，高悬天际，初看宛如片片白云。白雪皑皑的峰巅，夕阳照上去，闪出耀眼的银光。

前几天，在世界佛教联谊会的大会开幕仪式上，我坐在主席台上，台下万头攒动，蓦地抬头，看到远处的万古雪峰横亘天际。唐人诗说：“林表明霁色，城中增暮寒。”我想改换一下：“天际明雪色，城中增暮寒。”约略能够表达出当时的情景。

又过了两天，代表团中有的同志建议，到离雪山更近一点的图利凯尔去看雪山，我欣然同意。我历来对雪山有好感，但是我看到的雪山并不多。只在新疆乌鲁木齐附近的天池看过两次，觉得非常新鲜。下面是炎热的天气，然而抬头向上一看，仿佛就在不远的地方却是险峰积雪，衬着蔚蓝的晴空，愈显得像冰心玉壶；又仿佛近在眼前，抬腿就可以走到，伸手就可以抓到一把雪。实际上，路是非常遥远的。从雪峰下来的采莲人手持雪莲，向游客兜售。淡黄色的雪莲仿佛带来了万古雪峰顶上的寒意，使我们身处酷夏，而心在广寒。此情此景，终生难忘。

现在，我来到了尼泊尔。这里雪峰之多，远非天池可比。仅仅从加德满都城里面就能够看到不少。在全世界上，也只有我国西藏和尼泊尔有这样多这样高的雪峰。我到这里来的时候，曾在飞机上看过雪山。那是从上面向下看。现在如果再从下面向上看一看的话，那该是多么有趣多么新鲜啊！怀着这样热切期待的心情，我们八个人立即驱车到了图利凯尔。

这个地方离雪峰近了一点，但是同加德满都比较起来也近不了多少。可是因为此地踞小峰之巅，前面非常开阔，好像是一个大山谷，烟树迷离，阡陌纵横。山谷对面，一片云雾上面就是连绵数千百里的奇峰峻岭。从这里看雪山，清晰异常。因此，多少年以来，此地就成了饱览雪山风光的胜地，外国旅游者没有不到这里来的。如果不到这里来，不管你在尼泊尔看到过多少地方，也算是有虚此行，离开之后，后悔莫及了。

今天，天公确实作美。早晨照例浓雾蔽天，八九点钟了，还没有消退的意思。尼泊尔朋友说，今天恐怕要全天阴天了，看雪山有点问题了。然而我们的汽车一驶出加德满都，慢慢地向上行驶的时候，天空忽然烟消云散，一轮红日高悬中天。尼泊尔主人显然高兴起来，他们认为让中国客人看到雪山是自己的职责。我们也同样激动起来。我们不远万里而来，如果不能清晰地看一下雪山的真面目，能不终生感到遗憾吗？

在半山坡的绿草地上，早已有人铺上了白布，旁边的桌子上摆满了食品，几辆挂着国旗的小轿车停在附近，看样子是哪一个国家的大使馆的车子。大人、小孩、男男女女，在草地上溜达着，手里拿着望远镜，指指点点，大概是议论对面雪峰的名称。在我们眼前隔着那一条极为广阔的峡谷，对面群峰林立，从右到左，蜿蜒不知道有几百几千里，只见黑压压的一片崇山峻岭，灰色的云彩在上面飘动。简直分不清哪是云，哪是山。在这群山后面或者上面，是一座座白皑皑的万古雪峰，逶迤也不知道几百几千里，巍然耸立在那里。偶然一失神，这一座座的雪峰仿佛流动起来，像朵朵的白云飘动在灰蓝色的山峰上面。这些雪峰太高了，相距那么远，还要抬头去看。我还从来没有看到过这样多、这样高、这样白的雪峰。我知道这些雪峰下面蓝色的云团也并不是云彩，而是真正的山。仿佛比这蓝色云团再高的地方就不应该再有山峰了。可是那些飘浮在这些蓝色云团的白色的云彩，确确实实是真正的雪峰。这真可以算是宇宙奇景，别的地方看不到的了。

按照地图，从右到左，一共排列着十三座有名有姓的雪峰，在世界上都广有名声。其中有不少还从来没有被凡人征服过。上面什么样子，谁也说不清楚。人们可以幻想，大概只有神仙才能住在上面吧。过去的人确实这样幻想过，中国古代的昆仑山上不就住着神仙吗？印度古代的神话也说雪山顶上是神仙的世界。可是世界上哪里会有什么神仙呢？然而，如果说雪峰上面什么都没有，我的感情似乎又有点不甘心。那不太寂寞了吗？那样晶莹澄澈的广寒天宫只让白雪统治，不太有点煞风景了吗？我只好幻想，上面有琼楼玉宇、阆苑天宫，那里有仙人，有罗汉，有佛爷，有菩萨，有安拉，有大梵天，有上帝，有天老爷，不管哪一个教门的神灵们，统统都上去住吧。他们乘鸾驾凤，骑上猛狮、白象，遨游太虚吧。

别人看了雪山想些什么，我说不出。我自己却是浮想联翩，神驰六合。自己制造幻影，自己相信，而且乐在其中，我真有流连忘返之意了。当我们走上归途时，不管汽车走到什么地方，向右面的茫茫天际看去，总会看到亮晶晶的雪山群峰直插昊天。这白色的群峰好像是追着我们的车子直跑，一直把我们送进加德满都城。

1986年12月1日于北京大学朗润园

在特里普文大学

从北京出发前，我们代表团的秘书长许孔让同志让我准备一篇学术报告，在尼泊尔讲一讲。我当即答应了下来，但是心中却没有底：究竟是在什么地方讲呢？对什么人讲呢？这一切都不清楚。好在我拟的题目是“中国的南亚研究——中国史籍中的尼泊尔史料”。这样一个题目在什么地方都是恰当的，都会受到欢迎的，我想。

到了尼泊尔以后才知道，是尼泊尔唯一的一所大学——特里普文大学准备请我讲的。几经磋商，终于把时间定了下来。尼泊尔的工作时间非常有趣：每天早晨十点上班，下午四点下班。实际上大约到了上午十一点才真正开始工作。尼泊尔朋友告诉我，本地人中流传着一种说法：世界上最惬意的事情是“拿美国工资，吃中国饭，做尼泊尔工作”。这种情况大概是由当地气候决定的，绝不能说尼泊尔人民懒。我在尼泊尔皇家植物园看到背柴禾的妇女，给我留下了深刻的印象；尼泊尔人民是勤劳的人民。话说回来，我到大学做报告的时间确定为正午十一时半开始。若在中国，到了上午十一时半我几乎已经完成了整天的工作量。但在尼泊尔，我的工作才开始，心里难免觉得有点不习惯。然而中国俗话说“入境随俗”，又说“客随主便”，我没有别的选择了。

在外国大学里做报告，我是颇有一点经验的。别的国家不说，只在印度一国，我就曾在三所大学里做过报告：一次在德里大学，一次在尼赫鲁大学，一次在海得拉巴邦的奥斯玛尼亚大学。这三次都有点“突然袭击”的味道，都是仓促上阵的。前两所大学的情景我曾在一篇文章中描绘过，这里不再重复了。在奥斯玛尼亚大学做报告，是由我们代表团团长临时指派的，我一点思想准备都没有，手中又没有图书资料，只有硬着头皮到大学去。到了以后，我大吃一惊，大学的副校长（在印度实际上就是校长）和几位教授都亲自出来招待我。他们把我让到大礼堂里去，里面黑压压地坐满了教授和学生。副校长致欢迎词，讲了一些客套话以后，口气一转，说是要请我讲一讲中国教育和劳动问题。直到此时，我才知道我做报告的题目。我第二次大吃一惊：我脑海里空空如也，这样大而重要的题目，张开嘴巴就讲，能会不出漏子吗？我在十分之一秒内连忙灵机一动，在讲完了照例的客套话以后，接着说道："讲这样一个大题目我不是很恰当的人选。我是研究中印文化交流史的，我给大家讲一点中印文化关系吧！我相信大家会有兴趣的，因为大家最关心中印人民的友谊。"没想到这样几句话竟引起了全场热烈的掌声。我知道，我已经过了关，那一颗悬得老高的心一下子落了下来，我轻轻地舒了一口气，开口讲了起来。

现在来到了特里普文大学，题目是事前准备好的，所以心情坦然，不那么紧张。但是也有让我吃惊或者失望的地方。我原以为，在这里同在印度那几个大学里一样，全院动员，甚至全校动员，来听我的报告。可是在这里没有那样节日的气氛，只是在一间大屋子里挤坐着一二百人。在我灵魂深处，我确实觉得有点不满足。但是，既来之，则安之，只好听从主人的安排了。

在我的潜意识里有一点潜台词：尼泊尔学术水平不高。我前几年读过一本尼泊尔学者写的《尼泊尔史》，觉得水平很一般。于是我就以偏概全，留下了那么一个印象。我今天来到了尼泊尔的最高学府，眼前虽然坐满了学者、教授、博士等等，可是那个印象却始终萦绕在我的头脑中。这是否影响了我讲话的口气呢？我自己认为没有。但是，诚于中，形于外，也未必真正没有。我既然已经张开嘴巴讲了起来，也就顾不得那样多了。

可是，我讲了一个多小时以后，轮到大家提问题的时候，我却又真的吃了一惊。提问者显然对我的报告产生了极大的兴趣。他们几乎都强调，没有中国的史籍，研究尼泊尔史会感到有很多困难。他们根据我的报告提了不少有关中尼历史关系的问题。可以看出来，他们确实是下过一番工夫的，他们是行家里手，绝非不学无术之辈。我心里直打鼓，但同时又非常高兴。讨论进行得认真而又活泼。我们相互承诺，以后要加强联系。两国大学之间的交往算是开始了。我们应当交换学者，交换图书资料。我看到，尼泊尔朋友脸上个个都有笑容。第二天一大早，特里普文大学的历史系主任威迪耶（Vaidya）教授和特里拉特那（Triratna）教授到宾馆来看我，带给我他们自己的著作。我随便翻看了一下，觉得这些都是认真严肃的著作，心里油然起敬慕之感。我们又重申加强联系，然后分手告别。我目送两位尼泊尔教授下楼的身影，感到自己同尼泊尔学者之间的隔膜一扫而光，我们的感情接近起来了。

中国有一句俗话："万事开头难。"现在我们总算是开了个头，以后就不难了。古时候从中国到尼泊尔来要经历千山万水。现在从北京飞到加德满都，只需要四个小时。地球大大地变小了。我们两国学者来往实在非常方便。珠穆朗玛峰横亘两国之间，再也不是交通的拦路虎，而是两国永恒友谊的象征。我瞻望前途，不禁手舞足蹈了。

1986年12月20日于燕园

别加德满都

古时候，佛教禁止和尚在一棵树下连住上三宿，怕他对这一棵树产生了眷恋之心。佛教的立法者们的做法是煞费苦心而又正确的。

说老实话，我初到加德满都的时候，看到这地方街道比较狭窄，人们的衣着也不太整洁，尘土比较多，房屋也低暗。我刚刚从日本回来，不由自主地就要对比两个国家，我立刻萌发了一个念头：赶快离开这里回国吧！

但是，过了不到半天，我的想法就来了一个一百八十度的大转弯。我乘着车子走过了许多条大大小小宽宽窄窄的街道，街道确实不能说是十分干净的，人们的面貌也确实不像日本那样同我们简直是一模一样，望上去让人没有陌生之感。可是我忽然发现，这里同我的祖国有很多相似的地方。特别是同我幼年住过的山东乡村、60年代初期“四清”时待过的京郊农村，更是非常相似。在那里，到处都有我最喜爱的狗，猪也成群结队地在街道上哼着叫着，到垃圾堆里去寻找食物，鸭子和鸡也叫着、跳着，杂在猪狗之间。小孩子同小狗、小猪一起玩耍，活蹦乱跳。偶尔还有炊烟从低矮黑暗的屋子里飘了出来，气味并不好闻，但亲切、朴素，真正是乡村的气息。加德满都是一个大城市，同乡村不能完全一样；但是乡村的气息还是多少有一点的。这使我想到家乡，愉快之感在内心里跃动。

晚上走过这里的大街，电灯多半不十分耀眼明亮。霓虹灯不能说是没有，但比较少，也不十分光辉夺目。有的地方甚至灯光暗淡，人影迷离。同日本东京的银座之夜比较起来，天地悬殊。在那里，光明晃耀，灯光烛天，好像是从东海龙王那里取来了夜光宝珠，又从佛教兜率天取来了水晶琉璃，修筑了黄金宝阶、白银栏杆、千层宝塔、万间精舍，只见宇宙一片通明，直上灵霄宝殿，遍照三千大千世界。美则美矣，可我觉得与自己无关。我在惊奇中颇有冷漠之感。

在这里，在加德满都，没有那样光明，没有那样多彩，没有那样让人吃惊，没有那样引人入胜；可我从内心深处觉得亲切、淳朴、可爱、有趣，仿佛更接近自己的心灵。街旁的神龛里供着一些神像，但是没像在印度那样上面洒满了象征鲜血的红水。参天大树挺立在那里，告诉我们这个城市的古老。间或也能看到四时不谢的鲜花，红的、黄的都有，从矮矮的围墙后面探出头来，告诉我们，此时在我国虽然已是冬天，此地却仍然是春意盎然，这是一座四时皆春的春城。

除了上面这一些表面上能看到的东西以外，在我们心里还蕴含着一种感情，是在任何别的地方都难以产生的。在尼泊尔流传着一个神话传说，说加德满都峡谷原来是大水弥漫，只有鱼虾，没有人类。文殊菩萨手挥巨剑，把一座小山劈成两半，中间留了一个口子，大水从此地流出，于是出现了陆地，出现了居民，出现了加德满都城，尼泊尔从此繁衍滋生，成为现在这个样子。而文殊菩萨的故乡则是在中国的五台山，至今他还住在那里。尼泊尔人视此山为圣地。

这当然只是一个神话，但是神话也是有背景的。为什么尼泊尔人民不把文殊菩萨的故乡说成是在别的国家，而偏偏说成是在中国呢？对中尼两国人民来说，这是一个多有意义的神话啊！尼泊尔人本来就是一个温顺和平的民族，再加上这样一个神话，所以他们每一个人都对中国怀有纯真深厚的感情。现在我们所到之处都能体会到这样一种感情，都能看到微笑的面孔，我们都陶醉在尼泊尔人民的友谊中了。

我们总共在加德满都只待了六天。可是这六天已经是佛祖允许和尚在一棵树下住宿时间的两倍。我们的所见所闻是很有局限的。可是，经过了我上面说过的思想感情一百八十度的大转变之后，我对于这一座不能算是太大的城市的感情与日俱增，与时俱增。临别那一天的早晨，我很早就起来了。我打开窗子，面对着外面每天早晨都必然腾起的浓雾，浓雾把眼前的一切东西都转变成了淡淡的影子。我又听到从浓雾中的某一个地方传来了犬吠声和不知从哪一家屋顶上传来了鸽子咕咕的叫声。我此时确实看不到我最喜欢看的雪山——它完全被浓雾遮蔽住了。但是，我的眼睛似乎有了佛教所谓的天眼通的神力，我能看到每一座雪峰，我的心飞到了这些雪峰的顶上，任意驰骋。连象征中尼友好的世界第一高峰珠穆朗玛峰，我似乎都看到了。我的心情又是激动，又是眷恋，又感到温暖，又觉得冷森，一时之间，我简直有点不知所措了。

别了，加德满都！

我相信，有朝一日，我还会回来的。

1986年12月2日下午于北京大学朗润园

第三辑

曼谷美城

初抵曼谷

一登上泰航的飞机，就仿佛已经到了泰国。机舱内净无纤尘，没有像其他一些航空公司的飞机那样，一进机舱，扑鼻一股飞机味。空姐，还有空哥，个个彬彬有礼，面含微笑。这一切都给人以舒适愉快的感觉。我只觉得神清气爽，耳目为之一新。

泰国航空公司是颇有一些名气的，我真是久仰久仰了。俗话说：闻名不如见面。这有两层意思。一是失望，一是肯定。我是后者。我心里第一句话就是："果然名不虚传。"在整个航程的四小时十分钟内，只见那几个年轻的空姐和空哥忙忙碌碌，马不停蹄，送咖啡，送茶，送饮料，送酒，送了一趟又一趟，好像就没有断过。谈到送酒，其他国家的航空公司也是有的，但仿佛是有"阶级性"的。在头等舱里，正当中就摆上一个酒柜，中外名酒，应有尽有，乘客可以随时饮用。我常常心里想：倘若刘伶乘上今天的头等舱，他必将醉死无疑。"死便埋我"，这个遗嘱，在飞机上也无法执行，只有飞机到了目的地再做处理了。

在泰航的机舱内，这个"阶级性"不存在了。大家都一视同仁。送酒并不止送一次，而且送的也不仅仅是普通的酒。我非酒徒，无法亲口品尝。但是我隐约间看到一位空哥，手里举着酒瓶子，在舱内来回地走。有人一招呼，立即走上前去，斟满一杯。我对外国名酒是外行，但是人头马之类的瓶子，我是见过的。我偶一抬头，瞥见空哥手中举的酒瓶闪着黄色的金光，颇像什么马之类。我有点吃惊。但我终非酒徒，此事与我无干，不去管它了。不过我一时胡思乱想，又想到了刘伶。

空姐和空哥当然也送饭。饭嘛，大家都是彼此彼此，想也不会送出什么花样。然而他们竟也送出了花样：他们先送菜谱。这本是大城市里大饭店的做法。在其他国家的飞机上，我还没有遇到过。在那里，简略的就只给一盒面包点心之类。复杂的也不过是一盘热餐，讲究一点的中西均备；马虎一点的就只有炒菜和米饭外加一个小面包和香肠而已。在这里，菜谱上有四种饭菜：牛肉、大虾、小鸡等，由乘客点用。这些菜本来就具有吸引力的，再加上允许自己点，主观能动性这一调动，吸引力就与之俱增，饭菜之可口自不在话下了。

在这样温馨的气氛中，我本来应该全心全意地欣赏和享受眼前的这一切的：嘴里尝的、眼里见的、耳朵里听的。然而，不行。越快到目的地了，我心里越是惴惴不安，仿佛在一曲和谐怡悦的音乐中，无端掺上了一点杂音。

原因何在呢？原来我在北京在决定来曼谷之前曾打听过许多曾来过曼谷对泰国情况熟悉的朋友，想起到“入境问俗”的作用。灌满了我的耳朵的，并不是什么令我高兴的信息，正相反，是让我闻之而气短的东西。他们几乎是众口一声地用告诫的口气对我讲话：现在正是曼谷最热的时候，同北京比较起来，温差至少也有三十摄氏度。曼谷的污染是世界第一，堵车也绝不是世界第二。还有，那里的人习惯于喝凉水，北京的人很容易泻肚。有的人干脆劝我：别去了！这么大年纪，惹这个麻烦干吗呢？我听了，不是丧气，而是有些丧胆了。然而，自己是“马行在夹道内，难以回马”了，非来不行了，勇往直前，义无反顾了。我在登上飞机的一刹那，颇有荆轲之概。

现在离曼谷越来越近了，我那不安的情绪也越来越浓。污染、堵车、喝凉水，离开自己还远，不妨先来一个鸵鸟政策，暂且不去管它。然而温差的问题就在眼前，不久之后，就要兑现。我睁大了眼睛，伸长了耳朵，注意舱内乘客的行动。我在北京登机时穿了两件毛衣，一厚一薄，厚的登机后立即脱掉了，薄的还穿在身上，外面套的是夹制服，腿上还有一条绒裤。这样一套装束能应付得了下机后的三十七八摄氏度吗？我心里想：此时倘有解衣脱裤者，他就是揭竿而起的英雄，我一定会起而响应，亦步亦趋，紧随其后，行动起来。然而，幸乎？不幸乎？竟没有一个这样的英雄。我颇感有点失望，壮志未酬，焉得而不失望呢？

此时，舱内红灯已亮，飞机正在下降。几分钟后，我们已经到了曼谷机场。我提好小包，踉踉跄跄，挤在众旅客后面，走下了飞机。此时，不但没有了惴惴不安之感，连焦急之感也消逝得无影无踪。迎接我们的是灯光明亮的曼谷机场的候机大厅。

我可是完全没有想到：在办完入境的手续步出大厅的时候，在入口处竟有黑压压的一群人在迎候我们，我在曼谷的一些今雨旧雨不少人都来了。经介绍才认识的有华侨崇圣大学的副校长，有侨领苏壎先生等。早就认识的有原法政大学校长、现任东方文化书院院长陈贞煜博士，在北京见过面的陈华女士，著名的学者郑彝元先生等。当然还有北大东语系老学生段立生教授，以及中山大学的中青年教授林悟殊先生等。人很多，无法一一认清。照相机的闪光灯一阵阵闪出亮光，我们的脖子上都挂上了漂亮的花环。泰国是亚热带国家，终年鲜花不断。花环上有多种鲜花，浓郁的香气直透鼻官。这香气不是简单的香气，它蕴含着真诚，蕴含着友谊，蕴含着美的心灵，蕴含着良好的祝愿。这香气是能醉人的，我果真被陶醉了，十分清醒又有点兴奋有点迷糊地上了苏壎先生亲自驾驶的汽车，驶过了华灯照亮了的十里长街，到了下榻的饭店。腿上的绒裤并没有脱，完全没有感觉到它的存在。身上夹制服依然牢固地裹在身上，也并没有感觉到它的存在。原来气温并没有高到三十七八摄氏度。至于污染和堵车，好像也没有感到，小小的一堵，在世界上任何城市中都是难免的。总之，让我一路上心里惴惴不安的那几大“害”，都涣然冰释了。而花环的浓郁的香气似乎更加浓郁，它轻而易举地把我送入到曼谷第一夜的酣甜的睡乡。

1994年5月2日

报德善堂与大峰祖师

到曼谷的第二天，主人就带领我们去访问报德善堂。

我们是昨晚很晚的时候才来到这里的。到现在，仅仅隔了一夜，也不过十个小时，曼谷这一座陌生的大城市，对我来说，仍然是迷离模糊，像是一座迷楼。而报德善堂，只是这个名称就蕴含着一层神秘的意味，更是迷离模糊，像是一座迷楼。但是，俗话说："客随主便。"我们只能遵守主人的安排了。

我在北京时，曾多方打听曼谷的情况。据知情者说，曼谷此时正是夏季的开始，气温能高达三十几到四十出头的摄氏度。换句话说，同北京的温差有三十多摄氏度。我行年望九，走南闯北，数十年于兹矣。对什么温差之类的东西，我自谓是"曾经沧海难为水"了。那一年，我从北非的阿尔及利亚的卡萨布兰卡飞越撒哈拉大沙漠，到中非的马里去。马里有世界火炉之称，我们到的时候，又正是盛暑。也许是由于心理关系，当飞机飞临马里上空将要下降时，我蓦地觉得自己变成了一只正待下锅的饺子，锅里翻腾着滚开的水。飞机越往下降，我心里的气温越高。着陆时，气温是四十六摄氏度。我这一只饺子真正掉在热锅里了。这一次到曼谷来，是否再一次变成下锅的饺子呢？我心里颇为惴惴不安。

然而，天公好像是有意作美。我们到的前一天，下了雨。夜里又下了一场大雨。据说，按时令现在还不是下雨的时候。结果天气不但不酷热，而且还颇有一点凉意。泰国的华侨朋友说："是你们把冷气从北京带来了。""是托你们的福，我们才带来的。"大家哈哈一笑，出门上了车。

我脑筋里忽然又闪出了昆明的影子。那里的气候是："四时皆是夏，一雨便成秋。"曼谷是不是也属于这个范畴呢？不管怎样，我们坐在车内，并不感到热。车外，大马路上，千车竞驶，时有堵塞。大雨虽停，积水甚多。曼谷的下水道，以不能及时排水蜚声全球。有的地方积水深达半呎，长达几小时或几日。汽车走在水里，宛如中国江南水乡的小船。那些摩托车，由于体积小，能够在群车缝隙里穿来穿去，宛如水中的游鱼。一幅非常奇怪的街头景象。

我们终于来到了报德善堂。

到了以后，我才知道，这个报德善堂是同中国宋代的一位叫大峰祖师的高僧紧密地联系在一起的。中国距泰国数千里，宋代距现在将近一千年。这一位大峰祖师——他的画像就悬挂在这里的会客室中——怎么会浮海到泰国来了呢？我心里疑团郁结。

原来这里面有一个相当长又相当曲折的故事。大峰不见于中国的《高僧传》。明隆庆《潮阳县志》、清乾隆《潮州府志》等书都有关于他的记载，但都语焉不详。民间传说颇有一些谈到他的地方。总起来看，大峰祖师诞生于宋吴越国温州，俗姓林，名灵噩，字通叟。生于北宋宝元二年（1039年，一说生于1093年），卒年南宋建炎丁未（1127年）。中过进士，做过县令。年届花甲，才辞官出家。后来云游到了广东潮阳。他信仰的大概是当时颇为流行的禅宗。他行了不少善事，为乡民祈福禳灾，施医赠药，给灾民治病，同时收验路尸，施棺赠葬，这当然会受到当地贫困老百姓的敬仰。他还曾募化建桥，关于建桥的事，传说中讲到了，大峰祖师利用科学原理，把桥基稳置于江底硬地之上，使桥有了坚固的基础。总之，建桥一事，因为便利交通，为民造福，历来受到人民的称扬。一个名不见《高僧传》的和尚在当地却声誉极隆。祖师圆寂后，到了南宋绍兴年间，邑人建堂崇祀，名曰"报德堂"，八百余年来，香火历久不辍，这在中国佛教史上也是少见的。这个堂广行善事，诸如施茶、验尸、修桥、造路、赈灾、赠药等，受到老百姓的赞誉，群众起而效之。岭表构建善堂崇祀祖师，几无处无之。第二次世界大战前统计，粤东共建善堂五百余所。中国改革开放以来，潮汕各县陆续恢复了大量的善堂。旅泰华侨中潮汕人占绝大多数。因此，报德善堂传往泰国，应该说是很自然的事。泰国报德善堂创建于1897年，距今已有九十七年的历史。这个善堂继承大峰祖师的衣钵，仍然是广行善事，其中包括收验无主尸骸。后来又有人回到家乡中国潮阳和平乡，把那里供奉的大峰祖师的金身迎至泰国，几经转移，最后修建了大峰祖师庙，颜其额曰报德堂，就在我们今天到的报德善堂总部的对门。

我们今天的访问算是非正式了，但已给我留下了深刻的印象。堂里面当然会有点宗教气氛的，但并不浓。办公室布置得同现代化的大公司一般无二。我们听完了主人的介绍，走出门来，想到街对过大峰祖师庙去瞻谒。但是街上的积水，比我们来时不但未减，似乎还有点涨。虽然近在咫尺，但步行无法渡过。我们只能临“河”伫观。但是，绝不是像庄子说的那样：“两涘渚崖之间，不辨牛马。”整个对岸和大街就在眼底下，看得清清楚楚。被堵塞的汽车泡在水里，宛如中国江南水乡的小船，摩托车在船的缝隙里穿来穿去，宛如水中的游鱼。

我们伫观了一会儿，主人建议过一天再来，我们就转回了旅馆。

过了几天，我们果然又正式访问了报德善堂。雨早已停了，天已经晴好了。堂前的马路已经由“沧海”变为“桑田”。我们只走了几十步，就过了街，来到了大峰祖师庙。我以为这样一位受到万人崇敬具有无量功德的祖师，他的庙一定会庄严雄伟，殿阁巍峨，金身十丈，弟子五百。然而我眼前的这一座庙却同我国乡下的土地庙或关帝庙差不多大小。一进山门，就是庭院，长宽不过二十来尺。走几步就进了正殿，偏殿、后殿似乎都没有。金身也只有几尺高，真可谓渺矣微矣，无足道者。然而在这个渺小的庭院和大殿中却挤满了善男信女，一派虔诚肃穆又热气腾腾的景象，能够感染任何走进来的人，我顾而乐之。

在庭院中，一群妇女围坐在那里，把金纸和银纸折叠成方形、菱形的东西，不知道叫什么。我小的时候曾见过这样的金纸和银纸，多半是在为亡人发丧的时候叠成金银元宝烧掉。祭祖的时候极为少见，祭神的时候则从未见过。我从来没有推究过其原因。今天在曼谷大峰祖师庙，又见到这东西，但已经不是金银元宝的形状，于是引起我一连串的回忆与思考。难道是因为亲人初亡，到了阴间，人（按应作“鬼”）生地疏，多给他们带点盘缠有利于他们的生活（按此有语病，一时想不起恰当的名词，姑仍用之）吗？不给祖先烧金银元宝，难道是因为他们移民阴间，为时已久，有的下了海，成了大款、大腕，根本用不着子孙的金银元宝了吗？至于不给神仙烧，原因似极简单。他们当了官，有权也有钱，再给他们烧金银元宝，似乎如俗话所说的“六指划拳，多此一招”了。

我这样胡思乱想，有点失敬。但是我既然想到了，就写了出来，我只郑重声明一句：我说的祖先是指中国祖先，与泰国无涉。我从幻想中走了回来，看了看只有几丈长宽的正殿里的情景。大峰祖师的金身并不太高，端坐在神龛正中。像前地面上铺着几个蒲团，上面跪满了人，都是双手合十，口中喃喃，念的是什么经文，说的是什么话，谁也不清楚，但是虔诚之色，溢于颜面。神龛里烛光明亮，殿堂中香烟缭绕，大峰祖师好像是面含微笑，张口欲言，他在对信徒们降祉赐福。但是，我凝神观看，在氤氲的香气中，我又陷入迷离模糊，有点同刚到曼谷时的迷离模糊相似，而实则极不相同。在缭绕的似云又似雾的烟气中，我恍惚看到了被大峰祖师赈济的灾民，看到了被他收殓的枯骨，甚至看到了他家乡的由他募化修建的那一座大桥，他今天已经成为把泰国的华侨和华裔紧密地同祖国联系在一起的金桥。我看到他微笑得更动人了，更让人感到福祉降临了。在这样的迷离模糊中，我走出了大峰祖师庙。

1994年5月17日

郑午楼博士

一个出身商业世家，自强不息终于成大功的人；一个既有经济头脑，又有文化意识的人；一个自学成家，博闻强记的人；一个既通东方语言，又通西方语言的人；一个既工汉字书法，又能鉴赏中国古代绘画的人；一个既能弘扬泰华文化，又能弘扬炎黄文化的人；一个架设了中泰人民友谊金桥的人；一个把爱国主义与国际主义紧密结合起来的人；一个悲天悯人，广行善事，广结善缘的人；一个待人接物处处有古风的人；一个年届耄耋而又精力充沛超过年轻人的人；总之，一个看似平凡实则不平凡的人。

如此众多的不同的甚至有些矛盾的气质集中在一个人身上，世界上能有这样传奇性的人物吗?

答曰：有！他就是泰国华裔侨领大企业家和教育家郑午楼博士。

中国俗话说“闻名不如见面”，又说“百闻不如一见”。在结识郑午楼博士的过程中，我又一次体会到这些俗语的正确性。最近若干年以来，我常常听到郑午楼博士的大名。我对泰国情况不甚了了，但因为同自己所从事的工作毕竟是有联系的，所以也想多了解一些。近四五十年以来，我曾结识过一些泰国朋友，比如著名作家奈古腊，北大教员西堤差先生和夫人，在华的专家素察先生，还有北大东语系一些泰籍华人：范荷芳女士、侯志勇先生、郑先明先生等。从他们那里我对泰国的了解深入了一点。但是我一直没有机会，直接到泰国去了解泰国，直接通过个人接触去了解郑午楼博士。

今年三月，机会终于到了。我们应郑午楼先生个人的邀请来到了曼谷，参加由他创办的华侨崇圣大学的开学典礼。我们头一天晚上飞抵曼谷，第二天晚上，午楼先生就在他那豪华的私邸中设盛宴，欢迎中国大陆、香港地区、台湾地区和美国参加庆典的客人：中山大学校长曾汉民教授和蔡鸿生教授、汕头大学校长林维明教授、香港中文大学校长高锟教授、香港大学前校长黄丽松教授、香港地区的学界泰斗饶宗颐教授、台湾地区的郎静山老先生、美国加州大学伯克利分校校长田长霖教授。一时众星灿烂，八方风雨会曼谷。我同李铮和荣新江算是北京大学的代表，躬与盛会。我可真是万万没有想到，郑午楼博士同我一见面，就握着我的手说："你的著作我读过的。"我颇有点惊讶：我们相隔万水千山，而且又不是一个行当，他怎么会读我的著作呢？是不是仅仅出于客气呢？在以后的交往中，我慢慢地体会到：他说的不是客气话，而是实话。几天以后，我在国际贸易中心发表演讲时，午楼先生竟也在千头万绪十分忙碌的情况下拨冗亲自去听。这充分说明，他对我那一套对东西方文化的看法还是有兴趣的。

在这一天晚上，在入座就餐之前，郑午楼先生亲自陪我们，实际上是带领我们参观他的住宅和艺术收藏品。他女儿站在大厅的入口处，欢迎嘉宾。这里的房间非常多，虽然不一定比得上秦始皇的阿房宫；然而厅室交错，大小相间，雍容华贵，巍然灿然，令人叹为观止。不知由于什么原因，我仿佛成了贵宾中的首席。他带领我们参观，总把我推到前面。我们跟着他看了大大小小的很多房间，把他收藏的艺术品一一介绍给我们。他似乎是着意介绍自己收藏的中国绘画和书法，这些珍品都装裱精致，整整齐齐地挂在墙上。我记得其中有明代大画家唐伯虎和仇十洲的画，都是精品。记得还有张大千的画和于右任的字。他介绍这些精品时，从面部表情和整个神情来看，他对这些东西怀有无限深邃恳挚的感情，也可以说是他对整个中国文化怀有深邃恳挚的感情，更可以说是他对他降生的那一块国土怀有深邃恳挚的感情。事情难道不就是这个样子吗？

谈到午楼先生收藏的书法精品，必须强调一点：他本人就是一个有精湛技艺、造诣很高的书法家。这一点是我最初无论如何也没有想到的。汉字书法艺术是中华民族中汉族独有的艺术，世界民族之林中的任何民族都是无法攀比的。山有根，水有源，树有本，汉字本身就是汉字书法艺术之根，之源，之本。没有汉字，就不会有汉字书法艺术。但是，稍微懂行的人都知道，这个艺术并不容易。它已经有了二千多年的历史。从李斯写小篆开始，一路发展下来，有隶书、楷草、行书、草书。“江山代有才人出，各领风骚数百年”，代代都出了一些书法大家。表面上看起来，变化极大，然而夷窥其实，则能发现，在大变中实有不变者在。也可以说是“万变不离其宗”，这个不变者，这个宗就是必须有基本功。抛开篆书和隶书不谈，专就楷书、行书、草书而言，基本功就是楷书，必须先练好横平竖直、点画分明的基本功，才能在这个基础上发展。譬如盖楼，必须先盖第一层，然后再在这上面盖第二层、第三层，以至更多的层。佛经上有一个寓言故事，说盖楼从第二层向上盖起。寓意是说，这是根本不可能的。可我们当今一些书法家，在没有基本功的基础上大肆创作，结果——至少在我眼中，成了鬼画符。这些书法家正是佛经寓言中所讽刺的那些想从第二层起盖楼的人。午楼先生的书法不是这个样子。他写的是楷书，是无法以荒诞文浅陋的楷书，是一切掩饰和做作都毫无用武之地的楷书。而且据我个人的观察，从我的欣赏水平所能达到的境界来观察，午楼先生的楷书取径很高，他所取的不是元代赵孟頫和明代董其昌的规范，而是唐代上承王氏父子中经“九成宫”，再济之以柳公权的规范。敦煌藏经洞中贮藏的唐代写经中最高水平的写经，都具备这样的书风。我看，如果把午楼先生写的小楷置于诸敦煌等经中，几可乱真。俊秀而不媚俗，挺拔而不粗犷，这就是午楼先生楷书的特点。他之所以能达到这个水平，想来并非一朝一夕之功。他在带领我们参观时，他从一个箱子里拿出了一些他练书法时的成品。足见他是“十年磨一剑”，决非是轻而易举成功的。他在天赋的基础上加以勤苦磨练，方能达到这个地步。

午楼先生的勤苦磨练，不但表现在书法上，其他方面也能表现出来。他又从箱子里翻出来了几本练习簿，很像今天中国小学生使用的那一种。里面每一页上都有印好的横格，上面整整齐齐地写着泰文字母和单词、短句。在另外一些本子里整整齐齐地写着英文字母和单词、短句。可见他今天能够掌握本来不是他的母语的泰文，能够掌握世界通行语言的英文，也并非是轻而易举的，也是经过了艰苦的磨练才达到目的的。

在那一天晚上，在宴会前，郑午楼博士满怀对远方友人的欢迎的热情，兴致勃勃，带领着我们参观了他的收藏品。我对这一位传奇式的人物开始有了点感性认识。我深深地感觉到，他的成功，正如别人的成功那样，绝不是偶然的。现在人们常常讲，一个人的成功取决于三个条件：禀赋或天资、努力和机遇。三者缺一不可。很多人认为，我也同样认为，三者中最重要的是努力。只要勤奋努力，锲而不舍，则一方面能弥补禀赋之不足，另一方面又能招来机遇。午楼先生就是一个具体的例子。从他的学习书法、学习外语来看（泰语对他来说已经不能算是外语），他的勤奋努力是非常能感动人的。中国古话说："书山有路勤为径，学海无涯苦作舟。"这两句话在午楼先生身上得到了充分的证明。

过了几天，午楼先生又邀请我们这一群外宾也是内宾到他城外的高尔夫别墅里云游览参观。我还没有从对曼谷的迷茫中解脱出来，我仍然是不辨东西南北，也无法体会这一座别墅究竟在曼谷的什么地方，但是印象却是非常清楚的。这里同前几天晚上见到的摩天高楼迥乎不同。虽然没有什么平畴烟树，却也颇多野趣。房子以平房为主，庭院极为宽敞。有的房子好像是还没有装修完毕。我们走到了一处用画廊同主房连接起来的亭子似的房间，脱鞋进屋，地板光洁如镜，里面还没有摆上多少桌椅之类的东西。午楼先生对我说："下次再来曼谷时，就请你住在这里。"我连声道谢，但心里却琢磨：这不过是一时心血来潮，即兴而说的客气话。可是过了几天之后，在他为我们饯别的晚宴上，他又说了同样的话。可见他是胸有成竹的，决不是一时随便说说的。我在真正感激之余，觉得此事实在是渺如云烟，"更隔蓬山千万重"了。

在所有的这些活动中，午楼先生总是腰板挺直，神采奕奕，行动敏捷，健步如飞。不但不像一个年届耄耋的老人，而且连那几位同他在一起工作的中年人都自愧弗如。他们告诉我说，每次跟董事长检查工作，总是被他拖得满身大汗。我想到中国诗文中讲一个人的行动敏捷时说："瞻之在前，忽焉在后。"我再加上两句：来似雨飘，去似风骤。移赠午楼先生，我觉得是颇为适合的。

几个从大陆去的中年朋友，对我谈到午楼先生时，总称他为"董事长"或者"午楼博士"，亲切之情溢于言表。可以想见，他们对午楼先生是尊敬的，是爱戴的。也可以想见，午楼先生对他们没有架子，严格要求，亲切爱护，不以自己是领导凌人，不以自己是老人凌人，不以自己是名人凌人，不以自己是亿万富翁凌人。否则，这种尊敬爱戴之感从何而来呢？我们从大陆去的人也有亲身的体验。有一天在崇圣大学里一个什么典礼之后，很多客人和成群的中小学生聚集在餐厅里吃饭。因为人太多，实际上已无法摆开桌椅，正襟危坐。大家都随随便便在人声嘈杂中找到一把椅子坐下，把每人分得的一盒饭打开来吃。不知什么时候，午楼先生也手拿一盒饭，边吃边走了过来，同我们坐在一起，大嚼起来，一不矜持，二不做作，纯任自然，兴致颇高。我们中间的一位低声说："真没有想到，他也会同我们一起这样随随便便地吃饭！"这是小事一桩，难道不能小中见大吗？

在以后几天的参观中，我们到过很多地方：华侨报德善堂、世界贸易中心、潮州会馆、郑氏大宗祠、华侨医院、京华银行等。这些机构都与午楼先生有联系，有的就是他鼎力创建的。在曼谷以外，听说还有不少的工厂、公司和其他机构，也都是午楼先生创办的。由此可见他的经营能力之强，组织领导艺术之高，精力之富，对事业进取之锐。现在他又倡导创办了华侨崇圣大学，他的事业可以说是达到了一个新的高峰。在以上这些机构中，有一些是广行善事，赈灾济贫；有一些则是弘扬泰华文化。在这些方面，他都取得了辉煌的成绩。他真正做到了精神与物质并重，经营与倡导比翼。这些都对我们有启发意义。1991年，午楼先生亲率赈灾团，不远千里来到中国，救济中国受了水灾的灾民。可见他没有忘记中国这一个根。从他眼前的健康情况来看，他仿佛仍在如日中天，看来无论是在事业方面，还是在寿命方面，距离画句号还有很长一段路。这一点恐怕大家都能同意而又高兴的。

我在曼谷只待了十天，同午楼先生见面虽不算少，但毕竟时间还是太短太短了，我对他的认识不可能不是肤浅的。不过有一点我是坚决有自信的：在午楼先生身上许多貌似矛盾的气质或特点得到了和谐的统一，他身上有许多闪光的东西，很值得我们学习。我离开泰国已经一个多月了，泰国许多朋友的音容，午楼先生的音容，仍然历历如在目前，如在耳边。遥望南天，云海渺漠，我祝他事业兴旺，福寿康宁。

1994年5月13日

郎静山先生

实在是万万没有想到的事情——在郑午楼博士盛大的宴会上，有人给我介绍一位老先生："这是台湾来的郎静山先生。""是谁?""郎静山。""郎静山!?"我瞪大了眼睛，舌挢不能下，我一时说不出话来。

"郎静山"，这个名字我是熟悉的，甚至是崇敬的。但这已经是六十多年前的事情了。我在清华大学念书的时候，有时候到图书馆去翻看新出版的杂志，特别是画报，常常在里面看到一些摄影的杰作，署名就是郎静山。久而久之，渐渐知道了他是赫赫有名的摄影大师，是上海滩上红得发紫的活跃人物。崇拜名人，人之常情，渺予小子，焉敢例外。郎静山于是就成了我的崇拜对象之一。

从那时到现在，在六十多年漫长的时期内，时移世迁，沧海桑田，各方面都有了翻天覆地的巨变。我在国外待了将近十一年，回国后，在北京待了也有五十多年了。中国已非复昔日之中国，上海亦非复昔日之上海。当年的画报早已销声匿迹，郎静山这个名字也消逝得无影无踪了。我原以为他早已成为古人——不，我连"以为"也没有"以为"，我压根儿就没有想到郎静山。对我来说，他早已成为博物馆中的人物，早已不存在了。

然而，正像《天方夜谭》中那个渔父从海中捞出来了一个瓶子那样，瓶口一打开，里面蓦地钻出来了一个神怪。我现在见到的不是一个神怪，而是一个活人：郎静山蓦地就站在我的面前。我用惊奇的眼光打量了一下这一位一百零四岁的老人：他慈眉善目，面色红润；头发花白，没有掉多少；腰板挺直，步履稳健；没有助听器，说明他耳聪；双目炯炯有神，说明他目明。有一个女士陪着他——是他的曾孙女吧——，他起坐走路，极其麻利，她好像成了沈有鼎教授的双拐，总是被提着走，不是教授拄它，而是它拄教授。最引起我的兴趣的是他的衣着，他仍然穿着长衫。那天晚上穿的是黑色的，不知道是什么料子的，黑色上面闪着小小的金星。在解放前，长衫是流行的，它几乎成了知识分子的象征，孔乙己先生身上穿的就是代表他的身份的长衫。我看了长衫，心中大感欣慰。我身上这一套中山装，久为风华正茂的青年男女们所讽刺。我表面上置若罔闻，由于某种心理作用，我死不改悔，但心中未免也有点嘀咕。中山装同长衫比起来，还是超前一代的，如果真进博物馆的话，它还要排在长衫的后面。然而久已绝迹于大陆的长衫，不意竟在曼谷见到。我身上这一套老古董似乎也并不那么陈腐落后了。这一种意外简直像天外飞来的支援，使我衷心狂喜。

第二次同郎静山先生见面是在第二天华侨崇圣大学的开学典礼上。因为国王御驾莅临，所以仪式特别庄严隆重。从下午两点钟起，校园里就挤满了市民和军警。成千的小学生坐在绿草地上。能容千人的大礼堂也坐满了泰、外绅士和淑女，驻泰外交使节全部被邀观礼。当然是由于年纪大，我同郎静山先生被安排在第一排就座，他坐的位子是第一号，我是第二号。我们俩紧挨着，坐在那里，从两点一直坐到四点半。要想谈话，是有充分的时间的，然而却无从谈起。我们来自两个世界，出自两个世纪。在一般情况下，我本来已经有资格来倚老卖老了。然而在郎老面前，他大我二十一岁，是我的父辈，我怎么还敢倚敢卖呢？他坐在那里，精神矍铄，却是一言不发。我感到尴尬，想搭讪着说两句话，然而又没有词儿。“今天天气哈哈哈”，这里完全用不上。没有法子，只好呆坐在那里。幸亏陈贞煜博士给我介绍了德国驻泰国大使，用茄门话寒暄了一番。他又介绍了印度驻泰国大使，用英文聊了一阵。两位大使归座以后，我仍然枯坐在那里。郎老今天换了一身灰色的衣服，仍然是长衫。他神清气爽，陪我——或者我陪他呆坐那里。最后，我们俩被请到了一座大厅门口，排队站在那里，等候郑午楼博士把我们俩介绍给国王陛下。此时，陪他的那一位女士早已不见。郎老一个人，没有手杖，没有人搀扶，直挺挺地站在那里，恭候圣驾。站的时间并不太短。只见他安然，怡然，泰然，坦然，没有一点疲倦的神色。

我最后一次见到郎静山先生，是在郑午楼博士创办的国际贸易中心中。这里同时举办了四五个展览会。我到每一个展览厅都浏览了一遍，给我留下了十分深刻的印象。文物展览厅中的中国古代绘画和瓷器中，都有精品，在中国国内也是拔尖的。我最后到了摄影展览厅，规模不大，但极精彩。有几幅作品十分突出，看了让人惊心动魄。我对这些摄影艺术家着实羡慕了一番。旁边站着一位香港的摄影家，我对他表白了我的赞叹的心情。我在这里又遇到了郎老。他来这里是必然的。一个老一代蜚声海内外的摄影大家，焉能不到摄影展览厅里来呢？郎老年轻的时候，还没有彩色摄影，郎老的杰作都是黑白的。这次他带来了自己当年的杰作“百鹤图”的翻印本，令我回忆起当年欣赏这一幅杰作的情景。应该感谢老人的细心安排。

他一个人孑然站在那里，没有手杖，没有人陪伴，脸上的神情仍然是安然，怡然，泰然，坦然，仿佛是遗世而独立。这一次，我们除了打个招呼以外，更没有什么话可说了。我默默地站了一会，就同他告别。从此再没有在曼谷见到他。

杜甫的诗说：“明日隔山岳，世事两茫茫。”我们现在是：“今日隔山岳，世事两茫茫。”像在曼谷这一次会面这样的奇迹，一个人一生中只能遇到一次。这样的奇迹再也不会出现了。云天渺茫，人事无常，一面之缘，实已难忘。我祝他健康长寿，再活上十年，二十年，或者更多的年。

1994年5月3日

华侨崇圣大学开学典礼

我仿佛是走进了“天方夜谭”，仿佛走进了一个童话或神话的世界。

在辨认方向方面我的能力本来就不强，何况现在来到的是一个异国的陌生的大城市，而且只待了一天，曼谷对我还是一团谜。现在一下子来到了华侨崇圣大学新建的校舍中，参加十分隆重的开学大典。我懵懵懂懂，不辨东西南北，被人扶下了汽车，也不知道是什么时候进的校门，等到我抬眼观望时，已经快走到了大礼堂了。

我现在眼花缭乱，只见马路上站满了男女警察，一律黑色制服，个个威武雄壮。大概是因为国王要御驾亲临，为了安全，为了维持秩序，不得不尔。马路两旁的空地上和草地上，则挤满了男女老幼。穿着整齐的制服的中小学生则坐在草地上。搭了不少的布棚，棚下坐着许多成年人。虽然没有像一些国家那样到处挂满了五颜六色的彩旗，但是在一派喧腾热烈的气氛中，我眼前也闪耀着一些红红绿绿的影子，大概也是彩旗一类的东西吧。国王陛下预定下午四时半驾到，此时才不过二时多，辽阔的校园里已经是万众欢腾，一片祥和、喜庆，而又肃穆矜持的气象，上凌斗牛。这让我立刻想到印度古代佛典中描绘的如来佛到什么地方去受到热烈欢迎的场面，一切天、龙、紧那罗、阿修罗等，无不在天空中凝神下视，对如来佛合十致敬，连印度教的天老爷天帝释或因陀罗，也伫立于随侍的群神中，真正做到了“天上天下，唯我独尊”。

我们被请进了新落成的富丽堂皇的大礼堂。屋内是另外一番景象。首先让我再明确不过地感觉到的是，室外骄阳如火，室内则因为有空调设备，冷冽如春。几百个座位上坐满了衣着整洁的绅士淑女，有泰国人，也有外国人，人人威仪俨然，说话低声细气，与室外形成了鲜明的对比。我们因为是中国来的贵宾，被引到最高排紧靠主席台就座。我又因为在中国学者中年龄最大，就被安排坐在右边是人行道的第二个座位上。第一个座位看来是贵宾席的首席座位。被邀请坐在那里的是从中国台湾来的年已届一百零四岁的蜚声宇内的摄影大师郎静山先生。看来序齿在这里起了很大的作用。不管怎样，经过了一阵紧张迷乱，现在总算安定下来了，可以休息沉思一会儿了。宇宙宁静，天下太平。

我们在肃穆中恭候国王陛下的御驾。但是距国王驾到的时间还有两个小时，时间是太多太多了。西谚说："你如果不能杀掉时间，时间就会杀掉你。"我现在怎样杀掉时间呢？最轻而易举的办法是同临座的人侃大山。我的邻座是郎静山老先生，他慈眉善目，蔼然可亲，本来是可以侃一气的。但是，他不大说话，我也无话可说。我明显地感觉到，在我们之间横着一条深深的"代沟"。我行年已经八十有三。如果说什么"代沟"的话，那一定会是我同比我年轻一些人之间的"代沟"。然而今天的"代沟"却是我同年长我二十一岁的老人之间的"代沟"。看来这个"代沟"更厉害，我实在无法逾越。我只好沉默不语，任凭时间在杀掉自己。幸亏陈贞煜博士是识时务的俊杰，他介绍给我了德国驻泰国大使和印度驻泰国大使，说了一阵洋话，减少时间宰杀的威力。此后，我们仍然是静静地坐着，恭候着。

有人来请我们中间比较年轻的几位学者到大礼堂外面什么地方去恭迎泰国僧王和国王的圣驾。我同郎老由于年老体弱，被豁免了这一项光荣的任务。我们只是静静地坐着，恭候着。到了下午四点三刻，台上有点骚动。我从台下看上去，那一群身着黑色礼服的绅士都站了起来。因为人太多，包围圈挡住了我的目光，我并没有看清国王，他的宝座大概就设在主席台的正中。只见这些绅士们——后来听说，都是华人企业家——一个一个地从座位上站起来，走到国王宝座前，双膝下跪，双手举着什么，呈递给国王。国王接了以后，他就站起来走回自己的座位，下一位照此行动，一直到大约有四五十位绅士们都完成了自己的任务。

呈递的是什么东西呢？我打听了泰国的华人朋友，他们答复说是：呈递捐款。原来华侨崇圣大学，虽然是郑午楼博士带头创办的，他自己已经捐了一亿铢，以为首倡，但他也罗致华人中有识有力之士，共襄盛举。大家举起响应，捐款者前赴后继。所谓“崇圣”，“圣”指的就是国王，他们要“崇圣报德”，报答国王陛下使他们安居乐业之恩，所以就把捐款呈献给国王本人。那一天呈递的就是这样的捐款。据说捐一千万铢以上者才有资格坐在台上，亲自跪献。其余捐款少于一千万者，就用另外的方式了。

泰国朋友说，捐款完全是自觉自愿的。为了其他的用途，泰国国王也接受捐献。所有这些捐献，国王及其他王室成员都用之于民。国王和王后陛下和其他一些王族，常常深入民众，访贫问苦，救济灾民，布施食品、衣服、医药等，用中国的话说就是“广行善事”。因此，国王和王后以及王室成员，在人民群众中有极高的威信，真正受到了人民的爱戴。在这一点上，泰国王室同当今世界上还保留下来的一些大大小小国家的王室，确实有所不同。对于这样的国王，华裔人士要“崇圣报德”，完全是应该的，是值得赞扬的。

这话说远了，现在再回到我们的礼堂里来。在主席台上，捐献的仪式结束了，只见国王走下了宝座，轻步走到主席台左侧一个用黄布幔子遮住的佛龛似的地方，屈膝一跪。我大吃一惊：万民给他下跪的人现在居然给别的什么神或人下跪了。一打听才知道，幔子里坐的人正是泰国僧王。泰国是佛教国家，同缅甸和斯里兰卡一样，崇奉佛教小乘，中国所谓“南传佛教”。佛教的信条本来就是“沙门不拜王者”，王者反而要拜沙门。作为虔诚佛徒的国王，当然甘愿信守这个律条，所以就有这一跪了。

肃穆隆重的开学大典到这里就算结束了。郑午楼博士恭陪国王到主席台后面的一个大厅里去接见参加大会的显要人物。我们中国的学者们被告知，到大厅的入口处排队迎驾；当国王走到这里时，午楼博士将把我们中最年长的两位介绍给国王陛下：一位当然就是郎静山先生，一位就是我。我们谨遵指教，站在那里。只见大厅里挤满了人，黑压压一片深色的服装。因为人太多，我并看不清国王是怎样活动的。我们的任务是站在那里等。我虽然已经年届耄耋，但毕竟比郎老还年轻二十多岁。可是站久了，也觉得有点疲倦。身旁的郎老却仍然神采奕奕，毫无倦容。我心里暗暗地佩服。然而，国王已经走到我们眼前。郑午楼博士看样子是做了较详细的介绍，因为说的是泰语，我听不懂。国王点头微笑，然后走出大厅。觐见的一幕也就结束了。

我们跟在国王和一群绅士们后面，走到了一个距大厅不远的新建成的博物馆中，门楣上悬挂着泰国诗琳通公主亲笔书写的“崇圣报德”四个大汉字，这四个字可以说是华侨崇圣大学办学的最高方针，言简意赅，含义无穷。博物馆里收藏品极多，琳琅满目，美不胜收。国王的兴致看来是非常高的，他仔细看了每一个展览厅里几乎是每一件展品，在里面待了很长的时间。然后走出博物馆，起驾回宫。他在崇圣大学里待了已经三个多小时了。

此时暮霭四合，黄昏已经降临到崇圣大学校园中，连在那巍峨的建筑的最高顶上，太阳的余晖也已消逝不见。韩愈的诗说：“黄昏到寺蝙蝠飞”。在这距离家乡万里之外的异域，我确实没有期望能看到蝙蝠。我看到的仅仅是仍然静静地坐在道路两旁的地上的男女中小学生，他们在这里坐了已经有五六个小时了。此时他们大概是盼着老师们下命令，集合整队回家了。

我们这一群从中国来的客人，随着人流，向外慢慢地走。在我眼前，在我心中，开学大典的盛况，仍然像过电影似的闪动着。这种“天方夜谭”似的印象，将会永远永远地留在我的心中。

1994年5月10日

鳄鱼湖

人是不应该没有一点幻想的，即使是胡思乱想，甚至想入非非，也无大碍，总比没有要强。

要举例子嘛，那真是俯拾即是。古代的英雄们看到了皇帝老子的荣华富贵，口出大言“彼可取而代也”，或者“大丈夫当如是也”。我认为，这就是幻想。牛顿看到苹果落地而悟出了地心吸力，最初难道不也就是幻想吗？有幻想的英雄们，有的成功，有的失败，这叫做天命，新名词叫机遇。有幻想的科学家们则在人类科学史上占了光辉的位置。科学不能靠天命，靠的是人工。

我说这些空话，是想引出一个真人来，引出一件实事来。这个人就是泰国北榄鳄鱼湖动物园的园主杨海泉先生。

鳄鱼这玩意儿，凶狠丑陋，残忍狞恶，从内容到形式，从内心到外表，简直找不出一点美好的东西。除了皮可以为贵夫人、贵小姐制造小手提包，增加她们的娇媚和骄纵外，浑身上下简直一无可取。当年韩文公驱逐鳄鱼的时候，就称它们为“丑类”，说它们“睅然不安溪潭，据处食民畜、熊、豕、鹿、獐，以肥其身，以种其子孙”。到了今天，鳄鱼本性难移，毫无改悔之意，谁见了谁怕，谁见了谁厌；然而又无可奈何，只有怕而远之了。

然而唯独一个人不怕不厌，这个人就是杨海泉先生。他有幻想，有远见。幻想与远见相隔一毫米，有时候简直就是一码事。他独具慧眼，竟然在这个“丑类”身上看出了门道。他开始饲养起鳄鱼来。他的事业发展的过程，我并不清楚。大概也必然是经过了千辛万苦，三灾八难，他终于成功了。他成了蜚声寰宇的，也许是唯一的一个鳄鱼大王，被授予了名誉科学博士学位。关于他的故事在世界上纷纷扬扬，流传不已。鳄鱼，还有人妖，成了泰国旅游的热点，大有“不看鳄鱼非好汉”之概了。

今天我来到了鳄鱼湖。天气晴朗，热浪不兴，是十分理想的旅游天气。我可决没有想到，杨先生竟在百忙中亲自出来接待我们。我同他一见面，心里就吃了一惊：站在我面前的难道就是杨海泉先生本人吗？这样一个传奇式的人物，即使不是三头六臂，硃齿獠牙，至少也应该有些特点。干脆说白了吧，我心中想象的杨先生应该粗一点，壮一点，甚至野一点。一个不是大学出身，不是科举出身，而又天天同吃人不眨眼的“丑类”打交道的人，没有上面说的三个“一点”，怎么能行呢？然而站在我面前的人，温文尔雅，谦虚热情，话说不多，诚恳却溢于言表，同我的想象大相径庭。然而，事实就是这个样子，我只有心悦诚服地接受了。

杨先生不但会见了我们，而且还亲自陪我们参观，这样一个世界知名的鳄鱼湖，又有这样理想的天气。园子里挤满了游人，黑眼黑发，碧眼黄发，耄耋老人，童稚少年，摩登女郎，淳朴村妇，交相辉映，满园喧腾，好一派热闹景象。我看，我们中国大陆来的人，心情都很好，在热带阳光的照晒下，满面春风。

我们先在一座大会议厅里看了本园概况和发展历史的影片，然后走出来参观。但是，偌大一个园子，简直如一部二十四史，不知从何处看起，幸亏园主就在我们眼前，还是听他调度吧。

他先带我们到一个完全出乎我意料的地方去：一个地上趴着一只猛虎的亭子里，我原以为是一个老虎标本，摆在那儿，供人照相用作背景的。因为这里并没有像其他动物园里那样有庞大的铁笼子，没有铁笼子怎么敢养老虎呢？然而，我仔细一看，地上趴的确确实实是一只活老虎，脖子上拴着铁链子。一个小男孩蹲在虎的背后，面对老虎的是几个拍照的小姑娘。我一看，倒抽了一口冷气。说老实话，双腿都有些发颤了。

我看了看那几个泰国的男女小孩，又看了看园主，只见他们面色怡然，神情坦然，我也只好强压下紧张的情绪，走了进去。跨过一个铁栏杆，主人领我转到老虎背后，要与虎合影，我战战兢兢地跟在主人身后，同园主一起，摆好了照相的架势。园主示意我用手抚摩老虎的脖子。俗话说："老虎屁股摸不得。"老虎的屁股都摸不得，哪里还敢抚摸老虎的脖子呢？我曾在印度海得拉巴的动物园中摸过老虎的屁股，但那是老虎被锁在仅容一身的铁笼子里，人站在笼子外面，哆里哆嗦地摸上一把，自己就仿佛成了一个准英雄了。今天是同老虎在一起，中间没有铁栏杆，我的手实在不敢往下放。正在这关键时刻，也许是由于园主的示意，饲虎的小男孩用一根木棒捣了老虎一下，老虎大怒，猛张血盆大口，吼声震耳欲聋，好像是晴天的霹雳，吓得我浑身汗毛都竖了起来。此情此景，大概我一生只仅有这一次——然而这一次已经足够足够了。

此时，我真是五体投地地佩服园主，我佩服他的幻想，一个没有幻想的人，能想得出这样前无古人的绝招吗？

紧接着是参观真正的鳄鱼湖。鳄鱼被养在池塘中。池塘有大有小，有方有圆，没有一定的规格，看样子是利用迁就原来的地形，只稍稍加以整修。我们走过跨在湖上的骑湖楼，楼全是木结构，中间铺木板，两旁有栏杆。前后左右全是池塘，池塘养着多寡不等的鳄鱼。据主人告诉我们说，这样的池塘群还有十五个，水面面积之大可想而知。鳄鱼是按照种类、按照年龄分池饲养的。这样多的鳄鱼，水里的鱼早被吃光了，只能每天按时用鱼来饲养。我看鳄鱼条条肥壮，足征它们的饭食是不错的。池中的鳄鱼千姿百态，有的趴在岸边，有的游在水里。我们走过一个池塘，里面的鳄鱼，条条都长过一丈。行动迟缓，有的一动也不动，有的趴在太阳里，好像是在那里负暄，修身养性。主人说，这个池塘是专门饲养五六十岁以上的老年鳄鱼。在人类社会中，近些年来，中外都有一些人高喊什么老龄社会，大有惶惶不可终日之慨。鳄鱼大概还没有进化到这个程度，不会关心什么老龄不老龄。然而这个鳄鱼湖的主人却为它们操心，给它们创建了这个舒适的干休所，它们可以在这里颐养天年了。至于变成了女士们的手提包，鳄鱼们是不会想到的。有一个问题我们参观的人都很关心，我想别的人也一样，这就是：这个鳄鱼湖究竟饲养了多少条鳄鱼。主人说是四万条。这真是一个惊人的数字。我想，在茫茫大地上，在任何地方，即使是鳄鱼最集中的地方，也决不会四万条聚集在一起的。

此时，我更是五体投地地佩服我们的园主，佩服他的幻想。一个没有幻想的人能够把四万条鳄鱼集中在一起成为人类的奇迹吗？

紧接着我们走上了林荫大道，浓荫匝地，暑意全消。蒙杨海泉先生照顾，因为我年纪最大，他特别调来了一辆只能坐两人的敞篷车，看样子是他专用的。我们俩坐上，开到了一个像体育馆似的地方。周围是看台，有木凳可坐。园主请中国客人坐在最前排。下面是鳄鱼的运动场。周围环水，中间有块陆地，有几条鳄鱼在上面睡觉，还有几条在水里露出脑袋来。走进来了两个男孩子，穿着颇为鲜艳的衣服。他们俩向周围看台上的泰、外观众合十致敬，然后走到水中拉出几条大鳄鱼，是拽着尾巴拉的，都拉到环水的陆地上。一个男孩掀开一条鳄鱼的大嘴，不知道是念了一个什么咒，鳄鱼的嘴就大张着，上下颚并不并拢起来。没看清男孩是用什么东西，戳鳄鱼的什么地方，只听得乓的一声巨响，又乓的一声，不知道是从哪里发出来的声音。小男孩又把自己的脑袋伸入鳄鱼嘴中，在上下两排剑一般的巨齿中间，莞尔而笑。然后抽出脑袋，把鳄鱼举在手中，放在脖子上。又让鳄鱼趴在地上，他踏上它的背部。两个孩子把几条吃人不眨眼的鳄鱼耍弄得服服帖帖。有时候我们真替他们捏一把汗。然而两个孩子却怡然自得，光着脚丫，在水中和陆上来回奔波。

走出了鳄鱼馆，又来到了另一个也像体育场似的场所。周围也是看台，同样是坐满了全世界许多国家的旅游者。但这里是大象和杂技表演的场所，台下没有水，而是一片运动场似的地。场中有几个同样穿着彩衣的男女青年。他们先把一大堆玻璃瓶之类的东西砸碎，然后有一个男孩光着膀子，躺在碎玻璃碴子上，打滚，翻筋斗，耍出种种的花样。最后又有一个男孩踩在他身上。在他身子下面，碎玻璃仿佛变成了棉花或者羊毛或者鸭绒什么的，简直是柔软可爱。看了这些表演，对中国人来说，这简直是司空见惯；然而对碧眼黄发的人来说，却是颇为值得惊奇的。于是一阵阵的掌声就从周围的看台上响起了。接着进场的是几头大象，脖子上戴着花环，背上，毋宁说是鼻子上骑着一个男孩子。先绕场一周，向观众致敬，大象无法用泰国常见的方式，合十致敬，只能把鼻子高高举起，表达一番敬意了。大象在小孩子的指挥下，表演了许多精彩的节目。然后又绕场走起来。我原以为这只是节目结束后例行的仪式，然而，我立刻就看到，看台上懂行的观众，掏出了硬币，投向场中，不管硬币多么小，大象都能用鼻子一一捡起，递到骑在鼻子上的小孩的手中。坐在前排的观众，掏出了纸币，塞到大象的嘴里——请注意，是嘴，不是鼻子——，大象叼起来，仍然递到小孩子手中。我同园主坐在前排正中，大概男孩知道，园主正陪贵宾坐在那里，于是就用不知什么方法示意大象，大象摇晃着鼻子来到我们眼前。我一下子窘了起来，我口袋中既无硬币，也无纸币。聪明的主人立刻递给我几个硬币和几张纸币，这就给我解了围。我把纸币放在大象嘴中，又把硬币放到伸到我眼前的鼻子中，我的手碰到了大象柔软的鼻尖上的小口，一阵又软又滑又湿的感觉，从我的手指头尖上直透我的全身，有一种无法用言语形容舒适清凉的ecstasy，我的全身仿佛在颤抖。

此时，我更真正是五体投地地佩服我们的园主，佩服他的幻想。一个没有幻想的人能够想出这样训练鳄鱼，这样训练大象吗？

我们的参观结束了，但是我的感触却没有结束，而且永远也不会结束。杨海泉先生养的虽然是极为丑陋凶狠的鳄鱼，然而他的目标却是：

绍述文化今鉴古——
卿云霭霭，邹鲁遗风。
作圣齐贤吾辈事，
民胞物与，人和政通。

世变沧桑俱往矣！
忠荩毋我，天下为公。
静安虑得勤观照，
辉煌禹甸，乐见群龙。
忠孝礼义仁为本，
发聋启聩新民丰。

杨先生的广阔的胸襟可见一斑了。他这一番奇迹般的伟大事业，已经给寰宇的炎黄子孙增添了光彩，已经给世界文化增添了光彩，已经给炎黄文化增添了光彩，已经给泰华文化增添了光彩。对于这一点我焉能漠然淡然没有感触呢？海泉先生虽然已经做出了这样的事业，但看上去他仍然是充满了青春活力的。他那令人吃惊的幻想能力已经呈现出极大的辉煌，但是看来还大有用武之地，还是前途无量的。我相信，等我下一次再来曼谷时，还会有更伟大更辉煌的奇迹在等候着我。这是我坚定不移的信念。

1994年5月7日

帕塔亚

帕塔亚是一个奇怪的地方。置身其中，你就仿佛到了纽约，到了巴黎，到了东京，到了香港。然而，在二十年前，此地却只不过是一片荒凉的海滩，细浪拍岸，涛声盈耳，平沙十里，海鸥数点而已。

我们从曼谷出发，长驱数百公里，到了的时候，已经是向晚时分。到旅馆中订好房间，立即出来。此时暮霭四合，华灯初上。大街上车如流水，行人如过江之鲫。黑头发，黑眼睛，黄头发，蓝眼睛，浓妆艳抹，短裤或牛仔裤，挤满了大街。泰国为世界旅游胜地，此处又为泰国胜地，其吸引力之强，可以想见。

主人先领我们到海鲜餐厅。愧我孤陋寡闻，原来我连帕塔亚都不知道，更不用说什么海鲜餐厅了。看样子，这个餐厅恐怕是此地的一个非常著名的地方，来到帕塔亚，就非来不行，否则就会是终生憾事。此处并非高楼大厦，只是一座简单的平房。这座简单的平房却有惊人的吸引力。刚才在大街上看到的黑头发，黑眼睛，黄头发，蓝眼睛，浓妆艳抹，短裤或牛仔裤，仿佛一下子都挤到这里来了。在不太大的空间内，这些东西交光互影，互相辉映，在我眼前形成了奇妙的景象。我一时间眼花缭乱，目迷神眩。一进门，就看到许多玻璃缸，不，毋宁说是玻璃橱，因为是方形的，里面养着鲜鱼活虾，在水中游动。有输入氧气的管子，管口翻腾着许多珍珠似的水泡，“大珠小珠落玉盘”，只是听不到声音。意思当然是想昭告天下：这里是名副其实的海鲜餐厅。在吃到嘴里以前，我们的眼睛先饱餐了一顿。

我们从五颜六色的人群的缝隙里慢慢地挤了进去。一排排的长桌子整整齐齐地排在那里，比较简陋，并不豪华，然而却坐满了人。看样子我们的主人已经事先订好了座，我们的座位就在一排长桌的最里面，紧靠一面短栏杆，外面黑咕隆咚，什么也看不见。隔了一会，我才知道，外面就是大海。我恍然茫然：二十年前，这里不正是荒凉的海滩，细浪拍岸，涛声盈耳，平沙十里，海鸥数点的地方吗？我就这样在这个本来应该是充满了诗情画意，实际上却嘈杂喧闹的气氛中吃了我生平难以忘怀的一顿晚餐。

离开海鲜餐厅时，已经接近晚上九点。主人又匆匆忙忙带我们到人妖歌舞剧场。这大概是本地的第二个闻名全球的景点。“人妖”这个名词本身就让人看了可怕，听了可厌。然而在泰国确实用的就是这两个字，并不是以意为之的翻译。人妖，实际就是男娼。在中国旧社会，男娼也是有的，所谓“相公”者就是。但是，中国的男娼是顺其自然的，而泰国的“人妖”则是经过雕琢，把男人凿成女人。我常有怪想：在所有的动物中，号称“万物之灵”的人类是最能作孽的，其作恶多端的能耐，其他动物确实望尘莫及。谓予不信，请看“人妖”。

但是，不管我多么厌恶“人妖”，到了泰国，还是想看一看的。在曼谷，主人没有安排。事实上也不能安排。堂堂的一个代表国家代表大学的代表团，在日程上竟列上一项：访问“人妖”，岂不大煞风景吗？今天到了帕塔亚，是用欣赏歌舞的名义来行事的，面子上，内心里，好像都过得去了。于是我们就来到了人妖歌舞剧场。

我们来到的时间毕竟是晚了。宽敞明亮非常现代化的大厅里，已经几乎是座无虚席，我们找了又找，最后在接近最高层的地方找到了几个座位。我们坐下以后，感觉到自己好像是雄踞奥林匹克之巅的大神宙斯。低头下视，只能看到黑头发与黄头发，黑眼睛与蓝眼睛渺不可见。至于短裤或牛仔裤则只能想象了。因为跳舞台毕竟太远，台上的人妖，台上的舞蹈，只能看个大概。闪烁不定五彩缤纷的灯光，当然能够看到，歌声也能清晰听到。对我来说，这样已经够了。至于看“人妖”的明目皓齿，我则根本没有这个愿望。有时候，观众听众席的最前一排那里，似乎出了什么事，有的听众哗然大笑。我们一点也看不清楚，只能看到某一个正在表演着的“人妖”，忽然走下了舞台，走到前排观众跟前，做出了什么举动，于是群众轰然。有一回，竟有一个观众被“人妖”拉上了舞台，张口举手，似乎极窘，狼狈下台，后遂无问津者。

歌舞终于快结束了。在正式散场之前，我们为了避免拥挤，提前一二分钟走出了剧场。外面夜气已深，但灯光照样通明，霓虹灯照样闪烁，这里是一座不夜城。回到旅馆，安然睡下。第二天一大早起来，吃过早饭，就离开了帕塔亚。这本来是一个海滨旅游胜地，但是，临海而未见海。这里的海滩到底是一个什么样子呢？一团模糊。是细浪拍岸，涛声盈耳，平沙十里，海鸥数点呢？还是只有海鲜餐厅和人妖歌舞剧场？一团模糊。

这就是我的帕塔亚。

别了，一团模糊的帕塔亚！

1994年5月25日

一只小猴

只有几秒钟，也许连几秒钟都不到，我抬眼瞥见了一只小猴，在泰国的旅游胜地帕塔亚，在华灯初上的黄昏时分，在车水马龙的大马路旁，在五光十色的霓虹灯照耀下，在黑发和黄发，黑眼睛和蓝眼睛交互混杂的人流中……

小猴真正是小，看模样，也不过几个月大。它睁大一双圆溜溜的眼睛，惊奇地瞅着这非我族类的人类的闹嚷喧腾的花花世界，心里不知作何感想。它被搂在一个十几岁的小男孩子怀中，脖子上拴着链子，链子的另一端就攥在小男孩手中。它左顾右盼，上蹿下跳，焦躁不安，瞬息不停。但小男孩却像如来佛的巨掌，猴子无论如何也逃脱不出去。

小男孩也焦躁不安，神情凄凉，他在费尽心血，向路人兜售这一只小猴。不管他怎样哀告，路人却像顽石一般，决不点头。黑头发不点头，黄头发也不点头。黑眼睛不眨眼，蓝眼睛也不眨眼。小男孩的神情更加凄凉了。

只有几秒钟，也许连几秒钟都不到，我把这一切都看在眼里，我的心蓦地猛烈地震动了一下：小猴的天真无邪的模样，小孩的焦急凄凉的神态，撞击着我的心。我回头注视着猴子和孩子，在霓虹灯照亮了的黑头发和黄头发的人流中，注视，再注视，一直到什么都看不见为止。

小猴和小孩的影子在我眼前消逝了，却沉重地落在我的心头。随之而来的是无穷无尽的问号：小猴是从哪里捉来的呢？是从深山老林里吗？它有没有妈妈呢？如果有，猴妈妈不想自己的孩子吗？小猴不想自己的妈妈吗？茂密不透阳光的森林同眼前的五光十色的人类的花花世界给小猴什么样的印象呢？小猴喜欢不喜欢这个拴住自己的小男孩呢？小男孩家里什么样呢？是否他父母在倚闾望子等小男孩卖掉了小猴买米下锅呢？小男孩卖不掉小猴心里想些什么呢？

我的思绪一转，立刻又引来了另外一系列的问号：小猴卖出去了没有呢？如果已经卖了出去，是黑头发黑眼睛的人买了去的呢，还是碧眼黄发的人买了去的？如果是后者的话，说不定明天一早，小猴就上了豪华的客机穿云越海而去。小猴有什么感觉呢？这样一来，小猴不用悬梁刺股拼命考“托福”就不费吹灰之力到了某些中国人眼中心中的天堂乐园。小猴翘不翘尾巴呢？它感不感到光荣呢？……

无穷无尽的问号萦绕在我的心头，我跟随着大伙儿来到了帕塔亚有名的海鲜餐厅，嘴里品尝着大个儿的新鲜的十分珍贵的龙虾，味道确实鲜美。但是我脑袋里想的是小猴，它那两只漆黑锃亮的圆圆的眼睛，在我眼前飘动。我们走进了世界著名的人妖歌舞厅，台上五彩缤纷，歌声嘹亮入云，舞姿轻盈曼妙，台下欢声雷动。但是我脑袋里想的是小猴。一直到深夜转回雍容华贵的大旅馆，我脑袋里想的仍然是小猴，那一只在不到几秒钟内瞥见的小猴。

小猴在我脑海里变成了一个永恒的问号。

1994年5月4日

东方文化书院和陈贞煜博士

在入口处，在一座很高的山墙上，几个镶嵌在上面的大字，发出了闪闪的金光："东方文化书院"六个极大的汉字。上面是一行印度天城体字母写成的梵文：Prācyasanskritipratisthāna（拉丁字母转写）。这几个金光闪闪的大字，似乎就闪耀出无限深邃的无限神秘的东方智慧。院长陈贞煜博士把这几个字指给我看，并问我最后几个字怎样读。

这就是泰国曼谷的东方文化书院。

顾名思义，书院的目的就是弘扬东方文化，弘扬泰华文化。书院建院伊始，大规模的工作还没有展开。但是，中国古语说："千里之行，始于跬步。"书院已经有了一个很好的开始，预示着它前程似锦，无限辉煌。

我应邀在这里做了一个学术讲演，讲的仍然是我那一套天人合一。听众人数不多，但多是侨界精英。我讲完了以后，有几位学者发言支持，像著名学者郑彝元先生，还有国内去的中山大学教授、著名的中西交通史专家蔡鸿生先生等。记得鲁迅先生曾说过，一个人发出了声音，如果没有应答，那就是最让人感到寂寞的事情，即使是反对的应答，也比没有强。我现在得到的应答是完全肯定的，乐何如之！庄子在《徐无鬼》中说道："夫逃虚空者，藜藋柱乎鼪鼬之径，踉位其空，闻人足音跫然而喜矣。"我现在不是处在藜藋之中，而是坐在富丽堂皇的大讲堂里，然而跫然的足音更能给我带来无量的喜悦。

然而更使我喜悦的是陈贞煜博士作为主席介绍我时那种溢于言表的

情谊。陈先生同我一样是德国留学生。我们初见面时，无意之中彼此讲了几句德国话。这样一来，记忆的丝缕把现在同过去的比较天真无邪的青春时期牵在一起了，不由自主地油然而生了一点似浓似淡的甜蜜感。难道这就是我们一见如故“心有灵犀一点通”的原因吗？不管怎样，我们俩在中国只见过一面，我来到泰国再见面就仿佛已是老友了。陈先生是学法律的，做过二十年法官，当选过国会议员，担任过泰国最高学府之一的法政大学校长，现在仍然是那里的教授。但是，他为人淳朴，一无官气，二无“法”气。在当今不算太清明的世界上是一个难得的好人。

在离开曼谷的前一天，我们此行的任务可以说是已经完成了，夸大一点，也可以说是胜利完成了，但是好像仍有所不足，似乎还有一点什么东西耿耿于怀。仔细一想：有名的大皇宫还没有逛。“不到皇宫非好汉”，到曼谷来旅游的人，没有不到大皇宫的。然而，我们就要走了，这一次是逛不成了。人世间尽如人意的事情是十分难得的，索性给曼谷留下一点我们的心，留下一份怅怅，一份怏怏。

然而，完全出乎我的意料，我们的救星来到了，这个救星就是陈贞煜博士。他忽然偕郑彝元先生和林悟殊先生来到了旅馆，邀我们去游大皇宫。这真是喜从天降，我们立即上车。

谈到皇宫，我是颇有一些经验的。我到过世界上三十多个国家，那里的皇宫我看过不少，举其荦荦大者，中国北京的故宫固无论矣。在印度，莫卧儿王朝的皇宫，我就看过两个：阿格拉的红堡和德里的红堡。两处皇宫的特点几乎完全是一样的：都是用红色岩石筑成，所以名为“红堡”；建筑风格都是伊斯兰式的，简单明了，线条清晰，令人一目了然，毫无拖沓繁复浓得化不开之感。所有的拱门，不论大小，所有的窗子，也不论大小，上端都是桃形，这是典型的伊斯兰建筑风格，全世界概莫能外。在俄罗斯，我见过克里姆林宫。在德国，我见过弗雷得里希大帝的无忧宫。这些皇宫都各有其特点。从审美的角度来看，它们泾渭分明，决不容混淆。中国的皇宫以气象胜，巍峨雄伟，大气磅礴，庄严威武，惊心动魄。可远观而不可亵玩，属于阳刚之美。无忧宫和红堡，气势不能说没有，但是格局狭隘，可以近视而不宜远望。雕梁画栋，墙上，柱上，镂金错彩，镶宝嵌玉，盈尺之中，无限风光。虽然不能即归诸阴柔之美一类，但与中国故宫比，其差别可以立见。

现在到了泰国的大皇宫。在进门之前，我自然而然地就会回忆起以前看过的所有的皇宫，在潜意识中加以对比，而产生了一种德国接受美学学派所说的“期望视野”。我究竟期望在这座大皇宫里看到什么样的东西呢？我自己也并不十分清楚，隐隐约约地好像要看到一点类似中国故宫似的东西。泰国毕竟是在东方而且是我们的近邻嘛。

我脑海里似乎就晃动着北京故宫的影像，上面还罩上了一层极薄极薄的无忧宫和红堡的影子，踏进了大皇宫的大门。然而，第一个印象就带给了我一点淡淡的失望：宫门一不巍峨，二不精致，只是比普通邸宅的大门大了一些，不能给人留下深刻的印象。走了进去，庭院也并不宽敞。这同我的期望，即使是朦朦的期望吧，是有极大的距离的。我真感到失望，感到落寞。然而，当我走近一些宫殿时，我看到一些柱子上镶嵌着宝石之类的东西，闪出了炫目的光辉。墙壁上则彩绘着壁画，烟云缭绕，宫阙巍峨，内容多半是《罗摩衍那》中的故事。原来泰国王室与罗摩有什么渊源，所以印度古代英雄罗摩十分受到崇敬。皇宫里壁画上画着罗摩的故事，也就丝毫不足怪了。我的眼前豁然开朗，目为之明，耳为之聪，深悔刚才的失望与落寞了。

但这还不是参观的高潮，高潮还在后面。陈博士带我们走进了崇高宏伟的玉佛宫，金碧辉煌，香烟缭绕。殿非常高，仰头一望，宛如走进了欧洲哥特式的大教堂，藻井高悬在云端。一尊庞大的玉佛，高踞在神龛里，慈眉善目，溢满慈悲。陈博士跪在大理石的地上礼佛。我虽然不信佛教，但是我对真诚信仰任何宗教的人都怀有敬意，除了个别的阴森古怪的邪教外，任何宗教都是教人做好事的。我因此也顺便坐在地上，腿下大理石的清凉立即流遍了我整个身子，同外面三十多摄氏度的炎热相比，真无异进入了清凉世界，甚至是清凉的佛土，我立即神清气爽，好像也颇能分享大殿中跪在地上的善男信女的天福了。

我们离开了玉佛殿，在黑头发、白头发、黄头发、灰头发，黑眼睛、蓝眼睛，高鼻梁、低鼻梁，形形色色的人流中，挤出了大皇宫，走到了大马路上，上了等在那里的汽车。在我的心中，我默默地说了声："再见，大皇宫！我有朝一日，还会回来的。"

现在，时间已靠近中午，天气更热了。这是我到曼谷来后第一次感到热。天公好像又有点作美，想弥补我对曼谷这个大火炉的"失望"。"索性热一下，让你尝一尝热的滋味！"我好像听到天老爷这样说。热滋味我尝到了，身上出了汗；但是肚子里也感到空了。陈博士建议去参观法政大学，并在那里进午餐。前一句受到我的欢迎，后一句受到我的赞赏。于是我们就到了法政大学。

提起法政大学来，真是大大地有名。它同朱拉隆功大学并称泰国最高学府。据陈博士介绍，这所大学有点像北京大学。历次学生运动都在这里涌起，然后波及全曼谷，以至全泰国。校外一片广场似的地方，学潮一起，就旌旗匝地，呼声震天。但是，眼前学校是十分平静的。学生有的上课，有的吃饭，怡怡如也。陈博士请出了校长同我们见面。又领我们到院长办公室，同院长和教授们见面。院长和几位教授都是德国留学生，都讲德国话，一位年轻的教授就用德文给我介绍了情况。我心里暗暗地发笑：原来这一位陈博士悄没声地在这里形成了一个小小的德国派，这在泰国，甚至东南亚国家，都是绝无仅有的，这里流行的是英语。我们离开了院长办公室，又去看了陈博士的办公室，然后走向餐厅。路上碰到很多年轻人，不知道是学生，还是教员。他们都对陈博士合十致敬。看起来这一所擅长闹学潮的学校，并不那么可怕。杏坛春暖，程门立雪，老师循循善诱，学生彬彬有礼，师生之间，其乐融融。另一方面也能看出，陈博士在学生和教员中是很有威望的，离开了法政大学，又乘车到朱拉隆功大学看了看校园。泰国的最高学府我算是都看过了。

就这样，我们在曼谷的最后一天，是很充实很有意义很愉快的一天。这当然都要感谢陈贞煜博士。这一位今雨而又似旧雨的朋友，我永远也不会忘记。临别时，我心里像对大皇宫说的话那样，对陈贞煜博士说：

“亲爱的朋友！再见了，有朝一日，我们还会见面的，或在曼谷，或在北京！”

1994年5月21日

奇石馆

石头有什么奇怪的呢？只要是山区，遍地是石头，磕磕绊绊，走路很不方便，让人厌恶之不及，哪里还有什么美感呢？

但是，欣赏奇石，好像是中国特有的传统的审美情趣。南南北北，且不说那些名园，即使是在最普通的花园中，都能够找到几块大小不等的太湖石，甚至假山。这些石头都能够给花园增添情趣，增添美感，再衬托上古木、修竹、花栏、草坪、曲水、清池、台榭、画廊等，使整个花园成为一个审美的整体，错综与和谐统一，幽深与明朗并存，充分发挥出东方花园的魅力。

我现在所住的燕园，原是明清名园，多处有怪石古石。据说都是明末米万钟花费了惊人的巨资从南方运来的。连颐和园中乐寿堂前那一块巨大的石头，也是米万钟运来的，因为花费太大，他这个富翁因此而破了产。

这些石头之所以受人青睐，并不是因为它大，而是因为它奇，它美。美在何处呢？据行家说，太湖石必须具备四个条件，才能算是美而奇：透、漏、秀、皱。用不着一个字一个字地来分析解释。归纳起来，可以这样理解：太湖石最忌平板。如果不忌的话，则从山上削下任何一块石头来，都可以充数。那还有什么奇特，有什么诡异呢？它必须是玲珑剔透，才能显现其美，而能达到这个标准，必须是在水中已经被波浪冲刷了亿万年。夫美岂易言哉！岂易言哉！

以上说的是大石头。小石头也有同样的情况。中国人爱小石头的激情，决不下于大石头。最著名的例子就是南京的雨花石。雨花大名垂宇宙，由来久矣。其主要特异之处在于小石头中能够辨认出来的形象。我曾在某一报纸上读到一则关于雨花石的报道，说某一块石头中有一幅观音菩萨的像，宛然如书上画的或庙中塑的，形态毕具，丝毫不爽。又有一块石头，花纹是齐天大圣孙悟空，也是形象生动，不容同任何人、神、鬼、怪混淆。这些都是鬼斧神工，本色天成，人力在这里实在无能为力。另外一种小石头就是有小山小石的盆景。一座只有几寸至多一尺来高的石头山，再陪衬上几棵极为矮小却具有参天之势的树，望之有如泰岳，巍峨崇峻，咫尺千里，真的是“一览众山小”了。

总之，中国人对奇特的石头，不管大块与小块，都情有独钟，形成了中国特有的审美情趣，为其他国家所无。美籍华人建筑大师贝聿铭先生设计香山饭店时，利用几面大玻璃窗当作前景，窗外小院中耸立着一块太湖石，窗子就成了画面。这种设计思想，极为中国审美学家所称赞。虽然贝聿铭这个设计获得了西方的国际大奖，我看这也是为了适应中国人的审美情趣，碧眼黄发人未必理解与欣赏。现在文化一词极为流行，什么东西都是文化，什么茶文化、酒文化，甚至连盐和煤都成了文化。我们现在来一个石文化，恐怕也未可厚非吧。

我可是万万没有想到，竟在离开北京数千里的曼谷——在旧时代应该说是万里吧——找到了千真万确的地地道道的石文化，我在这里参观了周镇荣先生创建的奇石馆。周先生在解放前曾在国立东方语专念过书，也可以算是北大的校友吧。去年10月，我到昆明去参加纪念郑和的大会，在那里见到了周先生。蒙他赠送奇石一块，让我分享了奇石之美。他定居泰国，家在曼谷。这次相遇，颇有一点旧友重逢之感。

他的奇石馆可真让我大吃一惊，大开眼界。什么叫奇石馆呢？因为我从来没有见过这样的馆，难免有一些想象。现在一见到真馆，我的想象被砸得粉碎。五光十色，五颜六色，五彩缤纷，五花八门，大大小小，方方圆圆，长长短短，粗粗细细，我搜索枯肠，把我所知道的一切带数字的俗语都搜集到一起，又到我能记忆的旧诗词中去搜寻描写石头花纹的清词丽句。把这一切都堆集在一起，也无法描绘我的印象于万一。在这里，语言文字都没用了，剩下的只有心灵和眼睛。我只好学一学古代的禅师，不立文字，明心见性。想立也立不起来了。到了主人让我写字留念的时候，我提笔写了“琳琅满目，巧夺天工”，是用极其拙劣的书法，写出了极其拙劣的思想。晋人比我聪明，到了此时，他们只连声高呼：“奈何！奈何！”我却无法学习，我要是这样高呼，大家一定会认为我神经出了毛病。

听周先生自己讲搜寻石头的故事，也是非常有趣的。他不论走到什么地方，一听到有奇石，便把一切都放下，不吃，不喝，不停，不睡，不管黑天白日，不管刮风下雨，不避危险，不顾困难，非把石头弄到手不行。馆内的藏石，有很多块都隐含着一个动人的故事。中国古书上说：“精诚所至，金石为开。”这话在周镇荣先生身上得到了证明。宋代大书法家米芾酷爱石头，有“米癫拜石”的传说。我看，周先生之癫绝不在米芾之下。这也算是石坛佳话吧。

无独有偶，回到北京以后，到了4月26日，我在《中国医药报》上读到了一篇文章——《石头情结》，讲的是著名美学家王朝闻先生酷爱石头的故事。王先生我是认识的，好多年以前我们曾同在桂林开过会。漓江泛舟，同乘一船。在山清水秀弥漫乾坤的绿色中，我们曾谈过许多事情，对其为人和为学，我是衷心敬佩的。当时他大概对石头还没有产生兴趣，所以没有谈到石头。文章说：“十多年前在朝闻老家里几乎见不到几块石头，近几年他家似乎成了石头的世界。”我立即就想到：“这不是另外一个奇石馆吗？”朝闻老大器晚成，直到快到耄耋之年，才形成了石头情结。一旦形成，遂一发而不能遏止。他爱石头也到了癫的程度，他是以一个雕塑家美学家的目光与感情来欣赏石头的，凡人们在石头上看不到的美，他能看到。他惊呼：“大自然太神奇了。”这比我在上面讲到的晋人高呼“奈何！奈何！”的情景，进了一大步。

石头到处都有，但不是人人都爱。这里面有点天分，有点缘分。这两件东西并不是人人都能有的。认识这样的人，是不是也要有点缘分呢？

我相信，我是有这个缘分的。在不到两个月的短短的时间内，我竟能在极南极南的曼谷认识了有石头情结的周镇荣先生，又在极北极北的北京知道了老友朝闻老也有石头情结。没有缘分，能够做得到吗？请原谅我用中国流行的办法称朝闻老为北癫，称镇荣先生为南癫。南北二癫，顽石之友。在茫茫人海芸芸众生中，这样的癫是极为难见的。知道和了解南北二癫的人，到目前为止，恐怕也只尚有我一个人。我相信，通过我这一篇短文，通过我的缘分，南北二癫会互相知名的，他们之间的缘分也会启发出来的。有朝一日，南周北王会各捧奇石相会于北京或曼谷，他们会掀髯（可惜二人都没有髯，行文至此，不得不尔）一笑的，他们都会感激我的。这样一来，岂不猗欤盛哉！我馨香祷祝之矣。

1994年5月24日凌晨，细雨声中写完，心旷神怡。

第四辑

他国之旅

重返哥廷根

我真是万万没有想到，经过了三十五年的漫长岁月，我又回到这个离开祖国几万里的小城里来了。

我坐在从汉堡到哥廷根的火车上，我简直不敢相信这是事实。难道是一个梦吗？我频频问着自己。这当然是非常可笑的，这毕竟就是事实。我脑海里印象历乱，面影纷呈。过去三十多年来没有想到的人，想到了；过去三十多年来没有想到的事，想到了。我那一些尊敬的老师，他们的笑容又呈现在我眼前。我那像母亲一般的女房东，她那慈祥的面容也呈现在我眼前。那个宛宛婴婴的女孩子伊尔穆嘉德，也在我眼前活动起来。那窄窄的街道、街道两旁的铺子、城东小山的密林、密林深处的小咖啡馆、黄叶丛中的小鹿，甚至冬末春初时分从白雪中钻出来的白色小花雪钟，还有很多别的东西，都一齐争先恐后地呈现到我眼前来。一霎时，影像纷乱，我心里也像开了锅似的激烈地动荡起来了。

火车一停，我飞也似的跳了下去，踏上了哥廷根的土地。忽然有一首诗涌现出来：

少小离家老大回，
乡音无改鬓毛衰。
儿童相见不相识，
笑问客从何处来。

怎么会涌现这样一首诗呢？我一时有点儿茫然、懵然。但又立刻意识到，这一座只有十来万人的异域小城，在我的心灵深处，早已成为我的第二故乡了。我曾在这里度过整整十年，是风华正茂的十年。我的足迹印遍了全城的每一寸土地。我曾在这里快乐过，苦恼过，追求过，幻灭过，动摇过，坚持过。这一座小城实际上决定了我一生要走的道路。这一切都不可避免地要在我的心灵上打上永不磨灭的烙印。我在下意识中把它看做第二故乡，不是非常自然的吗？

我今天重返第二故乡，心里面思绪万端，酸甜苦辣，一齐涌上心头。感情上有一种莫名其妙的重压，压得我喘不过气来，似欣慰，似惆怅，似追悔，似向往。小城几乎没有变。市政厅前广场上矗立的有名的抱鹅女郎的铜像，同三十五年前一模一样。一群鸽子仍然像从前一样在铜像周围徘徊，悠然自得。说不定什么时候一声呼哨，飞上了后面大礼拜堂的尖顶。我仿佛昨天才离开这里，今天又回来了。我们走下地下室，到地下餐厅去吃饭。里面陈设如旧，座位如旧，灯光如旧，气氛如旧。连那年轻的服务员也仿佛是当年的那一位。我仿佛昨天晚上才在这里吃过饭。广场周围的大小铺子都没有变。那几家著名的餐馆，什么“黑熊”、“少爷餐厅”等，都还在原地。那两家书店也都还在原地。总之，我看到的一切都同原来一模一样。我真的离开这座小城已经三十五年了吗？

但是，正如中国古人所说的，江山如旧，人物全非。环境没有改变，然而人物却已经大大地改变了。我在火车上回忆到的那一些人，有的如果还活着的话年龄已经过了一百岁。这些人的生死存亡就用不着去问了。那些计算起来还没有这样老的人，我也不敢贸然去问，怕从被问者的嘴里听到我不愿意听的消息。我只绕着弯子问上那么一两句，得到的回答往往不得要领，模糊得很。这不能怪别人，因为我的问题就模糊不清。我现在非常欣赏这种模糊，模糊中包含着希望。可惜就连这种模糊也不能完全遮盖住事实。结果是：访旧半为鬼，惊呼热中肠。我只能在内心里用无声的声音来惊呼了。

在惊呼之余，我仍然坚持怀着沉重的心情去访旧。首先我要去看一看我住过整整十年的房子。我知道，我那母亲般的女房东欧朴尔太太早已离开了人世。但是房子却还存在，那一条整洁的街道依旧整洁如新。从前我经常看到一些老太太用肥皂来洗刷人行道，现在这人行道仍然像是刚才洗刷过似的，躺下去打一个滚，决不会沾上一点儿尘土。街拐角处那一家食品商店仍然开着，明亮的大玻璃窗子里面陈列着五光十色的食品。主人却不知道已经换了第几代了。我走到我住过的房子外面，抬头向上看，看到三楼我那一间房子的窗户，仍然同以前一样摆满了红红绿绿的花草，当然不是出自欧朴尔太太之手。我蓦地一阵恍惚，仿佛我昨晚才离开，今天又回家来了。我推开大门，大步流星地跑上三楼。我没有用钥匙去开门，因为我意识到，现在里面住的是另外一家人了。从前这座房子的女主人恐怕早已安息在什么墓地里了，墓上大概也栽满了玫瑰花吧。我经常梦见这所房子，梦见房子的女主人，如今却是人去楼空了。我在这里度过的十年中，有愉快，有痛苦，经历过轰炸，忍受过饥饿。男房东逝世后，我多次陪着女房东去扫墓。我这个异邦的青年成了她身边的唯一的亲人，无怪我离开时她嚎啕痛哭。我回国以后，最初若干年，还经常通信。后来时移事变，就断了联系。我曾痴心妄想，还想再见她一面。而今我确实又来到了哥廷根，然而她却再也见不到，永远永远地见不到了。

我徘徊在当年天天走过的街头。这里什么地方都有过我的足迹。家家门前的小草坪上依然绿草如茵。今年冬雪来得早了一点儿。十月中，就下了一场雪。白雪、碧草、红花，相映成趣。鲜艳的花朵赫然傲雪怒放，比春天和夏天似乎还要鲜艳。我在一篇短文《海棠花》里描绘的那海棠花依然威严地站在那里。我忽然回忆起当年的冬天，日暮天阴，雪光照眼，我扶着我的吐火罗文和吠陀语老师西克教授，慢慢地走过十里长街。心里面感到凄清，但又感到温暖。回到祖国以后，每当下雪的时候，我便想到这一位像祖父一般的老人。回首前尘，已经有四十多年了。

我也没有忘记当年几乎每一个礼拜天都到的席勒草坪。它就在小山下面，是进山必由之路。当年我常同中国学生或者德国学生，在席勒草坪散步之后，就沿着弯曲的山径走上山去。曾登上俾斯麦塔，俯瞰哥廷根全城；曾在小咖啡馆里流连忘返；曾在大森林中茅亭下躲避暴雨；曾在深秋时分惊走觅食的小鹿，听它们脚踏落叶一路窸窸窣窣地逃走。甜蜜的回忆是写也写不完的。今天我又来到这里。碧草如旧，亭榭犹新。但是当年年轻的我已颓然一翁，而旧日游侣早已荡若云烟，有的离开了这个世界，有的远走高飞，到地球的另一半去了。此情此景，人非木石，能不感慨万端吗？

我在上面讲到江山如旧，人物全非。幸而还没有真正地全非。几十年来我昼思夜想最希望还能见到的人，最希望他们还能活着的人，我的"博士父亲"，瓦尔德施密特教授和夫人居然还都健在。教授已经是八十三岁高龄，夫人比他寿更高，是八十六岁。一别三十五年，今天重又会面，真有相见翻疑梦之感。老教授夫妇显然非常激动，我心里也如波涛翻滚，一时说不出话来。我们围坐在不太亮的电灯光下，杜甫的名句一下子涌上我的心头：

人生不相见，
动如参与商。
今夕复何夕？
共此灯烛光。

四十五年前我初到哥廷根，我们初次见面，以及以后长达十年相处的情景，历历展现在眼前。那十年是剧烈动荡的十年，中间插上了一个第二次世界大战，我们没有能过上几天好日子。最初几年，我每次到他们家去吃晚饭时，他那个十几岁的独生儿子都在座。有一次教授同儿子开玩笑："家里有一个中国客人，你明天到学校去又可以张扬吹嘘一番了。"哪里知道，大战一爆发，儿子就被征从军，一年冬天，战死在北欧战场上。这对他们夫妇俩的打击，是无法形容的。不久，教授也被征从军。他心里怎样想，我不好问，他也不好说。看来是默默地忍受痛苦。

他预定了剧院的票，到了冬天，剧院开演，他不在家，每周一次陪他夫人看戏的任务，就落到我肩上。深夜，演出结束后，我要走很长的道路，把师母送到他们山下林边的家中，然后再摸黑走回自己的住处。在很长的时间内，他们那一座漂亮的三层楼房里，只住着师母一个人。

他们的处境如此，我的处境更要糟糕。烽火连年，家书亿金。我的祖国在受难，我的全家老老小小在受难，我自己也在受难。中夜枕上，思绪翻腾，往往彻夜不眠。而且头上有飞机轰炸，肚子里没有食品充饥，做梦就梦到祖国的花生米。有一次我下乡去帮助农民摘苹果，报酬是几个苹果和五斤土豆。回家后一顿就把五斤土豆吃了个精光，还并无饱意。

大概有六七年的时间，情况就是这个样子。我的学习、写论文、参加口试、获得学位，就是在这种情况下进行的。教授每次回家度假，都听我的汇报，看我的论文，提出他的意见。今天我会的这一点点儿东西，哪一点儿不包含着教授的心血呢？不管我今天的成就还是多么微小，如果不是他怀着毫不利己的心情对我这一个素昧平生的异邦的青年加以诱掖教导的话，我能够有什么成就呢？所有这一切我能够忘记得了吗？

现在我们又会面了。会面的地方不是在我所熟悉的那一所房子里，而是在一所豪华的养老院里。别人告诉我，他已经把房子赠给哥廷根大学印度学和佛教研究所，把汽车卖掉，搬到这一所养老院里来了。院里富丽堂皇，应有尽有，健身房、游泳池，无不齐备。据说，饭食也很好。但是，说句不好听的话，到这里来的人都是七老八十的人，多半行动不便。对他们来说，健身房和游泳池实际上等于聋子的耳朵。他们不是来健身，而是来等死的。头一天晚上还在一起吃饭、聊天，第二天早晨说不定就有人见了上帝。一个人生活在这样的环境中，心情如何，概可想见。话又说了回来，教授夫妇孤苦零丁，不到这里来，又到哪里去呢？

就是在这样一个地方，教授又见到了自己几十年没有见面的弟子。他的心情是多么激动，又是多么高兴，我无法加以描绘。我一下汽车就看到在高大明亮的玻璃门里面，教授端端正正地坐在圈椅上，他可能已经等了很久，正望眼欲穿哩。他瞪着慈祥昏花的双目瞧着我，仿佛想用目光把我吞了下去。握手时，他的手有点儿颤抖。他的夫人更是老态龙钟，耳朵聋，头摇摆不停，同三十多年前完全判若两人了。师母还专为我烹制了当年我在她家常吃的食品。两位老人齐声说：“让我们好好地聊一聊老哥廷根的老生活吧！”他们现在大概只能用回忆来填充日常生活了。我问老教授还要不要中国关于佛教的书，他反问我：“那些东西对我还有什么用呢？”我又问他正在写什么东西。他说：“我想整理一下以前的旧稿；我想，不久就要打住了！”从一些细小的事情上来看，老两口的意见还是有一些矛盾的。看来这相依为命的一双老人的生活是阴沉的、郁闷的。在他们面前，正如鲁迅在《过客》中所写的那样：“前面？前面，是坟。”

我心里陡然凄凉起来。老教授毕生勤奋，著作等身，名扬四海，受人尊敬，老年就这样度过吗？我今天来到这里，显然给他们带来了极大的快乐，一旦我离开这里，他们又将怎样呢？可是，我能永远在这里待下去吗？我真有点儿依依难舍，尽量想多待些时候。但是，千里凉棚，没有不散的筵席。我站起来，想告辞离开。老教授带着乞求的目光说：“才十点多钟，时间还早嘛！”我只好重又坐下。最后到了深夜，我狠了狠心，向他们说了声：“夜安！”站起来，告辞出门。老教授一直把我送下楼。送到汽车旁边，样子是难舍难分。此时我心潮翻滚，我明确地意识到，这是我们最后一面了。但是，为了安慰他，或者欺骗他，也为了安慰我自己，或者欺骗我自己，我脱口说了一句话：“过一两年，我再回来看你！”声音从自己嘴里传到自己耳朵，显得空荡、虚伪，然而却又真诚。这真诚感动了老教授，他脸上现出了笑容：“你可是答应了我了，过一两年再回来！”我还有什么话好说呢？我噙着眼泪，钻进了汽车。汽车开走时，回头看到老教授还站在那里，一动也不动，活像是一座塑像。

过了两天，我就离开了哥廷根。我乘上了一列开到另一个城市去的火车。坐在车上，同来时一样，我眼前又是面影迷离，错综纷杂。我这两天见到的一切人和物，一一奔凑到我的眼前来，只是比来时在火车上看到的影子清晰多了，具体多了。在这些迷离错乱的面影中，有一个特别清晰、特别具体、特别突出，它就是我在前天夜里看到的那一座塑像。愿这一座塑像永远停留在我的眼前，永远停留在我的心中。

1980年11月在西德开始

1987年10月在北京写完

游唐大招提寺

多么凑巧的事情，又是多么可喜的事情！唐大和尚鉴真回国探亲，我们在北京刚见过面；他回到日本不久，我们又来探望参拜他了。

一走进唐大招提寺，我们仿佛回到了祖国。此地的一草一木，一梁一柱，无不让我们感到亲切可爱。连踏在脚下的砂粒，似乎也与别处不同。我们的心情又兴奋，又宁静；又肃穆，又虔诚。我们明确地意识到，这不是一个普普通通的地方，这是一个神圣的地方；这是中日两国人民悠久的传统友谊结晶的地方，决不能等闲视之。

我们现在看到的当然是历历在目的大殿、经堂、佛像、神龛。但是我的心却一下子回到了一千多年以前的历史上去，回到鉴真生活的时代中去。这样的经历我从前曾经有过一次，那是在印度瞻谒玄奘遗迹的时候。我当时曾看到玄奘的身影无所不在。今天，印度换成了日本，玄奘换成鉴真了。同玄奘一样，鉴真的面貌我们都是熟悉的。我现在在这一座古寺里到处看到的就是鉴真的慈祥肃穆的面容。我仿佛看到他慈眉善目，庞眉铺目，到处烧香礼佛。看到他盘腿坐在莲花座上，讲经说法，为天皇、皇太子、贵族、平民传法授戒。他在整个寺院里让人搀扶着来来往往地行走。我不但能看到他的身影，而且能听到他的声音，虽然我并说不出，他的声音究竟是个什么样子。我们今天满怀虔敬之心踏在这一座古寺的土地上。我们知道，这一座古寺的每一寸土地都留有鉴真的足迹。我们脚下踏着的就是鉴真当年留下的足迹。因此，我们的步履轻而又轻，谨慎而又谨慎。特别是当我们走过一座重门深锁的院落的时候，我们的步子更轻了，我们仿佛在临深履薄，戒慎恐惧。这院落“庭院深深深几许”，在望之如云端仙境的重楼上，鉴真的漆像就作为国宝保存在那里。这门是经常锁着的。我们不由得面向楼阁深处，合十致敬。

鉴真爱不爱日本人民呢？他当然是爱的。他怀着满腔炽热的感情爱日本，爱日本人民。他同中国人民一样，深深地体会到中日两国人民的亲密关系，决心为日本人民牺牲自己的一切，把他认为能济世度人的佛法传到日本去。为了日本人民的幸福，他毅然决然离开了自己的祖国。在当时想到日本去，简直难于上青天。今天讲一衣带水，形容两国邻近，非常轻松，非常惬意。然而海中波涛滚滚，龙蛇飞舞，用木头造的船横渡，其艰险决非今日所能想象。鉴真尝试过几次，都失败了，最后终于九死一生，到了日本。如果对日本人民不抱有最深沉的爱，能做到这一步吗？他到日本时，双目已完全失明，什么东西都看不见了。但是，我相信，他能够看到一切。他看到的日本、日本人民、日本的自然风光，决不比任何人少，而且会比任何人都更多，更深刻。他看到了别人看不到的东西，他看到了日本人民的心。他的心同日本人民的心共同跳动，“心有灵犀一点通”。他们心心相印。就凭着这一点，虽然他不懂日本语言——我猜想，他初到日本时是不懂当地的语言的——他却完全能同日本各阶层的人民交流思想，沟通感情。日本人民的喜怒哀乐就是他的喜怒哀乐。他同日本人民浑然一体。“海为龙世界，天是鸟家乡”，日本就成了他的海，成了他的天了。

鉴真会不会怀念祖国呢？当然会的。他同样也是怀着满腔炽热的感情爱着自己的伟大的祖国。否则他绝不会在离开祖国一千多年以后又不远千里不顾年老体衰风尘仆仆回国探亲。不但探望了扬州，而且还探望了他离开祖国时还不存在的首都北京。他是一位高僧，不会有什么尘世俗念。但是爱国之情是人们最基本的感情，高僧也不能例外。遥想他当年远离祖国，寄身异邦，每天在礼佛讲经之余，一灯荧然，焚香静坐，殿外的春花秋月、夏雨冬雪，难免逗起一腔怀乡之情。檐边铁马的叮咚不会让他想到扬州古寺中的铁马吗？日本古代大俳句家松尾芭蕉非常了解鉴真的心情。他有一首著名的俳句，前有小引：“唐招提寺开山祖鉴真和尚来日时，于船中遇难七十余次。其间，因海风侵袭双目，终成盲圣。今日拜谒尊像，得诗一首。”诗云：

新叶滴翠
摘来拂拭尊师泪。（林林译文）

像鉴真这样的高僧，断七情，绝六欲，眼中的泪珠从何而来呢？除了因怀念祖国而流泪之外，还能有什么原因呢？大诗人芭蕉不愧是真正的诗人，他能深切体会鉴真的心情，发而为诗，才写出这样感人的诗句，使我们今天的人，不管是中国人，还是日本人，读到它，还为之感动不已。

我们中国人，不管读没读过芭蕉的名句，好像都能体会鉴真爱国思乡的心情。因此，当他这次回国探亲时，不管走到什么地方，扬州也好，北京也好，他都受到热烈的欢迎。今天他看到的祖国同他当年的祖国相比，已经完完全全变了样子；但是，祖国的人民、祖国人民的心，特别是对他那一片赤诚之心，则是一点也没有变的。我想，鉴真是完全擦干了眼泪带着微笑回到他的第二祖国日本去的吧！即使在日本再待上几百年，甚至几千年，他内心里也感到欣慰吧！

中国人民对鉴真的敬爱还表现在另外一个方面。今天，凡是到日本来的中国人，只要有可能，没有不到唐大招提寺来参谒的。我们几个人现在就来到了这里。我走在这一座清净肃穆的大寺院里，花木扶疏，竹石掩映，到处干干净净，宛然一处人间仙境。但是我心中却是思潮腾涌，片刻不停，上下数千年，纵横数千里，遍照三世，神驰四极，对眼前的景物有时候视而不见。连自己走过的道路也有时候清楚，有时候不清楚。在不知不觉中，我们终于来到了鉴真的墓塔跟前。这一座墓塔并不特别高大巍峨，同中国常见的高僧墓塔样子和大小都差不多。这里就是鉴真永远安息的地方。我亲眼看到，日本人民男女老少成群结队，怀着极端虔敬的心情，到这里来参谒墓塔。走近墓塔的时候，他们面容严肃，脚步迈得轻轻的，唯恐惊扰了墓中的高僧。鉴真活着的时候，为日本人民的利益而牺牲了自己的一切。到了今天，他圆寂已经一千多年了，他仍然活在日本人民心中，他好像仍然生活在日本人民中间，天天受到他们的礼敬。鉴真死而有知，他一定感到莫大的欣慰吧！

墓塔的周围，茂树参天，绿竹挺秀，更显得特别清幽阒静。离开墓塔不远，有一片荷塘。此时正是夏天，塘里荷花盛开。这里的荷花很有点特色，花瓣全是白的，只有顶上有一抹鲜红，闪出红彤彤的光，宛如富士山雪峰顶上照上一片红霞。我在中国许多地方，世界上许多地方，都看到过荷花；在荷花的故乡印度也看到过荷花。白荷花、红荷花，甚至蓝荷花、黄荷花，都看到过。但是像鉴真墓旁这样的荷花却从来没有见过。难道是富士山之灵钟于荷花上面了吗？难道是鉴真的神灵飞附到这荷花瓣上来了吗？

不管我是多么依恋唐大招提寺，多么依恋鉴真的墓塔，多么依恋池塘里的荷花，我们的活动是有时间限制的。经过了两三个小时的漫游，我们终于必须离开了。我们怀着依依难舍的心情，一步三回首，慢慢地踱出了这一座举世闻名的古寺。登上汽车以后，仍然从车窗里回望那些巍峨的大殿楼阁，直至车子转弯，它的影子完全消失为止。这些影子在眼前消失了，然而却落入我的心灵深处，将永远留在那里。

敬爱的鉴真大和尚！我们暂时告别了。倘若有朝一日我还能来到日本，我一定再来参谒你。我会从祖国最神圣的地方，最神圣的一棵树上，采下一片最神圣的嫩叶，来拂拭你眼中的泪珠。

1980年7月23日于日本箱根写草稿

1985年1月29日于北京抄毕

下瀛洲

我仿佛正飞向一个古老又充满了神话的世界，心里有点激动，又有点好奇。但我又知道，这是一个崭新的完完全全现实的世界，我的心情又平静下来……

我就是怀着这样复杂多变的心情，平静地坐在机舱内。飞机正飞行在万米高空。我觉得，仿佛是自己生上了翅膀，“排空驭气奔如电”，飞行的是我自己，而不是飞机。下面是茫茫云海，大地上的东西，什么都看不到。但是，从时间上来推算，我大体上能知道，下面是什么地方。两个多小时以后，茫茫云海并没有改变。但是我明确地知道，下面是大海。又过了一些时候，飞行速度似乎在下降。不久，凭机窗俯望，就看到海岸像一抹绿痕：日本到了。

我是第一次到日本来。但是我从小就读了大量关于日本的书籍，什么瀛洲，什么蓬莱三岛。虽然我不大懂这些东西，“山在虚无缥缈间”，可是日本对我并不陌生。今天我竟然来到了这里。对来过的人说来，也许是司空见惯的事。对我说来，却是满怀新奇之感。机舱中那种复杂的心情，又向我袭来。我不禁有点兴奋起来了。

同行的一位青年教师说：“来到日本，似乎是出了国，又似乎没有出。”短短几句话很形象地道出了一个中国人初到日本的心情，事情确实是这样。时间只相隔两三个小时，短到让我们决不会想到自己已经远适异域。东京大街上的招牌、匾额，甚至连警察厅的许多通告和条例，基本上都是汉字，我们一看就能明白。街上接踵联袂的行人，面孔又同我们差不多。说是已经身在异国，似乎是不大可信的。从前一位中国诗人到了法国巴黎，写了两句有名的诗："对月略能推汉历，看花苦为译秦名。"在东京，也同在巴黎一样，是在国外；但是我们却决不会有这样的感觉。"月是故乡明"，在日本也同样地明了，至于花，好多花的名字，中日文是一致的。倘若我们不仔细留意，我们决不会感到，我们已经是在离开祖国几千里外的异域了。

但是，最重要的还不是这些表面上的东西，而是日本人民的心。近两三年来，我在北京大学接待过几十个日本代表团。其中有重要的政治家，有著名的学者和作家，有年高德劭的大和尚，有老人，有青年，有男子，有妇女。他们的职业和经历都是完全不同的，政治见解也是五花八门。但是，他们几乎都有一颗对中国人民诚挚的心。他们对于中国过去的文化曾经帮助过日本这一件事，表示由衷的感谢；对于极少数军国主义者给中国人民造成的灾难，又表示真诚的内疚。我曾多次为这样一颗颗的心而感动。我感到，从我们嘴里说出的和我们耳朵里听到的"中日人民世世代代友好下去"这一句话，表示了我们两国人民的真诚愿望，决不是一句空洞的话。

就在不久以前，我招待一个日本大学校长代表团。团长是一位学自然科学的大学校长。他纯朴热情，诚挚忠厚，真正是一位学者。看样子，他并不擅长词令，但是说出来的话却句句能激动人心。在一次宴会上，喝了几杯茅台之后，他脸上泛起了一点红潮，样子已经有几分酒意了。他站起来讲话，又讲到日中文化关系，讲到日本军国主义者对中国人民的骚扰。这些话并没有新的内容，我已经听过许多遍，毫不陌生了。但是，现在从这样一位学者口中说出来，却似乎有异常的力量，让我永远难忘。

今天我自己来到了日本，接触到许多日本学者，接触到广大的日本人民。尽管我不能同所有的日本人民都谈话；但是，从一粒沙中可以看到宇宙，从少数日本朋友的谈话中，我仿佛听到了广大日本人民的声音。我在国内从日本代表团那里得到的印象，今天都完全得到了证实。

日本这个国家，整个就是一座大花园。到处树木蓊郁，绿草芊芊，很难找到一块不干净的地方。如果你想丢掉一团用不着的废纸什么的，那还真不容易，你简直找不到一块可以丢废纸的地方。家家户户，不管庭院有多么小，总要栽上一点花木。最常见的是一种矮而肥的绿松，枝干挺拔，绿意逼人。衬托着后面的小楼，看上去令人怡情悦目。

至于住在这里的人，都彬彬有礼，“谢谢！”“对不起！”经常挂在嘴上。日本人民九十度的鞠躬是闻名全世界的。

但是，彬彬有礼并不等于慢慢腾腾。初到日本的人，大概都会感到，日本人走路、办事，都是急急忙忙，精神高度集中。连穿着高跟鞋走路的女士们，也都像赶路似的，脊背挺直，精神抖擞，得、得、得一溜小跑。好像前面有什么东西吸引着，后面有什么东西追赶着。日本人重视工作、重视工作效率，重视时间，决不肯浪费一点时间的。有的外国人把日本人描绘为“只知道工作的蜜蜂”“工作中毒”等。这些说法，我觉得丝毫没有讽刺的意思，而是充满了敬佩与赞美。第二次世界大战结束时，日本战败了，国破家亡，疮痍满目，过了一段非常艰苦的日子。一直到今天，年纪大一点的人，谈起来还心有余悸。然而在短短的一二十年中，他们又勇敢地站了起来，创造了让全世界都瞠目结舌的奇迹。这似乎难以理解，实际上却非常自然。联想到我上面说到的日本人民的那种精神，创造些子奇迹，又有什么可以吃惊的呢？

我今天来到的就是这样一个国家：既陌生，又熟悉；既有神话，又有现实；既属于历史，又属于当前；既显得很远，又显得很近；既令人惊诧难解，又令人感到顺理成章。像这样一个国家和人民，我们有许多东西是可以学习的。如果说从前的蓬莱、瀛洲都隐在一团虚无缥缈的神话的迷雾中，那么今天的日本却明明白白、毫不含糊地摆在我的眼前。我就这样怀着好奇而又激动的矛盾心情，开始了对日本的访问。

1981年7月原稿

1982年1月4日抄完

第五辑

台游随笔

楔　子

1999年三四月间，我应邀赴台湾参加法鼓人文社会学院举办的“人文关怀与社会实践系列学术研讨会——人的素质”的讨论会。来去仅有十天，行色匆匆，见闻难广。但是，我毕竟去过许多地方。我虽已至望九之年，老态龙钟，步履维艰；耳虽不聪，尚能闻声；目虽不明，尚能见物，又因为神志还没有完全糊涂，见闻之余，必有所感。有时候心潮腾涌，不能自已，逼迫着我把见闻的印象和感触，从内心移到纸上来，我抗御不住这种逼迫，于是就拿起笔来。

我原来设想有两种写法，一是把印象最深感触最多的情景写成单篇的文章；一是在一个大题目下，写成一篇篇长短不均的文章，分别成为单篇，合则成为一个整体。最后我决定了采用后者，总题目就叫做“台游随笔”，献给想了解台湾而尚未能亲往的读者。

初抵台北

飞机在减速下降，穿过一片白云，看到了一片碧蓝的天空。再穿过一片白云，看到下面极深极深的地方是一片碧蓝的海水。再过一两分钟，就看到了蜿蜒起伏的陆地，我心里想：台湾到了。

台湾果然到了。

不久我们的飞机就降落在台北机场上。

我虽然是初次来台湾，但是台湾对我并不陌生。我在读小学时在历史和地理课中，对台湾已经颇为熟悉了。我知道，中国这个第一宝岛，自古以来，就是中国不可分割的一部分。但是，自明末清初以来，就交了华盖运。西方新兴的殖民主义国家看上了它，倚仗着自己的坚船利炮，不远数万里，从欧洲窜到台湾来，企图据为己有。哪里有侵略，哪里就有抵抗。于是郑芝龙、郑成功父子相继率领民众驱逐海寇。甲午战役以后，倭寇又入侵宝岛。唐景崧、刘永福等人，又率众抵抗。此时清廷已腐朽透顶，把台湾拱手送人，什么仁人志士也无能为力了。

记得在清华读书时，在吴宓（雨僧）先生的诗集注中，读到了台湾爱国志士丘逢甲的两句诗：

地陷东南留大岛，
天生豪杰救中原。

豪迈的诗句，掷地可作金石声，读之令人回肠荡气，浩然之气陡增。

这两句诗，几十年来我一直不能忘记。今天我来到了台湾，双足一踏上台湾的土地，这两句诗立即响在我的心中。我想到古书上的两句话，我想套用在台湾上："台湾乃报仇雪耻之乡，非藏垢纳污之地。"我觉得，从今天的政治形势来看，我们海峡两岸的同胞，如果都能记住这两句诗和这两句话，将会是大有好处的。

台北街头小景

街头小景，多么美妙动人的标题！

人们大概认为，我一到台北，立即迫不及待地走上街头，在车水马龙中，市声喧阗里，伫立街旁，凝神潜虑，静观眼前的花花世界，难得的印象，从眼中流入心中，形成妙文，既以悦己，兼以悦人。

实际情况却正好相反。

我在台北十天，除了卧病的那两天外，天天是从富都大饭店上车，或到会场下车，或到法鼓山下车，或到“中央研究院”下车，或到台湾大学下车，或到台北“故宫博物院”下车，或到圆山大酒店下车，根本没有逛过街，连晚上9时以后据说可以与日本东京银座媲美的街头夜景，我也没有动过心。台北的街头小景，完全是我透过汽车的玻璃用眼睛看到的，并没有什么真实的感受。

我原来觉得，台北离我远得很，像“三山半落青天外”那样不知多么远。我也从来没有敢希望亲临其境。然而，我今天确确实实是来到了台北。脚一踏上台北的土地，就使我大吃一惊，吃惊的不是像爱丽丝漫游奇境那样，而是像回到了五十年前的老家那样。街上来来往往，衣服穿着，跟大陆上一模一样。街道的建构，有一些地段同香港一样，人行道上有阁楼，下雨也不会挨淋。说的话很接近普通话，不像广州、香港那样的南蛮鴃舌之音。特别引人注目的是，满街的匾额都是繁体字。不见自行车，没有交通警，车辆行人都服从红绿灯的指挥。堵车时，让我立刻就想到泰国曼谷。长时间的堵车，前进不得，后退不行。此时只有摩托车像大海中的游鱼，从汽车行列的空隙中，蜿蜒前进，转瞬就能走出去很远，令车中焦急的人羡煞。摩托车后座上时有靓女，头戴钢盔，秀发在风中飘扬，是一道很美很美的风景线。我细察街旁的商店，槟榔店特多，这大概与当地的气候有关。我也乘坐过出租车，车前座位旁没有防劫车玻璃板。其中消息，颇耐人寻味。

我不知道，台湾算不算是亚热带，反正天气温暖，常年不结冰，湿度很大。这些都大大有利于花草树木的成长。出台北以后，山清水秀，绿色成为主要色调。有些楼房前有小花园，栽种松柏等常绿树木，仿佛到了日本。在我的印象中，街头有不少开花的树。虽然不是由于“看花苦为译秦名”，同是中国领土，用不着“译秦名”，但是，我却确实是不知道花的名称，心头也曾漾起一丝烦恼。

街头小景，光怪陆离，变幻多端。我被禁锢在汽车小天地中，透过车窗，只能看到这一些，这当然是很不够的。但是限于时间，我也只能看到这个程度了。我现在只希望，将来能够再有时机和好运，再来台北一次。到那时候，我一定脱开一切羁绊，从容漫步街头，把一切都看得更真，更实，更细致，更完整。

血浓于水

台湾人对大陆的人究竟有什么看法呢?

说句老实话，我是带着这样的问号到台湾去的。

再说一句更老实的话，我是怀着对这个问号的回答到台湾去的，而且我的回答是悲观的，是消极的。试想大陆和台湾分开已经五十年了，中国人自己制造的一些障碍，加上外国那一个以世界警察自居的居心叵测的大国从中搅和，再加上在一段时间内儿戏般的每天炮击金门、马祖的记忆，在大陆人心中是无所谓的，但是，在台湾人心中恐怕是填满了一肚子愤懑，对大陆人不会怀有好感的。

我就是怀着这样惴惴不安的心情登上了从香港到台北的飞机的。

但是，一走进飞机舱口，几位空姐亭亭玉立，站在一旁，看我年迈，立即用手搀扶，脸上的笑容，淳朴美好，令人一看就能知道，这是出自内心的微笑。平常照相，拍摄者总会喊一句:“笑一笑!”这种微笑说到坏处，就只能像电影《瞧这一家子》中陈强的“微笑”。空姐的微笑与此绝不相同。我们现在号召微笑服务，这当然比当年的“训斥服务”要好上一千倍。但是，其中总免不了伪装做作的成分，令“上帝们”感到还不如当年满面怒容的训斥那样容易接受。现在台湾空姐的微笑与此全然异趣。我想，她们会知道，从香港登机到台北去的旅客中绝不会缺少大陆人士的。这微笑是否与此有关呢?想到此处，我自己也觉得好笑起来，你这不是想入非非了吗?可能有点的。但是，在从香港到台北的一个多小时的飞行中，空姐们不但殷勤提供饮料，还给每一位客人准备了一顿丰盛的午餐，她们行动快捷而态度从容，事情繁忙而有条不紊，其中绝没有任何假冒伪劣的成分，这是每个人都能感觉到的。

我终于把惴惴不安的心情打发得一干二净，怀着其乐融融的心情，登上了台湾的土地。

一走出机场大厅，又让我大吃一惊。原来在台湾的北京大学东方语专的十几位校友，几乎是全体都赶到机场来欢迎我们了。他们都已接近或超过古稀之年，举着长达数丈的大红布标，上边写着欢迎我的字样。这真是大出我意料，一时感动得泪珠在眼眶里直滚。

这使我立即想到了我们常说的“血浓于水”四个有深刻意义的字。一讲到海峡两岸的关系，很多人口头上或文章中就自然而然流出了这四个字。今天我到了台湾，一登上台湾的土地，这四个字竟也毫不勉强完全自然地涌上了我的心头。这就说明，只有这四个字才有力量说明两岸人民内心深处的真挚感情。

从那以后，在台北的十天中，我至少有两次亲耳听到台湾朋友说出了这四个字。一次是在台湾北京大学同学会欢迎我们的宴会上，会上的气氛十分真挚温暖。校友们几乎都是在新中国成立前日寇投降后到台湾来的，年龄大都已越过了古稀。论人际关系，校友属于“朋友”一伦，是列入三纲五常的，如今再加上一个“校”字，关系更变得非同小可。北大校友遍北京，北大校友遍中国，北大校友遍世界，北大校友也遍台湾。“北大”这两个掷地能作金石声的大字，有奇妙无比的凝聚力。不管是什么地方，见到什么人，只要一说是北大校友，两个人的心立即交融在一起，千言万语到了此时都黯然失色，无用武之地了。在这样的情况下，你完全可以想象出今天晚上宴会的气氛。会长杨西崑先生已经九十二岁高龄，仍然在夫人的陪伴下亲临会场欢迎我们这几位从大陆来的校友。会上举杯互庆，共祝长寿。坐在我左边的是一位看来已达到了耄耋之年的女士，仪容端庄，但步履维艰，已显出了龙钟的老态。至少也在五六十年前了，她在北大读经济系，是赵迺抟教授的门生。她就是在台湾广有令誉的铭传大学创办人包德明女士。我坐在主宾位上，与杨西崑正相对，包女士在我左边，显然也是重要的席位。她耳朵不重听，我的耳朵也还对付着算是耳聪，因此，我们俩谈话很多。在觥筹交错中，她忽然站了起来，颤巍巍地走到两桌之间，站在那里，看起来非常激动，欲语泪双流。她用颤抖的声音，含着眼泪，大声说道："我有一句话，已经在心里憋了几年。今天，看到大陆来的亲人，忍不住非说出来不行了。常言道：血浓于水。台湾和大陆的人都是炎黄子孙，为什么竟不能统一起来?！台湾富，大陆强，合起来就是一个既富且强的大国，岿然立于世界民族之林中，谁也不敢小看，谁也不敢欺负。这是中华民族绝大的好事，为什么竟不能实现?！"说到这里，她感情激动得说不下去了，又颤巍巍地回到座位上。全体北大校友，在鼓掌之余，看上去都为之动容，在欢愉中加上了一点凄凉，在凄凉中又掺上了一片希望。此时，我无法猜度每一位校友内心的活动，但我想，我们大家想的都会是四个大字"祖国统一"吧。

这一位包德明校友还是一位十分信守诺言的人。我在台北，由于气候条件与大陆相差悬殊，加上以望九之年长途跋涉，患了感冒，发烧接近四十度。感冒本来是小病，可是对一个老人来说，这样高烧就非同小可了。于是台北的朋友就着实关心起来，其中以台湾大学图书馆馆长林光美女士最为积极。她通知了杨西崑先生，西崑先生立即想派他的私人医生来给我看病。光美又陪我到台大校医院去请内科主任为我检查治疗，风声也传到了包德明校友耳中。在宴会上她告诉我，她有祖传的治哮喘的灵丹妙药，答应送到我下榻的富都大饭店。我在下意识里暗自思忖：散会时已经到了晚上10点，送药不过是一句安慰我的客套话而已。焉知我回到旅馆，到了深夜，包女士的妙药竟真的送到了。我虽然已经睡下，但衷心感谢与敬佩无论如何也抑制不住。包女士还答应我，我回大陆后，她将把药方寄给我。我回到燕园以后不久，包女士的信立即飞来。到了此时，我真是动了感情。我已至垂暮之年，平生经历了几个时代，自认为已经能"悲欢离合总无情"了。其实这只是一个假象，台北的朋友们，其中当然有包德明和林光美，一下子就用她们的行动证明了，我并没有达到“总无情”的境界。“血浓于水”这几个字让我不得不丢掉我那个幻觉，承认了，即使自己到了茶寿之年，我仍然是充满了感情的。对春花、秋月、夏雨、冬雪，对友谊，对人间一切美好的事情，我仍然是非动真感情不行的。对我来说，这是一件天大的好事。

我第二次从台湾朋友嘴里听到“血浓于水”这四个字，是在另一次宴会上。因为宴会过多，我现在无论如何也想不起来是在哪一次宴会上，谁是主人也完全忘了。但是，参加宴会的台湾朋友的身影，却历历如在目前。这一次宴会气氛之热烈决不亚于北大校友举办的那一次。大家也是兴高采烈，频频举杯互祝健康长寿。正在大家的激情达到顶峰的时刻，一位年过六旬的长者站了起来，举杯祝酒，顺便讲了一席话，内容同包德明校友的话差不多，他也自然而然地使用了“血浓于水”这个现成的词儿。他没有掉眼泪；但是，声音低沉，显然他也是动了真情。同席的人，除了大陆去的几位学者以外，都是与上一次宴会不同的朋友。然而，心有灵犀一点通，这一“点”就是“血浓于水”。

我们在台北虽然只住了十天，但是到过的地方却是相当多的，除了某公纪念馆我们不感兴趣没有到以外，一般外来人总要参观的地方，我们几乎都到了。我们参观了法鼓山；我们游览了台北“故宫博物院”，顺便看了附近的张大千的摩耶精舍；我们到过“中央研究院”，访问了台湾大学；有名的“中央图书馆”就是我们开会的地方，当然在参观之列；离开台北的前夕，友人在著名的圆山大酒店设宴饯行，我们有机会观赏了晶莹如天空繁星的圆山的灯光。我们大大地饱了眼福。

但是，我们绝不是见物不见人，我们广泛地接触了主要是教育界和学术界的知名人物，比如“中央研究院”院士和台湾大学的教授，还有政界的高层人物，比如所谓“总统府”资政，以及经济界的后起之秀，等等。普通老百姓，我们当然也见了不少，比如富都大饭店的服务人员等。他们无一不亲切和蔼，彬彬有礼，给我们留下了深刻难忘的印象；对比之下，也使我不可遏止地喟然兴叹。

以后我们所到之处和所见之人，的确没有再听到“血浓于水”这样一句话。我在离开大陆前给自己定下了约法一章：到台湾去是寻求亲谊，寻求理解的，绝口不谈政治。两岸统一的问题，当然是政治问题。尽管我心里多么赞成，但是，即使对方有人谈，我也不主动去谈。对方谈得投机，我表示赞同，但也不再进一步作什么对比，追究原因。一直到今天，我还认为我这种态度是正确的。

总之，我在台北参观过很多地方，会见过很多人。听到说“血浓于水”这句话，虽然只有两次。但是，从我和众多的人的接触中，我深切感到，代表这四个字的感情却埋藏在几乎每一个人的心中。有一次，我要到一个地方去，有人说，那里是“台独”的窝子，小心他们会加害于你。我不知道，这句话是真是假，是庄是谐。但是，我到了那里受到了很亲切友好的接待。我对台北的情况是陌生的，不敢下什么断语，写在这里，聊资谈助而已。

长篇小说《三国演义》一开头就有一句非常有名的话：“话说天下大势，分久必合，合久必分。”这虽然是小说家言，然而却道出了中国几千年历史发展的一个真理，是完全符合实际情况的。专就台湾而论，我在上面说到，自古以来就是中国不可分割的组成部分。最初荷寇侵略，被赶得夹着尾巴逃跑了。接着是日寇占领了将近半个世纪，最后也难逃被赶跑的命运。后来由于一个帝国主义大国的支持，成了现在这样分割的局面。我们的“分”可谓久矣。下一步当然是“合”，这是历史发展的规律，无人能抗御的。如果真有人阻止我们“合”，那只有赠他们两句诗：“蚍蜉撼大树，可笑不自量。”

站在胡适之先生墓前

我现在站在胡适之先生墓前。他虽已长眠地下，但是他那典型的“我的朋友”式的笑容，仍宛然在目。可我最后一次见到这个笑容，却已是50年前的事了。

1948年12月中旬，是北京大学建校五十周年的纪念日。此时，解放军已经包围了北平城，然而城内人心并不惶惶。北大同仁和学生也并不惶惶；而且，不但不惶惶，在人们的内心中，有的非常殷切，有的还有点狐疑，都在期望着迎接解放军。适逢北大校庆大喜的日子，许多教授都满面春风，聚集在沙滩孑民堂中，举行庆典。记得作为校长的适之先生，作了简短的讲话，满面含笑，只有喜庆的内容，没有愁苦的调子。正在这个时候，城外忽然响起了隆隆的炮声。大家相互开玩笑说：“解放军给北大放礼炮哩!”简短的仪式完毕后，适之先生就辞别了大家，登上飞机，飞往南京去了。我忽然想到了李后主的几句词：“最是仓皇辞庙日，教坊犹唱别离歌，垂泪对宫娥。”我想改写一下，描绘当时适之先生的情景：“最是仓皇辞校日，城外礼炮声隆隆，含笑辞友朋。”我哪里知道，我们这一次会面竟是最后一次。如果我当时意识到这一点的话，我是含笑不起来的。

从此以后，我同适之先生便天各一方，分道扬镳，“世事两茫茫”了。听说，他离开北平后，曾从南京派来一架专机，点名接走几位老朋友，他亲自在南京机场恭候。飞机返回以后，机舱门开。他满怀希望地同老友会面。然而，除了一两位以外，所有他想接的人都没有走出机舱。

据说——只是据说，他当时大哭一场，心中的滋味恐怕真是不足为外人道也。

适之先生在南京也没有能待多久，“百万雄师过大江”以后，他也逃往台湾。后来又到美国去住了几年，并不得志，往日的辉煌犹如春梦一场，它不复存在。后来又回到台湾，最初也不为当局所礼重，往日总统候选人的迷梦，也只留下了一个话柄，日子过得并不顺心。后来，不知怎样一来，他被选为“中央研究院”的院长，算是得到了应有的礼遇，过了几年舒适称心的日子。适之先生毕竟是一书生，一直迷恋于《水经注》的研究，如醉如痴，此时又得以从容继续下去。他的晚年可以说是差强人意的。可惜仁者不寿，猝死于宴席之间。死后哀荣备至。“中央研究院”为他建立了纪念馆，包括他生前的居室在内，并建立了胡适陵园，遗骨埋葬在院内的陵园。今天我们参拜的就是这个规模宏伟、极为壮观的陵园。

我现在站在适之先生墓前，鞠躬之后，悲从中来，心内思潮汹涌，如惊涛骇浪，眼泪自然流出。杜甫有诗：“焉知二十载，重上君子堂。”我现在是“焉知五十载，躬亲扫陵墓”。此时，我的心情也是不足为外人道也。

我自己已经到望九之年，距离适之先生所待的黄泉或者天堂乐园，只差几步之遥了。回忆自己八十多年的坎坷又顺利的一生，真如一部“二十四史”，不知从何处说起了。

积80年之经验，我认为，一个人生在世间，如果想有所成就，必须具备三个条件：才能、勤奋、机遇。行行皆然，人人皆然，概莫能外。别的人先不说了，只谈我自己。关于才能一项，再自谦也不能说自己是白痴。但是，自己并不是什么天才，这一点自知之明，我还是有的。谈到勤奋，我自认还能差强人意，用不着有什么愧怍之感。但是，我把重点放在第三项上：机遇。如果我一生还能算得上有些微成就的话，主要是靠机遇。机遇的内涵是十分复杂的，我只谈其中恩师一项。韩愈说：“古之学者必有师。师者，所以传道受业解惑也。”根据老师这三项任务，老师对学生都是有恩的。然而，在我所知道的世界语言中，只有汉文把“恩”与“师”紧密地嵌在一起，成为一个不可分割的名词。这只能解释为中国人最懂得报师恩，为其他民族所望尘莫及的。

我在学术研究方面的机遇，就是我一生碰到了六位对我有教导之恩或者知遇之恩的恩师，我不一定都听过他们的课，但是，只读他们的书也是一种教导。我在清华大学读书时，读过陈寅恪先生所有的已经发表的著作，旁听过他的“佛经翻译文学”，从而种下了研究梵文和巴利文的种子。在当了或滥竽了一年国文教员之后，由于一个天上掉下来的机遇，我到了德国哥廷根大学。正在我入学后的第二个学期，瓦尔德施米特先生调到哥廷根大学任印度学的讲座教授。当我在教务处前看到他开基础梵文的通告时，我喜极欲狂。“踏破铁鞋无觅处，得来全不费功夫”，难道这不是天赐的机遇吗？最初两个学期，选修梵文的只有我一个外国学生，然而教授仍然照教不误，而且备课充分，讲解细致，威仪俨然，一丝不苟。几乎是我一个学生垄断课堂，受益之大，自可想见。第二次世界大战爆发，瓦尔德施米特先生被征从军。已经退休的原印度讲座教授西克，虽已年逾八旬，毅然又走上讲台，教的依然是我一个中国学生。西克先生不久就告诉我，他要把自己平生的绝招全传授给我，包括《梨俱吠陀》《大疏》《十王子传》，还有他费了二十年的时间才解读了的吐火罗文，在吐火罗文研究领域中，他是世界最高权威。我并非天才，六七种外语早已塞满了我那渺小的脑袋瓜，我并不想再塞进吐火罗文。然而像我的祖父一般的西克先生，告诉我的是他的决定，一点征求意见的意思都没有。我唯一能走的道路就是：敬谨遵命。现在回忆起来，冬天大雪之后，在研究所上过课，天已近黄昏，积雪白皑皑地拥满十里长街。雪厚路滑，天空阴暗，地闪雪光，路上阒静无人，我搀扶着老爷子，一步高，一步低，送他到家。我没有见过自己的祖父，现在我真觉得，我身边的老人就是我的祖父。他为了学术，不惜衰朽残年，不顾自己的健康，想把衣钵传给我这个异国青年。此时我心中思绪翻腾，感激与温暖并在，担心与爱怜奔涌。我真不知道是置身何地了。

第二次世界大战期间，我被困德国，一待就是十年。第二次世界大战结束后，听说寅恪先生正在英国就医，我连忙给他写了一封致敬信，并附上发表在哥廷根科学院集刊上用德文写成的论文，向他汇报我十年学习的成绩。很快就收到了他的回信，问我愿不愿意到北大去任教。北大为全国最高学府，名扬全球；但是门槛一向极高，等闲难得进入。现在竟有一个天赐的机遇落到我头上来，我焉有不愿意之理！我立即回信同意。寅恪先生把我推荐给了当时北大校长胡适之先生，代理校长傅斯年先生，文学院长汤用彤先生。寅恪先生在学术界有极高的声望，一言九鼎。北大三位领导立即接受。于是我这个三十多岁的毛头小伙子，在国内学术界尚无藉藉名，公然堂而皇之地走进了北大的大门。唐代中了进士，就“春风得意马蹄疾，一日看遍长安花”。我虽然没有一日看遍北平花，但是，身为北大正教授兼东方语言文学系系主任，心中有点洋洋自得之感，不也是人之常情吗？

在此后的三年内，我在适之先生和锡予（汤用彤）先生领导下学习和工作，度过了一段毕生难忘的岁月。我同适之先生，虽然学术辈分不同，社会地位悬殊，想来接触是不会太多的。但是，实际上却不然，我们见面的机会非常多。他那一间在孑民堂前东屋里的狭窄简陋的校长办公室，我几乎是常客。作为系主任，我要向校长请示汇报工作，他主编报纸上的一个学术副刊，我又是撰稿者，所以免不了也常谈学术问题。最难能可贵的是他待人亲切和蔼，见什么人都是笑容满面，对教授是这样，对职员是这样，对学生是这样，对工友也是这样，从来没见他摆当时颇为流行的名人架子、教授架子。此外，在教授会上，在北大文科研究所的导师会上，在北京图书馆的评议会上，我们也时常有见面的机会。我作为一个年轻的后辈，在他面前，绝没有什么局促之感，经常如坐春风中。

适之先生是非常懂得幽默的，他绝不老气横秋，而是活泼有趣。有一件小事，我至今难忘。有一次召开教授会，杨振声先生新收得了一幅名贵的古画，为了想让大家共同欣赏，他把画带到了会上，打开铺在一张极大的桌子上，大家都啧啧称赞。这时适之先生忽然站了起来，走到桌前，把画卷了起来，作纳入袖中状，引得满堂大笑，喜气洋洋。

这时候，印度总理尼赫鲁派印度著名学者师觉月博士来北大任访问教授，还派来了十几位印度男女学生来北大留学，这也算是中印两国间的一件大事。适之先生委托我照管印度老少学者。他多次会见他们，并设宴为他们接风。师觉月作第一次演讲时，适之先生亲自出席，并用英文致欢迎词，讲中印历史上的友好关系，介绍师觉月的学术成就，可见他对此事之重视。

适之先生在美国留学时，忙于对西方、特别是对美国哲学与文化的学习，忙于钻研中国古代先秦的典籍，对印度文化以及佛教还没有进行过系统深入的研究。据说后来由于想写完《中国哲学史》，为了弥补自己的不足，开始认真研究中国佛教禅宗以及中印文化关系。我自己在德国留学时，忙于同梵文、巴利文、吐火罗文以及佛典拼命，没有余裕来从事中印文化关系史的研究。回国以后，迫于没有书籍资料，在不得已的情况下，开始注意中印文化交流史的研究。在解放前的三年中，只写过两篇比较像样的学术论文：一篇是《浮屠与佛》，一篇是《列子与佛典》。第一篇讲的问题正是适之先生同陈援庵先生争吵到面红耳赤的问题。我根据吐火罗文解决了这个问题。两老我都不敢得罪，只采取了一个骑墙的态度。我想，适之先生不会不读到这一篇论文的。我只到清华园读给我的老师陈寅恪先生听。蒙他首肯，介绍给地位极高的《中央研究院史语所集刊》发表。第二篇文章，写成后我拿给了适之先生看，第二天他就给我写了一封信，信中说："《生经》一证，确凿之至!"可见他是连夜看完的。他承认了我的结论，对我无疑是一个极大的鼓舞。这一次，我来到台湾，前几天，在大会上听到主席李亦园院士的讲话，中间他讲到，适之先生晚年任"中央研究院"院长时，在下午饮茶的时候，他经常同年轻的研究人员坐在一起聊天。有一次，他说，做学问应该像北京大学的季羡林那样。我乍听之下，百感交集。适之先生这样说一定同上面两篇文章有关，也可能同我们分手后十几年中我写的一些文章有关。这说明，适之先生一直到晚年还关注着我的学术研究。知己之感，油然而生。在这样的情况下，我还可能有其他任何的感想吗？

在政治方面，众所周知，适之先生是不赞成共产主义的。但是，我们不应忘记，他同样也反对三民主义。我认为，在他的心目中，世界上最好的政治就是美国政治，世界上最民主的国家就是美国。这同他的个人经历和哲学信念有关。他们实验主义者不主张什么“终极真理”，而世界上所有的“主义”都与“终极真理”相似，因此他反对。他同共产党并没有任何深仇大恨。他自己说，他一辈子没有写过批判共产主义的文章，而反对国民党的文章则是写过的。我可以讲两件我亲眼看到的小事。解放前夕，北平学生动不动就示威游行，比如“沈崇事件”、反饥饿反迫害等，背后都有中共地下党在指挥发动，这一点是人所共知的，适之先生焉能不知！但是，每次北平国民党的宪兵和警察逮捕了学生，他都乘坐他那辆当时北平还极少见的汽车，奔走于各大衙门之间，逼迫国民党当局非释放学生不行。他还亲笔给南京驻北平的要人写信，为了同样的目的。据说这些信至今犹存。我个人觉得，这已经不能算是小事了。另外一件事是，有一天我到校长办公室去见适之先生，一个学生走进来对他说：昨夜延安广播电台曾对他专线广播，希望他不要走，北平解放后，将任命他为北大校长兼北京图书馆的馆长。他听了以后，含笑对那个学生说：“人家信任我吗？”谈话到此为止，这个学生的身份他不能不明白，但他不但没有拍案而起，怒发冲冠，态度依然亲切和蔼。小中见大，这些小事都是能够发人深思的。

适之先生以青年暴得大名，誉满士林。我觉得，他一生处在一个矛盾中，一个怪圈中：一方面是学术研究，一方面是政治活动和社会活动。他一生忙忙碌碌，倥偬奔波，作为一个“过河卒子”，勇往直前。我不知道，他自己是否意识到身陷怪圈。当局者迷，旁观者清，我认为，这个怪圈确实存在，而且十分严重。那么，我对这个问题有什么看法呢？我觉得，不管适之先生自己如何定位，他一生毕竟是一个书生，说不好听一点，就是一个书呆子。我也举一件小事。有一次，在北京图书馆开评议会，会议开始时，适之先生匆匆赶到，首先声明，还有一个重要会议，他要早退席，会议开着开着就走了题，有人忽然谈到《水经注》。一听到《水经注》，适之先生立即精神抖擞，眉飞色舞，口若悬河，一直到散会，他也没有退席，而且兴致极高，大有挑灯夜战之势。从这样一个小例子中不也可以小中见大吗？

我在上面谈到了适之先生的许多德行，现在笼统称之为“优点”。我认为，其中最令我钦佩、最使我感动的却是他毕生奖掖后进。“平生不解掩人善，到处逢人说项斯”，他正是这样一个人。这样的例子是举不胜举的。中国是一个很奇怪的国家，一方面有我上面讲到的只此一家的“恩师”；另一方面却又有老虎拜猫为师学艺，猫留下了爬树一招没教给老虎，幸免为徒弟吃掉的民间故事。二者显然是有点矛盾的。适之先生对青年人一向鼓励提挈。40年代，他在美国哈佛大学遇到当时还是青年的学者周一良和杨联升等，对他们的天才和成就大为赞赏。后来周一良回到中国，倾向进步，参加革命，其结果是众所周知的。杨联升留在美国，在二三十年的长时间内，同适之先生通信论学，互相唱和。在学术成就上也是硕果累累，名扬海外。周的天才与功力，只能说是高于杨，虽然在学术上也有所表现，但是，格于形势，不免令人有未尽其才之感。看了二人的遭遇，难道我们能无动于衷吗？

我同适之先生在孑民堂庆祝会上分别，从此云天渺茫，天各一方，再没有能见面，也没有能互通音信。我现在谈一谈我的情况和大陆方面的情况。我同绝大多数的中老年知识分子和教师一样，怀着绝对虔诚的心情，向往光明，向往进步。觉得自己真正站起来了，大有飘飘然羽化而登仙之感，有点忘乎所以了。我从一个最初喊什么人万岁都有点忸怩的低级水平，一踏上“革命”之路，便步步登高，飞驰前进；再加上天纵睿智，虔诚无垠，全心全意，投入造神运动中。常言道：“众人拾柴火焰高。”大家群策群力，造出了神，又自己膜拜，完全自觉自愿，绝无半点勉强。对自己则认真进行思想改造。原来以为自己这个知识分子，虽有缺点，并无罪恶；但是，经不住社会上根红苗正阶层的人士天天时时在你耳边聒噪："你们知识分子身躯脏，思想臭!"西方人说："谎言说上一千遍就成为真理。"此话就应在我们身上，积久而成为一种"原罪"感，怎样改造也没有用，只有心甘情愿地居于"老九"的地位，改造、改造、再改造，直改造得懵懵懂懂，"两涘渚崖之间，不辨牛马"。然而涅槃难望，苦海无边，而自己却仍然是膜拜不息。通过无数次的运动一直到"十年浩劫"自己被关进牛棚被打得一佛出世二佛升天，皮开肉绽，仍然不停地膜拜，其精诚之心真可以惊天地泣鬼神了。改革开放以后，自己脑袋里才裂开了一点缝，"觉今是而昨非"，然而自己已快到耄耋之年，垂垂老矣，离鲁迅在《过客》一文讲到的长满了百合花的地方不太远了。

至于适之先生，他离开北大后的情况，我在上面已稍有所涉及；总起来说，我是不十分清楚的，也是我无法清楚的。到了1954年，从批判俞平伯先生的《红楼梦研究》的资产阶级唯心论起，批判之火终于烧到了适之先生身上。这是一场缺席批判。适之远在重洋之外，坐山观虎斗。即使被斗的是他自己，反正伤不了他一根毫毛，他乐得怡然观战。他的名字仿佛已经成一个稻草人，浑身是箭，一个不折不扣的"箭垛"，大陆上众家豪杰，个个义形于色，争先恐后，万箭齐发，适之先生兀自岿然不动。我幻想，这一定是一个非常难得的景观……

适之先生于1962年猝然逝世，享年已经过了古稀，在中国历代学术史上，这已可以算是高龄了，但以今天的标准来衡量，似乎还应该活得更长一点。中国古称"仁者寿"，但适之先生只能说是"仁者不寿"。当时在大陆上"左"风犹狂，一般人大概认为胡适已经是被打倒在地的人，身上被踏上了一千只脚，永世不得翻身了。这样一个人的死去，有何值得大惊小怪! 所以报纸杂志上没有一点反应。我自己当然是被蒙在鼓里，毫无所知。十几二十年以后，我脑袋里开始透进点光的时候，我越想越不是滋味，曾写了一篇短文《为胡适说几句话》，我连"先生"二字都没有勇气加上，可是还有人劝我以不发表为宜。文章终于发表了，反应还差强人意，至少没有人来追查我，我心里一块石头落了地。最近几年来，改革开放之风吹绿了中华大地，知识分子的心态有了明显的转变，身上的枷锁除掉了，原罪之感也消逝了，被泼在身上的污泥浊水逐渐清除了，再也用不着天天夹着尾巴过日子了。这种思想感情上的解放，大大地提高了他们的积极性，愿意为祖国的繁荣富强贡献自己的力量。出版界也奋起直追，出版了几部《胡适文集》。安徽教育出版社雄心最强，准备出版一部超过两千万字的《胡适全集》。我可是万万没有想到，主编这一非常重要的职位，出版社竟垂青于我。我本不是胡适研究专家，我诚惶诚恐，力辞不敢应允。但是出版社却说，现在北大曾经同适之先生共过事而过从又比较频繁的人，只剩下我一个人了。铁证如山，我只能“仰”（不是“俯”）允了。我也想以此报知遇之恩于万一。我写了一篇长达17000字的总序，副标题是：还胡适以本来面目。意思也不过是想拨乱反正，以正视听而已。前不久，又有人邀我在《学林往事》中写一篇关于适之先生的文章，理由同前，我也应允而且从台湾回来后抱病写完。这一篇文章的副标题是：毕竟一书生。原因是，前一个副标题说得太满，我哪里有能力还适之先生以本来面目呢？后一个副标题是说我对适之先生的看法，是比较实事求是的。

我在上面谈了一些琐事和非琐事，俱往矣，只留下了一些可贵的记忆。我可真是万万没有想到，到了望九之年，居然还能来到宝岛，这是以前连想都没敢想的事。到了台北以后，才发现，50年前在北平结识的老朋友，比如梁实秋、袁同礼、傅斯年、毛子水、姚从吾等，全已作古。我真是“访旧全为鬼，惊呼热衷肠”了。天地之悠悠是自然规律，是人力所无法抗御的。

我现在站在适之先生墓前，心中浮想联翩，上下五十年，纵横数千里，往事如云如烟，又历历如在目前。中国古代有伯牙在钟子期墓前摔琴的故事，又有许多在挚友墓前焚稿的故事。按照这个旧理，我应当把我那新出齐了的《文集》搬到适之先生墓前焚掉，算是向他汇报我毕生科学研究的成果。但是，我此时虽思绪混乱，但神志还是清楚的，我没有这样做。我环顾陵园，只见石阶整洁，盘旋而上，陵墓极雄伟，上覆巨石，墓志铭为毛子水亲笔书写，墓后石墙上嵌有“德艺双隆”四个大字，连同墓志铭，都金光闪闪，炫人双目。我站在那里，蓦地抬头，适之先生那有魅力的典型的“我的朋友”式的笑容，突然显现在眼前，50年依稀缩为一刹那，历史仿佛没有移动。但是，一定神儿，忽然想到自己的年龄，历史毕竟是动了，可我一点也没有颓唐之感。我现在大有“老骥伏枥，志在万里”之感。我相信，有朝一日，我还会有机会，重来宝岛，再一次站在适之先生的墓前。

1999年5月2日写毕

补　记

文章写完了。但是对开头处所写的1948年12月在孑民堂庆祝建校五十周年一事，脑袋里终究还有点疑惑。我对自己的记忆能力是颇有一点自信的，但是说它是“铁证如山”，我还没有这个胆量。怎么办呢？查书。我的日记在“文化大革命”中被抄家时丢了几本，无巧不成书，丢的日记中正巧有1948年的。于是又托高鸿查胡适日记，没能查到。但是，从当时报纸上的记载中得知胡适于12月15日已离开北平，到了南京，并于17日在南京举行北大校庆五十周年庆祝典礼，发言时“泣不成声”云云。可见我的回忆是错了。又一个“怎么办呢”？一是改写，二是保留不变。经过考虑，我采用了后者。原因何在呢？我认为，已经发生过的事情是一个现实，我脑筋里的回忆也是一个现实，一个存在形式不同的现实。既然我有这样一段回忆，必然是因为我认为，如果适之先生当时在北平，一定会有我回忆的那种情况，因此我才决定保留原文，不加更动。但那毕竟不是事实，所以写了这一段“后记”以正视听。

1999年5月14日

法鼓山

出台北市，驱车东行数十里。马路左右两边的情况大体上可以说是：左边是参差起伏的、高低不等的山峦，右边是平畴，有时有高楼耸立，有时是田畦。不管左边，还是右边，都是绿树蓊郁，冬夏常青。台北的气候可能与昆明相似："四时皆是夏，一雨便成秋。"什么时候都有杂花生树，碧草如茵。我们仿佛置身于绿色的宇宙中。

快到海边时，车突然停在一处山峦下，这里就是法鼓山。

这里原来不叫法鼓山，这名字是台湾极受人尊敬的高僧圣严法师给起的。在汉译佛典中常有"吹大法螺，击大法鼓"这样的句子，意思是螺声高昂，鼓声深沉，使佛法响彻大千世界，使众生脱离苦海，登上净土。圣严法师购得了这一座山，准备在这里创建一所法鼓大学，不是为了培养僧侣，而是为了培养社会建设所需的人才。校长是原台湾"中央图书馆"馆长曾济群教授，一位干练通达、和蔼可亲的中年学者。在法鼓山上，同时并创建一所中华佛学研究所，所长是邃于佛学研究的李志夫教授。圣严法师筹资六十亿台币，兴建两个机构的楼堂馆阁，现在已经开工。再过几年，行将是在一片荒山中，佛刹梵宇，学馆黉宫，拔地而起，隔断天日，为祖国教育增辉，为佛学研究添彩。我不禁乐从中来，一失神儿，眼前一片海市蜃楼，缥渺天际，琳宫摩天，宝树匝地，祥云缭绕，星月增辉，我乐得毛发直竖，真不知是置身何地了。

圣严法师和我，也算得上是老朋友了。若干年前，他来访大陆，在颐和园听鹂馆设素斋，宴请北京学术界，特别是佛学界的学者们。到的人相当多，可见圣严法师在北京的朋友是相当不少的。颐和园晚上是不开放的，此时偌大一个皇家园林一片黢黑，阒静无声。独有听鹂馆灯火辉煌，上冲霄汉。学者促膝对坐，叙旧论学，其乐融融。从圣严法师的弟子口中得知，他是日本东京大学的文学博士，学富五车，娴熟佛典，是一位在台湾德艺并隆、广有徒众的高僧大德。他的弟子大多数也都获得了最高学位，都是满腹经纶的。他们师徒就像当年摩揭陀国的释迦牟尼如来佛和大弟子阿难、迦叶一样传道授业，亲密无间。这更增加了我对他们的钦敬和仰慕。

其后不久，李志夫教授受圣严法师的委托，在台湾出版了我的一本论文集《季羡林佛教学术论文集》。这是我在台湾出版的第二本著作，第一本是林聪明教授为我出版的《敦煌吐鲁番吐火罗语研究导论》。在这之前，听说台湾某出版社曾出版我翻译的《五卷书》等，把我的名字略加改变，仿佛清政府把“孙文”改为“孙汶”那样，以示我是“异类”。这且不去管他，反正李志夫和林聪明两位教授出版了，而且是堂堂正正地出版了我的著作，使我能够同台湾学者结下文字因缘。

去年，圣严法师又率团来大陆访问，旧雨重逢，倍增欢悦。我又结识了曾济群校长和圣严法师的高足惠敏法师，旧雨加上今雨，使我的欢悦又增加了一倍。我们在天食素菜馆设宴，为法师一行洗尘。回忆起数年前的听鹂夜宴，先后真可以媲美。尘世碌碌，欢愉之事不多，像这样的聚会，真正能让我毕生难忘了。

可谁又能想到，今天我竟然来到了台北，而且登上了法鼓山。在这里，我们不但会见了圣严法师，还会见了老友曾济群校长、李志夫教授和惠敏法师。此地背山面海，山虽不高，而阜峦竞秀，隐含着一派灵气。大学和研究所的建筑正在兴建中，工地上难免车马喧阗，人声嘈杂。然而在看来像是临时修建作为办公用的房屋中，却是威仪俨然，静寂少声。成群的来宾，许多年轻的僧尼和义工走路说话都是轻声细语，忙而不乱。在一座大厅中举行了简单而隆重的欢迎仪式，圣严法师讲了话。我向他敬献著名书法家欧阳中石先生书写的条幅和我的拙著《季羡林文集》。献完了书以后，完全出我意料，圣严法师低声问我："《糖史》在里面吗？"《糖史》，顾名思义，是专门研究蔗糖在中国和世界上传布的历史的，在这个题目上，我用了多年的精力和时间，它虽与印度和佛教有点关系，但主要是科技史。全书两巨册，共约八十万字。第一编是国内编，已经出版。第二编是国际编，没有单独出版，只收在《文集》中。不意圣严法师对这个问题也有兴趣，由此可见他之博学，使我油然而起仰止之意。

午餐是素斋自助餐，饭菜清香可口，不像市面上的那一些素菜馆，用大量的油，仿佛想用油来支撑局面。一打听，这些素斋都是义工少女亲手烹调的。什么叫"义工"呢？我将在另一篇随笔里专门来谈这个问题，这里先从略。

午餐以后，我们又驱车返回台北市。一走进繁华的市区，车水马龙，人声鼎沸，一走神儿，上午在法鼓山看到的那一片海市蜃楼又在我眼前浮动起来：琳宫摩天，宝树匝地，祥云缭绕，星月增辉。

1999年5月8日

义　工

“义工”这个词，是我来到台北后才听说的，其含义同大陆上的“志愿者”有点近似。说是“近似”，就是说不完全一样。“义工”的思想基础是某种深沉执着的信念或者信仰，是宗教的，也能是伦理道德的。大陆上的志愿者，当然也有其思想基础，但是不像台湾义工那样深沉，甚至神秘。

我在《法鼓山》那一篇随笔里提到，我是在法鼓山第一次听到“义工”这个词的。原来那一天我们在法鼓山逢到的那些青年女孩子，除了着僧装的青年尼姑外，其余着便装的都是义工。她们多数来自名门大家，在家中有成群的丫鬟和保姆伺候着，衣来伸手，饭来张口，是地地道道的大小姐，掌上明珠。但是，她们却为某一种信念所驱使，上了法鼓山，充当义工。为了做好素斋，她们拼命学习。这都是些极为聪明的女孩子，一点就透。因此，她们烹制出来的素斋就不同凡响，与众不同。了解到这些情况以后，我的心为之一震。我原来以为这些着装朴素、态度和蔼、轻声细语、温文尔雅的女孩子，不外是临时工、计时工一流的人物，现在才悟到，我是有眼不识泰山。正像俗语所说：从窗户眼里向外看人，把人看扁了。我的心灵似乎又得到了一次洗涤。

远在天边，近在眼前，我哪里知道，原来天天陪我们的两位聪明灵秀的年轻的女孩子就是义工。一个叫李美宽，一个叫陈修平。她们俩是我们的领队，天天率领我们准时上车，准时到会场，准时就餐，又准时把我们送回旅馆。坐在汽车上，她们又成了导游，向我们解释大马路上一切值得注意的建筑和事情，口齿伶俐得如悬河泻水，滔滔不绝，决不会让我们感到一点疲倦。她们简直成了我们的影子，只要需要，她们就在我们身边。她们的热情和周到感动着我们每一个人。

我原来以为，她们是大会从某一个旅行社请来的临时工，从大会每天领取报酬，大会一结束，就仍然回到原单位去工作。只是在几天之后，我才偶然得知：她们都是义工。她们都有自己的工作岗位，在法鼓大学召开大会期间，前来担任义工，从凌晨到深夜，马不停蹄，像走马灯似的忙得团团转，本单位所缺的工作时间，将来在星期日或者假日里一一补足。她们不从大会拿一分钱。这种无私奉献的精神不是非常感人吗？

我没有机会同她俩细谈她们的情况，她们的想法，她们何所为而来，以及她们究竟想得到些什么。即使有机会，由于我们的年龄相差过大，她们也未必就推心置腹地告诉我。于是，在我眼中，她们就成了一个谜，一个也许我永远也解不透的谜。

在大陆，经济效益，或者也可以称之为个人利益，是颇为受到重视的。我绝不相信，在台湾就不是这样。但是，表现在这些年轻的女义工身上的却是不重视个人利益。至少在当义工这一阶段上，她们真正是毫不利己、专门利人的。对于这两句话，我一向抱有保留态度。我觉得，一个人一生都能做到这一步，是完全不可能的。在某一段短暂的时间内，在某一件事情上，暂时做到，是可能的。那些高呼毫不利己、专门利人的人，往往正是毫不利人、专门利己的家伙。然而，在台北这些女义工身上，我却看到了这种境界。她们有什么追求呢？她们有什么向往呢？对我来说，她们就成了一个谜，一个也许我永远也解不透的谜。

这些谜样的青年女义工有福了！

1999年5月9日

第六辑

北国风光

游天池

有如一个什么神仙，从天堂上什么地方，把一个神仙的池塘摔了下来，落到地上，落到天山里面，就成了现在的天池。

民间流传的神话说，半山的小天池是王母娘娘的洗脚盆，山顶上的大天池是王母娘娘的浴池。如果真有一个王母娘娘的话，她的洗脚盆或者浴池大概也只能是这个样子。“西望瑶池降王母”，唐代大诗人杜甫已经这样期望过了。至于她究竟降下来了没有，我们不得而知。如今却只是王母已乘青鸾去，此地空余双天池。

今天我们就来到了这个天池。

早就听到新疆朋友们说，到新疆来而不去天池，那就等于没有来。我们绝不甘心到了新疆而等于没有来。所以在百忙中冒着传说中天池的寒气从乌鲁木齐趱行两百多里路来到了这里。

天山像一团黑云，横亘天际。从很远的地方就可以望到山顶上白皑皑的雪峰，插入蔚蓝的天空。我在内地从来没有看到过真正的雪峰。来到这里，乍一看到，眼前仿佛一下子亮了起来，兴致也随之而腾涌。车子一开进大山，不时看到哈萨克牧民赶着羊群或马群，用老黄牛驮着蒙古包，从山上迤逦走下来。耳朵里听到的是从万古雪峰上融化后流下来的雪水在路旁山溪中潺淙的声音。靠近我们的山峰顶上并没有雪，只是在山脊的背阴处长满茂密的松林，据说是原始森林。一棵棵古松都长得苍劲挺直，整整齐齐地排在那里。不长松林的地方，也都是绿草如茵，青翠如碧琉璃。在这些山峰的背后，就是万古雪峰，仿佛近在眼前，伸手就能够抓一把雪过来。然而，据说有一些雪峰还没有人爬上去过哩。

在一路泉声的伴奏下，车子盘旋而上。有时候路比较平坦，有时候则非常陡。往往是转过一个大弯以后，下视走过的山路，深深地落到脚下，令人目眩不敢久视。走到半山的时候，路旁出现了一个圆圆的颜色深绿的池塘，这就是所谓的小天池。在这样高的地方，有这样深的池塘，不是从天上摔下来又是从什么地方来的呢？汽车再往上盘旋，最后来到一个山脊上。眼前豁然开朗，久仰大名的大天池就展现在眼前。烟波浩渺，水色深碧，据说是深不可测。在海拔两千米的地方，在众山环抱中，在一系列小山的下面，居然有这样一个湖泊。不见是不会相信的，见了仍然不能相信。这更加强了我的疑问：不是从天上摔下来又是从什么地方来的呢？在这里，幻想大有驰骋的余地，神话也大有销售的市场。天池对面的山坡上长满了挺拔的青松。青松上面是群峰簇列。在众峰之巅就露出了雪峰，在阳光下亮晶晶闪着白光，仿佛离我们更近了。我们此时心旷神怡，逸兴遄飞，面对神话般的雪峰，真像是羽化而登仙了。

在池边的乱石堆中，却另有一番景象。这里人来人往，摩肩接踵，吵吵嚷嚷，拥拥挤挤，一点也没有什么仙气。有很多工厂或者什么团体，从几百里路以外，用汽车运来了肥羊，就在池边乱石堆中屠宰，鲜血溅地，赤如桃花；而且就地剥皮剔肉，把滴着鲜血的羊皮晒在石头上。在石旁支上大锅，做起手抓饭来。碧水池畔，炊烟滚滚；白山脚下，人声喧哗。那些带着酒瓶和乐器的人，又吃又喝，载歌载舞，划拳之声，震响遐迩。卖天山雪莲的人，也挤在里面，大凑其热闹。连那些哈萨克人放牧的牛，没有人管束，也挤在人群中，尖着一双角，摇着尾巴，横冲直撞，旁若无人。我想，不但这些牛心中眼中没有什么雪峰天池，连那些人心中眼中也同样没有什么雪峰天池。他们眼中看到的只是一碗手抓羊肉，一杯美酒。他们不过是把吃手抓羊肉的地方调换一下而已。我仿佛看到雪峰在那里蹙眉，天池在那里流泪……

至于我们自己，我们从远方来的人却是心中只有天池，眼中只有雪山。我恨不能把这白山绿水搬到关内，让广大的人民共饱眼福。这当然是不可能的。我只有瞪大了眼睛，看着天池和雪峰，我想用眼睛把它们搬走。我看着，看着，眼前的景色突然变幻。王母娘娘又回来了。她正驾着青鸾，飞翔在空中，仙酒蟠桃，翠盖云旗，随从如云，侍女如雨，飞过雪峰，飞过青松，就停留在天池上面。“于是屏翳收风，川后静波，冯夷鸣鼓，女娲清歌。腾文鱼以警乘，鸣玉鸾以偕逝。六龙俨其齐首，载云车之容裔。鲸鲵踊而夹毂，水禽翔而为卫。”此时云霞满天，彩虹如锦，幻成一幅五色缤纷的画图。

但是，幻象毕竟只是幻象。一转瞬间，一切都消逝无余。展现在眼前的仍然是碧波荡漾的天池、郁郁葱葱的青松、闪着白光的雪峰和熙攘往来的人群。这时候，日头已经有点偏西，雪峰的阴影似乎就要压了下来。是我们下山的时候了。我们又沿着盘山公路，驶下山去。走到小天池的时候，回望雪峰，在大天池只能看到两座峰顶，这里却看到了五座，白皑皑，亮晶晶刺入蔚蓝无际的晴空。

1979年8月3日写于乌鲁木齐野营地

1980年5月14日改毕于北京

火焰山下

从前读《西游记》，读到火焰山，颇震惊于那火势之剧烈。听人说，火焰山影射的就是吐鲁番。可是吐鲁番我以前从未到过，没有亲身感受，对于火焰山我就只有幻想了。

万没有想到，我今天竟来到火焰山下。

火焰山果然名不虚传。在乌鲁木齐，夜里看电影，须要穿上棉大衣。然而，汽车从乌鲁木齐开出，开过达坂城，再往前走一段，一出天山山口，进入百里戈壁，迎面一阵热风就扑向车内，我们仿佛一下子落到蒸笼里面；而且是越走越热。中午到了吐鲁番县，从窗子里看出去，一片骄阳，闪耀在葡萄架上，葡萄肥大的绿叶子好像在喘着气。有人告诉我，吐鲁番的炎热时期已经过去；我们来的前两天，气温是四十多摄氏度；今天已经“凉爽”得多了，只有三十九度。但是，从我自己的亲身感受中，同乌鲁木齐比较起来，吐鲁番仍然是名副其实的火焰山。

这让我立刻想到了非洲的马里。我曾在最热的时期访问过那个国家，气温是五十多度。我们被囚在有空调设备的屋子里，从双层的玻璃窗子看出去，院子里好像是一片火海。阳光像是在燃烧，不是像在吐鲁番一样燃烧在葡萄架上，而是燃烧在参天的栏果树上。栏果树也好像在喘着气。树下当然是有阴影的，但是连那些阴影看上去也绝不给人以清凉的感觉，而仿佛是火焰的阴影。

我眼前的吐鲁番俨然就是第二个马里。

我们就在类似马里那样炎热的一个下午驱车近百里去探望高昌古城

的遗址。

一走出吐鲁番县，又是百里戈壁，寸草不生，遍布砂粒，极目天际，不见人烟。阳光毫无遮拦地照射在这些砂粒上，每一粒都闪闪发光，仿佛在喷着火焰。远处是一列不太高的山，这就是那有名的火焰山。上面没有一点绿的东西，没有一点有生命的东西。石头全是赤红色的，从远处望过去，活像是熊熊燃烧着的火焰，这不是人间的火，也不是神话中的天堂里的火和地狱之火。这是火焰已经凝固了的火，纹丝不动，但却猛烈；光焰不高，但却团聚。整个天地，整个宇宙仿佛都在燃烧。我们就处在上达苍穹下抵黄泉的大火之中。

我从前读《西游记》，读到那一段关于火焰山的描绘，我只不过觉得好玩而已。书上描绘说，离开火焰山不远，房舍的瓦都是红的，门是红的，板榻也是红的，总之一切都是红的，连卖切糕的人推的车子也是红的。那里“有八百里火焰，四周围寸草不生。若过得山，就是铜脑盖、铁身躯，也要化成汁哩”。八百里当然是夸大之词，但是在我眼前，整个山全是红的，周围寸草不生，这些全是实情。我现在毫无好玩的感觉。我只有一个渴望，一个十分迫切的渴望，渴望得到铁扇公主那一把芭蕉扇，用于一扇，火焰立刻熄灭，清凉转瞬降临。

我现在很不理解，为什么当年竟在这样一个地狱似的酷热的地方建筑了高昌城。唐朝的高僧玄奘到印度去求法，曾经路过高昌。《大慈恩寺三藏法师传》里面，对他在高昌的情况有细致生动的描绘。这里讲到了城门，讲到了王宫，讲到了王宫中的重阁，讲到了王宫旁边的道场。虽然没有讲到市廛的情况；但是有上述的那些地方，则王宫之外，必然是市廛林立，行人熙攘。每当黄昏时分，夜幕渐渐笼罩住大漠，黑暗弥漫于每一个角落，跋涉过千山万水，横绝大戈壁的商队迤逦入城，驼铃叮当，敲碎了黄昏的寂静。每一间黄土盖成的房子里也必然有淡黄的灯光流出，把窄窄的长街照得朦胧虚幻，若有若无……但是今天我们来到这里，早已面目全非，城市的轮廓大体可见，城门和街道历历可指。然而看到的却只有断壁颓垣，而且还不同于一般的断壁颓垣。这里根本没有砖瓦，所有的建筑——皇宫、佛寺、大厅、住宅，统统是黄土堆成。这种黄土坚硬似铁，历千年而不变，再加上这里根本很少下雨，因此这一座黄泥堆成的城才能保存到今天。我们今天看到的是一片淡黄，没有一棵树，没有一根草。“春风不度玉门关”，春天好像已经被锁在关内，这里与春天无分了。

在这里，我无论如何也想象不出，当年玄奘来到这里是什么情景。我想象不出，他是怎样同麴文泰会面，是怎样同麴文泰的母亲会面的。他在这里住了一段时间，大概每天也就奔波于一片淡黄之中。麴文泰也像后来唐太宗一样想劝玄奘还俗。玄奘坚持不动，甚至以绝食至死相威胁，终于感动了麴文泰母子，放玄奘西行。这是多么热烈的人类生活的场面。然而今天这一些都到哪里去了呢？我一时忍不住发思古之幽情，前不见古人，后不见来者，但是我却并没有独怆然而泪下。在历史的长河中，人人都是这样，后之视今亦犹今之视昔。我丢开了这种幽情，抬眼四望，这一座黄土古城的断壁颓垣顿时闪出了异样的光辉。

第二天，我们又在同样酷热的天气中去凭吊交河古城。这座古城正处在同高昌相反的方向。从表面看上去，它同高昌几乎没有什么不同之处：一样是黄土堆成的断壁颓垣，一样是寸草不生，一样是一片淡黄。“西风残照，汉家陵阙”，一样能引起人们的思古之幽情。但是，从环境上来看，却与高昌迥乎不同。“交河”这个名称就告诉我们，它是处在两河之交的地方。从残留的城墙上下望，峭壁千仞，下有清流，绿禾遍野，清泉潺湲。我从前读唐代诗人李颀的诗《古从军行》：“白日登山望烽火，黄昏饮马傍交河。行人刁斗风沙暗，公主琵琶幽怨多。野云万里无城郭，雨雪纷纷连大漠。胡雁哀鸣夜夜飞，胡儿眼泪双双落。”我无论如何也想象不出，交河究竟是什么样子。今天亲身来到交河，一目了然，胸无阻滞，我那思古之幽情反而慢慢暗淡下去，而对古人所说的“读万卷书，行万里路”由衷地钦佩起来了。

就这样，我在吐鲁番住了几天，两天看了两座历史上有名的古城。这两座名城同火焰山当然不一样，但是其炎热的程度却只能说是不相上下。我上面讲到的看到火焰山时的那一个渴望得到铁扇公主芭蕉扇的幻想，时时萦绕在我脑际，一刻也不想离去。然而我的理智却让我死心塌地地相信，那只是幻想，世界上哪里会有什么铁扇公主？哪里会有什么芭蕉扇？吐鲁番这地方注定是火焰山的天下了。

然而，到了黄昏时分，当我们凭吊完古城乘车回宾馆的时候，招待我们的主人提出来要到葡萄沟去转一转。我根本不知道，葡萄沟是什么样子。“去就去吧！”我在心里平静地想，我万万没有想到，在这个地方，在这个时候，能会出现什么奇迹。

可是，汽车转了几转，奇迹就在眼前出现了。两行参天的杨树整整齐齐地排在大路两旁，潺潺的水声透过杨树传了出来。浓密的葡萄架散布在小溪岸边，杨柳树下。这里绿意葱茏，浓荫四布。身上还感到有一些凉意。我一下子怔住了：我现在是在火焰山下吗？是不是真有人借来了铁扇公主的芭蕉扇把火焰扇灭了呢？我自凝神细看：绿杨葡萄，清泉潺湲，丝毫也不容怀疑。我来到葡萄沟了。

车子开上去，最后到了一座花园。园子里长满葡萄，小溪萦绕。山脚下有一个小池子，泉水从石缝中流出，其声清脆。有一群红色游鱼在池中摇摆着尾巴游来游去。我们坐在葡萄架下，品尝着有名的新疆葡萄。此时凉意渐浓，仿佛一下子从酷热的三伏来到凉爽的深秋，火焰山一下子变成了清凉世界。看来，铁扇公主的那一把芭蕉扇在唐代大概是缺少不了的。但是，到了今天，已经换了人间，这扇子就没有作用了。

新疆毕竟是一块宝地，有火焰山，也有葡萄沟，而葡萄沟偏偏就在火焰山下。这就是我们的吐鲁番，这就是我们的新疆。

1979年8月26日在库车写成初稿

1980年4月22日在北京修改完成

在敦煌

刚看过新疆各地的许多千佛洞，在驱车前往敦煌莫高窟千佛洞的路上，我心里就不禁比较起来：在那里，一走出一个村镇或城市，就是戈壁千里，寸草不生；在这里，一离开柳园，也是平野百里，禾稼不长；然而却点缀着一些骆驼刺之类的沙漠植物，在一片黄沙中绿油油地充满了生意，看上去让人不感到那么荒凉、寂寞。

我们就是走过了数百里这样的平野，最终看到一片葱郁的绿树，隐约出现在天际，后面是一列不太高的山冈，像是一幅中国水墨山水画。我暗自猜想：敦煌大概是来到了。

果然是敦煌到了。我对敦煌真可以说是“久仰大名，如雷贯耳”了。我在书里读到过敦煌，我听人谈到过敦煌，我也看过不知多少敦煌的绘画和照片。几十年梦寐以求的东西如今一下子看在眼里，印在心中，“相见翻疑梦”，我似乎有点怀疑，这是否是事实了。

敦煌毕竟是真实的。它的样子同我过去看过的照片差不多，这些我都是很熟悉的。此处并没有崇山峻岭，幽篁修竹，有的只不过是几个人合抱不过来的千岁老榆，高高耸入云天的白杨，金碧辉煌的牌楼，开着黄花、红花的花丛。放在别的地方，这一切也许毫无动人之处；然而放在这里，给人的印象却是沙漠中的一个绿洲，戈壁滩上的一颗明珠，一片淡黄中的一点浓绿，一个不折不扣的世外桃源。

至于千佛洞本身，那真是琳琅满目，美不胜收，五光十色，云蒸霞蔚。无论用多么繁缛华丽的语言文字，不管这样的语言文字有多少，也是无法描绘，无法形容的。这里用得上一句老话了：“只能意会，不能言传。”洞子共有四百多个，大的大到像一座宫殿，小的小到像一个佛龛。几乎每一个洞子里都画着千佛的像。洞子不论大小，墙壁不论宽窄，无不满满地画上了壁画。艺术家好像决不吝惜自己的精力和颜料，决不吝惜自己的光阴和生命，把墙壁上的每一点空间，每一寸的空隙，都填得满满的，多小的地方，他们也决不放过。他们前后共画了一千年，不知流出了多少汗水，不知耗费了多少心血，才给我们留下了这些动人心魄的艺术瑰宝。有的壁画，就暴露在光天化日之下，经过了一千年的风吹、雨打、日晒、沙侵，但彩色却浓郁如新，鲜艳如初。想到我们先人的这些业绩，我们后人感到无比兴奋、震惊、感激、敬佩，这难道不是很自然的吗？

我们走进了洞子，就仿佛走进了久已逝去的古代世界，甚至古代的异域世界；仿佛走进了神话的世界，童话的世界。尽管洞内洞外一点声音都没有，但是看到那些大大小小的雕塑，特别是看到墙上的壁画：人物是那样繁多，场面是那样富丽，颜色是那样鲜艳，技巧是那样纯熟，我们内心里就不禁感到热闹起来。我们仿佛亲眼看到释迦牟尼从兜率天上骑着六牙白象下降人寰，九龙吐水为他洗浴，一下生就走了七步，口中大声宣称：“天上天下，唯我独尊。”我们仿佛看到他读书、习艺。他力大无穷，竟把一只大象抛上天空，坠下时把土地砸了一个大坑。我们仿佛看到他射箭，连穿七个箭靶。我们仿佛看到他结婚，看到他出游，在城门外遇到老人、病人、死人与和尚，看到他夜半乘马逾城逃走，看到他剃发出家。我们仿佛看到他修苦行，不吃东西，修了六年，把眼睛修得深如古井。我们又仿佛看到他翻然改变主意，毅然放弃了苦行，吃了农女献上的粥，又恢复了精力，走向菩提树下，同恶魔波旬搏斗，终于成了佛。成佛后到处游行，归示，度子，年届八旬，在双林涅槃。使我们最感兴趣、给我们印象最深的是那许许多多的涅槃的画。释迦牟尼已经逝世，闭着眼睛，右胁向下躺在那里。他身后站着许多和尚和俗人。前排的人已经得了道，对生死漠然置之，脸上毫无表情地站在那里。后排的人，不管是国王、各族人民，还是和尚、尼姑，因为道行不高，尘欲未去，参不透生死之道，都嚎啕大哭，有的捶胸，有的打头，有的击掌，有的顿足，有的撕发，有的裂衣，有的甚至昏倒在地。我们真仿佛听到哭声震天，看到泪水流地，内心里不禁感到震动。最有趣的是外道六师，他们看到主要敌手已死，高兴得弹琴、奏乐、手舞、足蹈。在盈尺或盈丈的墙壁上，宛然一幅人生哀乐图。这样的宗教画，实际上是人世社会的真实描绘。把千载前的社会现实，栩栩如生地搬到我们今天的眼前来。

在很多洞子里，我们又仿佛走进了西方的极乐世界，所谓净土。在这个世界里，阿弥陀佛巍然坐在正中。在他的头上、脚下、身躯的周围画着极乐世界里各种生活享受：有妓乐，有舞蹈，有杂技，有饮馔。好像谁都不用担心生活有什么不足，衣来伸手，饭来张口。而且这些饮食和衣服，都用不着人工去制作。到处长着如意神树，树枝子上结满了各种美好的饮食和衣着，要什么，有什么，只需一伸手一张口之劳，所有的愿望就都可以满足了。小孩子们也都兴高采烈，他们快乐得把身躯倒竖起来。到处都是美丽的荷塘和雄伟的殿阁，到处都是快活的游人。这些人同我们这些凡人一样，也过着世俗的生活。他们也结婚。新郎跪在地上，向什么人叩头。新娘却站在那里，羞答答不肯把头抬。许多参加婚礼的客人在大吃大喝。两只鸿雁站在门旁。我早就读过古代结婚时有所谓“奠雁”的礼节，却想不出是什么情景。今天这情景就摆在我眼前，仿佛我也成了婚礼的参加者了。他们也有老死。老人活过四万八千岁以后，自己就走到预先盖好的坟墓里去。家人都跟在他后面，生离死别。虽然也有人磕头啼哭，但是总起来看，脸上的表情却都是平静的、肃穆的，好像认为这是人生规律，无所用其忧戚与哀悼。所有这一切世俗生活的绘画，当然都是用来宣扬一个主题思想：不管在什么样的生活环境中，只要一心念阿弥陀佛，就可以往生净土，享受天福。这当然都是幻想，甚至是欺骗。但是艺术家的态度是认真的，他们的技巧是惊人的。他们仔细地描，小心地画，结果把本是虚无缥缈的东西画得像真实的事物一样，生动活泼地、毫不含糊地展现在我们眼前，让我们对于历史得到感性认识，让我们得到奇特美妙的艺术享受。艺术家可能真正相信这些神话的，但是这对我们是无关重要的，重要的是他们的画。这些画画得充满了热情，而且都取材于现实生活。在世界各国的历史上，所有的神仙和神话，不管是多么离奇荒诞，他们的模特儿总脱离不开人和人生，艺术家通过神仙和神话，让过去的人和人生重现在我们眼前。我们探骊得珠，于愿已足，还有什么可以强求的呢？

最使我吃惊的是一件小事：在这富丽堂皇的极乐世界中，在巍峨雄伟的楼台殿阁里，却忽然出现了一只小小的老鼠，鼓着眼睛，尖着尾巴，用警惕狡诈的目光向四下里搜寻窥视，好像见了人要逃窜的样子。我很不理解，为什么艺术家偏偏在这个庄严神圣的净土里画上一只老鼠。难道他们认为，即使在净土中，四害也是难免的吗？难道他们有意给这万人向往的净土开上一个小小的玩笑吗？难道他们有意表示即使是净土也不是百分之百的纯洁吗？我们大家都不理解，经过推敲与讨论，仍然是不理解。但是我们都很感兴趣，认为这位艺术家很有勇气，决不因循抄袭，决不搞本本主义，他敢于石破天惊地去创造。我们对他都表示敬意。

在许多洞子里，我们还看到了许多经变，什么法华经变、楞伽经变、金光明经变，如此等等。艺术家把经中的许多章节，不是根据经文，而是根据变文，用绘画的形式表现出来。在这些经变里，法华经普门品似乎是最受欢迎的一品。普门品说，谁要是一心称观世音菩萨的名，入大火，大火不能烧；入大水，大水不能漂；入海求宝遇到黑风，船飘堕罗刹国，可以解脱罗刹之难；遭迫害临刑，刑刀段段坏；女子求生男孩，就可以生福德智慧之男；求生女孩，就可以生端正有相之女。总之，威灵显赫，有求必应。画上最多的是临刑刀寸寸断的情景。这似乎是最能形象地表现观音菩萨的法力的一个题材。但是我们也可以看到许多描绘人民生活和生产的情景。一个农民赶着耕牛去耕地。许多小手工业者坐在那里制作什么东西。人们在家里面安静地宴客。人们在花园中游乐。人们到灞桥去送别亲友，折杨柳为赠。我曾在不知多少唐诗中读到这情景，今天才第一次在绘画上看到。最有意思的、最耐人寻味的是许多绘画，画的是人们大便的情景，刷牙的情景，据我所知道的，在世界各国任何时代的任何绘画中都难找到这样的绘画。这好像也成了绘画的禁区。然而我们的艺术家却有勇气冲破这不成文而事实上却存在的禁区，把这种细微并不那么太雅观的情景画给我们看。除了佩服以外，我还能说些什么呢？此外，描绘舞蹈的场面和杂技的场面，也是非常动人的。一个个乐队，一个个乐工，手中执着各种各样的乐器，什么箫、笛、筝、琴、箜篌、排箫、阮咸、琵琶，还有尺八，神情是这样逼真，人物是这样细致，我们耳中仿佛能听到各种乐器和谐的弹奏声，静静的洞子一时喧阗起来。舞蹈的场面也很动人。男女舞人，翩翩起舞，有人甩着长而大的袖子，有人动作非常强烈，所谓“胡旋舞”大概就是这个样子吧。我们看到的虽然不是真正的舞蹈，而只是绘画，但是我们也恍然感到“观者如山色沮丧，天地为之久低昂。霍如羿射九日落，矫如群帝骖龙翔，来如雷霆收震怒，罢如江海凝清光”。至于杂技，更是动人心魄。一个演员站在那里，头上顶着长竿，竿顶上站着一个人，人头顶上还站着一个小孩子。看那摇摇欲坠的样子，我们不禁为画上的古人担忧起来。然而，不要怕，两旁还站着两个人哩。他们好像是为了防备万一而站在那里。虽然都戴着纱帽，斯斯文文的，看来好像也蛮有把握。我们可以放心了。前面坐着一些人，这大概就是观众。画面上人数不算多，但看上去却热闹得很。在古代文化交流中，音乐、舞蹈和杂技，好像是占着突出的地位。在新疆的许多千佛洞中，这样的场面也是随时可见的。

在所有的经变中，维摩诘经变是最常见的。这一部经在唐代大概非常流行、非常受欢迎。唐代一个姓王的大诗人，取名维，字摩诘，合起来就是维摩诘，就是一个很好的证明。我们在很多洞子里，都看到关于维摩诘的壁画。尽管大小不同，洞子不同；但是他的形象却基本上是一致的。维摩诘手执麈尾或者扇子，傲然地斜坐在一张床上，眼神嘴角流露出一副能言善辩、轻蔑藐视的神态。这一部经本身就是一部很好的长篇小说，讲的是一个佛教的居士，名叫维摩诘，唐玄奘译为无垢称。他深通佛法，辩才无碍。有一次他病了，如来佛派大弟子舍利弗去问疾。舍利弗吃过他辩才的苦头，有点发怵不敢去。佛又派大目犍连、大迦叶、须菩提、富楼那多罗尼子、摩诃迦旃延、阿那律、优波离、罗侯罗、阿难、弥勒菩萨、善德等去，但是谁也没有胆量去。最后文殊师利膺命前往。维摩诘以神力空其室内，只留下了一张床，他生病坐在上面。于是二人展开了一场辩才战。诸菩萨、大弟子、群释、四天王等都赶来瞧热闹。后来舍利弗和大迦叶也赶了来。最后文殊师利和维摩诘一起来见佛。这一篇小说似的经文以如来把正法付嘱于弥勒佛而结束。小说本身内容很丰富，辩论很激烈，描绘很生动，对话很犀利。壁画更发展了这一部经文，把故事画得热闹非常、生动活泼，具有极大的感染力。维摩诘仿佛就要从床上站立起来，而且要走下墙来，同我们展开一场唇枪舌战……

在许多洞子里，除了神话故事以外，还画着许多世俗画。开洞的窟主往往把自己以及一家人都画在墙上。有时候画上一队男官人，前面的几个都是秃头的和尚；一队贵妇前面几个是秃头的尼姑。这是本家里面出家的人，是他们的光荣，是他们的骄傲，所以才被画在前面。这些男女贵人排成队，好像要向佛爷走去。他们为什么要把自己的像画在这千佛洞里呢？是为了宗教功德吗？还是为了永垂不朽？恐怕二者都有一点吧。最引人注目的是张义潮出游图。唐代这一个独霸一方的大军阀、大官僚，在河西一带很有势力，很有影响，他一跺脚，整个河西走廊都会震动。他的家族开凿了不少的洞子，在一个洞子里就画着自己出游的情景。他自己巍然骑在马上，前面是部队开路，也都骑着马，有的手里拿着乐器，有的手里举着旗帜。拿乐器的正在猛吹猛奏，好像是要行人回避，也好像是在为军容壮声威。后面跟的是成群的扈从，都是宽衣博带，雍容华贵。乐器中除了喇叭等之外，还有画角，我从小念唐诗，不知多少次碰到“画角”这个字眼，但是始终没有见过画角是什么样子。今天见面，宛如故友重逢，分外感到亲切。总之，这一幅一千多年前的出游行乐图，色彩鲜艳地、生动活泼地摆在我们眼前。当时的情景跃然壁上。

我们今天站在下面看壁画的人，恍惚间成了当时站在路旁的旁观者，看人马杂沓，车如流水，乐声喧腾，尘土飞扬，好像正从墙壁的一端走向另一端，转瞬即逝。

在一个洞子里，我们还看到一幅巨大的五台山图。既然是五台山，当然与宣扬文殊菩萨是分不开的。但是我们今天看到的却是一幅用绘画形式表现出来的地图和人民生活图。这幅图上画的是从镇州（正定）一直到并州（太原）旅途的情景。这条绵延数百里的路是同绵延数百里的五台山分不开的。这座大山峰峦起伏，山头林立，宛如雨后的春笋一般。山上的名刹都画出了房舍，标出了名字。山下则是一条商路。商人们熙熙攘攘，车水马龙，牲口背上驮着货物，匆匆忙忙向前趱行。旅途是遥远的，就必然要有住宿的客店。于是在图上许多地方都画着客店。店主人、店小二在热情地招呼客人，客人则是出出进进，热闹非常。我们今天的中国青年，甚至中年老年，习惯于住北京饭店、国际饭店一类的高楼大厦，对古代商人旅人行路困难丝毫没有认识。读到“鸡声茅店月，人迹板桥霜”，还有什么“夕阳西下，断肠人在天涯”，也许还能引起一些遐思，但是绝不会引起同情，我们对那种生活已经非常非常隔膜了。但是这一幅五台山图，会把我们带回到当年的生活环境中去，让我们做一个思古的梦。从这个意义上来讲，这一幅壁画无疑是我们的国宝之一。当年有一个帝国主义国家要出十万美元，收买这一幅壁画，没有得逞，否则我们的这件国宝早已到了波士顿博物馆之类的地方去了。岂不惜哉！

在另外一些洞子里，我们还看到一些和尚西行求法的壁画。这也是必然的。开凿这些洞子主要的是为了宣扬佛教。“千佛洞”这个名词本身就说明了一切。佛教来自印度，这里画着许多出生在印度的佛爷和菩萨，是很自然的。但是如果没有中国和尚到印度去取经，没有印度和尚到中国来送经，佛教是决不会自己走了来的。因此，我们总是期望，在某一些洞子里能够看到中国西行求法的和尚，事实上也正是这样，我们看到了，而且看到的还不少。一提到西行求法，谁都会立刻就想到唐代高僧玄奘。在一个洞子里，我们确实看到了唐僧取经的壁画。这是一幅水月观音的巨大的壁画，水月观音巨大的身躯几乎占满了全壁。他身上衣着金碧辉煌，头上冠冕富丽堂皇。令人吃惊的是，他嘴上居然还留着一撮小胡子。他神态倨傲又慈悲，伸脚坐在那里。在壁画的右下角一块小小的地方画着玄奘，双手合十站在一个悬崖上，面向水月观音，好像就正向他致敬。他身后是大徒弟孙悟空，手里牵着那一匹小白龙变成的马。二徒弟猪八戒和三徒弟沙僧跑到哪里去了呢？看样子他们并没有去寻山探路，也不是去托钵求斋，他们还站在壁画外面，正在向着壁画里走哩。

同求法高僧有联系的是商人。宗教按理说是出世的，和尚尼姑是不许触摸金银的。而“商人重利轻别离”，他们总是想赚大钱的。他们之间是风马牛不相及的，哪里会有什么联系呢？但是所有在中国境内的千佛洞都是开凿在丝绸之路沿线的，丝绸之路顾名思义是一条商业大道。这就有力地说明了二者间的密切关系。在印度佛教史上，从佛祖释迦牟尼开始，就同商人有亲密地往来，和尚和商人，不但相辅相成，而且相依为命。所以丝绸之路，同时也是宗教之路。中国、印度和其他国家的高僧很大一部分是走丝绸之路来往的。因此，在千佛洞里除了求法高僧外，看到商人的壁画，也是很自然的。在新疆拜城克孜尔千佛洞中，我曾在一壁佛画的中间一小块空隙中看到一个穿伊朗服装的商人，赶着几匹骆驼，上面驮着中国出产的丝，正在走路的样子。一个佛爷站在旁边，好像把自己的右手的两个指头像点蜡烛一样点了起来，发出万丈光芒，照亮了丝绸之路。这幅壁画的用意是再清楚不过的，这里用不着多说。在敦煌的千佛洞里，丝绸之路也有所表现。贩运丝绸的中外商人，赶着骆驼和马，向西方迈进。沙路茫茫，前途万里，而商人毫不气馁。有的地方画着商人在路上走路的情况。路大概是很难走，马走得乏了，再也不想前进，于是一个商人在前面用力牵，另一个商人在后面拼命地用鞭子抽打，人忙马嘶的情景宛在目前，宛在耳边。还有不少地方画着商人遇劫的情况。一些绿林豪客手执明晃晃的钢刀，耀武扬威地挡在那里。商人们则卑躬屈膝，甚至跪在地上求饶，觳觫之状可掬，他们仿佛是在对话，声音就响在我们耳边。可见，虽然有佛光照亮万里长途，但人间毕竟是人间，行路难之叹，唐代诗人早就发出来了，何况是漫漫数万里呢？至于海上商路，虽然不在丝绸之路上，但是我们的艺术家也不放过。我们在几个地方都看到航海的商船。船并不大，上面画着几个人，好像都已经把船占满了，有点象征主义的味道。但是船外的海涛绝不含糊地告诉我们，这是漂洋过海的壮举。为什么在万里之外的甘肃新疆大沙漠里，竟然画到海上贸易呢？这一点，我还不十分清楚，也还要推敲而且研究。

总之，洞子共有四百多个，壁画共有四万多平方米，绘画的时间绵延了一千多年，内容包括了天堂、净土、人间、地狱、华夏、异域、和尚、尼姑、官僚、地主、农民、工人、商人、小贩、学者、术士、妓女、演员，男、女、老、幼，无所不有。在短短的几天之内，我仿佛漫游了天堂、净土，漫游了阴司、地狱，漫游了古代世界，漫游了神话世界，走遍了三千大千世界，攀登神山须弥山，见到了大梵天、因陀罗，同四大天王打过交道，同牛首马面有过会晤，跋涉过迢迢万里的丝绸之路，漂渡烟波浩渺的大海大洋，看过佛爷菩萨的慈悲相，听维摩诘的辩才无碍。我脑海里堆满色彩缤纷的众生相，错综重叠，突兀峥嵘，我一时也清理不出一个头绪来。在短短几天之内，我仿佛生活了几十年。在过去几十年中，对于我来说是非常抽象的东西，现在却变得非常具体了。这包括文学、艺术、风俗、习惯、民族、宗教、语言、历史等领域。我从前看到过唐代大画家阎立本的帝王图，李思训的金碧山水，宋朝朱襄阳朱点山水，明朝陈老莲的人物画，大涤子的山水画，曾经大大地惊诧于这些作品技巧之完美，意境之深邃，但在敦煌壁画上，这些都似乎是司空见惯，到处可见。而且敦煌壁画还要胜它们一筹：在这里，浪漫主义的气氛是非常浓的。有的画家竟敢画一个乐队，而不画一个人，所有的乐器都系在飘带上，飘带在空中随风飘拂，乐器也就自己奏出声音，汇成一个气象万千的音乐会。这样的画在中国绘画史上，甚至在别的国家的绘画史上能够找得到吗？

不但在洞子里我们好像走进了久已逝去的古代世界，就是在洞子外面，我们倘稍不留意，就恍惚退回到历史中去。我们游览国内的许多名胜古迹时，总会在墙壁上或树干上看到有人写上的或刻上的名字和年月之类的字，什么某某人何年何月到此一游。这种不良习惯我们真正是已经司空见惯，只有摇头苦笑。但要追溯这种行为的历史那恐怕是古已有之了。《西游记》上记载着如来佛显示无比的法力，让孙悟空在自己的手掌中翻筋斗，孙悟空翻了不知多少十万八千里的筋斗，最后翻到天地尽头，看到五根肉红柱子，撑着一股青气。为了取信于如来佛，他拔下一根毫毛，吹口仙气，叫“变”，变作一管浓墨双毫笔。在那中间柱子上写一行大字云：“齐天大圣，到此一游。”还顺便撒了一泡猴尿。因此，我曾想建议这一些唯恐自己的尊姓大名不被人知、不能流传的善男信女，倘若组织一个学会时，一定要尊孙悟空为一世祖。可是在敦煌，我的想法有些变了。在这里，这样的善男信女当然也不会绝迹。在墙壁上题名刻名到处可见，这些题刻都很清晰，仿佛是昨天才弄的。但一读其文，却是康熙某年，雍正某年，乾隆某年，已经是几百年以前的事了。当我第一次看到的时候，我不禁一愣：难道我又回到康熙年间去了吗？如此看来，那个国籍有点问题的孙悟空不能专“美”于前了。

我们就在这样一个仿佛远离尘世的弥漫着古代和异域气氛的沙漠中的绿洲中生活了六天。天天忙于到洞子里去观看。天天脑海里塞满了五光十色丰富多彩的印象，塞得是这样满，似乎连透气的空隙都没有。我虽局处于斗室之中，却神驰于万里之外；虽局限于眼前的时刻之内，却恍若回到千年之前。浮想联翩，幻影沓来，是我生平思想最活跃的几天。我曾想到，当年的艺术家们在这样阴暗的洞子里画画，是要付出多么大的精力啊！我从前读过一部什么书，大概是美术史之类的书，说是有一个意大利画家，在一个大教堂内圆顶天篷上画画，因为眼睛总要往上翻，画了几年之后，眼球总往上翻，再也落不下来了。我们敦煌的千佛洞比意大利大教堂一定要黑暗得多，也要狭小得多，今天打着手电，看洞子里的壁画，特别是天篷上藻井上的画，线条纤细，着色繁复，看起来还感到困难，当年艺术家画的时候，不知道有多少困难要克服。周围是茫茫的沙碛，夏天酷暑，而冬天严寒，除了身边的一点浓绿之外，放眼百里惨黄无垠。一直到今天，饮用的水还要从几十里路外运来，当年的情况更可想而知。在洞子里工作，他们大概只能躺在架在空中的木板上，仰面手执小蜡烛，一笔一笔地细描细画。前不见古人，我无法见到那些艺术家了。我不知道他们的眼睛也是否翻上去再也不能下来。我不知道是一种什么力量在支撑着他们，在那样艰苦的条件下给我们留下了这样优美的杰作，惊人的艺术瑰宝。我们真应该向这些艺术家们致敬啊！

我曾想到，当年中国境内的各个民族在这一带共同劳动，共同生活，有的赶着羊群、牛群、马群，逐水草而居，辗转于千里大漠之中；有的在沙漠中一小块有水的土地上辛勤耕耘，努力劳作。在这里，水就是生命，水就是幸福，水就是希望，水就是一切，有水斯有土，有土斯有禾，有禾斯有人。在这样的环境中，只有互相帮助，才能共同生存。在许多洞子里的壁画上，只要有人群的地方，从人们的面貌和衣着上就可以看到这些人是属于种种不同的民族的。但是他们却站在一起，共同从事什么工作。我认为，连开凿这些洞的窟主，以及画壁画的艺术家都决不会出于一个民族。这些人今天当然都已经不在了。人们的生存是暂时的，民族之间的友爱是长久的。这一个简明朴素的真理，一部中国历史就可以提供证明。我们生活在现代，一旦到了敦煌，就又仿佛回到了古代。民族友爱是人心所向，古今之所同。看了这里的壁画，内心里真不禁涌起一股温暖幸福之感了。

我又曾想到，在这些洞子里的壁画上，我们不但可以看到中国境内各个民族的人民，而且可以看到沿丝绸之路的各国的人民，甚至离开丝绸之路很远的一些国家的人民。比如我在上面讲到如来佛涅槃以后，许多人站在那里悲悼痛苦，这些人有的是深目高鼻，有的是颧骨高而眼睛小，他们的衣着也完全不同。艺术家可能是有意地表现不同的人民的。当年的新疆、甘肃一带，从茫昧的远古起，就是世界各大民族汇合的地方。世界几大文明古国，中国、印度、希腊的文化在这里汇流了。世界几大宗教，佛教、伊斯兰教、基督教在这里汇流了。世界的许多语言，不管是属于印欧语系，还是属于其他语系也在这里汇流了。世界上许多国家的文学、艺术、音乐也在这里汇流了。至于商品和其他动物植物的汇流更是不在话下。所有这一切都在洞子里留下了不可磨灭的痕迹。遥想当年丝绸之路全盛时代，在绵延数万里的路上，一定是行人不断，驼、马不绝。宗教信徒、外交使节、逐利商人、求知学子，各有所求，往来奔波，绝大漠，越流沙，轻万生以涉葱河，重一言而之奈苑，虽不能达到摩肩接踵的程度，但盛况可以想见。到了今天，情势改变了，大大地改变了。出现在我们眼前的是流沙漫漫，黄尘滚滚，当年的名城——瓜州、玉门、高昌、交河，早已沦为废墟，只留下一些断壁颓垣，孤立于西风残照中，给怀古的人增添无数的诗料。但是丝路虽断，他路代兴，佛光虽减，人光有加，还留下像敦煌莫高窟这样的艺术瑰宝，无数的艺术家用难以想象的辛勤劳动给我们后人留下这么多的壁画、雕塑，供我们流连探讨，使世界各国人民惊叹不已。抚今追昔，我真感到无比的幸福与骄傲，我不禁发思古之幽情，觉今是昨亦是，感光荣于既往，望继承于来者，心潮起伏，感慨万端了。

薄暮时分，带着那些印象，那些幻想，怀着那些感触，一个人走出了招待所去散步。我走在林荫道上，此时薄霭已降，暮色四垂。朱红的大柱子，牌楼顶上碧色的琉璃瓦，都在熠熠地闪着微光。远处沙碛没入一片迷茫中，少时月出于东山之上，清光洒遍了山头、树丛，一片银灰色。我周围是一片寂静。白天里在古榆的下面还零零落落地坐着一些游人，现在却空无一人。只有小溪中潺湲的流水间或把这寂静打破。我的心蓦地静了下来，仿佛宇宙间只有我一个人。我的幻想又在另一个方面活跃起来。我想到洞子里的佛爷，白天在闭着眼睛睡觉，现在大概睁开了眼睛，连涅槃了的如来也会站了起来。那许多商人、官人、菩萨、壮汉，白天一动不动地站在墙壁上，任人指指点点，品头论足。现在大概也走下墙壁，在洞子里活动起来了。那许多奏乐的乐工吹奏起乐器，舞蹈者、演杂技者，也都摆开了场地，表演起来。天上的飞天当然更会翩翩起舞，洞子里乐声悠扬，花雨缤纷。可惜我此时无法走进洞子，参加他们的大合唱。只有站在黑暗中望眼欲穿，倾耳聆听而已。

在寂静中，我又忽然想到在敦煌创业的常书鸿同志和他的爱人李承仙同志，以及其他几十位工作人员。他们在这偏僻的沙漠里，忍饥寒，斗流沙，艰苦奋斗，十几年，几十年，为祖国，为人民立下了功勋，为世界上爱好艺术的人们创造了条件。敦煌学在世界上不是已经成为一门热门学科了吗？我曾到书鸿同志家里去过几趟。那低矮的小房，既是办公室、工作室、图书室，又是卧室、厨房兼餐厅。在解放了三十年后的今天，生活条件尚且如此之不够理想，谁能想象在解放前那样黑暗的时代，这里艰难辛苦会达到何等程度呢？门前那院子里有一棵梨树。承仙同志告诉我，他们在将近四十年前初到的时候，这棵梨树才一点点粗，而今已经长成了一棵粗壮的大树，枝叶茂密，青翠如碧琉璃，枝上果实累累，硕大无比。看来正是青春妙龄，风华正茂。然而看着它长起来的人却垂垂老矣。四十年的日日夜夜在他们身上不可避免地会留下了痕迹。然而，他们却老当益壮，并不服老，仍然是日夜辛勤劳动。这样的人难道不让我们每个人都油然起敬佩之情吗？

我还看到另外一个人的影子，在合抱的老榆树下，在如茵的绿草丛中，在没入暮色的大道上，在潺潺流水的小河旁。它似乎向我招手，向我微笑，“翩若惊鸿，宛如游龙；荣曜秋菊，华茂春松”，这影子真是可爱极了。我是多么急切地想捉住它啊！然而它一转瞬就不见了。一切都只是幻影。剩下的似乎只有宇宙和我自己。

剩下我自己怎么办呢？我真是进退两难，左右拮据。在敦煌，在千佛洞，我就是看一千遍一万遍也不会餍足的。有那样桃源仙境似的风光，有那样奇妙的壁画，有那样可敬的人，又有这样可爱的影子。从内心深处我真想长期留在这里，永远留在这里。真好像在茫茫的人世间奔波了六十多年才最后找到了一个归宿。然而这样做能行得通吗？事实上却是办不到的，我必须离开这里。在人生中，我的旅途远远不到结束的时候，我还不能停留在一个地方。在我前面，可能还有深林、大泽、崇山、幽谷，有阳关大道，有独木小桥。我必须走上前去，穿越这一切。现在就让我把自己的身躯带走，把心留在敦煌吧。

1979年10月9日初稿

1980年3月3日定稿

赞西安

三年前，我第一次来到西安。坦白地说，西安给我的第一个印象是并不美妙的。街道脏而乱，到处是土。我费尽力量，也很难看到马路上的白线。车轮一过，尘土飞扬。大街上总似乎是雾气重重，令人呼吸都感到困难。车辆行人，也不大遵守交通规则。当时我对这里的司机非常同情。我曾对人说过：“谁要是能在西安开车，走遍天下都可以开车了。”其次就是天气干燥。连灞桥附近那几棵可怜的杨柳都似乎是奄奄一息。有一位朋友对我说：“西安大概是已经开始沙漠了。”我对他这句话从内心里起着共鸣。

西安是我国的文明古都，像兵马俑、始皇墓、华清池等闻名全世界的古迹，遍布全境，每天吸引着大量的外国朋友。然而市容竟是这个样子，我真有点不胜惋惜了。

仅仅相隔两三年，我今天又来到西安。一下火车，耳目就为之一新。车站外面，有人认真维持秩序。马路上干干净净，白线赫然在目。车辆行人也似乎都遵守交通规则，秩序井然。我不禁大为惊奇，大为欣慰。“西安就应该是这个样子”，我自己心里想。

我住在丈八沟陕西宾馆里面。此地有茂林修竹，绿草如茵，湖泊联绵，曲径通幽。真是一个奇妙的地方。时届深秋，红叶已经满园，但月季花还在迎霜怒放。古人诗说：“霜叶红于二月花。”这里却是霜叶与红花竞美，令人分不清是春是秋。阆苑仙境大概也不外就是这样子吧。特别是那一片片的竹林，更引人入胜。绿竹与紫竹并茂，为他处所少见。

北京有一个著名的紫竹院，却连一根紫竹也没有。在别处这种竹子也不多见。因此，我一提到紫竹，不但北方同志要求我指给他们什么是紫竹，连竹乡四川来的同志也提出同样的要求。我乐于带他们到竹林子里去，给他们指点哪是绿竹，哪是紫竹。

这竹林子真迷人极了。我从前读唐代诗人王维的名诗：

独坐幽篁里，
弹琴复长啸。
深林人不知，
明月来相照。

我真喜欢这种意境。上次来时，这种地方我没有找到。我想，唐代的西安，天气大概比今天潮湿，比今天暖，所以才有那样多的竹子，今天可是小行了。

然而，今天在陕西宾馆，在我眼前，就不知道有多少片竹林。在任何一片竹林子里，王维都可以唱出那样美妙的诗句。我在竹林子里还能听到鸟的鸣声。虽然我看到的只有一种灰色的喜鹊；但这毕竟也是一种鸟，目前在北京连麻雀都很少见了。如果你有那么一点闲情逸致，你一定会能领略到“鸟鸣山更幽”的意境。

西安并没有沙漠化，并没有干燥化，并没有寒冷化。西安是在绿化，美化，年轻化。

我要搜索最美好的词句来赞扬西安。

我相信，等到我下一次再来到西安的时候，我会看到一个更加美丽，更加年轻的西安。

1982年10月25日于丈八沟

观秦兵马俑

好像从地下涌出来一样，千军万马的兵马俑一个个英姿勃发地突然站立在大地上。说是千军万马，绝不是夸大之词。仅就已知的俑的数目来看，足够编成一个现代化的师。有待于发现的还没有计算在内。

你说这是一个奇迹吗？我同意。这几乎是全世界到中国来参观兵马俑的外国朋友的一致的意见，他们中间有的人甚至说，秦兵马俑这一个奇迹超过了举世闻名的万里长城。但是，同时我也可以不同意。我们伟大的祖国是文明古国。在现在的九百多万平方公里的土地上，十亿人口正在从事于万马奔腾的社会主义现代化的伟大建设工作。这是地面上的奇迹，是明明白白地摆在光天化日之下的，是人们都能够看到的。但是在地下呢？谁也说不清楚，究竟还有多少像秦兵马俑这样的奇迹暂时还埋藏在那里。就连邻近兵马俑的地带，地下情况我们也还不很清楚，何况是这样辽阔的大地呢？

在兵马俑没有涌出来以前，想来地面上也不过是一片青青的庄稼，或者一片荒烟蔓草。这一块土地，同另外任何一块土地完全是一模一样的。两千多年以来，不知道有多少人脚踩过这一块土地，也许在上面种过庄稼，种过菜，栽过树，养过花；也许在上面盖过房子，修过花园。谁也不会想到，就在自己的脚下，竟埋藏着这样多这样神奇的国宝。中国古人有一句现成的话说："地不爱宝。"现在也许是大地忽然不再爱这些宝贝了。于是兵马俑这样的国宝就一下子涌到地面上来。

今天我们不远千里来到这里，无非是想看一看这些国宝，这些奇迹。

一路之上，从西安城一直到这里，看到的当然都是地面上的东西。车过秦始皇陵，看到一个高高的土丘，上面郁郁葱葱，长满了石榴树。因为天气不好，骊山只剩下一片影子，黑魆魆地扑入眉宇。田地里长满了青青的蔬菜，间或也能看到麦苗。麦苗长得还很矮小，但却青翠茁壮。在骊山的阴影压迫之下，这麦苗显得更加青翠，逗人喜爱。

但是在西安引人注意的却不是这些青翠茁壮的麦苗。西安是一个最容易让人发思古之幽情的地方。只要一看到秦始皇陵和骊山，人们的思潮就会冲决这两个地方，向外扩散。我现在正是这样。我的心思仿佛长上了翅膀，联绵起伏，奔腾流泻。看到半坡，我自然就想到了蒙昧远古的祖先。接着想到的是我们汉族公认的始祖轩辕黄帝，他的陵墓距离西安不算太远。骊山当然让我想到周幽王和骊姬。始皇陵里埋着妇孺皆知的秦始皇。茂陵是汉武帝的陵墓。这一位雄才大略的大皇帝把自己的大将和大臣都埋葬在身边，霍去病和卫青的墓都在茂陵附近。这两个杰出的年轻的大将军在死后还在赤胆忠心地保卫着自己的主子。

至于唐代，那遗迹更是到处可见。很多地方都与中国文学史上一些非常显赫的诗人的名字联系在一起。抬头一看，低头一想，无一不让你想到唐代诗歌的黄金时代，想到一些脍炙人口的诗句。这里简直是诗歌的王国，是幻想的天堂，是天上彩虹的故乡，是人间真情的宝库。走过灞桥，我怎能会不想到当年折柳赠别的那一些名句和那种依依不舍的友情呢？看到蓝田这个地名，我自然就想到了王维的辋川别墅，想到那些意境幽远的短诗。终南山抬头就能够见到，一看到终南山："终南阴岭秀，积雪浮云端。林表明霁色，城中增暮寒。"吟咏这首诗的声音，就在我耳边响起。车子驰过城西北的那一些塬，我不由自主地低吟："五陵北原上，万古青蒙蒙。"走过咸阳桥，杜甫的名句："耶娘妻子走相送，尘埃不见咸阳桥"自然就在我耳边响起。我仿佛看到在滚滚的黄尘中唐代出征军人的身影，他们的父母妻子把臂牵袂，痛哭相送。一走过渭水，"秋风生渭水，落叶满长安"这样的诗句马上把我带到了长安的深秋中，身上感到一阵阵的凉意。一想到秋天，我马上就想到春天。"云里帝城双凤阙，雨中春树万人家。”这样春雨中的情景立刻就把千树万树枝头滴着红雨的杏花带到我眼前来，我身上感到一阵阵的湿意。

从帝城我联想到大明宫：“九天阊阖开宫殿，万国衣冠拜冕旒。”我仿佛亲眼看到当年世界的首都长安的情景，大街上熙熙攘攘，挤满了人，在黄皮肤的人群中夹杂着不少皮肤或白或黑、衣着怪异、语言奇特的外国学者、商人、僧侣、外交官。

……

总之，在我乘车驶向秦俑馆的路上，我眼前幻影迷离，心头忆念零乱，耳旁响着吟诗声，嘴里念着美妙的诗句，纵横八百里，上下数千年，浮想联翩，心潮腾涌。我以前在任何时候任何地方都没有过这样复杂的感情，我是既愉快，又怅惘；既兴奋，又冷静，中间还搀杂上一点似乎是骄傲的意味。

就这样，转眼之间，我们已经到了秦兵马俑馆。

所谓兵马俑馆，是一个硕大无比的大厅，目测至少有几个足球场大。在进入大厅之前，我们先参观了大厅旁边的一间小厅，中间陈列着正在修复中的一辆铜车、四匹铜马。四匹铜马神采奕奕，仿佛正在努力拉着铜车奔驰。一个铜军官坐在车上，驾驭着这四匹马。看到这样精致绝伦的艺术国宝，我们每个人都不禁啧啧称叹：想不到宇宙间竟有这样神奇的珍品，我心中那一点骄傲的意味不由得更加浓烈起来了。

走进了大厅，站在栏杆旁边向下面的大坑里望去，看到一排排的坑道，坑道中，前排的兵俑和马俑都成排成行地站在那里。将军俑、铠甲武士俑、骑马俑等，好像都聚精会神地站在那里，静候命令，一个个秩序井然，纪律严明，身体笔直，一动也不动。兵俑中间间杂着一些马俑，也都严肃整齐，伫立待命。我原以为，这些兵俑都是一个模子里塑制出来的，千篇一律，不会有什么变化。但是仔细一看才发现，他们的面部表情几乎每一个都不相同：有的像是在微笑，有的像是在说话，有的光着下颌，有的留着胡子，个个栩栩如生，而又神态各异，没有发现一个愁眉苦脸的。他们好像是都衷心喜悦地为大皇帝站岗放哨。他们的“物质待遇”好像是很不错，否则怎么能个个都心满意足呢？我简直难以想象，当年的艺术家是怎样塑制这些兵马俑的。数以万计的兵马俑竟都能这样精致生动，不叫它是宇宙间一大奇迹又叫它什么呢？

我的思潮又腾涌起来，眼前幻象浮动，心头波浪翻滚。蓦地一转眼，我仿佛看到坑里的兵俑和马俑一齐跳动起来。兵俑跑在前面，在将军俑的率领下，奋勇前进。马俑紧紧地跟在后面。有的兵俑骑上马俑，放松缰绳，任马驰骋。后排坑道里那些还没有被完全挖出来的兵俑和马俑，有的只露出了头，有的露出了半身，有的直着身子，有的歪着身子，也都在那里活动起来。在这里，地面高高低低，坎坷不平。它在我眼中忽然变成了海浪，汹涌澎湃，气象万千。兵俑和马俑正从海浪中挣扎出来。有脑袋的奋勇向前。连那些没有脑袋的也顺手抓起一个脑袋，安在脖子上，骑上马俑，向前奔去；想追上前面那些成行成排的俑，一齐飞出大厅。那四匹铜马拉着铜车四马当先，所向无敌。连乾陵的那两匹带翅膀的飞马也从远处赶了来，参加到飞腾的队伍中去。他们一飞出大厅，看到今天祖国已经换了人间，都大为惊诧与兴奋。他们大声互相说着话：“我们一睡就是几千年，今天醒来，看到河山大地花团锦簇，人民群众意气风发。我们虽然都有了一把子年纪，但是身子骨还很硬朗。我们休息了这样多年，正有用不完的劲。我们也一定要尽上一份力量，决不能后人。现在是大显身手的好时候了，干呀！干呀！”边说边飞，浩浩荡荡，飞向天空，飞向骊山：

> 骊山高处入青云，
> 仙乐风飘处处闻。

现在我耳边响起的不是缓歌慢奏的仙乐，而是兵马杂沓，金鼓齐鸣，这些声音汇成了三界大乐，直干青云，跟随着兵俑和马俑，把我的心也夹在了中间，飞驰掠过八百里秦川。

这八百里秦川可真是一块宝地啊！在若干千年中，我们的先民在这里胼手胝足，辛勤耕耘，才收拾出来了现在这样的锦绣河山。就拿西安这一个地方来说吧。在汉唐时期，以它那光辉灿烂的文化，吸引了成千上万的外国朋友，不远万里，来到这里，或学习，或贸易，或当外交官。西安俨然成了当时世界的中心。城中盛况，依稀可以想象。这一点我在上面已经谈到。今天，又发现了数目这样多、塑制又这样精美、能同世界奇迹长城媲美的兵马俑，锦上添花，又招引来了全国各地的人士和世界各国的朋友，云集此处，都瞪大了眼睛，惊叹不已。在我们来的路上，外国朋友乘坐的车子，络绎不绝。现在在秦俑馆内，外国朋友，男女老幼，穿着五光十色的衣服，说着稀奇古怪的语言，其数目远远超过国内人民。在这样的情况下，作为一个中国人，人们会想些什么呢？别人的心思我无法揣度，我说不出；但是我自己的心思我是清楚的。我在来的路上的那一点淡淡的骄矜之意、幸福之感，现在浓烈起来了。为生为一个中国人而感到骄矜与幸福，难道不是我们共同的感觉吗？

我就是怀着这样的骄矜之意与幸福之感，依依不舍一步三回首地离开了秦俑馆的。此时天色已经渐渐地晚了下来。骊山山顶隐入一层薄薄的暮霭中。浩浩荡荡的兵俑和马俑的队伍大概已经飞越了骊山，只留下一片寂静，伴随着我驰过八百里秦川。

1982年10月29日草稿

1982年11月16日修改

1985年1月14日抄出

兰州颂

来到兰州，只有短短的几天。然而我却感到，我已经经历了平生两大喜事。第一件就是来到兰州这件事实本身。久仰兰州大名，知道甘肃是我国文化宝库之一。敦煌的大名久已蜚声国际，用不着再细加叙述。至于另一个宝库拉卜楞寺，则国内国际知者甚少，还没有得到应有的重视。实际上那里收藏的大量藏文文献，不但是我们的国宝，而且是世界之宝。我希望，甘肃的同志们关心拉卜楞寺的建设与文物保护，使拉卜楞寺同敦煌一样放射出辉煌的光芒。

第二件就是中国敦煌吐鲁番学会的成立与全国第一次敦煌学术讨论会的胜利召开。敦煌吐鲁番再加上古代藏文文献的研究，已经成为当今世界上的显学。几十年来，我们在这方面的研究工作确有成绩，但是同我们国家的地位比较起来，还有相当大的差距。全国各地从事这方面工作的学者都有热切的愿望，要求组织起来，加强这方面的研究，团结协作，振兴中华。这个愿望现在在中宣部、教育部、文化部以及全国有关学者，有关单位，特别是甘肃省党政领导、兰州大学领导的大力支持下，终于实现了。来自全国各地的一百多位学者简直可以说是群情振奋，几乎人人都欢欣鼓舞，同声赞扬，认为完成了一件国内学术界的大事。我相信，这样的心情一定会化成极大的力量，我国的敦煌吐鲁番的研究一定会在不远的将来取得巨大的成功，为我们祖国争取更大的光荣。

最后，我还想谈一点我对兰州的印象。研究心理学的人知道，一个人如果久处一地，对本地许多情况容易视而不见，听而不闻，初到一地的人，反而心明眼亮，会看到本地人看不到的东西。我作为一个初到兰州来的人，对兰州所见虽然还不够多，然而印象是新鲜的，又是深刻的。那天下午参规了甘肃省博物馆，琳琅满目，美不胜收。许多艺术珍品望之简直令人目瞪口呆。参观者同声称赞，认为是中国第一，应该大力宣扬。晚上又看了甘肃省艺术学校的敦煌舞（女子）基本训练课汇报。我虽然在欧洲看了十年芭蕾舞，又多次在印度看到印度各派舞蹈，然而却依然是个“舞盲”。尽管如此，艺校的汇报表演却给了我极大的艺术享受，使我感到敦煌壁画的发展与应用有无限广阔的前途，心情十分兴奋。总之，我对兰州的第一个印象就是兰州是一个很美丽的城市，一个十分有文化的城市。我们从前有一句古话：“上有天堂，下有苏杭”，我们现在是不是可以改动一下：“上有乐园，下有皋兰”。我想同志们也会同意的吧。

1983年9月8日

《还乡十记》小记

经过了长期地反复地考虑，我终于冒着溽暑，带着哮喘，回到一别九年的家乡来了。六七天以来，地委的个别领导同志、聊城师院的个别领导同志，推开了一切日常工作，亲自陪我参观访问，每天都要驱车走上三五百里路。在极短的时间内，我总共参观了四个县，占聊城地区的一半。真是闻所未闻，见所未见；所见所闻，触目快意。我的心有时候激动得似乎想要蹦出来。我一向热爱自己的家乡，热爱自己的祖国。一想到自己的家乡的穷困，一想到中国农民之多、之穷，我就忧从中来，想不出什么办法，让他们很快富裕起来。我为此不知经历了多少不眠之夜。

但是，好像一个奇迹一般，用一句西洋现成的话来说，就是：我一个早上一睁眼，忽然发现，我的家乡的，也可以说是全中国的农民突然富起来了。我觉得自己的家乡从来没有这样可爱过，自己的祖国从来没有这样可爱过。浓烈的幸福之感油然传遍了全身。对我来说，粉碎了“四人帮”以后，喜事很多，多得数不过来。但是，像这样的喜事还没有过。无以名之，姑名之为喜事中的喜事吧。

我原来丝毫也没有打算写什么东西。九年前回家时，我就连半个字也没有写。当时，我还处在半打倒的状态。个人的前途，祖国的未来，都渺茫得很。我只是天天挨日子过，哪里还有什么兴致动笔写东西呢？这次回来，原来也想照老皇历办事：只是准备看一看，听一听；看完听完，再回到学校，去过那种平板、杂乱而又紧张的日子，如此而已。

但是，为什么又终于非写不行、欲罢不能了呢？难道是我的思想感情改变了吗？难道是山川土地改变了吗？都不是的。是我们党的政策发挥了威力。它像一阵和煦的春风，吹绿了祖国大地，吹开了亿万人民的心。我当然也不例外。我在故乡所见所闻，逼迫着我要说话，要写东西。我不能无言，无言就对不起自己的良心，对不起养育过我的故乡的父老兄弟姐妹，对不起热情招待我的从大队党支部一直到地委的各级领导。

写点东西的想法一萌动，感情就奔腾汹涌，沛然不可抗御。我本来只想写一点眼前的感想。但是，一想到当前，过去也就跟着挤了上来；于是浮想联翩，如悬河泻水，滔滔不绝，逼得我在车上构思，枕上构思，晨夕构思，午夜构思，随时见缝插针，在小本子上写上几句，终于写出了草稿。我舞笔弄墨已经几十年了，写东西从来没有这样快过。我似乎觉得，我本来无意为文，而是文来找我。古人有梦笔生花的说法。我怎敢自比于古人？我梦见的笔，不生鲜花，而生蒺藜。蒺藜当然并不美；但是它能刺人。现在它就刺激着我，让我不能把笔放下。我就这样把已写成的速写式的草稿，修改了又修改，写成了接近完成的草稿。

要想写出我那些激动的感情，二十记、一百记，比一百更多的记，也是不够的。但那是不可能的。我总不能无休无止地写下去的，总应该有一条界线啊。可这界线要划在哪里呢？古人写过《浮生六记》，近人又有《干校六记》，都是极其美妙的文字。我现在想效颦一下，也来个《还乡几记》。六是一个美妙的数字。但我不想照抄。中国古时候列举什么东西，往往以十计，什么十全十美、十全大补等，不一而足。我想改一句古人的话：十者，数之极也。我现在就偷一下懒，同时也想表示，我想写的东西很多，决定采用十这个字，再发挥一下十字的威力，按照参观时间的顺序，写了十篇东西，名之曰《还乡十记》。

1982年9月17日初稿于聊城

1982年10月19日修改于北京

临清县招待所——《还乡十记》之一

这是什么地方呀？绿树满院，浓荫匝地；鲜红的花朵，在骄阳中迎风怒放。同行的一位女同志脱口而出说："这里真像是苏州!"我自己也真的想到了二十年前漫游过的地上天堂苏州。除了缺少那些茂密的竹林以外，这里不像苏州又像什么地方呢？这里是地地道道的苏州的某一个角落。

然而不是，这里是我的家乡临清。

我记忆中的临清不是这样子的。完完全全不是这样子的。我生在过去独立成县、今天划归临清的清平县。在那个地方，除了黄色和灰色之外，好像什么都没有。我把自己的回忆翻腾了几遍，然而却找不出半点的红色。灰色，灰色，弥漫天地的灰色啊！如果勉强去找的话，大概也只有新娘子腮上涂上的那一点点胭脂，还有深秋时枣树上的黄叶已将落尽，在树顶上最高枝头剩下的几颗红枣，孤零零地悬在那里，在冷冽的秋风中，在薄薄的淡黄色中，红艳艳，夺人眼目。

今天我回到家乡，第一个来到的地方就是临清县招待所。我来到家乡，第一眼就看到了南国的青翠与红艳。我的眼睛一下子亮了起来，心头洋溢着快乐的激情。在这招待所里，大多是新盖的平房，窗明几净。院子里种了不少花木，并不茂密，却疏落有致。残夏的阳光强烈但并不吓人。整个院落给人以明朗舒适的感觉。这个招待所餐厅所在的那一个小院，就是我们误认为是苏州的地方。

就在这个餐厅里，我生平第一次品尝了同时端上来的六个汤，汤汤滋味不同。同行者无不啧啧称奇，认为这是在任何地方都没有见到过的。我一向觉得，对任何国家来说，烹调技术都是文化的一部分。我的家乡竟有这样高超的烹调技术，说明它有很高的文化水平。这也是我始料所不及，用德国人常用的一个词儿来说，这也算是愉快的吃惊吧。

临清虽然说是我的家乡，但是，我对于临清并不熟悉。古人诗说：

近乡情更怯，
不敢问来人。

我并没有这样的感觉。我只是在阳光普照下，徜徉于临清街头，心中似有淡漠的游子归来之感。在我眼中，一切都显得新鲜而陌生。街上的行人熙熙攘攘。他们的穿着，虽然比不上大都市，但也绝不土气。间或也有个别的摩登女郎，烫发，着高跟鞋，高视碎步，挺胸昂然走过黄土的街道。

街道两旁，摆着一些小摊子，有的堆满了蔬菜，都干净而且新鲜，仿佛把菜园中的青翠湿润之气，也带到城市中来。食品摊子很多，其中的一个摊子特别引起了我的注意。一位穿着颇为时髦的少女，脚登半高跟鞋，头发梳成了像马尾巴似的一束，在脑袋后面直摇晃。这种发式大概也是有个专门称呼的，恕我于此道是门外汉，一时叫不出来。她站在炉子旁边，案板后面，在全神贯注地擀面，烙一种像烧饼似的东西。她动作麻利、优美，脸上流着汗珠，两腮自然泛起了红潮，“人面桃花相映红”，可惜这里并没有桃花，无从映起。这一幅当炉少女的图画，引起了我的兴趣。她烤的那一种烧饼，对我这远方归来的游子也具有诱惑力。我真想站在那里吃上一顿。但也只是想想而已，没有真正那样去做。

同行的人都对教育有兴趣，很关心。所以在看了两座清真寺、胜利桥和一座古塔以后，就去参观著名的临清一中。因为是星期天，学校的大门（好像是后门）上了锁，汽车开不进去，我们只好下车，从两扇门之间的相当宽的缝隙里挤了进去。院子里静悄悄的，不见人影，只有几只老母鸡咕咕地叫着，到处转悠。有几件洗晒的衣服，寂寞地挂在绳子上。我们原以为大概就是这样子了。但是，我们走过一间教室，偶尔推开门向里一看：在不太明亮的屋子里，却有一群男女孩子坐在课桌旁，鸦雀无声地在学习，个个精神专注，在读着什么，写着什么。我们的兴致一下子高了起来。我们走近桌子，同他们搭话。他们站起来说话，腼腆但又彬彬有礼，两腮红润得像新开的花朵。我们取得了经验，接着又走进了几间外面看上去已经有点古旧的教室，间间情况都是这样。我们万没有想到，在外面一片寂静中，屋子里却洋溢着青春的活力。此时此地，我想得很远很远。我的心飞出了这一间间简陋的教室，飞出了我的家乡临清。难道这种动人的情景只能在我家乡这一个小角落里看得到吗？我不相信情况就是这个样子。一粒砂中可以看到宇宙。在祖国辽阔的土地上，还不知道有多少这样的角落，还不知道有多少这样可爱的孩子。孩子身上承担着祖国的未来，人类的未来。有我眼前这样一些孩子，我们祖国的未来会是什么样子，不是一清二楚了吗？在我的家乡不期而遇地看到这样一些孩子，我对自己的家乡有什么感觉，不也一清二楚了吗？

就这样，我们在临清县城内，这里看看，那里瞧瞧，整整地参观一个上午。各方面的情况，我们都看了一点，了解了一点。这就是走马观花吧，我们总算是看到了花。如果现在有人问我："你觉得你的家乡怎样呀？你在上面不是说，它有点像苏州吗？你现在看了市容，对临清了解得更清楚了，你怎么想呢？"说实话，苏州我已经很久没有去过了。它现在怎么样，我实在说不清楚。既然我的家乡变了，遥想苏州也会改变的。就自然景色来说，苏州一定会胜过我的家乡。不管我对家乡怎样偏爱，我也绝不能说："上有天堂，下有临清。"

但是，在现在这个时候，在残夏的骄阳中，看到了这样一些东西以后，我真觉得，我的家乡是非常可爱的。我虽然不能同街上的每一个人都谈谈话，了解他们在想些什么；但是，从他们的行动上，从他们的笑容上，我知道，他们是快乐的，他们是满意的，他们是非常快乐和满意的。我的眼睛一花，仿佛看到他们的笑容都幻化成了一朵朵的花，开放在我的眼前。笑容是没有颜色的，但既然幻化成了花朵，那似乎就有了颜色，而这颜色一定是红的。再加上刚才在临清一中看到的那一些祖国的花朵，于是我眼前就出现了一片繁花似锦的景象，灿烂夺目，熠熠生光，残留在我脑海里的那种灰色，灰色，弥漫天地的灰色，一扫而光，只留下红彤彤的一片，宛如黎明时分的东方的朝霞。

1982年9月写初稿于聊城
1982年11月29日修改于北京

聊城师范学院——《还乡十记》之一

姑且不从全中国来看吧，就是从山东全省来看，我们地区也不是文化发达的地区。清朝初年，聊城出过一个姓傅的状元，后来还当上了宰相。但那已是过去的“光荣”，现在早已暗淡，连这位状元公的名字知道的人也不多了。也曾有过一个海源阁，藏善本书，闻名海内外，而今也已荡为荒烟蔓草，只能供人凭吊了。

对这些事情，我虽然很少对人谈起；但心里确实感到有点不是滋味。

在这样的情况下，当我听说聊城师范学院已经建立起来的消息时，我心中的高兴与激动，就可以想象了。这毕竟是我们地区的最高学府，是一所空前的最高学府。我们那文化落后的家乡，终于也有了最高学府了。

谁都知道，这件事情是来之不易的。如果不是推翻了“三座大山”，如果不是在推翻了“三座大山”之后二十多年又粉碎了“四人帮”，这件事情无论如何是无法想象的。

同年轻人谈这种事情，他们好像是听老年人谈海市蜃楼，不甚了了。但是，对像我这样年龄的人，它却是活生生的令人兴奋的事实。六十多年前，我是我们官庄的唯一的小学生，后来是唯一的中学生，再后来又是唯一的大学生，而且是公立大学的学生，更后来，我这个外洋留学生，当然是唯一的唯一，“洋翰林”这块牌子，金光闪闪。所有这一切，都不说明我自己有什么能耐，而是环境使然，时代使然。况且没有家乡的帮助，我恐怕什么都不是。当我还在上大学的时候，我们那个极其贫穷的清平县，每年都提供给我一笔奖学金。没有这一笔奖学金，我恐怕很难念完大学。大学毕业以后，风闻家乡要修县志，准备把我的名字修进去，恐怕是进入艺文志之类。这大概只是一个传闻，因为按照老规矩，活着的人是不进县志的。不管怎样，就算是一个传闻吧，也可见乡亲们对像我这样一个人是怎样想法。我在那个小庄子里在念书方面，早成了“绝对冠军”，而且这记录几十年没有被打破。区区不才，实在有点受宠若惊了。

然而今天我回到家乡，村村有小学，县县有中学，专署所在的聊城，又有了师范学院，有了最高学府。我那个“绝对冠军”的记录早被打破。我并不惋惜，我兴奋，我高兴。如果像我这样的人永远“冠军”下去，我们的家乡还有希望吗？我们的国家还有希望吗？

希望就在于我的记录已被打破，而打破记录的主要标志就是聊城师范学院的建立，我要用世界上最美丽的语言来赞美这所学院，歌颂这所学院。如果我是一个诗人的话，我将写上无数首赞美的诗歌，以表达我的感情。因此，在我没有见到聊城师范学院以前，我对它已经怀有深厚的感情了。现在我亲自来到，这感情更加浓烈，更加集中。我虽然在学院待的时间并不长，从表面上来看，也可以看到创业维艰的情况。我知道，学院里的困难还是非常多的。但是，我也看到，从学院领导同志一直到青年教员那一团蓬蓬勃勃的朝气。只要有这种朝气，就没有克服不了的困难。只要有这种朝气，学院就会蒸蒸日上。这是我深信不疑的。

当然，我也听到另一些情况：个别的教员在这里不很安心。在“十年浩劫”中，学院搬来搬去，人为地制造了许多矛盾。这是原因之一。但也还有别的原因。比如聊城这地方小，有点闭塞，有点土气；学院很小，显得有点幼稚；生活条件有困难，等等，等等。尽管这样，绝大多数教员，不管年老还是年轻，是安心的，是满意的。虽然我无法一一同他们谈话，但是从他们的表情上，从他们的笑容上，从他们的眼神里，我仿佛看到他们的心，一颗颗忠诚于教育事业的心。比起北京等大城市来，聊城确实是一个小地方，显得有点土气，有点闭塞。但是闭塞中有开通，土气中有生气。只要有生气，就有希望，就有未来。比起那些大大学来，聊城师院确实显得有点小，有点幼稚。但是微小中有巨大，幼稚中有成熟。未来的希望也就蕴藏于其中。创业有困难，可以磨练人的斗志，可以提高人的精神境界。比起吃现成饭来，这要高尚得多，有意义得多。聊城师院绝大部分的教职员工，难道不正是这样想的吗？

谁要是看一看学院的校园，就会同意我上面的想法。校园中空地很多，有的地方杂草丛生。看上去有点荒寒。但是图书馆大楼不是已经矗立在那里了吗？我这从大大学去的人，看了图书馆，都不禁有点羡慕起来，我们的书库和阅览室比这里拥挤得多了。至于空地和杂草，那就像是一张白纸，可以在上面画最美的画，比起盖起林立的大楼而这些楼并不能使人满意的地方来，要好得多了。学院的领导心中确实已经有了一张草图：这里修建楼房，这里铺设柏油马路，这里安排花坛种植花木，甚至还要搞上一个喷水池。听了这样的设想，我仿佛已经看到了摩天大楼，成排成排地站在那里，院子里繁花似锦，绿柳成荫，一个大喷水池喷出了白练似的水柱，赤橙黄绿青蓝紫，在阳光中幻出惊人的奇景，幻出七色的彩虹。

环境是这样子，人又何尝不是呢？

我因为停留时间极短，没有能同更多的教职员和同学接触。但是在举行开学典礼的那一天，我同两个女孩子，两个新同学谈了几句。一个说是来自济南，一个说是来自烟台，都是第一次出远门。我听了心里立刻漾起了一丝快乐；我们的学院已经冲出了本地区，面向全省了，下面来的不就应该是面向全国的局面了吗？这两个小女孩彬彬有礼，有点腼腆，又有点兴奋。答话时还要毕恭毕敬地站起身来，说话时细声细气，让人觉得非常可爱。我没有时间同她们多谈，我不完全了解她们的心情。但是从她们的表情上，可以看到，她们是满意的，她们是快乐的。第一次离开父母，走向广阔的社会，她们一定有许多憧憬，有许多幻想。她们也许想得很远很远，也许会不时想到21世纪。像我这样的老年人当然也想到祖国的前途，想到人类的未来，也想到21世纪，但是对我来说，21世纪实在是渺茫得很，我不大有可能活到21世纪了。但是对像她俩这样十六七岁的孩子来说，21世纪却是活生生的现实，一点也不渺茫，到了21世纪，她们也不过三十来岁，风华正茂，正是一生的黄金时期。对那样一个时期，她们一定也有所设想，有所安排的。她们看到将来要走的路一定是玫瑰色的，一定是铺满了鲜花的。我不禁从内心深处羡慕起她们这样的年轻人来。古人说：长江后浪推前浪，世上新人换旧人。这是一个自然规律。个人是无能为力的。我们应该为了有这个自然规律而欢欣鼓舞。宇宙总是要发展的，人类总是要进步的，年轻人总是要成长起来的。祖国的前途，人类的未来，一切希望不就寄托在这样的年轻人身上吗？

我在上面曾讲到傅状元和闻名世界的海源阁。如果海源阁还在的话，它当然是我们聊城、我们山东、我们中国的骄傲。既然不在了，我们当然会感到非常惋惜。但是如果看到未来，看到比较遥远的未来，这惋惜之情一定会大大地减轻的。我们一定能创建更多更好的海源阁，藏书一定更为珍贵，更为丰富，更能为我们祖国争光。至于傅状元之流，他们八股文大概写得不错，但谈到其他知识，则我们的年轻人一定远远超过他。我们要培养的正是这样的年轻人。培养的地方当然是很多很多的，小学和中学都有作用。但在我们地区，首先就是我们的最高学府聊城师范学院。在这个意义上，我为我们的师范学院祝贺。

1982年9月18日写初稿于聊城

1982年12月26日写毕于北京华都饭店

五样松抒情——《还乡十记》之一

我对家乡的名胜古迹已经非常陌生了。我从来没有听说有什么五样松。在看到五样松前一秒钟，我在汽车上才第一次听到这名字。当时我们刚离开临清县城，汽车正在柏油马路上飞也似的行驶。司机突然把车刹住，回头问我们，愿不愿意看一看五样松。“五样松”，多奇怪的名称！我抬眼一看：在一片绿油油的棉花田中间，一棵古松巍然矗立在中间，黛色逼人，尖顶直刺入蔚蓝的天空。它仿佛正在向我们招手。我们这一群人都异口同声地答应，要去看一看这一棵从来没有听说过的奇松。我们的车立刻沿着田间小径开到古松下。

我看到古松，一下子就想到杜甫《古柏行》中的名句：

> 孔明庙前有老柏，
> 柯如青铜根如石。
> 霜皮溜雨四十围，
> 黛色参天二千尺。

这棵古松是否有四十围，我没有去量。但是，一看就能知道，几个人也合抱不过来。它老得已经空了肚子。据说，农村的小孩子常常到它肚子里去打扑克。下雨的时候，就到里面去避雨，连放牧的羊也可以牵到里面去。这就可以想见，古松的肚子有多么大了。

天下的名松，我见过的不知道有多少了。泰山的五大夫松，黄山的迎客松、送客松、盘龙松、蒲团松、黑虎松、连理松，以及一大串著名的松树，我都亲眼看到过。翻开我国历代的地方志和名山志，几乎每一个地方，每一座名山，都有棵把有名的古松。古今很多文人写过不知多少篇有关松树的脍炙人口的绝妙文章；而许多画家更喜欢画松树。孔子还说过："岁寒，然后知松柏之后凋也。"对松树给了很高的评价。可见松树在古往今来的中国人心目中占有多么重要的地位。

但是，五样松这样的松树却从来还没有听说过。我见到的那一些名松哪一棵也比不上它。我对生物学知识极少。一棵松树上长两种叶子，这个我是见到过的。三种、四种的就不但没有见过，而且也没有听说过。现在一棵树上竟长上五种不同的叶子，岂不是有点"骇人听闻"吗？

这棵古松之所以不寻常，还不仅仅在于它长着五种叶子，而且也在于它的年龄。据说，这一位老寿星已经活了两千年。我没有根据相信这种说法，也没有根据不相信。如果真是这样的话，那么，中国有五千年的历史，它就占了五分之二。它站在这个地方，一动不动；但是，我相信，在这样漫长的时间内，它总在睁大了眼睛，注视着，观察着。不管春、夏、秋、冬，它的枝叶总是那样浓绿繁茂，它好像从来没有睡过觉。谁能数得清，它究竟亲眼看到了多少重大的历史事件、重要的历史人物呢？它一定看到过汉末的黄巾起义；起义士兵头上缠的黄巾同它那苍郁的绿色，相映成趣。它一定看到过胡马北来、晋室南渡的混乱情景。它一定看到过就在离它不远的大运河里隋炀帝南下扬州使用宫女拉着走的龙舟，想必也是五彩缤纷，令人眼花缭乱。它一定看到过隋末群雄并起逐鹿中原的滚滚狼烟。它一定看到过在长达一千多年的时间内大运河中南来北往的上千上万的船只，里面坐着争名逐利的官员，或者上京赶考的举子；有的喜形于色，得意洋洋；有的愁眉苦脸，垂头丧气。它当然也一定看到过宋景诗起义和太平天国北伐，刀光火影，就闪亮在身旁。它一定看到过这，一定看到过那，它看到过的东西太多太多了，数也数不清。这个老寿星真是饱经沧桑，随着中国人民之乐而乐，随着中国人民之忧而忧，说它是中国历史的见证者，不是很恰当吗？

然而，正如每一个国家、每一个人一样，这一棵古松的经历也绝不会是一帆风顺的。过去那样漫长的时间不去说它了，据本地的同志说，就在几年以前，松树肚子里忽然失了火。它的肚子本来已经空成了一个烟筒。现在火在里面一燃起，风助火势，火仗风威，再加上烟筒一抽，结果是火光熊熊，浓烟弥漫。人们赶了来，费了很大劲，也没有把火扑灭。后来什么人想出了一个办法，用湿泥巴在松树肚子里从下面往上糊，终于把火扑灭了。人们在松一口气之余，都非常担心：这个老寿星已届耄耋之年，它还能经受起这一场巨大的灾难吗？它的生命大概危在旦夕了。然而不然，它安然渡过了这一场灾难。今天我们看到它，虽然火烧的痕迹赫然犹在，但它仍然是枝叶繁茂，黛色逼人，巍然矗立在那里，尖顶直刺入蔚蓝的天空。

我觉得，它好像仍然睁大了眼睛，注视着，观察着。但是，它现在看到的东西，不但不同于古代，而且也不同于几年前。辽阔的鲁西北大平原，一向是一个穷苦的地方。解放前，每一次饥荒，就不知道有多少人下关东去逃荒。我们家里就有不少人老死在东北。在“十年浩劫”期间，人们的日子也难过。地里当然也种庄稼，但都稀稀落落，很不带劲。熟在地里，收割得也很粗糙。人们大都懒洋洋的精神不振。农民几乎家家闹穷，看不到什么光明的前途。然而，现在却真是换了人间，农民陡然富了起来。棉田百里，结满了棉桃，白花花一大片。白薯地星罗棋布，玉米田接陌连阡。农民干劲，空前高涨。不管早晚，见缝插针。从前出工，要靠生产队长催，现在却是不催自干。棉桃掉在地里没人管的现象，再也见不到了。整个大平原，意气风发，一片欢腾。这些动人的情景，老寿星一定会看在眼里，在高兴之余，说不定也会感叹一番罢。

我的眼前一晃，我恍惚看到，这个老寿星长着五种不同叶子的枝子，猛然长了起来，长到我的眼睛看不到的地方：一个枝子直通到本县的首府临清，一个枝子直通到本地区的首府聊城，一个枝子直通到山东的省府济南，一个枝子直通到中国的首都北京，还剩下一个枝子，右边担着初升的太阳，左边担着初升的月亮，顶与泰山齐高，根与黄河并长。因此它才能历千年而不衰，经百代而常在。时光的流逝，季候的变换，夏日的炎阳，冬天的霜霰，在它身上当然留下了痕迹。然而不管是春秋，还是冬夏，它永远苍翠，一点没有变化。看到它的人，都会不自觉地挺直了腰板，无穷的精力在心里汹涌，傲然面对一切的挑战。

对着这样一位老寿星，我真是感慨万端，我的思想感情是无法描述的。但是，我们还要赶路。我们在树下只待了几分钟，最后恋恋不舍地离开了它。回头又瞥见它巍然矗立在那里，黛色逼人，尖顶直刺入蔚蓝的天空。

我将永远做松树的梦。

1982年9月19日写初稿于山大招待所

1982年12月16日修改于北京

登蓬莱阁

去年，也是在现在这样的深秋时分，我曾来登过一次蓬莱阁。当时颇想写点什么，只是由于印象不深，自己也仿佛没有进入“角色”，遂致因循拖延，终于什么也没有写。现在我又来登蓬莱阁了，印象当然比去年深刻得多，自己也好像进入了“角色”，看来非写点什么不行了。

蓬莱阁是非常出名的地方，也可以说是“蓬莱大名垂宇宙”吧。我在来到这里以前，大概是受蓬莱三山传说的影响，总幻想这里应该是仙山缥缈，白云缭绕，仙人宫阙隐现云中，是洞天福地，蓬莱仙境，不食人间烟火。至少应该像《西游记》描绘镇元大仙的万寿山那样：

> 高山峻极，大势峥嵘。根接昆仑脉，顶摩霄汉中。白鹤每来栖桧柏，玄猿时复挂藤萝。……麋鹿从花出，青鸾对日鸣。乃是仙山真福地，蓬莱阆苑只如此。

然而，眼前看到的却不是这种情况。只不过是一些人间的建筑，错综地排列在一个小山头上。我颇有一些失望之感了。

既然是在人间，当然只能看到人间的建筑。从这个标准来看，蓬莱阁的建筑还是挺不错的：碧瓦红墙，崇楼峻阁，掩映于绿树丛中。这情景也许同我们凡人更接近，比缥缈的仙境更令人赏心悦目。一进入嵌着“丹崖仙境”四个大字的山门，就算是进入了仙境。所谓“丹崖”，指的是此地多红石，现在还有四大块红石耸立在一个院子里面。这几块石头不是从别的地方搬来的，而是与大地紧紧地连在一起，原来是大地的一部分，其名贵也许就在这里吧。

进入天后宫的那一层院子，最引人注目的还不是天后的塑像和她那两间精致的绣房中的床铺，而是那一株古老的唐槐。这一棵树据说是铁拐李种下的，它在这仙境里生活了已经一千多年了，虽然还没有“霜皮溜雨四十围，黛色参天二千尺”；但是老态龙钟，却又枝叶葱茏，浑身仙风道骨，颇有一点非凡的气概了。我想，一看到这样一棵古树，谁都会引起一些遐思：它目睹过多少朝代的更替，多少风流人物的兴亡，多少度沧海桑田，多少次人事变幻，到现在依然青春永葆，枝干挺秀。如果树也有感想的话，难道它不应该大大地感喟一番吗？我自己却真是感慨系之，大有流连徘徊不忍离去之意了。

回头登上台阶，就是天后宫正殿。正中塑着天后的像，俨然端坐在上面。天后是海神。此地近海，渔民天天同海打交道。大海是神秘难测的，它有波平浪静的一面，但也有波涛汹涌的一面。自古以来，不知道有多少渔民葬身波涛之中。他们迫不得已，只好乞灵于神道，于是就出现了天后。我们南海一带都祭祀天后。在这个端庄美丽的女神后边，不知道包含着多少血泪悲剧啊！在我上面提到的左右两间绣房中，床上的被褥都非常光鲜美丽。据说，天后有一个习惯：她轮流在两间屋子里睡觉。为什么这样？其中定有道理。但这是神仙们的事，我等辈凡夫俗子还是以少打听为妙，还是欣赏眼前的景色吧！

到了最后一层院子，才真正到了蓬莱阁。阁并不高，只有两层。过去有诗人咏道：“登上蓬莱阁，伸手把天摸”，显然是有点夸张。但是，一登上二楼，举目北望，海天渺茫，自己也仿佛凌虚御空，相信伸手就能摸到天，觉得这两句诗决非夸张了。谁到这里都会想到蓬莱三山的传说，也会想到刻在一个院子里两边房墙上的四句话：

登上蓬莱阁

人间第一楼

云山千里目

海岛四时秋

现在不正是这样子吗？我自己也真感觉到，三山就在眼前，自己身上竟飘飘有些仙气了。

多少年来就传说，八仙过海正是从这里出发的。阁上有八仙的画像，各自手中拿着法宝，各显神通，越过大海。八仙中最引人注目的当然是吕洞宾。提起此仙，大大有名。全国许多地方都有关于他的神话传说。据说，吕洞宾并不姓吕。有一天，他同妻子到山洞里去逃难，这两口子住在洞中，相敬如宾，于是他就姓了吕，而名洞宾。这个故事很有趣，但也很离奇，颇难置信。可是，我觉得，这同天后的床铺一样，是神仙们的私事，我等辈凡夫俗子还是以少谈为妙，且去欣赏眼前的景色吧！

眼前景色是美丽而有趣的。我们在楼上欣赏窗外的景色。楼中间围着桌子摆了许多把古色古香的椅子，正中一把太师椅，据说是吕洞宾坐过的；谁要坐上，谁就长生不老。我们中吕叔湘先生年高德劭，又适姓吕，于是就被大家推举坐上这一把太师椅，大家哄然大笑。我们虔心祷祝吕先生真能长生不老！

在这楼上，人人看八仙，人人说八仙，人人听八仙，人人不信八仙，八仙确实是太渺茫无稽了。但是，从这里能看到海市蜃楼却是真实的。我从前从许多书上，从许多人的嘴里读到、听到过海市的情景，心向往之久矣。只是海市极难看到。宋朝的大文学家苏轼，曾在登州做过五天的知府。他写过一首诗，叫做《登州海市》，还有一篇短短的序言，我现在抄一下：

予闻登州海市旧矣。父老云："尝出于春夏，今岁晚，不复见矣。"予到官五日而去，以不见为恨，祷于海神广德王之庙，明日见焉，乃作此诗。

东方云海空复空，群仙出没空明中。
荡摇浮世生万象，岂有贝阙藏珠宫。
心知所见皆幻影，敢以耳目烦神工。
岁寒水冷天地闭，为我起蛰鞭鱼龙。
重楼翠阜出霜晓，异事惊倒百岁翁。
人间所得容力取，世外无物谁为雄。
率然有请不我拒，信我人厄非天穷。
潮阳太守南迁归，喜见石廪堆祝融。
自言正直动山鬼，岂知造物哀龙钟。
伸眉一笑岂易得，神之报汝亦已丰。
斜阳万里孤鸟没，但见碧海磨青铜。
新诗绮语亦安用，相与变灭随东风。

在这里，苏东坡自己说，祝祷成功，海市出现。但是，给我们导游的那个小姑娘却说，苏轼大概没有看到海市，因为他待的时间很短，而且是岁暮天寒之际。究竟相信谁的话呢？我有点怀疑，苏轼是故弄玄虚，英雄欺人。他可能是受了韩愈祝祷衡山的影响：“潜心默祷若有应，岂非正直能感通，须臾静扫众峰出，仰见突兀撑青空。”他的遭遇同韩文公差不多，他们俩都认为自己是“正直”的。韩文公能祝祷成功（实际上也未必），为什么自己就不行呢？于是就写了这样一首诗，写得有鼻子有眼，仿佛亲眼看到一般。但是，这只是我个人的怀疑。又焉知苏轼的祝祷不会适与天变偶合、海市在不应该出现的时候出现了呢？我实在说不清楚。古人的事情令人实在难以判断啊！反正登州人民并不关心这一切，尽管苏轼只在这里待了五天，他们还是在蓬莱阁上给他立庙塑像，把他的书法刻在石头上，以垂永久。苏轼在天有灵，当然会感到快慰吧。

我们游遍了蓬莱阁，抚今追昔，幻想迷离。八仙的传说，渺矣，茫矣。海市蜃楼又急切不能看到，我心里感到无名的空虚。在我内心的深处，我还是执着地希望，在蓬莱阁附近的某一个海中真有那么一个蓬莱三山。谁都知道，在大自然中确实没有三山的地位。但是，在我的想象中，我宁愿给蓬莱三山留下一个位置。“山在虚无缥缈间”，就让这三山同海市蜃楼一样，在虚无缥缈间永远存在下去吧，至少在我的心中。

1985年10月26日写完

槐　花

自从移家朗润园，每年在春夏之交的时候，我一出门向西走，总是清香飘拂，溢满鼻官。抬眼一看，在流满了绿水的荷塘岸边，在高高低低的土山上面，就能看到成片的洋槐，满树繁花，闪着银光；花朵缀满高树枝头，开上去，开上去，一直开到高空，让我立刻想到新疆天池上看到的白皑皑的万古雪峰。

这种槐树在北方是非常习见的树种。我虽然也陶醉于氤氲的香气中，却从来没有认真注意过这种花树——惯了。

有一年，也是在这样春夏之交的时候，我陪一位印度朋友参观北大校园。走到槐花树下，他猛然用鼻子吸了吸气，抬头看了看，眼睛瞪得又大又圆。我从前曾看到一幅印度人画的人像，为了夸大印度人眼睛之大，把眼睛画得扩张到脸庞的外面。这一回我真仿佛看到这一位印度朋友瞪大了的眼睛扩张到了面孔以外来了。

“真好看呀！这真是奇迹！”

“什么奇迹呀？”

“你们这样的花树。”

“这有什么了不起呢？我们这里多得很。”

“多得很就不了不起了吗？”

我无言以对，看来辩论下去已经毫无意义了。可是他的话却对我起了作用：我认真注意槐花了，我仿佛第一次见到它，非常陌生，又似曾相识。我在它身上发现了许多新的以前从来没有发现的东西。

在沉思之余，我忽然想到，自己在印度也曾有过类似的情景。我在海得拉巴看到耸入云天的木棉树时，也曾大为惊诧。碗口大的红花挂满枝头，殷红如朝阳，灿烂似晚霞，我不禁大为慨叹：

“真好看呀！简直神奇极了！”

“什么神奇？”

“这木棉花。”

“这有什么神奇呢？我们这里到处都有。”

陪伴我们的印度朋友满脸迷惑不解的神气。我的眼睛瞪得多大，我自己看不到。现在到了中国，在洋槐树下，轮到印度朋友（当然不是同一个人）瞪大眼睛了。

在我们的日常生活中，我们都有这样一个经验：越是看惯了的东西，便越是习焉不察，美丑都难看出。这种现象在心理学上是容易解释的：一定要同客观存在的东西保持一定的距离，才能客观地去观察。难道我们就不能有意识地去改变这种习惯吗？难道我们就不能永远用新的眼光去看待一切事物吗？

我想自己先试一试看，果然有了神奇的效果。我现在再走过荷塘看到槐花，努力在自己的心中制造出第一次见到的幻想，我不再熟视无睹，而是尽情地欣赏。槐花也仿佛是得到了知己，大大小小、高高低低的洋槐，似乎在喃喃自语，又对我讲话。周围的山石树木，仿佛一下子活了起来，一片生机，融融氤氲。荷塘里的绿水仿佛更绿了；槐树上的白花仿佛更白了；人家篱笆里开的红花仿佛更红了。风吹，鸟鸣，都洋溢着无限生气。一切眼前的东西连在一起，汇成了宇宙的大欢畅。

1986年6月3日

法门寺

法门寺，多么熟悉的名字啊！京剧有一出戏，就叫做《法门寺》。其中有两个角色，让人永远忘不了：一个是太监刘瑾，一个是他的随从贾桂。刘瑾气焰万丈，炙手可热。他那种小人得志的情态，在戏剧中表现的惟妙惟肖、淋漓尽致，是京剧中最著名的人物之一。贾桂则是奴颜婢膝，一副小人阿谀奉承的奴才相。他的“知名度”甚至高过刘瑾，几乎是妇孺皆知。“贾桂思想”这个词儿至今流传。

我曾多次看《法门寺》这一出戏，我非常欣赏演员们的表演艺术。但是，我从来也没有想研究究竟有没有法门寺这样一个地方，它坐落在何州何县。这样的问题好像跟我风马牛不相及，根本不存在似的。

然而，我何曾料到，自己今天竟然来到了法门寺，而且还同一件极其重要的考古发现联系在一起了。

这一座寺院距离陕西扶风县有八九公里路，处在一个比较偏僻的农村中。我们来的时候，正落着蒙蒙细雨。据说这雨已经下了几天。快要收割的麦子湿漉漉的，流露出一种垂头丧气的神情。但是在中国比较稀见的大棵大朵的月季花却开得五颜六色、绚丽多姿，告诉我们春天还没有完全过去，夏天刚刚来临。寺院正在修葺，大殿已经修好，彩绘一新，鲜艳夺目。但是整个寺院却还是一片断壁残垣，显得破破烂烂。地上全是泥泞，根本没法走路。工人们搬来了宝塔倒掉留下来的巨大的砖头，硬是在泥水中垫出一条路来。我们这一群从北京来的秀才们小心翼翼、战战兢兢地踏着砖头，左歪右斜地走到了一个原来有一座十三层的宝塔而今完全倒掉的地方。

这样一个地方有什么可看的呢？千里迢迢从北京赶来这里，难道就是为了看这一座破庙吗？事情当然不会这样简单。这一座法门寺在唐代真是大大有名，它是皇家烧香礼佛的地方。这一座宝塔建自唐代，中间屡经修葺。但是在一千多年的漫长的时间内，年深日久，自然的破坏力是无法抗御的，终于在前几年倒塌了。我们现在看到的就是倒塌后的样子。

倒塌本身按理说也用不着大惊小怪。但是，倒塌以后，下面就露出了地宫。打开地宫，一方面似乎是出人意料，另一方面又似乎是在意料之内，在这里发现了大量异常珍贵的古代遗物。遗物真可以说是丰富多彩，琳琅满目，其中有金银器皿、玻璃器皿、茶碾子、丝织品。据说，地宫初启时，一千多年以前的金器，金光闪闪，光辉夺目，参加发掘的人为之吃惊，为之振奋。最引人瞩目的是秘色瓷，实物还从来没有看到过。另外根据刻在石碑上的账簿，丝织品中有中国历史唯一的一位女皇武则天的裙子。因为丝织品都粘在一起，还没有能打开看一看，这一条简直是充满了神话色彩的裙子究竟是什么样子。

但是，真正引起轰动的还是如来佛释迦牟尼的真身舍利。世界上已经发现的舍利为数不少，我国也有不少。但是，那些舍利都是如来佛遗体焚化后留下来的。这一个如来佛指骨舍利却出自他的肉身，在世界上从来没有过。我不是佛教信徒，不想去探索考证。但是，这个指骨舍利在十三层宝塔下面已经埋藏了一千多年，这一把子年纪不就能让我们肃然起敬吗？何况它还同中国历史上和文学史上的一段公案紧密地联系在一起呢！唐朝大文学家韩愈有一篇著名的文章：《论佛骨表》，千百年来，读过这篇文章的人恐怕有千百万。我自己年幼时也曾读过，至今尚能背诵。但是，我从来也没有想到，唐宪宗“令群僧迎佛骨于凤翔”的佛骨竟然还存在于宇宙间，而且现在就在我们眼前。我原以为是神话的东西就保存在我们现在来看的地宫里，虚无缥缈的神话一下子变为现实，它将在全世界引起多么大的轰动，目前还无法逆料。这一阵“佛骨旋风”

会以雷霆万钧之力扫过佛教世界，这一点是肯定无疑的了。

我曾经多次来过西安，我也曾多次感觉到过，而且说出来过：西安是一块宝地。在这里，中国古代文化仿佛阳光空气一般，弥漫城中。唐代著名诗人的那些名篇名句，很多都与西安有牵连。谁看到灞桥、渭水等的名字不会立即想到杜甫、李商隐的名篇呢？这里到处是诗，美妙的诗；这里到处是梦，神奇的梦；这里是一个诗和梦的世界。如今又出现了如来真身舍利。它将给这个诗和梦的世界涂上一层神光，使它同西天净土、三千大千世界联系在一起，生为西安人，生为陕西人，生为中国人有福了。

从神话回到现实。我们这一群北京秀才们是应邀来鉴定新出土的奇宝的。对于我们这些凡夫俗子来说，如来真身舍利渺矣茫矣。对每一个中国人来说，古代灿烂的文化遗物却是活生生的现实。即使对于神话不感兴趣的普通老百姓，对现实却是感兴趣的。现在法门寺已经严密封锁，一般人不容易进来。但是，老百姓却有自己的想法，有自己的价值观。我曾在大街上和飞机场上碰到过一些好奇的老百姓。在大街上，两位中年人满面堆笑，走了过来：

“你是从北京来的吗？”

“是的。”

“你是来鉴定如来佛的舍利吗？”

“是的。”

“听说你们挖出了一地窖金子？！”

对这样的“热心人”，我能回答些什么呢？

在飞机场五六个年轻人一下子涌了上来：

“你们不是从北京来的吗？”

“是的。”

“听说，你们看到的那几段佛骨，价钱可以顶得上三个香港？！”

多么奇妙的联想，又是多么天真的想法。让我关在屋子里想一辈子也想不出来。无论如何，这表示，西安的老百姓已经普遍地注意到如来真身舍利的出现这一件事，街头巷尾，高谈阔论，沸沸扬扬，满城都说佛舍利了。

外国朋友怎样呢？他们的好奇心、他们的轰动，决不亚于中国的老百姓。在新闻发布会上，一位日本什么报的记者抢过扩音器，发出了连珠炮似的问题："这个佛骨舍利是如来佛哪一只手上的呢？是左手，还是右手？是哪一个指头上的呢？是拇指，还是小指？"我们这一些"答辩者"，谁也回答不出来。其他外国记者都争着想提问，但是这一位日本朋友却抓紧了扩音器，死不放手。我决不敢认为，他的问题提得幼稚，可笑，对一个信仰佛教又是记者的人来说，他提的问题是非常认真严肃的，又是十分虔诚的。据我了解到的，现在世界上许多国家，特别是日本、印度，以及南亚和东南亚佛教国家，都纷纷议论西安的真身舍利。这个消息像燎原的大火一样，已经熊熊燃烧起来了，"西安热"又将热遍全球了。

就这样，我在细雨霏霏中，一边参观法门寺，一边心潮起伏，浮想联翩。多年来没有背诵的《论佛骨表》硬是从遗忘中挤了出来，我不由得一字一句暗暗背诵。同时我还背诵着：

> 一封朝奏九重天，
> 夕贬潮州路八千。
> 欲为圣明除弊事，
> 肯将衰朽惜残年？
> 云横秦岭家何在，
> 雪拥蓝关马不前。
> 知汝远来应有意，
> 好收吾骨瘴江边。

韩愈因谏迎佛骨，遭到贬逐，他的侄孙韩湘来看他，他写了这一首诗。我没有到过秦岭，更没有见过蓝关，我却仿佛看到了一个孤苦伶仃的老人，忠君遭贬，我不禁感到一阵凄凉。此时月季花在雨中别具风韵，法门寺的红墙另有异彩。我幻想，再过三五年，等到法门寺修复完毕，十三级宝塔重新矗立之时，此时冷落僻远的法门寺前，将是车水马龙，摩肩接踵，与秦俑馆媲美了。

1987年8月26日

洛阳牡丹

“洛阳牡丹甲天下”，这一句在中国流行了千百年的话，我是相信的，我是承认的。但是，我以前从没有意识到这一句话的真正含义，自己并没有完全了解。

牡丹，我看得多了。在我的故乡，我看到过。在北京的许多地方，特别是法源寺和颐和园，我也看到过。牡丹花朵之大、之美，花色品种之多，确实使我惊诧不已。我觉得，唐人咏牡丹的名句“国色朝酣酒，天香夜染衣”约略可以概括。牡丹被尊为花中之王，是当之无愧的。

但是，什么叫“国色”？什么又叫“天香”？我的理解介乎明暗之间。

今年四月中旬，应洛阳北京大学校友会的邀请，我第一次到了洛阳这座“牡丹之城”。此时正是洛阳牡丹花会举行期间。今年因为气候偏冷，我们初到的第一天，连大马路旁开得最早的“洛阳红”，都没有全开放。焉知天公作美，到了第二天竟然晴空万里，阳光普照，仿佛那位大名鼎鼎的金轮圣神皇帝武则天又突然降临人间，下诏牡丹在一夜之间必须开放，不但“洛阳红”开得火红火红，连公园里那些比较名贵的品种也都如从梦中醒来一般，打起精神，迎着朝阳，一一开放。

我们当然都不禁狂喜，在感谢天公之余，在忙着参观白马寺、少林寺、中岳庙和龙门石窟之余，挤出了早晨的时间，来到了牡丹最集中的地方王城公园，欣赏“甲天下”的洛阳牡丹。不看不知道，一看吓一跳。洛阳牡丹原来是这个样子呀！光看花名，就是几十上百种，个个美妙非凡，诗意盎然，我记也记不住。花的形体和颜色也各不相同，直看得我眼花缭乱，目迷五色。我想到神话里面的百花仙子，我想到《聊斋志异》里面变成美女的牡丹花神，一时搔首无言，不知道说什么好。昨天夜里，我想到今天要来看牡丹，想了半天，把我脑海里积累了几十年的词藻宝库，翻箱倒柜，旁搜苦索，想今天面对洛阳牡丹大展文才，把牡丹好好地描绘一番。我真希望我的笔能够生花，产生奇迹，写出一篇名文，使天下震惊。然而，到了此时此地，面对着迎风怒放的牡丹，却一点词儿也没有了。我的“才”耗尽了，一点儿也挤不出来了。我想，坐对这样的牡丹，对画家来说，名花的意态是画不出来的；对摄影家来说，是照不出来的；对作家来说，是写不出来的。我什么家都不是，更是手足无措了。

《世说新语·任诞》第二十三有一段话：桓子野每闻清歌，辄唤“奈何”！谢公闻之曰：“子野可谓一往有深情。”

我对牡丹花真是一往情深。我觉得，值此时机最好的方法就是喊上几声：“奈何！奈何！”

洛阳人民有福了，中国人民有福了。在林林总总全世界的无数民族中，造物主——假如真有这么一个玩意儿的话，独独垂青于我们中华民族，把牡丹这种奇特而无与伦比的名花创造在神州大地上，洛阳人和全中国的人难道不应该感到骄傲、感到幸福吗？在王城公园拥拥挤挤围观牡丹的千万人中，有中国人，其中包括洛阳人；也有外国人，个个脸上都流露出兴奋幸福的神情。看来世界上一切美好的东西，都既是民族的，又是全人类的。牡丹也是如此。在洛阳，在中国的洛阳，坐对迎风怒放的牡丹，我不应该只说：洛阳人民有福了，中国人民有福了，而应该说，全世界人民都有福了。

我觉得，我现在方才了解了“洛阳牡丹甲天下”这一句话的真正含义。

1991年5月15日病后写

延边行

小　引

今年夏天，应延边大学副校长郑判龙教授之邀，冒酷暑，不远数千里，飞赴延吉，参观访问。如果学一点时髦的话，也可以说是“讲学”吧。我极不喜欢用这个词儿。因为我知道有不少的“学者”，外国话不会说半句，本来是出国旅游的，却偏偏说是应邀“讲学”。我真难理解这个“学”是怎样“讲”的。难道外国人都一下子获得了佛家所说的“天耳通”，竟能无师自通地听懂了中国话吗？出国旅游，并非坏事；讲出实话，实不丢人。又何必一定要在自己脸上贴金呢？我这个人生性急，喜爱逆反。即使是真讲学，我也偏偏不用。这一次想来一个例外，我毕竟真是在延边大学讲了一次。所以一反常规，也给自己脸上贴一点金。

我在延边只待了六天，时间应该说是非常短的。但是，我却闻所未闻，见所未见，吃所未吃，感所未感，大开眼界，大开口界。我国的朝鲜族是异常好客的，简直可以说是好客成性。住在这里的汉族，本来也是好客的，又受到了朝鲜族的熏陶，更增加了好客的程度。我们时时刻刻沉浸在友谊的海洋之中，友谊之浪，情好之波，铺天盖地，弥漫一切。我们仿佛生活在人类世界之上的另一个世界里，我们的感觉绝不能用感激二字来表达，这是远远不够的，我年届耄耋，有生之年，永远不会忘记了。

我舞笔弄墨，成癖成性，在思绪感情奔腾澎湃之余，不禁又拿起笔来。但限于时间，只能表达所闻所见于万一，聊志个人的雪泥鸿爪而已。

1992年7月29日

于延边大学专家招待所

我在延吉吃的第一顿饭

今天是我的生日。我来到这个世界上已经整整八十一年了。按天数算，共是二万九千五百六十五天。平均每天吃三顿饭，共吃了八万八千六百九十五顿饭。顿数多得不可谓不惊人了。而且我还吃遍了世界上三十多个国家的饭。多么好吃的，多么难吃的，多么奇怪的，多么正常的，我都吃过，而且都吃得下去。我自谓饭学已极精通，可以达到国际特级大师的标准了。对吃饭之事圆融自在，已臻化境。只要有饭可吃，我便吃之。吃饭真成了俗话说的“家常便饭”了。

到了延吉，刚一下飞机，到机场迎接我们的延边大学郑判龙副校长、卢东文人事处长、王文宏女士和金宽雄博士，随随便便一说：“我们到朝鲜冷面馆去吃个便饭吧！”客随主便，我就随随便便地答应了。数千里劳顿之余，随便吃一点便饭，难道还不是世间最惬意的事吗？

我们好像是随便走进一家饭馆，坐在桌旁，我万没有想到，不远千里来避暑的延吉，热得竟超过了北京。在挥汗如雨之余，菜逐渐上桌了。除了有点朝鲜风味以外，菜都是平平常常的，一点也没有引起我的特别注意。只有肚子确实有点空了，于是就大吃起来。好在主人几乎都是老朋友，他们不特别讲求礼仪，强客人之所难；我们也就脱落形迹，不故作虚伪，任性之所好，随随便便地大吃起来。此时好像酷暑骤退，满座生春，我真有点怡然自得，“不知何处是家乡”了。

然而，正在此时，厨师却端上了一条活蹦乱跳的大鳞鱼来，鱼摇着尾巴，口一张一合，双鳍摆动，每一个鳞片都闪出了耀眼的珍珠似的白光。我立即大吃一惊，把眼睛瞪得圆而且大，眼里面的白内障还有什么结膜炎，仿佛一扫而空，又能洞见纤微，视芥子如须弥山了。我真不知道，我们这一群可敬可爱的延吉的老朋友主人，葫芦里想卖什么药。我的心忐忑直跳，不知如何是好。我以为还会有火锅之类的东西端上桌来。说不定厨师还会亲临前线，表演一下杀煮活鱼的神奇手段，好像古代匠人运斤成风，或者从制钱的小眼里把香油灌入瓶中。我屏住了呼吸，虔心以待。

可是主人却拿起了筷子，连声说："请！请！"他是要我们下筷子吃鱼了。他似乎看出了我们的困惑，首先用筷子尖一扒拉，仿佛是一个魔术师似的，一整块连着鱼肉的鱼鳞被掀了起来，露出了鱼肉，粉红色的肉上横贯着一条深红的线。再一细看，鱼肉并非一个整体，而是已经被切成了鱼片。只需用筷子一拨，再一夹，一片生嫩——用广东话来说，应该是生猛吧——的鱼片就能纳入口中了。

我怎么办呢？我的心直跳，眼直瞪，手直颤，唇直抖。我行年八十，生平面临的考验，多如牛毛，而且五花八门，种类繁多。但是，今天这样的考验，我却还没有面临过而且连梦想也没有想到过。我鼓足了勇气，拿起了筷子，手哆里哆嗦地，把筷子伸向鱼身，拨出了一片鱼肉，正想往嘴里放时，鱼忽然把尾巴摇了摇，双鳍摆了摆，瞪大了眼睛，张开了嘴巴。这一切好像都是对着我来的。我的心跳动得更厉害了。我不能也不敢再把鱼片放回原处。眼睛一闭，狠心一下，硬是把鱼片塞进嘴内。鱼片究竟是什么滋味，大家可以自己想象了。

可是，好客的主人却偏偏要遵照当地人民的习惯，一定要把盛鱼的瓷盘改动位置，一定要让鱼头对准座上的主宾，就今天来说，当然就是我了。这真是火上加油，"屋漏偏遭连夜雨，船破又遇打头风"。我心情迷离，神志恍惚，怵然、悚然、怆然、怂然、悻然、惘然无所措手足，一下子沉入梦幻之中……

我听到这一条仅仅剩下头和尾巴的鱼最初是慢声细气地开口对我说

话了："你可知道，你们人是从鱼变来的吗？我们鱼类，本领也是异常惊人的。我们一条鱼一下子就能够下子成千上万；如果没有什么东西遏制我们，用不了多少时间，我们鱼就能够把世界上的江、河、湖、海统统填满。你们人有什么本领呢？不知道是你们走了什么后门，让造化小鬼把你们变成了人，我们则是千万年以来，毫不进化，仍然留在水里，当我们的鱼类。我们并没有闹情绪，找领导，闹而优则人。我们是正派的，正直的，乐天知命的。既然命定为鱼，我们就顺顺从从，任人宰割。我们自我感觉良好，从无非分之想，我们本来是鱼嘛！"

我毛骨悚然，屁股下面发热，有点坐不住了。我以为鱼已经把话说完了呢，然而不然。鱼摇了两下尾巴，张了张嘴，又说了起来："可你们人真也太损了，你们的花样真也太多了。你们在钩心斗角之余，把心思全用在吃上。德国人心眼稍微好一点，他们的法律不允许把活着的鱼带回家。日本人吃生鱼片，已经可以说花样翻新了。可是你们中国人呢，以这样一个聪明伟大的民族，早年奋发图强，对世界文化做出过卓越的贡献。后来就渐渐地劲头不够了，专门讲究吃喝，还美其名曰饮食文化。这也罢了，可你们把闹派系的本领也用到饮食上来。全国分成了京、鲁、川、粤、湘、苏等不知道多少菜系。这也罢了。可你们不知道从哪里来的一股劲，专跟我们鱼类干上了。哪一个菜系也不放过我们，而且还是煎、炸、煮、炒、涮、烹、腌、烤，弄得我们狼狈不堪，魂不守舍。最可怕的是四川的干烧，浑身是辣椒，辣得我们的魂儿都喘不过气来。这些你都知道吗？"

我喘了一口气，以为鱼的训话已经结束。正当我伸出筷子想夹住最后一片鱼片的时候，鱼的嘴张得更大了，声音也更提高了，又说了下去："在延吉这里，你们这些人不知道从哪里来了这样一股邪劲，非要让我们完全活着，神志完全清醒，把我们的鳞皮揭开，把我们身上正面反面的肉都切成一片一片的，再把鳞皮盖上，宛然是一条活而整的鱼，端到饭桌上来，先让你们这些外地来的乡巴佬，瞪大了眼睛，大大地吃上一惊，然后再怀着胆怯、兴奋、好奇而又愉快的心情，在主人的'请！请！

请！’的催促下，一齐伸出了筷子。我瞪着眼，摇着尾巴，摆动双鳍，以示抗议，可我发不出声音。难道只有看到我眼瞪、尾摇、嘴巴张，你们咀嚼着我的肉才觉得香吗？你们这是一种什么心理呀！你要告诉我！否则，即使你把我的残骸做成了酸辣汤，我也是不能瞑目的！”

听着、听着，我完全吓呆了，我一句话也说不出来，而别人正吃风甚健，然而这一条鱼却不给我留一点情面，它穷追不舍，它喝道：

“你可是说话呀！”

“你可是说话呀！”

“你可是说话呀！”

我浑身觳觫，脸上流汗，双腿发抖，心里打鼓，茫然，困然，不知所措，我只有低头沉思，潜心默祷，又陷入了梦幻中：“鱼呀！你今生舍身饲人，广积阴德。涅槃之后，走入六道轮回，来生绝不会再托生成鱼，而定是转生成人。‘二十年后，又是一条好汉。’等我庆祝百岁诞辰时，一定再来延吉。那时，我请你吃饭，无论如何也不会再把你前生的同类活蹦乱跳地端到饭桌上来了。呜呼！今生休矣，来生可卜。阿门！拜拜！你安息吧！”

沉思完毕，心情怡悦，一下子走出了梦幻，跟着延吉的主人，走出饭店，汇入花花世界的人间，兴致盎然，欣赏我平生八十一年从未见过的延吉的风情。

1992年8月6日

延吉风情

延吉是一个好地方，好到难以想象，但又是一个怪地方，怪到不易理解。

天好，地好，人好，一切都好，难道还不是一个好地方吗？这个一说，大家就懂。

但是为什么又怪呢？这必须多啰唆几句，否则别人会觉得，不是地方怪，而是我这人有点怪了。

延吉是一个非常小的城市，人口只有三十万，远远赶不上我所住的北京的海淀区。但是这里的出租汽车却有一千二百辆，在所有的马路上，风驰电掣，一辆接一辆，多似过江之鲫，人均占有量全国第一。这难道还不算怪吗？但是怪劲还没有完。你站在马路旁一秒钟，最多一分钟，不用思索，随意一招手，必然会有一辆出租车停在你眼前。二话甭说，开门上车，不管路远路近，只要不出市区，一律五元。路近，司机（其中有不少是妙龄女郎）当然不会厌烦；路远，司机也处之泰然，不说半句怨言，连眼都不会眨一眨。司机从来不问是到什么地方去。一上车，座客指挥，司机遵命，一言不发。一下车，五元钞票一递，各走各的路，仍然是一言不发，皆大欢喜，天下太平。

说到乘出租汽车，我也可以说是一个老行家了。在许多城市，我都乘坐过出租车。香港是规规矩矩的，无可指摘。在深圳，在广州，在北京，你有急事，站在马路旁边，“望尽千车皆不是，市声喧腾单车流”。偶尔有空车驶过，如果司机先生想回家吃饭，或者别的公干，或者兴致不高，你再拼命招手，他仍置若罔见，掉首不顾，一溜烟驶了过去。忽然有车停下，你正心花怒放，在深圳和广州，有的司机可能问你是付人民币还是付港币。如果是前者，他仍然是一溜烟驶走。有的司机先问到哪里去，太近不行，太远也不行。不远不近，得乎中庸，勉强成交，心中狂喜。如果你真有急事，急得像热锅上的蚂蚁，又适逢非中庸之道，或者时间不合适，则你无论怎样向司机恳求，也是无济于事，“禅心已作沾泥絮，不逐车风历乱飞”，司机都成了参禅的大师。勉强上了车，有计程器，偏又不用，到了目的地，狠狠地敲你一下竹杠。老百姓的口头语说：“听诊器，方向盘，人事干部，售货员”，都是惹不起的人物，难道其中就没有一点道理吗？

反观延吉的出租汽车司机，你能说他们的道德水平不高吗？可是，在“滔滔者天下皆是也”的氛围中，你能说他们不“怪”吗？

但是，我凭空替他们担起心来。人口这样少，而汽车又这样多，他们会不会赔钱呢？我怀着疑虑的心情，悄悄地问过一个出租汽车司机，每个月能挣多少钱。他回答说："三四千元。"我相信他说的是真话，说不定还打了点埋伏。

接着又来了问题：一千二百个出租汽车司机，每人每月挣三四千元，加起来是一个相当庞大的数目。延吉人能出得起这么多钱吗？延吉朋友告诉我过，这里工业并不发达，农业也非上乘，按理说延吉人不应该太富。可是，你别慌，这个朋友一转口又告诉我，延吉人几乎口袋里都有钞票。这就够了。若问此钱何处来？据说都是正当途径。详情就用不着我们多管了。反正延吉人口袋里有钱，这是事实。

他们有钱，还表现在另一个方面。三十万人口的一个小城，竟有卡拉OK一百二十家，还有二十家在筹建中。另有人告诉我，城中类似卡拉OK的茶馆、咖啡馆之类，有四百家。不管怎么说，延吉在这方面又占全国第一了。朝鲜族十分重视文化教育，文化水平可能列全国榜首。他们能歌善舞，闻名华夏神州。他们据说又善于花钱。不是有人提倡过能挣会花吗？我认为，延吉人算是做到了。由于以上种种原因，延吉卡拉OK人均数在全国拿了金牌，不是很自然的吗？

与上面说到的两件事有联系的，延吉人还有一个全国第一，这就是喝啤酒。喝啤酒原是欧风东渐的结果。啤酒这玩意儿大概真是有不可思议的魔力。一传到中国——世界其他地方也一样——立即以排山倒海之势独占酒类鳌头，人们饮之如琼浆玉液。全国皆然，非独延吉。然而别的地方喝，论杯，论"扎"，至多论瓶。在这里则是非杯，非"扎"，非瓶，而是论箱，每箱二十四瓶。看了这情况，即使是酒鬼的外乡人，也必然退避三舍，甘拜下风，而非酒鬼如我者竟至舌翘不下，眼睁不闭，吓得魂儿快要出窍了。我在世界啤酒之乡德国待过十年。那里的啤酒不比水贵多少，人们喝起来皆比喝水多得多。我自以为天下之最盖在此矣。这次到了延吉，才知道自己竟是一只井蛙。

我们在天山宾馆吃晚饭时，邻近有一桌客人，男的六七个，女的三四个，说中国话，并非老外。我们进去的时候，他们已吃喝起来。我们吃完走时，他们还在吃喝。喝啤酒时真是“饮如长鲸吸百川”，气势磅礴。桌上酒瓶林立，桌旁空箱两只。喝到什么时候，地上空箱摞起多高，只有天知道了。我做了一夜啤酒梦。

我在上面讲了延吉的三个全国第一。你能说这不怪吗？

但是，“怪”字是一个中性词，绝不等于“坏”字。在延吉，我毋宁说，这里怪得可爱，怪得可钦可敬。有的地方怪得简直像是小说中的君子国。我觉得，这三怪的背后隐藏着一种非常深刻的意义，它们是与我开头说的“好”字紧密相连的。这里的人热情豪爽，肝胆相照。我走过全国不少的少数民族地区。在那里，汉族成了少数民族。尽管一般说起来，汉族同当地人相处得还不错，有的好一点，有的差一点，可是达到水乳交融水平的，毕竟极为稀见。一到延边，我就向几个朝鲜族朋友问起这个问题，他们说毫无问题，汉朝两族毫无芥蒂。我又向几个汉族朋友问起这个问题，他们也说毫无问题，朝汉两族亲如兄弟。尽管语言不同，绝大多数的人都使用两种语言。彼此共事，民族界限早已泯灭，他们只感到同是中华民族，而不感到是朝鲜族或汉族。

我们此行虽然短促，但确实交了许多朋友。在我的潜意识里，只有朋友，而没有什么汉族朋友，什么朝鲜族朋友之分。延吉这个地方，我永远不会忘记。延吉的朋友们，我永远不会忘记。我遥望东天，为他们虔诚祝福!

我开头说，延吉是个好地方。谁还会怀疑我这句话的真实性呢？

1992年8月5日

美人松

我看过黄山松，我看过泰山松，我也看过华山松。自以为天下之松尽收眼中矣。现在到了延边，却忽然从地里冒出来了一个美人松。

我年虽老迈，而见识实短。根据我学习过的美学概念，松树雄奇伟岸，刚劲粗犷，铁根盘地，虬枝撑天，应该归入阳刚之美。而美人则娇柔妩媚，婀娜多姿，应该归入阴柔之美。顾名思义，美人松是把这两种美结合起来的。两种截然相反的东西，竟能结合在一起，这将是一种什么样子呢？

我就这样怀着满腹疑团，登上了驶往长白山去的汽车。一路之上，我急不可待，频频向本地的朋友发问：什么是美人松呀？美人松是什么样子呀？路旁的哪一棵树是美人松呀？我好像已经返老还童，倒转回去了七十年，成了一个充满了好奇心的顽童。

汽车驶出了延吉已经一百七十多公里。我们停下休息，在此午餐。这个地方叫二道白河，是一个不大的小镇。完全出我意料，在我们的餐馆对面，只隔着一条马路，有一小片树林，四周用铁栏杆围住，足见身份特异。我一打听，司机师傅漫应之曰："这就是美人松林，是全国，当然也就是全世界唯一的一片美人松聚族而居的地方，是全国的重点保护区。"他是"司空见惯浑无事"，而我则瞪大了眼睛，惊诧不已：原来这就是美人松呀!

我的疲意和饿意，顿时一扫而空。我走近了铁栏杆，把全身的神经都集中到了双眼上，原来已经昏花的老眼蓦地明亮起来，真仿佛能洞见秋毫。我看到眼前一片不大的美人松林。棵棵树的树干都是又细又长，一点也没有平常松树树干上那种鳞甲般的粗皮，有的只是柔腻细嫩得没有一点疙瘩的皮，而且颜色还是粉红色的，真有点像二八妙龄女郎的腰肢，纤细苗条，婀娜多姿。每一棵树的树干都很高，仿佛都拼着命往上猛长，直刺白云青天。可是高高耸立在半空里的树顶，叶子都是不折不扣的松树的针叶，也都像钢丝一般，坚硬挺拔。这样一来，树干与树顶的对比显然极不协调。棵棵都仿佛成了戴着钢盔，手执长矛，亭亭玉立的美女：既刚劲，又柔弱；既挺拔，又婀娜。简直是个人间奇迹，是个天上神话，是童话中的侠女，是净土乐园中的将军……我瞪大了眼睛，失神落魄，不知瞅了多久，我瞠目结舌，似乎要喘不过气来了。

因为我看到这些树实在都非常年轻，问了一下本地的主人。主人说：这些树有的是一二百年，有的三四百年，有的年龄更老，老到说不出年代。反正几十年来，他们看到这里的美人松总是一个样子，似乎它们真是长生多术，还童有方。他们天天坐对美人松，虽然也觉得奇怪，但毕竟习以为常。但是，对我这样初来乍到的人来说，却只有惊诧了。

美人松既然这样神奇，极富于幻想力的当地老百姓中，就流传起来了一段民间传说：当年，在抗日战争最艰苦的时期，杨靖宇将军率领着抗日联军，与顽敌周旋在长白山深山密林中。在一次战略转移中，一位女护士背着一个伤病员，来到了一片苍秀挺拔的松树林中，不幸与敌人遭遇。敌我人数悬殊，护士急中生智，把伤病员藏在一个杂树荫蔽的石洞中，自己则向相反的方向跑去。敌人把她包围起来。她躲在一棵松树后面，向敌人射击。敌人一个个在她的神枪之下倒地身亡。最后的子弹打光了，她自己也受伤流血。她倚在一棵高耸笔直的松树后面，流尽了自己最后一滴血。从此以后，血染的松树树干就变成了粉红色……

这个传说难道不是十分壮烈又异常优美吗？难道还不能剧烈地拨动每一个人的心弦吗？

然而对一个稍微细心的人来说，其中的矛盾却是太显而易见了。美人松的粉红色的树皮，百年，千年，万年以前，早已成为定局。哪里可能是在五六十年前才变成了粉红色的呢？编这一段故事的老百姓的心情，是完全可以理解的。我也宁愿相信这一个民间传说。但是，我在上面提到的那一不大不小的矛盾，实在是太明显了，即使相信了，心也难安，而理也难得。

我苦思苦想，排解不开，在恍惚迷离中，时间忽然倒转回去了数千年，数万年，说不清多少年。我进入了一场幻觉，看到了长白山下百里松海的大大小小的、老老少少的松树们聚集在一起开会。一棵万年古松当了主席，议题只有一个，就是向长白山土地抗议：为什么它们这一批顶撑青天碧染宇宙的松树，只能在长白山脚下生长，连半山都不允许去呢？这未免太不公平，太不合理了。于是悻悻然，愤愤然，群情激昂，决议立即上山。数百万棵松树，形成大军，以排山倒海之势，所向无前之威，棵棵奋勇登山，一时喧声直达三十三天。此时山神土地勃然大怒，咒起了狂风暴雨，打向松树大军。大军不敌，顷刻溃败，弃甲曳兵，逃回山下。从此乐天知命，安居乐业，莽莽苍苍，百里松海，一直绿到今天。

众松中的美人松，除了登山泄愤的目的以外，还有一点个人的打算。它们同天池龙宫的三太子据说是有宿缘的。它们乘此机会，奋勇登山，想一结秦晋之好，实现万年宿缘。然而，众松溃退，它们哪里有力量只身挺住呢？于是紧随众松，退到山下，有几棵跑得慢的，就留在了长白山下百里松海之中，错杂地住在那里。树数不多但占全部美人松大部分的，一气跑了下去，跑到了离开长白山已经一百多公里的二道白河，刹住了脚，住在这里了。她们又急、又气、又惭、又怒，身子一下子就变成了粉红色……

我正处在幻觉中，猛然有一阵清风拂过美人松林，簌簌作响，我立即惊醒过来。睁眼望着这些真正把阴柔之美与阳刚之美融合得天衣无缝的秀丽苗条的美人松，不知道应该作何感想。美人松在风中点着头，仿佛对我微笑。

1992年7月30日草稿写于延吉

1992年8月9日定稿于北京燕园

后　记

写这一篇短文，实出于延边大学王文宏女士之启示。如果没有她的启示，我也许根本不会写的。如果不写这一篇，《延边行》的其余四篇也许根本写不出来。以表心感。

观天池

长白山天池真可谓“大名垂宇宙”矣。我们此次冒酷暑，不远数千里，飞来延吉，如果说有一个确定不移的目的的话，那就是天池。

我们早晨从延吉出发，长驱二百三十公里，马不停蹄，下午到了长白山下的天池宾馆。我们下车，想先订好房间，然后上山。但是，宾馆的主人却催我们赶快上山，因为此时天气颇为理想，稍纵即逝，缓慢不得，房间他会给我们保留下来的。

宾馆老板的话是非常有道理的。长白山主峰海拔二千六百九十一米，较五岳之尊雄踞齐鲁大地的泰山还要高一千多米。而天池又正在山巅，气候变化无常。延边大学的校长昨天告诉我，山顶气候一天二十四变。换句话说，也就是一个小时变一次。而实际情况还要比这个快，往往十几分钟就能变一次。原来是丽日悬天，转眼就会白云缭绕，阴霾蔽空。此时晶蓝浩瀚的天池就会隐入云雾之中，多么锐利的眼睛也不会看见了。据说一个什么人，不远万里，来到天池，适逢云雾，在山巅等了三个小时，最终也没能见天池一面，悻悻然而去之，成为终生憾事。

我们听了宾馆主人的话，立即鼓足余勇，驱车登山。开始时在山下看到的是一大片原始森林。据说清代的康熙皇帝认为长白山是满洲龙兴之地，下诏封山，几百年没有开放，因此这一片原始森林得到了最妥善的保护。不但不许砍伐树木，连树木自己倒下，烂掉，也不许人动它一动。到了今天，虽然开放了，树木仍然长得下踞大地，上撑青天，而且是拥拥挤挤，树挨着树，仿佛要长到一起，长成一个树身，说是连兔子都钻不进去，绝非夸大之词。里面阔叶、针叶树都有，而以松树为主，挺拔耸峭，葱茏蓊郁，百里林海，无边无际，碧绿之色仿佛染绿了宇宙。

汽车开足了马力，沿着新近修成的盘山公路，勇往直上。在江西庐山是“跃上葱茏四百旋”。但是庐山比起长白山来真如小丘。在这里汽车究竟转了多少弯，至今好像还没有人统计过。我们当然更没有闲心再去数多少弯。但见在相当长的行驶时间内是针阔混交的树林。到了大约一千一百米以上，变成了针叶林带。到了一千八百米至二千米的地方，属于针叶的长白松突然消逝，路旁一棵挺起身子的高树都见不到了。一片岳桦林躬着腰背，歪曲扭折，仿佛要匍匐在地上，不敢抬头。尖劲的山风，千万年来，把它们已经制得服服帖帖，趴在地上，勉强苟延残喘，口中好像是自称“奴才”，拜倒在山风脚下连呼“万岁”了。

此时，我们已经升到海拔二千米以上，比泰山的玉皇顶还要高出五六百米。以“爬山虎”著称的北京吉普车，也已累得喘起了粗气。再一看路旁，连跪在地上的岳桦林也一律不见。看到的只有死死抓住石头的青草，还是一片翠绿。但是它们也没有一棵敢向高处长的，都是又矮又粗，低头奋力伏在石头上。看来长白山狂猛的山风连小草也不放过。小草为了活命，也只有听从山风的命令了。看样子，即使小草这样俯首帖耳，忍辱负重，也还是不行的。再往上不久，石头上光秃秃的，连一根小草的影子再也不见。大概山风给小草规定下的生命地界已经到了极限。过此往上，一切青色的东西全皆不见。此处是山风独霸的天下，在宇宙间只许自己在这里狂暴肆虐，耀武扬威了。

既然山上已一无可看，我们就往山下看看吧。近处是壁立万仞，下临无地，看了令人不由得目眩股栗，赶快把眼光投向远方。大概我们宾主五人都积了善有了余庆。我们都交了好运，天气是无比的晴朗。千里松海，尽收眼底，令人逸兴遄飞，心旷神怡。回望背后群山，山背阴处，盛夏犹有积雪。长白山真不愧“长白”之名。

可是，真出我们意想之外，汽车出了毛病，发动机忽然停止工作了，火再也打不着。司机连忙下车，搬来大石块，把车后轮垫牢。否则车一滑坡，必然坠入万丈深谷，则我们和车岂不就成了齑粉了吗？我确实有点慌了起来，但司机却说汽车患了“高山反应症”，神态自若。我真有点摸不清，他说的究竟是真话，还是笑话？但见他从容不迫，把车上的机器胡鼓捣了一阵，忽然“砰”的一声，汽车又发动起来了。我的心才又回到腔子里。汽车盘旋上山，皆大欢喜。

真正到了山顶了，我急不可待，立即开门想下车。别人想拦住我，但没有拦得住，连忙给我把制服上衣穿上，车门刚开了一个小缝，一股刺骨的寒风立即狂袭过来。原来山下气温是三十二三摄氏度，而在这里，由于没有寒暑表，不敢乱说，根据我的感觉，恐怕是在十摄氏度以下。我原以为是个累赘一点用处也没有的毛衣，这时却成了至宝。我忙忙乱乱地把它穿在制服外面，别人又在我身上蒙上了一件风雨衣。这样一来，上半身勉强对付，但是我头顶上的真正的纱帽却不行了。下面的裤子也陡然薄得如纸。现在能有一件皮袄该多好呀！我浑身哆哆嗦嗦，被三个年轻人架住双臂，推着背后，踉踉跄跄，向前迈步。山风迅猛，刺入骨髓。别提我有多么狼狈了。有人拍了一张照片，我自己还没有看到。我想，那将是我一生最为可笑的一张照片了。

但是，我的苦难历程还没有完结。我虽然已经站在我渴望已久的天池边上，却还看不到天池，一座不高不低的沙堆挡住了我们的去路。我此时实在已经是筋疲力尽，想躺倒在地，不再动弹。但是，渴望了几十年，又冒酷暑不远数千里而来，难道竟能打退堂鼓功亏一篑吗？当然不行！我收集了我的剩勇，在三个年轻人的连推带拉之下，喘着粗气，终于爬上了沙丘。此时，天空虽然黑云未退，蓝色的天池却朗朗然呈现在我的眼前。

啊，天池！毕生梦寐以求，今天终于见到你了。

天池实际水面高程为两千一百九十四米，最大水深三百七十三米，是我国最高最深的淡水湖。有诗写道："周回八十里，峭壁立池边。水满疑无地，云低别有天。"池周围屹立着十六座高峰，峰巅直刺青天，恐怕离天连三尺三都不到。时虽盛夏，险峰积雪仍然倒影池面。白雪碧波，相映成趣。山风猎猎，池面为群山所包围，水波不兴，碧平如镜。真是千真万确的大好风光，我真是不虚此行了。

但是，我一下子就想到了盛名播传四海的天池水怪。在平静的碧波下面，他们此时在干些什么呢？是在操持家务呢，还是在开会？是在制造伪劣商品呢，还是在倒买倒卖？是在打高尔夫球呢，还是在收听奥运会的广播？是在品尝粤菜的生猛海鲜呢，还是在吃我们昨天在延吉吃的生鱼片？……问题一个个像连成串的珍珠，剪不断，理还乱。有人拍了一下我的肩膀，我蓦然醒了过来，觉得自己真仿佛是走了神，入了魔，想入非非，已经非非到可笑的程度了。我擦了擦昏花的老眼：眼前天池如镜，群峰似剑。山风更加猛烈，是应该下山的时候了。

我们辞别了天池，上了车，好像驾云一般，没有多少时间，就回到了山下。顺路参观了著名的长白瀑布，品尝了在温泉水中煮熟的鸡蛋，在暮霭四合中，回到了天池宾馆。

吃过晚饭，躺在床上，辗转反侧，无论如何也难以入睡。在蒙蒙眬眬中，我仿佛走出了宾馆。不知道怎么一来，就到了长白山巅，天池旁边。此时群山如影，万籁俱寂。天池水怪纷纷走出了水面，成堆成堆地游乐嬉戏，或舞蹈，或唱歌，或戏水，或跳跃，一时闹声喧腾，意气飞扬。我听到他们大声讲话：

“你看这人类多么可笑！在普天之下，五湖四海，争名夺利，钩心斗角，胜利了或者失败了，想出来散散心，不远千里，不远万里，冒着生命危险，来到我们这里，瞪大了贪婪罪恶的眼睛，看着天池；其实是想看一眼被他们称为‘天池怪兽’的我们。我们偏偏不露面，白天伏在深水里，一动也不动。看到他们那失望的目光，我们真开心极了！”

“我们真开心极了！”

“我们真开心极了！”

“万岁！”

“乌拉！”

此时闹声更喧腾了，气氛更热烈了——

“还有人居然想给我们拍照哩！”

“听说已经有人把照片登在报纸上了！”

“这两天又风风火火地谣传：一家电视台悬赏万金，要拍我们的照片哩！”

“真是活见鬼！”

“真是活见鬼!”

“谁要是让他拍了照，我们决定开除他的怪籍，谁说情也不行!”

“万岁！万岁!”

“乌拉！乌拉!”

此时喧声震天，波涛汹涌。我吓得浑身发抖，不知所措。赶快撒腿就跑，一下子跑到了宾馆的床上。定一定神，我才知道自己刚才做了一个梦。

第二天一大早，我们就在晨光熹微中离开了天池宾馆。临行前，我曾同李铮到原始森林的边缘上去散了散步，稍稍领略了一下原始森林的情趣。抬头望着长白山顶，向天池告别。我相信，我还会回来的。但是，我向天池中的怪兽们宣誓：我绝不会给他们拍照。

1992年8月8日

写于北京大学燕园

逛鬼城

豪华旅游轮“峨眉号”靠了岸。细雨霏霏，轻雾漫江，令人顿有荒寒之感。但一听到要逛鬼城丰都，船上的人，不管是中国人，还是日本人和韩国人；不管是老还是少，不管是男还是女，无不兴奋愉快，个个怀着惊喜又有点紧张的心情，鱼贯上了岸。

为什么对鬼城这样感兴趣呢？道理是不难明白的。一个活生生的人，在光天化日之下，要进鬼城游览，难道还有比这更富有刺激性的事情吗？

至于我自己，我在小学时就读过一本名叫《玉历至宝钞》的讲阴司地狱的书，粉纸石印，质量极差，大概是所谓“善书”之类，但对于我却有极大的吸引力。你想一想，书中图文并茂，什么十殿阎罗王，什么牛头、马面，什么生无常、死有分，什么刀山、油锅，等等。鲁迅所描绘的手持芭蕉扇、头戴高帽子的鬼卒，也俨然在内。这样一本有趣的书，对一个小孩子来说，比起那些言语乏味的教科书来，其吸引力之强真有若天壤了。

这样一本书，我在昏黄的油灯下，不知道翻看过多少遍。我对地狱里的情况真可以说是了若指掌。对那里的法规条文、工作程序也背得滚瓜烂熟。如果我到了那里，不用请律师，就能在阎王爷跟前为自己辩护，阎王爷对我一定毫无办法。至于在阴司里走后门，托人情，我也悟出了一点门道。因此，即使真进阴司，我也坦然，怡然，总有办法证明自己是一个好人，无所畏惧。

后来，我读西洋文学，读过但丁的《神曲》。再后一点，我又研究佛教，读了不少佛经，里面描绘阴司地狱的地方，颇为不少。我知道了，中国的阴司原来是印度的翻版，在印度原有的基础上，又加以去粗取精，深化改革，加以中国化，《玉历至宝钞》中的地狱描绘就是这样来的。尽管我对于自己的学识，从来不敢翘尾巴，但是对自己的地狱学却颇感自傲。而且对西方的地狱，正像但丁描绘的那样，极为鄙视，觉得那太简单了，同东方地狱之博大精深相比，真如小巫见大巫。由此我曾萌发一个念头，想创立一门崭新的学科：比较地狱学。我深信，如果此学建成，我一定能蜚声国际士林，说不定能成为诺贝尔奖金的候选人哩。

就这样，在即将进入鬼城的时候，我心里胡思乱想，几十年来对地狱的一些想法，一时涌上心头。在江雨霏霏中，神驰于三峡之外，仿佛已经走进地狱了。

多少年来，久闻丰都城的大名。我原以为丰都城会是在地下一个什么大洞中，哪能把阴司地狱摆在人世间繁华的闹市中呢？事实上，四川丰都的鬼城却确实是在繁华的闹市中。要到那里去，不是越走越深，而是拾级而上，越爬越高，地狱原来是在山顶上。山门牌坊上写着“鬼城”和“天下名山”六个大字。一进山门，就一路拾级而上，到达山顶，据说共有六百一十六级，从台阶数目上来看，恐怕要超过泰山南天门了。

山门内山明水秀，树木葱茏。时届深秋，浓绿中尚有红色和黄色的小花闪出异样的光彩，耀人眼睛。石阶砌得整整齐齐，花坛修得端端正正，毫无阴森凛冽之气。不信阴司地狱的外国旅游者当然不会有什么恐怖之感，连有些信阴司地狱的中国人也不会有这样的感觉。跟着我们走的导游小姐，是一个十七八岁的苗条秀丽的中学毕业生。她讲解得生动有趣，连印度神话中的阎摩（yama）和阎弥（yami）她都讲得头头是道。我搭讪着跟她聊天：

“你天天在阴司地狱里走，不害怕吗？”

“不害怕，只觉得很好玩。”

“你信不信阴司地狱？”

“不信。我的婆婆（奶奶）有点信的。”

“你为什么干这个工作?”

“我中学毕业后，上过训练班。有一门课，专门讲有关地狱的知识。”

“这鬼城里的老百姓不觉得阴森可怕吗?”

“一点也不，惯了。他们根本不想这里是鬼城!”

“你看过《玉历至宝钞》吗?”

“没有。”

我于是把书名告诉她，希望她能扩大关于地狱的知识面，把导游工作做得更丰富，更生动，更有趣。

同小女孩谈话以后，我原来那一点紧张别扭的心情一扫而光。还是专心致志地逛鬼城吧！我心里想。

山越爬越高，楼阁台榭等等建筑越来越多。真个是：“五步一楼，十步一阁，廊腰缦回，檐牙高啄，各抱地势，钩心斗角。”我没有见过阿房宫，我不知道，阿房宫是不是就是这个样子。反正这里的楼台殿阁真够繁复，真够宏伟。大概《玉历至宝钞》中所提到的楼阁，这里都有，而且还多出来了许多那里不见的宫殿。粗粗地数一下，就我记忆所及，就有下面的这些殿：报恩殿、寥阳殿、星辰墩、玉皇殿、曜灵殿，等等。报恩殿里塑着如来佛大弟子大目连的像，来自印度的“目连救母”的故事，在中国民间广泛流传。玉皇殿里供的当然就是天老爷。让我惊奇的是两边的众神像中，竟赫然有孙膑站在那里。孙膑同天老爷有什么瓜葛呢？这道理我还没有弄明白。

至于有名的鬼门关、奈河桥等，这里当然不会缺少。有趣的是奈河桥，确实是一座石桥，也并不威武雄壮。可是导游小姐突然提高了声音说，谁要是能三步跨过这一座桥，就会有什么什么好处。大家一听，兴致猛涨，都想登桥尝试一下。我努了努力，用四步跨了过去。有的个儿矮的人，用五六步才能跨过。而身高一米九二、鹤立鸡群的冯骥才，只用了一步半，就跨过了奈河桥。大家一起起哄，说冯得到的好处最多。我自己虽然是落了第，恐怕得不到多少好处了，但我也不后悔。一个人如果真正到了奈河桥上，人世间的好处对他还有什么意义呢？即使是诺贝尔、奥斯卡，不也等于镜花水月了吗？

在另一个地方，好像是一座大殿的前面或者后面，在一个牌楼前，有一个石砌的四方形的栏杆，中间有一个球形的东西嵌在地面上，是铜？是铁？看不清楚，反正是非常光滑，闪着白光。导游小姐说，谁要是用一只脚，男左女右，在球上站上两秒钟，眼睛看着前面什么地方的四个字，他又会得到什么什么好处。干这种玩意儿，我决不后人。我走上去，站在球上，大概连半秒钟都没有，脚就滑了下来。我当然又不能得到那些好处了。我毫不在意。我那阿Q思想又抬了头：阴间的玩意儿实在非凡平庸，即使能站上两秒钟，又待如何呢？

又到了一个什么殿，看到了地狱里的人事部长，手持生死簿，威风凛凛地站在那里。导游小姐高声问："有姓孙的没有？有属猴的没有？"我们团里的孙车民碰巧没有在，也没有什么人自报属猴。导游小姐说："当年孙悟空大闹天宫，跑到阴司地狱里来，一手抢过生死簿，把自己的名字一笔勾掉，从此姓孙的和属猴的就都簿中无名，阎王爷没有办法召唤他们了。"我突然想到，阴司地狱里的管理工作真也应该加以改革，必须现代化了。如果把生死簿中的名字输入电脑，孙猴子本领再大，也无法把自己的名字勾掉了。岂不猗欤休哉！

在北京的时候，我曾多次说过，到八宝山去，要按年龄顺序排一个队，大家鱼贯而进，威仪俨然，谁也不要躐级抢先，反正我自己绝不会像买稀罕的物品一样，匆匆挤上前去加塞。我们走，要走得从容不迫，表现出高度的修养。现在到了鬼城，方知道自己既不姓孙，也不属猴，是生死簿上有名的，是阎王老爷子耀武扬威欺凌的对象，心里颇有点愤愤不平。我胆子最小，平生奉公守法，不敢越雷池一步。但是此时我却忽然一反常态，决心对阎王爷加以抵抗。不管催命鬼的帽子戴得多高，也不管"你也来了"四个字写得多大，我硬是不走，我想成为一个我生平最讨厌的钉子户。对阴司的律条我是精通的，同阎王爷辩论，我决不会输给他。

也许有人会问："你这样干，不怕阎王老子那些刀山、油锅吗？"是的，刀山、油锅当然令人害怕。但是，当我们走到填满了阴司地狱里酷刑雕塑的房间时，天已经暗了下来。我们只是隔着玻璃窗子，影影绰绰地匆匆忙忙地看到了一点刀山、油锅的影子，并没有怎样感到恐怖。有人说，有心脏病的人千万不要来逛鬼城，怕受不住刀山、油锅的惊吓。我看，这些话确实夸大了。我也是戴着冠心病帽子的老人，但是我看完了刀山、油锅，依然故我，兴致盎然，健步如飞，走下山来。

我性子急，上山走在最前面，下山也走在最前面。别人还没有下来，我就坐在一棵大树下的石头栏杆上休息了。陆续有人下来了，见了我都说："季老！你做得对！山你是上不去的，坐在这里休息该多好呀！"当他们知道我已经上过山时，都多少有点吃惊。此时有人问那个活泼可爱的导游小姐，让她猜一猜我的年龄。她像在拍卖行里一样，由六十岁起价。别人说"太低"，她就逐渐提高。由六十岁经过几个步骤猜到七十岁。她迟迟疑疑，不愿意再提高，想一锤定音。经许多旁边的人多方启发、帮助，她又往上提高，几乎是一岁一步，到了八十，她无论如何也不想再提了。尽管大家嚷着说："不行，还要高！"小女孩瞪大了眼睛，不再说话了。在惊愕之余，巧笑倩兮。

这一小小的插曲颇为有趣，它结束了我的鬼城之游。

我们辞别了鬼城，辞别了导游小姐，回到船上，立即整装，参加总结酒会。接着是大宴会，觥筹交错，笑语连声，灯光闪耀，有如白日。仅在半点钟前的鬼城之游，早已成为回忆中的一点影子。如果此时站在鬼城上下望我们的游轮，这一艘正在漫漫的长江中徐徐开动的游轮，一定像一团焜耀的光辉。

1992年10月17日

火车上观日出

在晨光熹微中，我走出了卧铺车厢，走到了列车的走廊上。猛一抬头，我的全身连我的内心立刻激烈地震动了一下：东方正有一抹胭脂似的像月牙儿一般的红彤彤的东西腾涌出来。这是即将升起的朝阳，我心里想。

我年逾古稀，平生看日出多矣。有的是我有意去寻求的，比如泰山观日。整整五十年前，当时我还是一个青年小伙子，正在济南一个中学里教书。在旧历八月中秋，我约了两个朋友，从济南乘火车到泰安。当天下午我们就上了山。我只有二十三岁，正是精力旺盛的时候，我大跨步走过斗姆宫、快活三里、五大夫松，一气登上了南天门，丝毫也没有感到什么吃力，什么惊险。此时正是暮色四垂，阴影布上群山的时候，四顾寂无一人，万古的沉寂压在我们身上。在一个鸡毛小店里住了一夜。第二天，摸黑起来，披上店里的棉被，登上玉皇顶。此时东天逐渐苍白。我瞪大了眼睛，连眨眼都不敢，盼望奇迹的出现。可是左等右等，我等待的奇迹太阳只是不露面。等到东天布满了一片红霞时，再仔细一看，朝阳已经像一个红色的血球，徘徊于片片的白云中，原来太阳早已经出来了。

从那以后，过了四十多年，到了八十年代初，我第一次登上了“归来不看岳”的黄山。在北海住了三天。我曾同小泓摸黑起床，赶到一座小山顶上，那里已经黑压压地挤满了人。我们好不容易挤了上去，在人堆里争取了一块容身之地，静下心来，翘首东望，恭候日出。东天原来是灰蒙蒙一片，只是比西方、南方、北方稍微显得白了亮了一点。但是，一转瞬间，亮度逐渐增高，由淡白转成了淡红，再由淡红转成了浓红，一片霞光照亮东天。再一转瞬，一牙红痕突然涌出，红痕慢慢向上扩大，由一点到一线，由一线到一片，一轮又圆又红的球终于跳出来了。

就这样，我在泰山和黄山这两个在全中国甚至全世界都以能观日出而声名远扬的名山上，看到了日出。是我自己处心积虑一意追求而得来的。

我现在是在火车上，既非泰山，也非黄山。我做梦也没有想到会同观赏日出联系起来，我一点寻求的意思也没有。然而，仿佛眼前出现了奇迹：摆在我眼前的是不折不扣的日出。我内心的震惊不是完全很自然的吗？

这样的日出，从来没有听人说观赏过，连听人谈到过都没有。它同以前处心积虑一意追求看到的不一样，完完全全地不一样。不管在泰山，还是在黄山，我都是静止不动的。太阳虽然动，也只是在一个地方动，她安详自在，慢条斯理，威严端重，不慌不忙。她在我眼中是崇高的化身，是威仪的重现。正像印度大诗人泰戈尔每天早晨对着朝阳沉思默祷那样，太阳在我眼中也是神圣不可侵犯的。

然而现在却是另一番景象。火车风驰电掣，顷刻数里，一刻也不停。而太阳也是一刻也不停，穷追不舍。她仿佛是率领着白云、朝霞、沧海、苍穹，仿佛率领着她那些如云的随从，追赶着火车，追赶着车上的我，过山，过水，过森林，过小村。有时候我甚至看到她鬓云凌乱，衣冠不整。原来的端庄威严，安详自在，一点影子都没有了。是她在处心积虑，一意追求，追求着火车上的我，一定要我观看她的出现。此时我的心情简直是用任何言语也形容不出来了。

太阳一方面穷追不舍，一方面自己在不停地变幻。最初我只看到在淡红色的云堆中慢慢地涌出了一点红色月牙儿似的东西。月牙逐渐扩大，扩大，扩大，最初的颜色像是朱砂，眼睛能够直视。但是，随着体积的逐渐扩大，朱砂逐渐变为黄金，光芒越来越亮，到了最后，辉光焜耀，谁要是再想看她，她的光芒就要刺他眼睛了。等到太阳高高升起的时候，她在天空里俯视大地，俯视火车，俯视火车中的我，她又恢复了她那端庄威严、安详自在的神态，虽然是仍然跟着火车走，却再也没有那种仓促急忙的样子了。

这短短的车上观日出的经历，对我来说，简直像是一次神秘的天启。它让我暂时离开了尘世，离开了火车，甚至离开了我自己。我体会到变中有不变，不变中又有变；我体会到变化与速度的交互融合，交互影响。这种体会，我是无法说清楚的。等我回到车厢内的时候，人们还在熟睡未醒。我仿佛怀着独得之秘，静静地坐在那里，回想刚才的一切，余味犹甘。一团焜耀的光辉还留在我的心中。

1984年10月17日在烟台写初稿

1992年7月10日在北京写定稿

大觉寺

我为什么对大觉寺情有独钟呢？这问题提得很自然，但又显得颇为突兀。我似乎能答复，又似乎还不能。

将近七十年前，当我在清华园读书的时候，北京的古寺名刹，我都是知道的，什么潭柘寺、戒台寺、碧云寺、卧佛寺等，我都清楚。当时既无公共汽车，连自行车都极少见。我曾同一些伙伴“细雨骑驴登香山”。雨中山清水秀，除了密林深处间或有小鸟的啁啾声外，几乎是万籁俱寂。我绝非像陆放翁那样的诗人，但是，此时此地心中却溢满了诗意。“此中有真意，欲辨已忘言”，实不足为外人道也。

可是，大觉寺这个古刹，我却是没有听说过的。它对我完全是陌生的。原因大概是，这一座千年古刹在当时已经凋零颓败，再没有参观旅游的价值，被人们弃若敝屣了。

时间一下子跳过了五十年，我已届古稀之年，可以说是一个地地道道的老人了，可是我偏一点老的感觉都没有，有时候还会忽发少狂。此时，大觉寺已经名传遐迩，那一棵有三百年树龄的“玉兰之王”就生长在大觉寺中，每年春天花发时总会吸引众多的游人前去观赏。

80年代初的一个春天，听说“玉兰之王”正在繁花怒放，我于是同大泓和二泓骑自行车，长驱三四十公里，到大觉寺去随喜。走在半路上，想停车休息一会儿，我的双腿已经麻木，几乎下不了车。幸亏有了两个孩子的扶掖，才勉强再登上了车，鼓起余勇，一鼓作气，终于到达了大觉寺。

人们，其中包括一些学者，常说：第一个印象是最准确、最清晰，因而也就是最符合实际情况、最可靠的印象。我对大觉寺的第一个印象怎样呢？山门虽不新，但也没有给人以寥落颓败之感，想必是在过去五十年中修缮过一次，所以才有现在这个情况。这一天来的人多如过江之鲫，到处人声喧阗，古寺的沉寂完全被打破。好不容易挤进了寺门，只见殿阁庄严，花木葳蕤。丁香、藤萝已经开过，只剩下绿叶肥大。最引人注目的是那几棵千年古松柏，树身如苍龙盘曲，尖顶直刺入蔚蓝的晴空，使人看了，精神立刻为之一振。我们先看了北玉兰院的几棵玉兰，花开得正茂密。最后转到南玉兰院，看那一棵“玉兰之王”。躯干极粗，但是主干已锯掉，只剩下旁枝，至少已有上百年的历史；但是比起三百余年的主干，仍然如小巫见大巫。此时玉兰花正在怒放，花开得茂密压枝，与之相对的是一棵树龄比较小一点的紫玉兰。两棵树一白一紫，相映成趣。大地的无限活力仿佛都随着花朵喷涌出来。无论谁看了，都会感到生命力的无穷无尽；都会感到人间的可爱，人间净土就在眼前；都会油然产生凌云的壮志。我们也都兴会淋漓，又走上后山，看了水泉。然后出寺野餐，又骑上自行车，回到了燕园，留下了终生难忘的记忆。

时间又一下子跳了将近二十年。我已经到了望九之年，垂垂老矣。两年前，我忽然接到一份请柬，要我到大觉寺去为明慧茶院开院典礼剪彩。这使我有点惊愕：大觉寺怎么会同什么明慧茶院联系到一起呢？我准时去了，这是我第三次进大觉寺。此时此地，如果在江南，正是“杂花生树，群莺乱飞”的季节，现在这里却只有杂花，而无群莺。寺内外已加修缮，特别是从南玉兰院一直到后面上面水泉楼一路几层院落，修饰得美轮美奂，金碧辉煌，雕梁画栋，熠熠闪光。简直是换了人间，大非昔比了。可惜丁香、玉兰已经开过花，只有那一架古藤萝仍然是繁花满枝，引得蜜蜂团团飞舞。

明慧茶院是怎么一回事呢？原来是北大中文系毕业生欧阳旭先生弃学从商，用现在的话来说就是“下了海”。欧阳英年岐嶷，经营有方，过了没有多久，经营就有可观的规模。但他毕竟是文化人，发财不忘文化。

在众多经营之余，在海淀创办了国林风书店，其规模之大，可与风入松书店并驾齐驱。其藏书之精，又与万圣、风入松鼎足而三，为首都文化中心海淀增一异彩。据欧阳旭亲口告诉我，几年前，他同几个伙伴秋游，到了傍晚，在西山乱山丛中迷了路。“黄昏到寺蝙蝠飞”，他们碰巧走进了一座古寺，回不了城，就借住在那里。这就是大觉寺。夜里，他同管理寺庙的人剪烛夜话，偶然心血来潮，想在这座幽静僻远的古刹中创办点什么。三谈两谈，竟然谈妥，于是就出现了明慧茶院。难道这不就是佛家所说的因缘，俗语所说的机遇，哲学家所说的偶然性吗？

可是我心中有一个谜，至今仍处在解决与未解决之间。在宝刹大觉寺中可以兴办的事业是很多很多的，为什么欧阳旭独独钟情于茶呢？中国是茶的原产地，茶文化是中华文化不可分割的一个组成部分，中国饮茶的历史至少已有一两千年，而且茶文化传遍了世界，在日本独为繁荣，形成了闻名世界的日本茶道，也是日本文化不可分割的一部分。在欧洲，最著名的饮茶国家，喝的是红茶；在北非和中东，阿拉伯国家也喜欢饮茶，喝的是龙井，是绿茶。根据最近的世界饮料新动向，茶叶大有取代咖啡和可可之势，中国的茶文化传遍世界，为人类造福，为中华添彩，发扬光大之日，就在眼前了。

谈到饮茶，必须有两个绝不可缺少的条件：一个是茶，一个是水。北方不产茶，至少是北京不能产茶，这是天意，谁也无力回天。至于水，北京是有的。但是山中有水，在北方实如凤毛麟角。有水斯有寺，有寺斯有名，这是北京的独特规律。山泉与普通河水迥乎不同，它来自高山深处，毫无污染，而且还含有许多对人体有益的微量元素，入口甘甜，如饮醍醐。再加上名茶一泡，天造地设，相得益彰。大觉寺就以泉水著称，一千余年前的辽代之所以在这里建寺，主要就是这里有甘泉。不管天多么旱，泉水总是从寺后最高处潺湲流出，永不衰竭。这是一个极为难得的条件。甘泉再佐以佳茗，则二美俱矣。这个好像摆在眼前现成的想法，为什么别人就从未想到过，只有等到20世纪末来了一个年轻小伙子欧阳旭才想到了，而且立即付诸实施建立了明慧茶院呢？这里面难道还有什么十分深奥难测的奥义吗?

不管怎样，明慧茶院建立起来了。开幕的那一天，虽然没有能看到玉兰开花，但是，到的名人颇为不少，学术界和艺术界的一些著名人物，如欧阳中石、范曾等，都光临了。大家在憩云轩观赏禅茶表演。几个被派到南方专门学习禅茶表演的年轻女孩子，在挂在门上的绣有一个大大的“禅”字的帷幕前，在一张精心布置的桌子上，认真表演茶艺，伴奏的是佛乐，庄严肃穆，乐声低沉而清越。唐明皇当年听到了仙乐，“骊宫高处入青云，仙乐风飘处处闻”。此时我们听到的是佛乐，乐声回荡在憩云轩前苍松翠柏之间，回荡到下面“玉兰之王”所住的明德轩小院中，回荡到上面山泉流出处的楼阁间，佛乐弥漫了整个大觉寺，仿佛这里就是人间净土，地上桃源。我因为坐在第一张桌子旁，得天独厚，得以喝到第一杯禅茶，味道确同平常的不同，其余的嘉宾也都听了佛乐，喝了名茶，大家颇有点流连忘返之意。

从此北京西山增添了一个景点。而我心中则增添了一个亮点。

我有时候无缘无故地就想到大觉寺，神驰那里的苍松翠柏、玉兰、藤萝。第二年，正当玉兰开花的时候，我急不可待地第四次到了大觉寺。那时许多棵玉兰都在奋勇怒放。那一棵“玉兰之王”开得更是邪乎，满树繁花，累累垂垂，把树干树枝完全盖满，只见白花，不见青枝，全树几千朵花仿佛开成了一朵硕大无朋的白色大花，照亮了明德轩小院，照亮了整个大觉寺，照亮了宇宙。逼得旁边那一棵有名的鼠李寄柏干瘪无光。连同“玉兰之王”对生的那一棵紫玉兰也失去了光彩。我失去了描绘的能力，思想和语言都一样，嘴里只能连声赞叹：奈何！奈何！

过了不过个把月，我又一次来到了大觉寺，这次同来的有侯仁之、汤一介、乐黛云、李玉洁等人，我们第一次在这里过夜。侯仁之和我两个老头儿，被欧阳旭安排在明德轩所谓“总统套房”中。既曰“总统”，必然华贵。我是个上不得台盘的人，平生不想追求华贵。我曾在印度总统府里住过。在一间像篮球场那样大的房间里，一个卧榻端端正正摆在正中央。我躺在上面，四顾茫然，宛如孤舟大洋，海天渺茫，我一夜没有睡着。今天又要住总统套房，心里真有点犯嘀咕。此时玉兰已经绿叶满枝，不见花影，而对面的一棵太平花则正在疯狂怒放，照得满院生辉。晚饭后，我们几个人围坐在太平花下，上天下地，闲聊一番。寂静的古寺更加寂静，仿佛宇宙间只有我们几个人遗世而独立，身心愉快，毕生所无。走进总统套房，居然一夜酣睡，真如羲皇上人矣。

第二天，我照例凌晨四点起床，走出明德轩。此时晨曦未露，夜气犹存，微风不起，松涛无声。太平花似乎还没有睡醒，"玉兰之王"的绿叶也凝定不动。古寺中一片寂静。只有屋脊上狂窜乱跳的小松鼠，跑来跑去，络绎不绝，令人感到宇宙还在活着，并未寂灭。我一个人独立中庭，享受了生平第一个恬谧甜蜜的早晨，让我永世难忘。

从此以后，我心中的那个亮点更加明亮了。我常常想到大觉寺，只要有机会，我就到大觉寺来。能够谈得来的一些朋友，我也想方设法请他们到大觉寺来品茗，最好是能住上一夜，领略一下这一座古寺的静夜幽趣。连从台湾不远千里而来的台湾大学图书馆馆长林光美女士，尽管是戎马倥偬，南北奔波，我也请她到大觉寺来住了一夜。她是品茗专家，是内行，她对大觉寺泉水和名茶的赞扬，其意义应该说是与众不同的。现在她已经回到了台北，我相信，她带回去的一定是对大觉寺美好的回忆。

至于我自己为什么这样向往大觉寺呢？这要从我目前的生活情况谈起。近几年来，不知道是从哪里来的一片虚名，套在了我的头上，成了一圈光环，给我招惹来了剪不断理还乱的麻烦。这个会长，那个主编，这个顾问，那个理事，纷至沓来，究竟有多少这样的纸冠，我自己实在无法弄清，恐怕只有上帝知道了。我成了采访的对象，这个电台，那个电视台，这家报纸，那家杂志，又是采访录像，又是电话采访。一遇到什么庆典或什么纪念，我就成了药方中的甘草，万不能缺。还有无穷无尽的会议，个个都自称意义重大，非参加不行。每天下午，我就成了专家门诊的专家，客厅里招待一拨客人，另外一拨或多拨候诊者只好在别的屋里等候。采访者照相成了应有之义。作道具照相，我已习惯；但是，照相者几乎每次必高呼："笑一笑！"试问我一肚乱絮般的思绪，我能笑得起来吗？即使勉强一笑，脸上成什么模样，我自己是连想都不敢想的。校系两级领导，关心我的健康，在我门上贴上了谢绝会客的通知。然而知书识字的来访者却熟视无睹，依然想方设法闯进门来。听说北京某大学某一位名人，大概遇到了同我一样的遭遇，自己在门上大书：某某死了！但是，死了也不行，他们仍然闯进门来，要向遗体告别。

"文化大革命"期间，我忽发牛劲，以卵击石，要同北大那位"老佛爷"决斗，结果全军覆没，被抄家，被批斗，被关进牛棚，好不容易捡回来了一条小命，却成了"不可接触者"。几年之内，我没接到一封来信，没有一个客人。走在校内，没有哪个人敢同我说上一句话。我自己知趣，凡上路，必茫然向前看，决不左顾右盼，也决不敢踩别人的影子，以免把灾殃传给别人。你说，这样心里能痛快吗？当然不能。有时候我一个人困居斗室，感前途之无望，悲未来之渺茫，只觉得凄凉、孤独、寂寞、无助，此中滋味，非同病者实难相怜也。

然而，物换斗移，时异世迁，我从一个"不可接触者"一变而为"极可接触者"，宛如从十八层地狱一下子跃上三十三天。最初有一阵喜悦，自是人之常情。然而，时隔不久，这喜悦就逐渐淡漠下来，代之而起的是无名的苦恼。"千秋万岁名，寂寞身后事"，我不想争名。我的收入足以维持我那水平不高的生活，我不想夺利。我现在要求最迫切的是还我清静。"不可接触者"是最容易得到清静的。然而如今谁有这个本领能发动亿万群众，共同上演一出空前残暴的悲剧呢？他年于无意中得之的"不可接触者"的地位，如今却是可望而不可即了。

我现在希望得到的是一片人间净土，一个世外桃源。万没想到，我又于无意中得到了净土和桃源，这就是欧阳旭在大觉寺创办的明慧茶院。我每次从燕园驱车往大觉寺来，胸中的烦躁都与车行的距离适成反比，距离愈拉长，我的烦躁愈减少，等到一进大觉寺的山门，我的烦躁情绪一扫而光，四大皆空了。在这里，我看到了我的苍松、翠柏、丁香、藤萝、梨花、紫荆，特别是我的玉兰和太平花，它们都好像是对我合十致敬。还有屋脊上窜跳的小松鼠，也好像对我微笑。我想到我前不久写的那一副对联："屋脊狂窜小松鼠　满院开满太平花"，不禁心旷神逸，虽古代桃花源中人，也不得不羡慕我了。

大概从人类有了较大的城市之日起，城市就与大自然形成了对立面，形成了鲜明的对照。连一千多年前的陶渊明都曾高唱："久在樊笼里，复得返自然。"欢悦之情，跃然纸上。清代末年，德国汉学家福兰阁任德国驻清朝的外交官，经常"上山"。我从他儿子傅吾康嘴里经常听到"上山"这个词儿。上哪个山呢？我从来没有问过，反正他每次来北京，总有一半时间"上山"。最近我才知道，他们父子俩上的山就是大觉寺，德国人毕竟是热爱自然的民族。到了今天，城市越来越大，越来越热闹，红尘万丈，喧嚣无度，虽然不能每个人都有像我那样的烦躁，但烦躁总会有的，只不过程度高低不同而已。大家都会渴望拥抱大自然，都在不同程度上想找一个人间净土，世外桃源。可每一个并不能都找得到，这不能不说是一件憾事。

我是有福的，我找到了大觉寺明慧茶院，而且帮助我的朋友们认识这是一块人间净土，世外桃源，我的朋友们也都有福了。

我心中的那一个亮点将会愈来愈亮，愈亮。

1999年5月22日写毕

第七辑

南国风光

登黄山记

早就听人说过："五岳归来不看山，黄山归来不看岳。"又经常遇到去过黄山的人讲述那里的奇景，还看到画家画的黄山，摄影家摄的黄山，黄山在我的心中就占了一个地位。我也曾根据那些绘画和摄影，再搀上点传闻，给自己描绘了一幅黄山图，挂在我的心头。我带着这样一幅黄山图曾周游国内，颇看了一些名山大川。五岳之尊的泰山，我曾凌绝顶，观日出。在国外，我也颇游览了一些国家，徜徉于日内瓦的莱茫湖畔，攀登了雪线以上的阿尔卑斯山，尽管下面烈日炎炎，顶上却永远积雪皑皑。所有这一切都是永世难忘的。但是我心中的那一幅黄山图，尽管随着游览的深广而多少有所修正，但毕竟还是非常美的，非常迷人的。

今天我就带着我心中的那一幅黄山图，到真正的黄山来了。

汽车从泾县驶出，直奔黄山。一路上，汽车蜿蜒绕行于万山丛中。我的幻想也跟着蜿蜒起来。眼前是千山万岭，绵延不绝；但是山峰的形象从远处看上去都差不多。远处出现了一个耸入晴空的高峰，"那就是黄山了吧！"我心里想。但是一转眼，另一个更高的山峰呈现在我的眼前，我只好打消了刚才的想法。如此周而复始，不知循环了多少遍。还有一个问题一直萦回在我的脑际：在这千山万岭中，是谁首先发现黄山这一个天造地设的人间仙境呢？是否还有另一个更美的什么山没有被发现呢？我的幻想一下子又扯到徐霞客身上。今天我们乘坐汽车来到这里，还感到有些疲惫不堪。当年徐霞客是怎样来的呢？他只能自己背着行李，至多雇上一个农民替他背着，自己手执藤杖，风餐露宿，踽踽独行于崇山峻岭中，夜里靠松明引路，在虎狼的嗥叫声中，慢慢地爬上去。对比起来，我们今天确实是幸福多了……

就这样，汽车一边飞快地行驶，我一边在飞快地幻想。我心里思潮腾涌，绵绵不断，就像那车窗外的绵延的万山一样。

汽车终于来到了黄山大门外。

一走进黄山大门，天都峰就像一团无限巨大的黑色云层，黑乎乎地像泰山压顶一般对着我的头顶压了下来，好像就要倒在我的头上。我一愣：这哪里是我心中的那个黄山呢？然而这毕竟是真实的黄山。我几十年蕴藏在心中的那一幅黄山图一下子烟消云散了。我心中怅然若有所失，但是我并不惋惜。应该消逝的让它消逝吧！我现在已经来到了真实的黄山。

从此以后，真实的黄山就像一幅古代的画卷一样，一幅一幅地、慢慢地展现在我的眼前。

出宾馆右行，经疗养院右转进山。山势一下子就陡了起来。我曾经听别人说过，从什么地方到什么地方是多少多少华里。在导游书上，我也看到了这样的记载。我原以为几华里几华里都是在平面上的，因此我对黄山就有了一些不正确的理解。现在，接触了实际，才知道这基本上是按立体计算的。在这里走上一华里，同平地上不大一样，费的劲儿要大得多。就是向上走上一尺，也要费上一点力气。没有别的办法，只好喘气流汗了。我低头看着脚下的台阶，右手使劲地拄着竹杖，一步一步地向上爬行。我眼睛里看到的只是台阶，台阶，台阶。有时候，我心里还数着台阶的数目。爬呀，数呀，数呀，爬呀，以为已经很高了。但是抬眼一看，更高、更陡、更多的台阶还在前面哩。想当年登泰山的时候，那里还有一个“快活三里”。这里却连一个快活三步都没有。但是，既来之，则安之，爬就是一切。

我到黄山来，当然并不是专为来走路的。我还是要看一看的。但是，在黄山，想看也并不容易。有经验的人说：“走路不看山，看山不走路。”这确实是至理名言。这有点像鱼与熊掌的关系，不可得而兼之。谁要想

"兼之"，那就有失足坠下万丈深涧的危险。我只在爬到了一定的阶段时，才停下脚步，小心地抬头向身后和左右看上一看，但见峭壁千仞，高岭入云，幽篁参天，苍松夹道，鸟鸣相和，蝉声四起。而且每看一次，眼前的情景都不一样，扑朔迷离，变幻万端。就连同一个地方，从不同的角度去看，都能看出不同的形象。从慈光阁看朱砂峰，看到天都峰上的金鸡叫天门。但是登上龙蟠坡，再抬头一看，金鸡叫天门就变成了五老上天都。在什么地方才能看到黄山真面目呢？我想，在什么地方也是看不到的。我很想改一改苏东坡的诗："横看成岭侧成峰，远近高低各不同。不识黄山真面目，即使身在此山中。"

我有时候也有新的发现，我简直觉得其中闪现着"天才的火花"，解人难得，我只有自己拍手（这里没有案）叫绝。比如，我看远山上的竹石树木，最初只觉得一片蓊郁。但细看又有明暗之别。有的浓绿，有的淡绿。经过我再三研究揣摩，我才发现，明的是竹，暗的是松，所谓"苍松翠竹"，大概指的就是这个意思吧。我又想改陆游的两句诗："山穷水复疑无路，松暗竹明又一山。"

一想到陆游，我又想到了徐霞客。我们且看看他登上慈光寺以后是怎样看黄山的：

> 由此而入，绝巘危崖，尽皆怪松悬结；高者不盈丈，低仅数寸，平顶短鬣，盘根虬干，愈短愈老，愈小愈奇。不意奇山中又有此奇品也。

他看到了奇山，又看到了奇松。他看到的山同我们今天看到的几乎完全一样，这毫无可怪之处。但是他看到的松，有多少是我们今天还能看到的呢？"愈短愈老，愈小愈奇"，难道在这几百年的漫长时间内，它们就一点也没有长吗？就是起徐霞客于地下，我这样的问题恐怕也无法回答了。

我就是这样一边爬，一边看，一边改着古人的诗，一边想到徐霞客，手、脚、眼、耳、心，无不在紧张地活动着，好不容易才爬到了天都峰脚下。这是一个关键的地方。向右一拐，走不多远，就可以登上台阶，向着天都峰爬上去。天都峰是黄山的主峰。不到天都非好汉，何况那天险鲫鱼背我已经久仰大名，现在站在天都峰下，一抬头就可以看到，上面有蚂蚁似的人影在晃动，真是有说不出的诱惑力啊！但是一看到那一条直上直下的登山盘道，像一根白而粗的线绳一样悬在那里，要爬上去，还真需要有一把子力气呢。我知道，倘若给我半天的时间，登上去也是没问题的。可惜现在早已经过了中午，到我们今天的住宿的地方玉屏楼还有一段路要走。我再三斟酌，只好丢掉登天都峰的念头，这好汉看来当不成了。我一步三回头地向左一拐，拾级而上，一直爬到了一线天的门口。这时我们坐了下来，背对一线天口，脸朝前望，可以看到近在咫尺的蓬莱三岛。所谓蓬莱三岛只是三个石笋似的小山峰，上面长着几棵松树。下面是一片深不见底的山谷。据说，白云弥漫时，衬着下面的云海，它们确确实实像蓬莱三岛。但现在却是赤日当空，万里无云，我只能用想象力来弥补天公的不作美了。

一线天真正是名副其实。在两个峭壁中，只有一条缝隙，仅容人体，抬眼一看，只见高处露出一线光明，上面是蓝蓝的天，这一团光明就召唤着我们，奋勇前进。我们也就真的一个个精神抖擞，鼓足了余勇，爬了上去。低头从我们两条腿中间向后看去，还可以看到悬挂在天都峰上的那一条白练似的磴道。

过了一线天，再向右一拐就走上了玉屏楼，这里是从温泉到北海去的必由之路。一般人都是在这里过夜的。徐霞客时代，这里叫玉屏风。他在《游记》里写道："四顾奇峰错列，众壑纵横，真黄山绝胜处。"可见徐霞客对此处评价之高。原来这里有一座庙，叫做文殊院。古人曾说过："不到文殊院，没见黄山面。"这同徐霞客的意见是一致的。

这里有什么特点呢？这里是万山丛中一块比较平坦的地方，好像天造地设，就是一个理想的中途休息的地方。一转过山角，就能看到峭壁上长着一棵松树。提起此松，真是大大有名。全中国人民和全世界人民大概都经常能看到它的形象。挂在人民大会堂里的那一幅叫做“迎客松”的照片，就是它。这棵松树的大名就叫做“迎客松”。许多来访的外国领导人，以及名人、学者会见中国领导人时，就在那个照片下面照相。你看它伸出双臂，其实是不知道多少臂，仿佛想同来游的人握手、拥抱，它那青翠的枝头仿佛能说出欢迎的语言，它仿佛就是黄山好客的象征，不，它实际上成了中国人民好客的象征。你若问它的高寿，那就很难说。它干并不粗，也不特别高，看样子它至多也不过几十年至百年，然而据人说，它挺立在这里已经有一千多年的历史了。这里山高风劲，夏有酷暑，冬有寒冰，然而它却至今巍然屹立，俊秀挺拔，苍翠欲滴，枝头笼烟，仿佛正当妙龄青春。我在这里祝它长寿！

至于玉屏楼本身，可看的东西并不多。只是因为此地处万山之中，抬眼四顾，前有大谷深壑，下临无地，上面有参天云峰，耸然并立。同前一段的地无三尺平的情况比较起来，当然显得空阔辽阔，快人心目。当白云弥漫时，云海苍茫，必然另有一番景色。可惜我们没有这个福气，只看到了一片干涸了的大海。在玉屏楼的右边，就是那一棵在名声上稍逊一筹的送客松。它也像迎客松一样，伸出了它那许多胳臂，好像向游客告别，祝他们身强体健，过一些时候再来黄山。我也祝它长寿！

我们就是在住宿一夜之后，怀着还要再回来的心情走过这一棵松树向黄山深处前进的。一走过送客松，山路就好像一反昨天上山时的规律，陡然下降，下降，下降，再下降，一直降到涧底。这一段路走起来非常舒服，似乎还要超过泰山的“快活三里”。我们虽低头走路，仍可以抬头望山。走过望客松，蒲团松，右边可以看到指路石，回头则见牛鼻峰上的犀牛望月。下到深涧涧底以后，一泓清泉，就在道旁，清澈见底，冷冽可饮。拿做文章来比，我们走这一段山路，好像是在作“承”的那一段，“起”得突兀，“承”得和缓，我们过了一段舒服的时光。

但是，再拿做文章来比，“承”过以后，就来了“转”，这一“转”，可真不得了。到了涧底，抬眼一看，前面是八百级的莲花沟。这八百级仿佛是直上直下，令人看了真有点发怵。实际上，往上攀登的时候，比在下面仰望时更令人感到可怕。我们面前好像只有这一条窄窄的石阶，只能向上，不能回转，“马行在夹道内，难以回马”，不管流多少汗，喘多少气，到此也只有奋勇攀登，再没有回旋的余地了。

皇天不负有心人。爬上了八百石阶，一转就到了莲花峰脚下。这一座莲花峰也是黄山主峰之一。从它的脚下上山好像比从天都峰脚下攀登天都峰要容易得多，只需往右一转，爬上几个台阶就可以达到峰顶。然而，正唯其觉得容易，也就失掉了吸引力。同时，我们今天的目标是到北海。我于是只在莲花峰下少坐片刻，抬头看到不远的峰顶上游人多如过江之鲫，然后左转走上前去。要说到黄山的险境，仿佛现在才算是开始。身右峭壁凌空，左边却是悬崖无地。山路是整修过的，在最危险的地方加了石头栏杆或铁链。但栏外就是危险境地，好像泰山上的阴阳界一样。走在这样的地方，连昨天奉行的“看山不走路，走路不看山”的箴言都无法奉行，无已，只有一心一意埋头苦走而已。这里就是鼎鼎大名的万丈云梯，真可以说是名不虚传。但是，大自然最憎恨的是单调，它决不会让百步云梯成为千步云梯，万步云梯。过了百步云梯，又是一段比较平直的山路。此时我仿佛已经过了险关，大有闲情逸致，观赏山景。蓦地抬头，在远处的山崖上，忽然看到“万绿丛中一点红”。此时正是盛夏，早过了春暖花开的时节。这一点红是哪里来的呢？我无法攀上悬崖去看，无从探索与研究。我只有沉入幻想中，幻想暮春四五月间，黄山漫山遍野开满了杜鹃花的情况。我眼前的黄山一下子变了样，“日出山花红胜火”，红色的火焰仿佛燃遍了全山，直凌太空，形成了一幅红透宇宙的奇景。

就这样，一路幻想下去。平路走尽，又上山路，穿过鳌鱼洞，就到了天海。这一段路更平了，仿佛已经离开黄山，到了平地上。一路树木蓊郁，翠竹夹道，两旁蝉声啼不住，轻身已到北海边。

北海真是个好地方。人们已经看过了天都峰和莲花峰，奇景险境，久已身履，大概总会觉得黄山胜境已经探过，到了北海已经成为尾声了。

然而实则不然。

我先讲一个口头传说。距北海不远有一个山峰，叫做始信峰。什么叫始信峰呢？这里熟于掌故的人说，就是“开始相信”，意思就是，到了这里才开始相信黄山之美。不管这个解释是否正确，是否就是原意，我确确实实是相信的。我到了北海以后，才知道，北海绝不是黄山之游的尾声，而是高峰，是顶端。上文曾引过一句古语：“不到文殊院，没见黄山面。”我想改一改：“走不到北海，黄山没有来。”再拿写文章作比，如果过了玉屏楼算是“转”，那么，到了北海就算是“合”。一篇精巧的文章写到这里，才算是达到精妙的顶点，黄山乃山中之奇山，北海是众奇并备，万巧同臻。游黄山到此，真可以说是叹观止矣。

然而究竟“合”出一些什么东西来呢？

三言两语是说不完的。以北海为中心，三五华里的半径内，景色万千，名目繁多。大则崇山峻岭，小至一石一树，无不奇绝人寰。从宾馆右转，走不多远，在深山绝谷的边缘上，出现了散花精舍，前面不远就是梦笔生花，笔架峰，骆驼石，上升峰和老翁钓鱼，再往前走就是始信峰。登上始信峰顶，下临无地，隔着深涧远处可见仙女峰、石笋矼，石笋壁立千仞，真仿佛天上有一个顶天立地的金刚巨无霸从上面把石笋栽在那里，成为宇宙奇观。我们只是从远处看石笋矼的，徐霞客是亲身到过。他在《游记》里写道：“趋石笋矼，至向年所登尖峰上，倚松而坐，瞰坞中峰石回攒，藻绘满眼，如觉匡庐、石门，或具一体，或缺一面，不若此之闳博富丽也。”

“闳博富丽”当然还不仅限于石笋矼。北海附近这一些名胜，无不“闳博富丽”“藻绘满眼”。比如清凉台、曙光亭，都各有奇妙之处。出宾馆左折西行，可以到西海。沿路青松参天，翠竹匝地。有很多有名的奇景。走到尽头，同别的地方一样，眼前又是峭壁千仞，深涧万寻。从这里的排云亭上，可以看到丹霞峰、松林峰、石床峰，各个刺入青天，令人神往。据说这地方是看落照的好地方，可惜我们来的时候，不是黄昏，我们只有怅望西天，幻想一番日落西山、红霞满天的情景而已。

是不是北海就只“合”出了这样一些东西来呢？

也还不是的。黄山有所谓四大奇景：奇松、怪石、云海、温泉。温泉一进山就可以看到，上面已经说过，这里不再提了。其他三奇，除了云海以外，一进山也都陆续可以看到。从慈光阁开始，只要你注意，奇松、怪石，到处可见。简直是让你一步一吃惊，一步一感叹。到了北海算是达到了顶峰，所谓集大成者就是。

那么，人们也许要问，奇松奇在什么地方呢？这个问题问得好，我初次听说奇松时，心里也泛起过这个问题。我游遍了黄山，到了北海，要想答复这个问题，也还感到非常困难，简直可以说是回答不出。我常常想，世间一切松树无不是奇的。奇就奇在它同其他一切树都不一样。其他树木的枝子一般都是往上长的，但是松树的枝干却偏平行长着或者甚至往下长。其他树木从远处看上去都能给人一个轮廓，虽然茂密，但却杂乱；然而松树给人的轮廓却是挺拔、秀丽，如飞龙，如翔凤，秩序井然，线条分明。松柏是常常并称的。如果它们站在一起，人们从远处看，立刻就能够分清哪是松，哪是柏。总之一句话，我们脑中一切关于树的规律，松树无不违反。此之所谓奇也。

但是，黄山上的松树比其他地方更奇，是奇中之奇。你只要看一看黄山上有名字的名松，你就可以知道：蒲团松、连理松、扇子松、黑虎松、团结松、迎客松、送客松、飞虎松、双龙松、龙爪松、接引松，此外还不知道有多少松。连那些不知名的大松、小松、古松、新松，长在悬崖上的松，长在峭壁上的松，长在任何人都不能想象的地方的松，千姿百态，石破天惊，更是违反了一切树木生长的规律。别的地方的松树长上一千多年，恐怕早已老态龙钟了，在这里却偏偏俊秀如少女，枝干也并不很粗。在别的地方，松树只能生长在土中；在这里却偏偏生长在光溜溜的石头上。在别的地方，松树的根总是要埋在土里的；在这里却偏偏就把大根、小根、粗根、细根，一股脑地、毫不隐瞒地、赤裸裸地摆在石头上，让你看了以后，心里不禁替它担起忧来。黄山松奇就奇在这里。看松而看到黄山松，真可以说是达到顶峰了。

谈到怪石，也真是够怪的。那么这些石头怪又怪在何处呢？在别的名山胜地中，也有一些有名有姓的山峰，也有一些有名有姓的石头。但是在黄山，这种山峰和石头却多得出奇：虎头岩、郑公钓鱼台、莺谷石、碰头石、鲫鱼背、羊子过江、仙人飘海、仙桃石、蓬莱三岛、鹦哥石、飞鱼石、采莲船、孔雀戏莲花、象石、金龟望月、仙鼠跳天都、仙人下轿、仙人把洞门、姜太公钓鱼、犀牛望月、指路石、金龟探海、老僧入定、老僧观海、仙人绣花、鳌鱼吃螺蛳、容成朝轩辕、鳌背驮金鱼、仙人下棋、仙人背包、飞来钟、老翁钓鱼、梦笔生花、猪八戒吃西瓜、书箱峰、达摩面壁、仙人晒靴、老虎驮羊、天鹅孵蛋、关公挡曹、仙人铺路、太白醉酒、五老荡船、天狗望月、双猫捕鼠、苏武牧羊、老僧采药、仙人指路、喜鹊登梅、猴子捧桃，等等，等等。名目确实够繁多的了。名目之所以这样繁多，决定因素就是因为这里石头长得怪。如果不怪的话，就决不会有这样多的名目。你以为这些五花八门的名目已经把黄山的怪石都数尽了吗？不，还差得很远。如果你有时间，静坐在黄山的某一个地方，面对眼前的奇峰怪石，让自己的幻想展翅驰骋，你还可以想出一大批新鲜动人的名目。比如我们几个人在西海排云亭附近面对深涧对面的山，我看出了一座“国际饭店”。这个名字一提出，你就越看越像，像得不能再像了，我们都为这个天才的发现而狂欢。假我以时日，我们可以巧立名目，为黄山创立一大批新鲜、别致，不但神似而且形似的名目，再为黄山增添光彩。

在怪石中最怪的，当然要数飞来石。顾名思义，人们认为这块大石头是从天外飞来的。我们从玉屏楼到北海的路上，快到北海的时候，已经从远处看到了它。它是在一座小山峰的顶上，孑然耸立在那里。上粗下细，同山峰接触的地方只是一个点，在山风中好像是摇摇欲坠，让人不禁替它捏一把汗。后来我们从北海到西海，在回去的路上，爬了上去，一直爬到峰顶上，同黄山别的山头一样，小小的一个峰顶，下临万丈深涧。看到飞来石，我们都大吃一惊：原来同峰顶连接的地方有一条缝。这样一块巨石，上粗下细，又不固定在峰顶上，怎能巍然屹立在那里，而且还不知已经屹立了多少年呢？在这漫长的时间内，谁知道它已经经历了多少狂风暴雨，山崩地震呢？而它到今天仍然是岿然不动，简直违反了物理的定律。我们没有别的话可说，只能说它是奇中之奇了。

至于黄山的云海，更是我闻所未闻，见所未见。一座大山竟然有北海、西海、天海、前海、后海，这样许多海，初听时难道不真是让人不解吗？原来这些海都是云海。我从小读王维的诗："行到水穷处，坐看云起时。"觉得这个境界真是奇妙，心向往之久矣。可是活了六十多岁，也从来没能看到云起究竟是什么样子。一天，我们正在北海的一个山头上，猛回头，看到隔山的深涧忽然冒起白色的浓烟。我直觉地认为这是炊烟。但是继而一想，炊烟哪能有这样的势头呢？我才恍然：这就是云起。升起来的云彩，初时还成丝成缕，慢慢地转成一片一团，颜色由淡白转浓，最初群山的影子还隐约可见，转瞬就成了一片云海，所有的山影都被遮住，云气翻滚，宛若海涛。然而又一转瞬，被隐藏起来的山峰的影子又逐渐清晰，终于又由浓转淡，直到山峰露出了真面目，云气全消，依然青山滴翠，红日皓皓。所有这一切都发生在几分钟内。这算不算是云海呢？旁边有人说："还不能算是真正的云海。那要大雨之后。"我只好相信他的话。但是，"慰情聊胜无"，不是比没有看到这种近似云海的景象要好得多吗？

除了上面谈的四大奇景之外，我还有一点意外的收获，那就是我在黄山看了日出。日出并没有列入黄山四奇之内，但仍然可以说是一奇。北海的曙光亭，顾名思义，就是看日出的最好的地方。几十年前，当我还年轻的时候，我曾登泰山看日出，在薄暗中，鹄候在玉皇顶上，结果除了看到一团红红的云彩之外，什么也没有看到。我只有暗自背诵姚鼐的《登泰山记》，聊以自慰：

> 及既上，苍山负雪，明烛天南，望晚日照城郭，汶水、徂徕如画，而半山居雾若带然。戊申晦五鼓，与子颍坐日观亭待日出。时大风扬积雪击面。亭东自足下皆云漫。稍见云中白若樗蒱数十立者，山也。极天云一线异色，须臾成五采，日上，正赤如丹，下有红光，

动摇承之。或曰：此东海也。

这一次来到黄山北海。早晨天还没有亮，就有人跑着、吵着去看日出。我一骨碌爬起来，在凌晨的薄暗中摸索着爬上曙光亭，那里已经是黑压压的一团人。我挤在后面，同大家一样向着东方翘首仰望。天是晴的，但在东方的日出处，却有一线烟云。最初只显得比别处稍亮一点而已。须臾，彩云渐红，朝日露出了月牙似的一点；一转眼间，它就涌了出来，顶端是深紫色，中间一段深红，下端一大段深黄。然而立刻就霞光万道，白云为霞光所照，成了金色，宛如万朵金莲飘悬空中。

就这样，黄山的三奇，奇松、怪石、云海，还加上一个奇：日出。我在黄山，特别是在北海，都领略过了。再拿做文章来打个比方，起、承、转、合，这几大股都已作完，文章应该结束了。

然而不然，从我的感情和印象说起来，合还没有合完，文章也就不能结束。从我的激情来看，这仿佛刚才达到高潮，文章更不能就此结束了。我们原来并不想在北海住这样久。但是越住越想住，越住越不想走。三天之内，我们天天出去，天天有新的发现，大有流连忘返之意。我们最后怀着惜别的心情，离开了北海的时候，我的内心如潮涌，如云起，一步三回头。我们绕过黑虎松走上后山的道路，向着云谷寺的方向走去。一路之上，流水潺潺，山风习习，蝉声相送，鸟鸣应和，苍松翠竹，映带左右。我们又像走到山阴道上，应接不暇了。但是我们走到幽篁中，闻鸟声却不见鸟，我们笑着开玩笑说，这是留客鸟，它们也惋惜我们即将离去，大有依依不舍之意呢。

此时周围清幽阒静，好像宇宙间只有我们几个人似的。但是我的内心里却又像来黄山的路上那样如波涛汹涌，遐想联翩，我想到过去游览过国内外的名山大川。我一时想到泰山，一时又想到石林。这都是天下奇秀，有口皆碑。但是我觉得，同黄山比起来，泰山有其雄伟，而无其秀丽；石林有其幽峭，而无其雄健。黄山是大则气势磅礴，神笼宇宙，小则剔透玲珑，耐人寻味。如果拿美学名词来比附的话，我们就可以说，黄山既有阳刚之美，又有阴柔之美。可谓刚柔兼，二难并，求诸天下名山，可谓超超玄箸了。

我一下子又想到中国的山水画。远山一般都只用淡墨渲染，近山则用各种皴法。对远山的那种处理，只要在有山的地方，看到过远山的人，都会同意的，都会知道，那实际上是把自然景物，再加上点画家个人的幻想与创造，搬到了纸上来的。这不同于自然主义，这是形似而又神似。但是对近山的那些不同的皴法，则生长在北方高山不多的地方的人，有时就不大容易理解，认为这不过是画家的传统手法，没有多大意思的。特别是对大涤子这样的画家，更不容易理解。今天我到了黄山，据说大涤子在这里住过，积年疑团，顿时冰释。我站在任何一个悬崖峭壁的下面，抬头仰望，注意凝视，观之既久，俨然是一幅大涤子的山水画出现在自己的眼前，我也俨然成了画中人了。但见这一幅画，笔墨恣纵，元气淋漓，皴法新颖，巨细无遗。倘若我们请天上匠作大神，来到人间，盖上一座万丈高的大厦，把这一幅大画挂在里面，不知会产生什么效果，恐怕观赏的人都会目瞪口呆、惊愕万状吧！此时，只在此时，我才真正理解中国古代山水画家，其中也包括像大涤子这样有天才、有独创性，能独辟蹊径，开一代风气的画家，都是在仔细观察自然山色，简练揣摩，融会贯通之后才下笔的。他们绝不是专门抄袭古人，拾古人牙慧的。

我一下子又想到，天下名山多矣，中外皆然。但是像黄山这样的名山，却真如凤毛麟角。为什么中国竟会有黄山这样的山呢？这个问题似乎非常幼稚，实际上却是发自我内心深处的一个问题。我并不觉得它有什么幼稚、可笑。古人会说，这是灵气所钟。什么又是灵气呢？灵气这东西摸不着，看不到，实在是玄妙得很。但是依我看，它又确实是存在着的。我们一到黄山，第一天晚上，坐在宾馆外深涧岸边，细听涧中水声，无意中捉到了一个萤火虫，发现它比别的地方的都大而肥壮。后来我们又发现这里的知了也比别的地方的大而肥壮，就连苍蝇也和别的地方不同，大得、壮得惊人，而在海拔近两千尺的天都峰顶，天风猎猎，人站在那里都摇摇欲坠，然而却能见到苍蝇，而且都有点气魄，飞驶迅速，呼啸而过。这实在使我吃惊不小。不用灵气所钟，又怎样解释呢？世界各国都有它们灵气所钟的地方，对于这些地方，只要我能走到、看到，我都喜爱、欣赏，一视同仁，绝不会有任何偏心。但是，有黄山这样灵气所钟的地方，我作为一个中国人感到无比的骄傲与幸福。我因此更热爱我们这一块土地，我更热爱我们这一个国家。我们也并不想把黄山秘而不宣，独自享受。“但愿人长久，千里共婵娟”。我也但愿世界永存，黄山永在，永远以它那无比美妙的山色，为我们提供无比美妙的怡悦。

我一下子又想到，古人说，人生要读万卷书，行万里路。又说太史公司马迁周览名山大川，故其文疏宕有奇气。还有人说，唐代大书法家张旭观公孙大娘舞剑器，因而书法大进。我现在游览了黄山，将来会产生什么样的影响呢？我一非文豪，二非书法家，这影响究竟要产生在什么地方呢？不管怎样，影响终归会有的，我且拭目以待。

我就是这样一边走，一边想，一边还欣赏四周奇丽景色，不知不觉地就回到了温泉。等到我从北海返回温泉的时候，我仿佛成了一个阿丽丝，我漫游了一个奇而又奇的奇境。过去一周的游踪，历历呈现在我心中。我的黄山梦于今实现了。但我并不满足于实现了梦境，而是梦得更加厉害起来。我仿佛还并没有到过真正的黄山，不，黄山对我来说，比原来还要陌生，还要奇妙，我直觉地感到，真正的黄山我还没有看到。我从北海归来，只看了黄山的皮毛。黄山的名胜真如五光十色，扑朔迷离，在那“万壑树参天，千山响杜鹃”中似乎还隐藏着什么秘密，有待于我，有待于其他人去发现，去欣赏，去惊叹。古时候有一首关于黄山的诗：

踏遍峨眉与九嶷，
无兹殊胜幻迷离，
任他五岳归来客，
一见天都也叫奇。

我还没有历游五岳，也还没有到过峨眉与九嶷。我对黄山、对天都叫奇，完全是很自然的。我相信，即使我有朝一日真的遍游五岳，登峨眉，探九嶷，我再到黄山来，仍然会叫奇不绝的。

我来的时候，心里带来了一幅假的黄山图，它一遇到真黄山就破碎消失了。我现在离开的时候，带走了一幅真正的黄山图，虽然我还不能相信，这一幅图就是黄山的真相。但是这幅黄山图将永远留在我的心中。经过了一段时间酝酿思忖，我现在写出了我心目中的黄山。但写的过程中，我时时怀疑我这一支拙笔会玷污了黄山。古人诗说："美人意态画不出，当时枉杀毛延寿。"我现在真觉得，"黄山意态写不出，枉费不眠数夜间"。《世说新语》任诞第三十三说：

> 桓子野每闻清歌，辄唤："奈何！"谢公闻之曰："子野可谓一往有深情。"

这里指的是，桓子野每闻清歌，辄情动乎中。我现在面对着黄山，心中有一美妙的黄山，笔下的黄山却并不那么美妙，我也只能学一学桓子野，徒唤奈何。

1979年12月9日写毕

富春江上

记得在什么诗话上读到过两句诗：

> 到江吴地尽，
> 隔岸越山多。

诗话的作者认为是警句，我也认为是警句。但是当时我只能欣赏诗句的意境，而没有丝毫感性认识。不意我今天竟亲身来到了钱塘江畔富春江上。极目一望，江水平阔，浩渺如海；隔岸青螺数点，微痕一抹，出没于烟雨迷蒙中。“隔岸越山多”的意境我终于亲临目睹了。

钱塘、富春都是具有诱惑力的名字。实际的情况比名字更有诱惑力。我们坐在一艘游艇上。江水青碧，水声淙淙。艇上偶见白鸥飞过，远处则是点点风帆。黑色的小燕子在起伏翻腾的碎波上贴水面飞行，似乎是在努力寻觅着什么。我虽努力探究，但也只见它们忙忙碌碌，匆匆促促，最终也探究不出，它们究竟在寻觅什么。岸上则是点点的越山，飞也似的向艇后奔。一点消逝了，又出现了新的一点，数十里连绵不断。难道诗句中的“多”字表现的就是这个意境吗？

眼中看到的虽然是当前的景色，但心中想到的却是历史的人物。谁到了这个吴越分界的地方不会立刻就想到古代的吴王夫差和越王勾践的冲突呢？当年他们钩心斗角互相角逐的情景，今天我们已经无从想象了。但是乱箭齐发、金鼓轰鸣的搏斗总归是有的。这种鏖兵的情况无论如何同这样的青山绿水也不能协调起来。人世变幻，今古皆然。在人类前进的程途上，这些都是不可避免的，但青山绿水将永在。我们今天大可不必庸人自扰，为古人担忧，还是欣赏眼前的美景吧！

但是，我的幻想不肯停止下来。我心头的幻想，一下子又变成了眼前的幻象。我的耳边响起了诗僧苏曼殊的两句诗：

春雨楼头尺八箫，
何时归看浙江潮？

这里不正是浙江钱塘潮的老家吗？我平生还没有看到浙江潮的福气。这两句诗我却是喜欢的，常常在无意中独自吟咏。今天来到钱塘江上，这两句诗仿佛是自己来到了我的耳边。耳边诗句一响，眼前潮水就涌了起来：

怒声汹汹势悠悠，
罗刹江边地欲浮。
漫道往来存大信，
也知反覆向平流。
狂抛巨浸疑无底，
猛过西陵似有头。
至竟朝昏谁主掌，
好骑赪鲤问阳侯。

但是，幻象毕竟只是幻象。一转瞬间，“怒声汹汹”的江涛就消逝得无影无踪，眼前江水平阔，浩渺如海，隔岸青螺数点，微痕一抹，出没于烟雨迷蒙中。

可是竟完全出我意料：在平阔的水面上，在点点青螺上，竟又出现了一个人的影子。它飘浮飞驶，“翩若惊鸿，宛如游龙”，时隐时现，若即若离，追逐着海鸥的翅膀，跟随着小燕子的身影，停留在风帆顶上，飘动在波光潋滟中。我真是又惊又喜。“胡为乎来哉？”难道因为这里是你的家乡才出来欢迎我吗？我想抓住它，这当然是不可能的。我想正眼仔细看它一看，这也是不可能的。但它又不肯离开我，我又不能不看它。这真使我又是兴奋，又是沮丧；又是希望它飞近一点，又是希望它离远一点。我在徒唤奈何中看到它飘浮飞动，定睛敛神，只看到青螺数点，微痕一抹，出没于烟雨迷蒙中。

我们就这样到了富阳。这是我们今天艇游的终点。我们舍舟登陆，爬上了有名的鹳山。山虽不高，但形势极好。山上层楼叠阁，曲径通幽，花木扶疏，窗明几净。我们登上了春江第一楼，凭窗远望，富春江景色尽收眼底。因为高，点点风帆显得更小了，而水上的小燕子则小得无影无踪。想它们必然是仍然忙忙碌碌地在那里飞着，可惜我们一点也看不着，只能在这里想象了。山顶上树木参天，森然苍蔚。最使我吃惊的是参天的玉兰花树。碗大的白花在绿叶丛中探出头来，同北地的玉兰花一比，大小悬殊，颇使我这个北方人有点目瞪口呆了。

在山边上一座石壁下是闻名天下的严子陵钓台。宋朝大诗人苏东坡写的四个大字：登云钓月，赫然镌刻在石壁上。此地距江面相当远，钓鱼无论如何是钓不着的。遥想两千多年前，一个披着蓑衣的老头子，手持几十丈长的钓竿，垂着几十丈长的钓丝，孤零一个人，蹲在这石壁下，等候鱼儿上钩，一动也不动，宛如一个木雕泥塑。这样一幅景象，无论如何也难免有滑稽之感。古人说：姑妄言之姑听之，过分认真，反会大煞风景。难道宋朝的苏东坡就真正相信吗？此地自然风光，天下独绝，有此一个传说，更会增加自然风光的妩媚，我们就姑妄听之吧！

两年前，我曾畅游黄山。那里景色之奇丽瑰伟，使我大为惊叹。窃念大化造物，天造地设，独垂青于中华大地。我觉得生为一个中国人，是十分幸福的，是非常值得骄傲的。今天我又来到了富春江上。这里景色明丽，秀色天成，同样是美，却与黄山形成了鲜明的对照。如果允许我借用一个现成的说法的话，那么一个是阳刚之美，一个是阴柔之美。

刚柔不同，其美则一，同样使我惊叹。我们祖国大地，江山如此多娇，我的幸福之感，骄傲之感，更油然而生。我眼前的富春江在我眼中更增加了明丽，更增加了妩媚，仿佛是一条天上的神江了。

在这里，我忽然想到唐代诗人孟浩然的一首著名的诗：《宿桐庐江寄广陵旧游》：

山暝听猿愁，
沧江急夜流。
风鸣两岸叶，
月照一孤舟。
建德非吾土，
维扬忆旧游。
还将两行泪，
遥寄海西头。

孟浩然说“建德非吾土”，在当时的情况下，这种心情是容易理解的。他忆念广陵，便觉得建德非吾土。到了今天，我们当然不会再有这样的感觉了。我觉得桐庐不但是“吾土”，而且是“吾土”中的精华。同黄山一样，有这样的“吾土”就是幸福的根源。非吾土的感觉我是有过的。但那是在国外，比如说瑞士，那里的山水也是十分神奇动人的，我曾为之颠倒过，迷惑过。但一想到“山川信美非吾土”，我就不禁有落寞之感。今天在富春江上，我丝毫也不会有什么落寞之感。正相反，我是越看越爱看，越爱看便越觉得幸福，在这风物如画的江上，我大有手舞足蹈之意了。

我当然也还感到有点美中不足。我从小就背诵梁代大文学家吴均的一篇名作《与宋元思书》。这封信里描绘的正是富春江的风景：

风烟俱净，天山共色。从流飘荡，任意东西。自富阳至桐庐，

一百许里，奇山异水，天下独绝。

下面就是对这“奇山异水”的描绘。那确是非常动人的。然而他讲的是“自富阳至桐庐”，我今天刚刚到了富阳，便戛然而止。好像是一篇绝妙的文章，只读了一个开头。这难道不是天大的憾事吗？然而，这一件憾事也自有它的绝妙之处，妙在含蓄。我知道前面还有更奇丽的景色，偏偏今天就不让你看到。我望眼欲穿，向着桐庐的方向望去，根据吴均的描绘，再加上我自己的幻想，把那一百多里的奇山异水给自己描绘得如阆苑仙境，自己感到无比快乐，我的心好像就在这些奇山异水上飞驰。等到我耳边听到有点嘈杂声，是同伴们准备回去的时候了。我抬眼四望，唯见青螺数点，微痕一抹，出没于烟雨迷蒙中。

1981年12月9日

富春江边　瑶琳仙境

几年以前，我写过一篇散文《富春江上》，抒发我在富春江上乘船畅游时的一些感受。我在最后说：吴均《与宋元思书》中讲到“自富阳至桐庐，一百许里，奇山异水，天下独绝”，可是我们只到了富阳就转回杭州，把奇山异水都丢在后面了，这真是天大的憾事。“然而，这一件憾事也自有它绝妙之处，妙在含蓄。”明眼人一看就能知道，其中有自我欺骗的味道。我自己也知道，重游富春江的机会相当渺茫了。但是我又确实爱上了这一条神奇的澄江，依恋之情，溢满心头，因此故作含蓄语，不过聊以自慰而已。

然而事竟有出人意料者，仅仅隔了三年，我现在又来到了杭州，来到富春江边了。遗憾的是，也许庆幸的是，我这次不是乘船，而是乘车，不是仅仅到了富阳，而是直抵桐庐，真正到了吴均描绘的天下独绝的山水的终点，我多少年来梦寐以求的这个人间仙境终于亲身来到了。遗憾的是，也许庆幸的是，我这一次看到的不是吴均描绘的景色，而是它的背后，也许连吴均都没有看到过的背后。

我就是在这个背后乘车走了“一百许里”。

车子过了六和塔，钱塘江波平如镜，晴光满江，微风不起，浮天潋滟，像一面巨大的镜子，照亮了上下四方，背后衬托着几点黛螺似的越山，显得姣丽肃穆。这一片江水在车旁一晃而过，此后就一直再没有见到钱塘江和富春江。蜿蜒的群山把她们隔住了。车子经过的地方，山青水绿，平畴如画。朝阳在山上的松林顶上涂上了一条条的阴影；向阳处，金光闪耀；背阴处，浓绿深黑。阳光就跳跃在这明暗相间的阴影上。外国崇拜太阳的信徒们看到这样的阳光不知道作何感想。我这个喜爱但不崇拜太阳的俗人，看到这样的情景，脑筋蓦地一闪，天启真仿佛临到我的心头，我的灵魂沐浴在金色的阳光中，与阳光融而为一了。

这是我眼前看到的实实在在的情景，这一幅迷人的图景是我在陆路上汽车中吸入眼底的。但是，不管这一幅图景是多么迷人，我的心并没有被它完全拴住，而是飞到更远的地方去了。我背诵着吴均的文章：

> 水皆缥碧，千丈见底；游鱼细石，直视无碍。急湍甚箭，猛浪若奔。夹岸高山，皆生寒树。负势竞上，互相轩邈。争高直指，千百成峰。泉水激石，泠泠作响。好鸟相鸣，嘤嘤成韵。蝉则千啭不穷，猿则百叫无绝。

我的眼睛仿佛得到了天眼通的神力，穿透了巍峨的高山，看到富春江上。我的耳朵仿佛得到了天耳通的神力，听到富春江上。缥碧的江水，流在我眼前。竞上的寒树，绿在我眼前。泠泠的泉水，响在我耳边。嘤嘤的好鸟，唱在我耳边。中间混合上猿猴的哀鸣，寒蝉的啭声，汇成了钧天大乐；再衬上青山绿水，辉耀震荡着整个宇宙。我自己现在仿佛不是坐在车上，而是坐在船上；我仿佛化成了另外一个自我了。昔者庄子化为蝴蝶，不知谁化为谁。我现在化出了第二个我，我也不知道，究竟坐在车上的是我呢，还是坐在船上的是我？在到达瑶琳仙境之前，我已经化入太虚幻境了。

但是，现实毕竟是现实，眼前的东西看起来毕竟真切。车子在飞驶，眼前的景象在飞快地变化。“山重水复疑无路，柳暗花明又一村。”陆放翁诗中描绘的大概也就是同这一带相似的地方的景色。区别只在于，他当时漫游，不外是步行、骑驴或者坐轿，速度都是很慢的。眼前风物的变化，节奏也慢。一片树林，一个山坡，一块草地，一方池塘，看上半天，也换不了镜头。今天我们乘的是汽车，风驰电掣，转瞬数里，眼前的景色瞬息万变。马路旁的稻田，稻田边上高视阔步的水牛，远处山麓下的白色小楼，田地里劳动的农民，小镇子里熙熙攘攘的男女老少，都像风车一般，还没等看清楚，已经飞也似的向后退去，什么东西都是转眼就变。小河中白云青山的倒影，紧紧地拼命似的跟着我们的汽车跑。一转弯，小河一消失，白云青山的倒影立刻也就杳无踪影，只有倒影的残痕还留在我们的脑海中。此景此情，陆放翁是无论如何也看不到的。今人幸福胜古人，这一点是无可怀疑的了。

眼前的幸福确实带给了我极大的愉快。但是我刚才自己制造的那一个太虚幻境无论如何也不想从我眼前离开。分成两半的那一个我始终也没有完全合拢起来。一半留在眼前的车上，一半钻透高山，飞到富春江畔。后一半似乎比前一半还有更大的自由，还更活跃。它完全不受眼前现实的束缚，甚至不受吴均的束缚，它海阔天空，任意驰骋，任意发挥，任意创造。它创造的富春江比现实的要美，比吴均的富春江也要美，而且要美妙到不知多少倍。这里是一个完全自由的王国，一个真正的太虚幻境……

“瑶琳仙境到了！”

“我们到了太虚幻境了！”

同车的人高声喧嚷起来，我仿佛从梦中被惊醒一般，那两个我终于合成了一个。我探头车外，许多小店铺标着瑶琳仙境的名字，旅游汽车排成了长龙，中外游人成团成堆——瑶琳仙境果然到了。

我随着众多的游人挤进洞中。这一个洞穴确实很大，按照天然长成的样子，分为六个“厅”，各厅自成格局，但又有路可通。洞中大小石室，无法统计；亿万年点滴形成的钟乳石，五颜六色，纷烂夺目。有的像玉石，有的像玛瑙，有的像金刚，有的像翡翠。样式更是千姿百态。珠帘玉幕，瑶台灵山，连云飞瀑，高峰崇巘，丛莽竹林，层楼叠阁，说不尽的奇迹，数不清的异相。低头忽然发现下有深沟。邈邃宽敞，正在戒惧惶恐，以为是下临无地；突然水光一闪，原来是洞中小溪，深不逾尺，不禁会心一笑。女解说员正在起劲地讲解。她口若悬河，眉飞色舞，绘形绘色，极尽幻想之能事。其实只要我们自己肯动脑筋，给自己的幻想插上翅膀，让它无拘无束地自由飞翔，对着眼前那一些奇形怪状的石头，我们能够起上成百上千的诡奇美妙的名字。你给它起上什么名字，它肯定就像什么。如果有人幻想力比你更强，给它换上一个名字，你仔细端详，必然是越看越像。最后让你眼花缭乱，幻想也疲于奔命，好像在这个洞中宇宙间的万事万物，包括古人和神仙在内，无所不有；而一转瞬间又是什么都无所有，自己也陷入迷离的梦中了。这种经验我平生已经有过几次：一次是在黄山上，一次是在桂林洞中、漓江岸边。现在是第三次了。如果有人问我：你对瑶琳仙境总的印象如何？我会坦率地回答：有点失望，有点不满足。我本来期望，这里能给我一点新东西，高出于桂林诸洞的东西。但是实际上没有，两者是差不多的。也许是我们伟大祖国这样神妙的地方太多了，把我们都惯坏了，把我们的眼眶子都惯得太高了，以致这也看不上，那也看不上。其实，宇宙奇迹达到瑶琳仙境这样的程度，算是已经到了顶，再想要更高的、更神妙的东西，只有到阆苑天宫里去找了。

走出了瑶琳仙境，我们立刻就走上了归途。此时太阳已经越过了中天，渐渐向西方倾斜。青山绿水另有一番景象。西斜的太阳把暗淡下来的光辉洒上碧林，洒上山麓，不像早晨那样金光闪闪，却仍然保留着充沛的活力，把村落、小溪、稻田、池塘，清清楚楚地端在我们眼前。可惜现在节令早了一些，林中的树叶子还没有变红。不然的话，如果现在是层林尽染的季节，“好是日斜风定后，半江红树卖鲈鱼”那样令人神往的景象我就可以亲身领略了。

同往常一样，在归途上，兴会难免有点阑珊。我现在确已有点倦意，懒得再像早晨那样兴会淋漓地仔细欣赏车窗外的自然景色了。

但是，我的眼前一闪，一个人的影子蓦地又浮现了出来。早晨来的时候，这个影子已经浮现出来过。我们的车子刚刚驶过六和塔下，一看到明镜般的钱塘江，这影子就在波光水影中冉冉地浮现起来。从那时开始，它一直跟着我们的车子飞驰，时大时小，时近时远，时停时走，时隐时显；飘浮在青山顶上，逍遥在绿水岸边；恰似白云，宛若轻烟；瞻之在后，忽焉在前；充塞宇宙之内，弥漫天地之间。这是多么可爱的一个影子呀！车子驶在小溪的边上，绿树白云，倒影水中。这影子也在水中出现。到了小溪尽头，一切倒影杳然消逝。但是这个影子却仿佛从水中一跃而出，仍然跟着车子飞奔，而且一直陪着我进入瑶琳仙境，充塞了整个石洞。现在我们已经离开仙境，走上了归途，正当意兴阑珊时，青山绿水已经对我不再有多大的吸引力了，它却又突然浮现出来。时而微笑，时而点头，时而颦眉，时而闭目，在我心中激起了剧烈的波动，猛烈地撞击着我的心扉，我想呼喊，我想招手，我想把它牢牢地抓住。但是，定睛看时，却只见山清水秀。我明白了，只有这山清水秀的地方才能产生这样的面影。它是天地的精英、山川灵气之所钟。想用赤手空拳把它抓住，那只是痴心妄想。我要把它保留在我灵魂深处，我相信，它也会乐意待在那里的。我想到这里，心旷神怡。抬眼再看，那面影又浮现在我的眼前，宛似一条神龙。它就这样陪着我，在暮色朦胧中，到了万家灯火的杭州。

1984年12月9日写完

登庐山

苍松翠柏，层层叠叠，从山麓向上猛奔，气势磅礴，压山欲倒，整个宇宙仿佛沉浸在一片浓绿之中。原来这就是庐山啊!

汽车沿着盘山公路，在万绿丛中盘旋而上。我一边仿佛为这神奇的绿色所制服，一边嘴里哼着苏东坡那一首脍炙人口的诗：

横看成岭侧成峰，
远近高低各不同。
不识庐山真面目，
只缘身在此山中。

我很后悔，在年轻读中小学的时候，学习马虎，对岭与峰的细微区别没有弄清楚。到了此时，悔之晚矣。无论横看，还是侧看，我都弄不明白苏东坡用意之所在。我只觉得，苏东坡没有搔着痒处，没有真正抓住庐山的神韵，没有抓住庐山的灵魂，空留下这一首传诵古今的名篇。

到了我们的住处以后，天色已经黄昏。窗外松涛澎湃，山风猎猎，鸟鸣在耳，蝉声响彻，九奇峰朦胧耸立，天上有一弯新月。我耳朵里听到的是松声，眼睛仿佛看到了绿色。我在庐山的第一夜，做了一个绿色的梦。

中国的名山胜境，我游得不多。五十年前，我在大学毕业后，改行当了高中的国文教员。虽然为人师表，却只有二十三岁。在学生眼中，我大概只能算是一个大孩子。有一个学生含笑对我说："我比你还大五岁哩！老师！"这有什么办法呢？我当时童心未泯，颇好游玩。曾同几个同事登泰山，没费吹灰之力就登上了南天门。在一个鸡毛小店里住了一夜，第二天凌晨攀登玉皇顶，想看日出。适逢浮云蔽天，等看到太阳时，它已经升得老高了。我们从后山黑龙潭下山，一路饱览山色，颇有一点"一览众山小"的情趣。泰山给我留下了非常深刻的印象。从审美的角度上来评断，我想用两个字来概括泰山，这就是：雄伟。

六年以前，我游了黄山。从前山温泉向上攀，经过了许多名胜古迹，什么一线天、蓬莱三岛等，下午三时到了玉屏楼。回望天都峰鲫鱼背，如悬天半。在玉屏楼住了一夜，第二天再向北海前进。一路上又饱览了数不清的名胜古迹。在北海住了两夜，看到了著名的黄山云海和奇峰怪石。世之论者认为黄山以古松胜，以云海胜，以奇峰胜，以怪石胜。古人说："五岳归来不看山，黄山归来不看岳。"这是非常有见地的话。从审美的角度来评断，我也想用这两个字来概括黄山，这就是：诡奇。

那一次陪我游黄山的是小泓，我们祖孙二人始终走在一起。他很善于记黄山那一些稀奇古怪的名胜的名字，我则老朽昏庸，转眼就忘，时时需要他的提醒和纠正。当时日子过得似乎平平常常，并没有觉得有什么奇妙之处，有什么值得怀念之处。但是，前几年我到安徽合肥去开会，又有游黄山的机会，我原本想再去黄山的。可是，我忽然怀念起小泓来，他已在千山万水浩渺大洋之外了。我顿时觉得，那一次游黄山，日子过得不细致，有点马马虎虎，颇有一点身在福中不知福的味道。如今回忆起来，情景历历如在眼前。哪怕是极小的生活细节，也无一不温馨可爱，到了今天，宛如一梦，那些情景永远永远不会再回来了。我觉得，再游黄山，谁也代替不了小泓。经过了反复的考虑，我决意不再到黄山去了。

今天我来到了庐山，陪我来的是二泓。在离开北京的时候，我曾下定决心，在庐山，日子一定要仔仔细细地过，认真在意地过，把每一个细微末节，每一分钟，每一秒钟，都要仔细玩味，决不能马马虎虎，免得再像游黄山那样，日后追悔不及。我也确实这样做了。正像小泓一样，二泓也是跟我形影不离。几天以来，我们几乎游遍整个庐山。茂林修竹，大陵深涧，岩洞石穴，飞瀑名泉。他扶着我，有时候简直是扛着我，到处游观。我觉得，这一次确实是仔仔细细地过日子了，一点也没有敢疏忽大意。对一草一木，一山一石，变幻莫测的白云，流动不息的飞瀑，我都全心全意地把整个灵魂放在上面。我只希望，到得庐山之游成为回忆时，我不再追悔。是否真正能做到这一步，我眼前还不敢夸下海口，只有等将来的事实来验证了。

庐山千姿百态，很难用一个字或几个字来概括。但是，总起来说，庐山给我的印象同泰山和黄山迥乎不同。在这里，不管是远山，还是近岭，无不长满了松柏。杉树更是特别郁郁葱葱，尖尖的树顶直刺云天。目光所到之处，总是绿，绿，绿，几乎看不到任何别的颜色，是一片浓绿的天地，一片浓绿的大洋。从审美的角度来看，我也想用两个字来概括庐山，这就是：秀润。

我觉得，绿是庐山的精神，绿是庐山的灵魂，没有绿就没有庐山。绿是有层次的。有时候蓦地白云从谷中升起，把苍松翠柏都笼罩起来，笼罩得迷蒙一片，此时浓绿就转成了青色，更给人以秀润之感，可惜东坡翁当年没能抓住庐山这个特点，因而没有能认识庐山的真面目，成为千古憾事。我曾在含鄱口远眺时信口写一七绝：

近浓远淡绿重重，
峰横岭斜青蒙蒙，
识得庐山真面目，
只缘身在此山中。

我自谓抓住了庐山的精神，抓住了庐山的灵魂。庐山有灵，不知以为然否？

1986年8月6日于庐山

游石钟山记

幼时读苏东坡《石钟山记》，爱其文章奇诡，绘声绘色，大为钦佩，爱不释手，往复诵读，至今犹能背诵，只字不遗。但是，我从来也没有敢梦想，自己能够亲履其地。今天竟能于无意中来到这里，真正像做梦一般，用金圣叹的笔调来表达，就是“岂不快哉”！

石钟山海拔只有五十多米，摆在巍峨的庐山旁边，实在是小巫见大巫。但是，山上建筑却很有特点，在非常有限的地面上，“五步一楼，十步一阁，廊腰缦回，檐牙高啄，各抱地势，钩心斗角”。今天又修饰得金碧辉煌，美轮美奂。从山下向上爬，显得十分复杂。从怀苏亭起，步步高升，层楼重阁，小院回廊，花圃清池，佛殿明堂，绿树奇花，翠竹修篁，通幽曲径，花木禅房，处处逸致可掬，令人难忘。

这里的碑刻特别多，几乎所有的石头上都镌刻着大小不同字体不同的字。苏轼、黄庭坚、郑板桥、彭玉麟等，还有不知多少书法家或非名家都在这里留下手迹。名人的题咏更是多得惊人：从南北朝至清代，名人咏石钟山之诗多达七百多首。从陶渊明、谢灵运起直至孟浩然、李白、钱起、白居易、王安石、苏轼、黄庭坚、文天祥、朱元璋、刘基、王守仁、王渔洋、袁子才、蒋士铨、彭玉麟等都有题咏。到了此地，回忆起将近二千年来的文人学士，在此流连忘返，流风余韵，真想发思古之幽情。

此地据鄱阳湖与长江的汇流处，历代兵家必争之地，在中国历史上几次激烈鏖兵。一晃眼，仿佛就能看到舳舻蔽天，烟尘匝地的情景。然而如今战火久熄，只余下山色湖光辉耀祖国大地了。

我站在临水的绝壁上，下临不测，碧波茫茫。抬眼能够看到赣、皖、鄂三个省份，云山迷蒙，一片锦绣山河。低头能够看到江湖汇流，扬子江之黄与鄱阳湖之绿，泾渭分明，界线清晰，并肩齐流，一泻无余，各自保持着自己的颜色，决不相混，长达数十里。“楚江万顷庭阶下，庐阜诸峰几席间”，难道不能算是宇宙奇迹？我于此时此地极目楚天，心旷神怡，仿佛能与天地共长久，与宇宙共呼吸。不由得心潮澎湃，浮想不已。我想到自己的祖国，想到自己的民族。我们的祖先在这里勤奋劳动，繁殖生息，如今创造了这样的锦绣山河万里。不管我们目前还有多少困难与问题，终究会一一解决，这一点我深信不疑。我真有点手舞足蹈，不知老之将至了。这一段经历我将永远记忆。

我游石钟山时，根本没想写什么东西。有东坡传流千古的名篇在，我是何人，敢在江边卖水、圣人门前卖字！但是在游览过程中，心情激动，不能自已，必欲一吐为快，就顺手写了这一篇东西。如果说还有什么遗憾的话，那就是我没有能在这里住上一夜，像苏东坡那样，在月明之际，亲乘一叶扁舟，到万丈绝壁下，亲眼看一看“如猛兽奇鬼，森然欲搏人”的大石，亲耳听一听“噌吰如钟鼓不绝”的声音。我就是抱着这种遗憾的心情，一步三回首，离开了石钟山。我嘴里低低地念着不知道是什么时候在我心中吟成的两句诗：“待到耄耋日，再来拜名山”，我看到石钟山的影子渐小渐淡，终于隐没在江湖混茫的雾气中。

1986年8月6日七十五周岁生日

写于庐山九奇峰下

海上世界

眼前是一片弥漫天际的黑暗，只是在这里、那里有大小不同的灯火，一点点，一束束，一簇簇，在黑暗中闪着光。有的灯火还拖着一条长长的尾巴，在水面上摇曳，动荡。在眼睛能看到的最远的地方，黑暗更加浓缩起来。可是在浓缩的黑暗的边缘下面，却有一串长达几十里的灯光组成的珍珠项链，颗颗珍珠，熠熠发光，从左到右，伸展出去，仿佛无头无尾。

我是在什么地方呢？是天上？是人间？是海上？是陆地？我不知道，我说不出，我也没有去细想。

难道我是在印度的孟买吗？七八年以前，我曾在这个城市里呆过几天。我曾有几次在夜间乘车出游，沿着孟买海湾弧形的岸边兜风。我看到了举世闻名的、孟买人引以自傲的“公主项链”，是一长串电灯，沿着海岸，形成弧形，远远望去，光芒四射，真仿佛是有什么神灵从九天之上把这样一串硕大无比的珍珠项链丢到这个大地上，丢到了孟买，形成了这样一个宇宙奇观。

孟买是世界名城，一方面有近代大都市的一些特点，颇有点像中国的上海；另一方面又保留了印度的一些古旧风习。在摩天高楼之间，在一棵什么古树的下面，往往站着一座神像，赤身露体，龇牙咧嘴，红色的鲜血似的东西洒满了他（她）的全身，脖子上也不缺少鲜花制成的花环。我们异乡人看了只能瞠目结舌。在有名的印度门旁边，在车水马龙的大马路边上，成群的鸽子在喧闹、嬉戏、搏斗、争食，小孩子迈着还走不全的步子把玉米粒递到小鸽子嘴里。我们异乡人顾而乐之……

我完全沉浸在对孟买的回忆中。猛一转念，我清醒过来了：我眼前不是在印度的孟买，而是在祖国的大地上，是在南天的深圳。我正凭栏站在一艘几万吨级的巨轮的甲板上。下面在很深的地方，是黝黑的海水。偶尔流过来一线灯光，还隐约可以看到流动着的海水的波纹。这情景明白无误地告诉我，我确实是站在一艘船上。

提起此船，大大有名。据说它原来是法国已故总统戴高乐的豪华游轮。不知道怎么一来，转到我们中国人民手中。它曾作为中日友好之船，漂洋过海，到过日本，为加强中日人民的友谊做出过贡献。又不知道怎么一来，它现在被固定在蛇口的岸边，成了一个豪华的旅馆，不再飘动，岿然立定。船上数不清有多少房间。我没有到过阿房宫；我相信，那一座宫殿也绝不会同这个“海上世界”相同。但是，当我第一次游览这个庞然大物的时候，我时时想到唐代杜牧的《阿房宫赋》，“蜂房水涡，矗不知其几千万落”“高低冥迷，不知西东。歌台暖响，春光融融”等等的句子，难道不能移来描绘这个千门万户的豪华巨轮吗？这里还有一些东西是阿房宫里绝不会有的，比如说船上游泳池养着的那两只巨大的海龟，就是非常有趣的东西，我每次看到它们在水里游动，辄涉遐想。

我现在就住在这样一座巨大的迷宫里。每天晚上，在深圳大学开完会吃过晚饭以后，就乘车返回这里，站在甲板上，一个人默默地欣赏着迷蒙的夜色，往往站上很长的时间。最让我流连不忍离去的就是上面提到的那一串灯光形成的珍珠项链，对它我简直是百看不厌。它能引起我的种种幻想：深山大泽，通衢闹市，天上地下，海阔天空。我的幻想仿佛插上了翅膀，到处飞翔，无所不往，无阻无碍，圆融自在。

我也努力在黑暗中辨认白天到过的地方。在右边的某一个山影的后面，大概就是深圳大学吧。我现在当然什么东西都看不见。但是，我内心深处的那一双眼睛却仿佛看到了深圳大学的校园。现在在北国正是凄清萧瑟的初冬季节，这里依然还是盛夏。在炎阳下，各种颜色的鲜花迎风怒放，开得五色缤纷，花团锦簇。这里也像小说中的仙山一样，有

"四时不谢之花，八节长春之草"。年轻的大学生们也像是一朵朵的鲜花。在鲜花丛中走来走去，怡然自得，仿佛要同鲜花比美。女学生的高跟鞋击地作响，男学生的牛仔裤别具一格。不管是男是女，都是高视阔步，一副主宰宇宙的神气。他们心目中的宇宙大概就像眼前的鲜花一样绚丽多彩吧。他们是我们的未来，他们是我们的希望，他们是我们建设社会主义祖国的主将。我真是从心里面喜欢这一些男女大孩子们。我的眼前一闪，这些男女大孩子身上都仿佛发出了光芒，同眼前的珍珠项链争光夺彩，不，他们简直就形成了这一长串的珍珠项链了。

我立刻又联想到了在深圳大学的一个大厅里举行的比较文学讨论会。参加讨论会的有许多国外著名的学者，也有国内著名的学者；群贤毕至，少长咸集；看来中年青年人占绝大多数。红颜白发，相映成趣。会议开得活泼、热烈，大家皆大欢喜。比较文学在中国是一门新兴学科。这一批中年青年人英姿勃发，精神抖擞，可以说是极一时之选。我们在他们身上看到了这一门学科的光辉前景。我的眼前又一闪，这一批中青年身上也仿佛发出了光芒，闪灼辉耀，灿如列星。他们也在同我眼前的这一串珍珠项链争光夺彩了。

我就这样站在这艘巨轮的甲板上，在黑暗中浮想联翩，有时候简直是想入非非。我眼前的这一串珍珠项链突然亮了起来，海上世界这一艘豪华的庞然大物仿佛开动了机器，驶离了岸边，驶向那一串珍珠项链；在黑暗的海上，在迷蒙的夜空下，载着我们的希望，载着我们的未来，它真成为一个名副其实的海上世界了。

1985年12月17日

虎门炮台

从小学起，学中国历史，就知道有一次鸦片战争，而鸦片战争必与林则徐相联系，而林则徐又必与虎门炮台相联系。

因此，虎门炮台就在我脑筋里生了根。

可是虎门炮台究竟是什么样子呢？我说不出。正如世界上其他事物一样，倘还没见到实物，往往以幻想填充。我的幻想并不特别有力，它填充给我的不过是一片荒凉的海滩，一个有雉堞的小城堡，上面孤零零地架着一尊旧式的生铁铸成的大炮，前面是大海，汪洋浩瀚，水天渺茫，微风乍起，浊浪拍岸，如此而已。

今天由于一个偶然的机会，我竟然来到了这里。我眼前看到的实际情况与我的幻想不同，这是意中事，我丝毫不感到奇怪。但是，这个不同竟然是这样大，却不能不使我大吃一惊了。炮台在海滩上，这用不着奇怪，也不可能有别的可能。但是，这海滩却与荒凉丝毫也不沾边，却是始料所不及。这里杂花生树，绿木成荫。几棵粗大的榕树挺立着，浓阴匝地，绿意扑人。从树干的粗细来看，它们已经很老很老了。当年海战时，它们必已经站立在这里，亲眼看了这一场激烈的搏斗。它们必然也随着搏斗的进行，时而欢欣鼓舞，时而怒发冲冠，最终一切寂静下来。当年活着的人早已不在了，只有它们年复一年地守候在这里，跟着季节的变化而变化，一直守候到现在。现在到处是一片生机，一片浓绿，雉堞犹存，大炮还在，可无论如何也令人无法把当前情况与一百五十多年以前的残酷的战争联系在一起。这个古战场我实在无法凭吊了。

可是我的回忆还是清楚的。当年外国的侵略者凭其坚船利炮，想在这一块弹丸之地的海滩上踏上我们神圣的国土。他们挥舞刀枪，惨杀我们的士兵。我们的士兵义愤填膺，奋起抵抗，让一批批的入侵者陈尸滩头，最后不得不夹着尾巴逃掉。我们的士兵也伤亡惨重。统率我军杀敌的关天培将军以身殉国。至今还有七十五位忠勇将士的尸体合葬在山坡上，让后人永远凭吊。当时林则徐以钦差大臣的身份在后面不远的山头上督战。这一场搏斗申正义于海隅，振大汉之天声，是我们中华民族永不磨灭的伟业，是我们全民族的骄傲。今天虽然已经时过境迁，当年的事情早已成为历史陈迹，然而我们今天来到这里，又有哪一个人不觉得我们阵亡的将士仍虎虎有生气，而缅怀往事，感到无限振奋呢？

当我们走出炮台去参观林则徐销毁鸦片烟池的时候，我们又为另一种情景而无限振奋。林则徐把从殖民主义强盗手中没收来的两百多万公斤之多的鸦片烟，倒入一个大水池中，先用海水把鸦片泡成糊状，然后再倾入石灰，借石灰的力量把鸦片烟销毁，最后放出海水把残渣冲入海中。据说，他当时邀请了不少的外国人来参观。外国老爷大概怀疑这销烟的行动，也乐意来亲眼看一看。当他们看到林则徐是真销毁，而销毁的数量又是如此巨大时，都大为吃惊。他们哪会想到，在清代末叶贪官污吏横行霸道之时，竟然还有林则徐这样的硬骨头，他们对中华民族不得不油然起尊敬之心。那么，林则徐以一介书生，凛然代表了民族正气，功业彪炳青史，直至百多年之后的今天，还让我们感佩敬仰，不是完全可以理解的吗？

时间是一种非常古怪的东西。有忧伤之事，它能让你慢慢地渐渐地忘掉，否则你会活不下去的。有欢乐之事，它也能让你慢慢地渐渐地忘掉，否则永远处在快乐兴奋之中，血压也难免升高，你也会活不下去的。这一慢一渐，既可感，又可怕，人们必须警惕。独有英雄业绩、民族正气，却能让你永志不忘，而且历久弥新。这才真正是民族历史的脊梁，一个民族能生存下去，靠的就是这个脊梁。我们在山顶上林则徐的塑像下看到镌刻着的他的两句诗：

苟利国家生死以，
岂因祸福避趋之。

真可以说是掷地作金石声。这一位世间巨人的形象在我眼前立刻更高大了起来，他不是值得我们全体炎黄子孙恭恭敬敬地、诚诚恳恳地学习一辈子吗？

1988年5月30日下午于广州

佛山心影

我坐在飞机中，飞机正以每小时五六百公里的高速向北疾飞。我们早已穿透云层。在地面上仰望云层，高不可攀。可是我现在却在从云层上向上仰望高不可攀的高度上。头上白日朗朗，脚下云雾缭绕。好像要遗世而登仙了。

就在个把钟头，不，不到个把钟头以前，我们还在广东的佛山，在广州的白云机场。来为我们送行的汉云、玲玲、梁馆，殷勤诚恳，热情洋溢。我们短短的三天相聚，已经结成了深厚的友谊，这友谊像仙露醍醐一样，滴到了我这老迈的心头，使它又溢满了青春活力。垂暮之年，获此殊幸，岂不快哉！岂不快哉！我感觉到，我仿佛变成了一只风筝，越飞越高，越飞越远，穿过白云，直触青天，直上重霄九，似乎要同嫦娥和吴刚会面了。可是我并没有，也不可能离开地球，因为我屁股上拴着一条长线，这线极长极长，越伸越长；可它总有拴在地球上的一端，这一端远在天边，近在眼前，它捏就在汉云、玲玲、梁馆，以及佛山和广州的许多友人手里。因此，坐在飞机上的只是我的身躯，我的心却留在了佛山，留给了那一些非常可爱的、永世难忘的友人们。我屁股下面的那一条风筝线正捏在他们手里，而且，我相信，他们会永远捏下去。即使我落到地上，不再像是风筝，情况也不会改变。

我要飞去的目的地是北京。北京此时已是初冬，虽然天气还不太冷，但树叶已将落尽，荷塘中只剩下了残荷，“留得枯荷听雨声”。而我出发的地方佛山，却仍像是三春天气，杂花生树，群莺乱飞，绿满寰中，春意盎然。古人诗："马后桃花马前雪，教人哪得不回头？"我现在的处境就是这样，我哪里能不回头呢？可惜的是，"回头下望人寰处，不见长安见尘雾"。我的眼睛看不到，我的心却是能看到的。短短不到三天的时间内，我遇到了那么多的人，看到了那么多的奇花异草，访问了那么多的名山胜境，参观了那么多的古刹新寺，现在一回想起来，眼前扑朔迷离。我手边没有一本介绍资料，我仅有的一件工具就是我的心，它虽已老迈，却还能够活动。我现在就拿我的心作为摄像机，开动起来，看看还能留下多少印象。

一　石景宜博士

山有根，水有源。我这一次广东之行的根源就是石景宜博士。因此，我先谈景宜先生。

景宜先生是广东佛山人，仅仅小我三岁，也已到了耄耋之年。据说，他年幼时，家庭并不富裕，完全靠自学成材。他很早就到香港去谋生，从事出版事业和书籍发行工作，以及其他一些企业活动。由于勤苦努力，又经营有方，终于打下了坚实的经济基础，事业日益兴旺发达，如日中天，晃耀辉煌，照亮了香港的一隅。

像石老这样的成功的企业家，在香港为数颇多，资产大于他的也不在少数。然而石景宜毕竟是石景宜。他热爱祖国，热爱人民，也同许多香港企业家是一样的。可是他表达这种热爱的方式，却是与众不同的，完全不同的。他筚路蓝缕，独辟蹊径，他用他自己所掌握所拥有的文化载体的书籍，来表达自己的拳拳爱国的赤子之心。他为自己的儿子们每个人安排了一个事业基础；但是，告诉他们，不管他有多少遗产，决不再留给他们。他自己一生艰苦创业，终于有成。他的儿子们也只能以他为榜样，靠个人努力奋斗，达到养家报国的目的，他决不把他们培养成饭来张口、衣来伸手的懒汉。他热爱祖国和人民，决不停留在空洞的口号或愿望上，而是有实际行动的，他的行动就表现在努力支持祖国的文化教育事业上。支持祖国的文化教育事业，其道也绝非只有一端。香港的爱国企业家，有的为祖国大学盖房子，修图书馆；有的设立奖金，奖励学生和教员。殊途同归，都受到了热烈的赞扬。而石老走的则完全是另外一条路：他购买书籍，赠送给大陆和台湾各大学图书馆。根据约略的统计，十几年来，石老把五十余万册的大陆出版的书籍，运送到台湾，分送那里的大学图书馆，又把台湾出版的三百余万册书籍，运来大陆，分赠给许多大学的图书馆。这么多的书籍是怎样选购的，又是怎样分送的，其间过程我完全不清楚。但是，这样繁重艰巨的工作，必然耗费石老大量大量的精力，则是不言而喻的。

说到台湾版的书籍，大陆读者难免有些疑惑难解。我现在根据自己的亲身经验来解释几句。对于这一件事情，我以前也是毫无所知的。1994年至1995年将近两年的时间，我每天跑一趟北京大学图书馆，为的是搜集《糖史》的资料。炎夏严冬，风雨无阻。我经常到的地方是善本部阅览室和教员阅览室。在善本部里，我除了借几本善本书外，大多数时间是翻检《四库全书》。在教员阅览室里则是钻进楼上楼下两间书库，书库面积极大，书架林立，一般的书籍几乎应有尽有。有十几万种。我逐架逐层审视每一种书的书名，估计有我想搜集的资料，则取下逐页翻检，抄录下来。在炎夏之时，屋内温度至少也有三十七八度。此时炎阳与电灯共明，书香与汗臭齐发。我已汗流浃背，而毫无知觉，几已进入忘我之境，对别人或已苦不堪言，我则其乐融融也。在翻检群书的过程中，我逐渐发现台版的书对我用处极大，用起来极为省力。原来中国古代诗人学者的全集，全为木板印刷，卷帙繁多，编排虽有秩序，翻检实极困难，而台湾学者和出版家则将这些文集分拆开来，编成大套的丛书，分门别类，一目了然。如《中华文史丛书》之类的丛书，种类颇多，大大地有利于读者，而刊印并不十分困难。我常一个人胡思乱想，几十年来，大陆学者和出版家，忙于开会，写检讨，忙于批评与自我批评，“天王圣明，臣罪当死”，真话与假话并列。虽然也有一定的好处；但究竟浪费了过多的时间和笔墨纸张。相形之下，我们真不能不认真反思了。石老运到大陆来的书，不完全属于丛书，我提出丛书，不过略举一例而已。我的意思是想说明，石老运来的书，对大陆学者是十分有用的。

在北京大学授予石老名誉博士学位之前，我对石老和上述情况，所知甚少。去年10月14日，北大图书馆馆长林被甸教授陪石老和他的儿子汉基先生来到我家，拿出一帙他在台湾收购到的贝叶经，让我鉴定是什么佛典。我拿过来一看，原来是用泰文字母刻写的巴利文火藏经。巴利文是古代印度的一种文字，没有自己固定的字母，在印度，则用南印度字母抄写，间或也用天城体字母；在泰国，则用泰文字母；在缅甸，则用缅文字母；到了近代，英国的巴利经典刊行会（Pāli Text Society）使用拉丁字母。现在世界上各国的巴利文学者以及佛教学者，都习惯于使用拉丁字母。据德国梵学大师吕德斯（H. Lüders）的看法，泰文字母的巴利藏有许多优异之处，因此，石老在台湾购得的巴利贝叶经极有学术价值，又有极高的收藏价值，是十分珍贵的。我的鉴定显然使石老异常高兴，他立即将手头的一帙泰文字母巴利贝叶经赠送给我，我当然也十分高兴。

由于石老对祖国文化教育事业的巨大贡献，国务院学位委员会经过委员们的投票选举，让北京大学授予石老中国学术界最高荣誉名誉博士学位。授予仪式是在1998年10月29日，地点是在北京大学新建图书馆大楼内。当时参加的显贵要人颇多。广东省几届领导人都不远千里来京参加了。可见石老在广东地位之崇高，声望之隆尊。到了12月1日，石老夫妇又偕汉云和她的女儿崔丈冰来访，带来了一帙缅文字母写的巴利藏。不知用的是什么工具，把缅文字母刻写在贝叶上，极细微，却极清晰。人们把刻成的贝叶摞成一摞，在这一摞的两面都涂上了黄金，足征此书之名贵。看样子是王宫中珍藏的宝典，不知是在什么时候，由什么人偷出来的。石老说，偷这种东西，如被发现，是要砍头的，说着便用右手在脖子前比划了一下。他要把这一帙宝典送给我，我立即拒绝，说：这是宝贝，应由石老自己珍藏。

从此我就同石老结成了朋友。

积八十年之经验，我深感，结识朋友要有一点缘分的。缘分这玩意儿确有一点神秘难解；但它确实是存在的，想否定也是不可能的。它决非迷信，有一些唯物主义“理论家”，大概会这样认为的。无奈事实胜于雄辩，这真叫做没有法子。就拿我自己来说，我曾有过共事几十年之久的同事，到头来却仍然是“话不投机半句多”，没有共同的语言，只好分道扬镳了事。

我交了一辈子朋友，我究竟喜欢什么样的人呢？我从来没有做过总结。现在借这个机会考虑了一下。我喜欢的人约略是这样的：质朴、淳厚、诚恳、平易；骨头硬，心肠软；怀真情，讲真话；不阿谀奉承，不背后议论，不人前一面，人后一面；无哗众取宠之意，有实事求是之心；不是丝毫不考虑自己的利益，而是能多为别人考虑；最重要的是能分清是非，又敢分清；从而敢于路见不平拔刀相助，嫉恶如仇；关键是一个“真”字，是性情中人；最高水平当然是孟子所说的“富贵不能淫，贫贱不能移，威武不能屈”。我曾写过一篇短文《我害怕天才》，现在想改一下：我不怕天才，而怕天才气，正如我不怕马列主义，而怕马列主义面孔一样。古人说：“金无足赤，人无完人。”我自己不能完全做到上面讲到的那一些情况，也不期望我的朋友们都能完全做到。但是，必须有向往之心，虽不中，不远矣。简短一句话，我追求的是古人所说的“知音”。孔子说：“勿友不如己者。”“如”字有二解：一是“如同”，二是“赶得上”，我取前者。我生平颇有几个一见如故、“一见钟情”的朋友。我们见面不过几次，谈话不过几个小时。他的表情，他的谈吐，于我心有戚戚焉，两颗素昧平生的心立即靠拢，我们成了知己朋友。

我同石老的友谊颇有类同之处。

我上面说到，石老是佛山人，佛山属广东。我自己是典型的北方人，但颇有一些广东朋友，也曾多次到过广东。经过多年的体会与观察，我逐渐发现，广东人，还有福建人，有许多特点或者竟是优点。中国目前有56个民族，人口以汉族为最多。汉人分布地区极广，进入历史文化的视野比较早，他们创造了中华辉煌的文明，虽然目前仍然璀璨灿烂，生气勃勃；但是，我感觉，他们在某一些方面血管已经有点硬化了。反观广东、福建等地的人民，仿佛正在壮年，年龄大大地轻于北方。他们无坚不摧，无所畏惧，一往无前，义无反顾。他们似乎在眼前的路上，只见玫瑰，不见荆棘，因而胆子极大。仅以吃一项而论，俗话说：食在广州。记得当年印度友人师觉月博士曾对我说：印度人中流行着一种说法：水里面的东西，除了船以外，中国人都敢吃；四条腿的东西，除了桌子外，中国人都敢吃；中国人使用筷子精妙到能用筷子喝汤。前两句话用到广东人身上，似乎极为恰当。天上飞的，地上跑的，无不是他们餐桌上的珍品，吃蛇已经是家常便饭。吃猴脑，吃猫，我还没有亲眼见到过；吃穿山甲，吃果子狸等则是我亲眼目睹的。我举这些吃的例子，没有别的用心，只想指出广东人勇气之大。广东人还决不保守，他们敢于引进西方人的点心，把在中国流行了千百年的酥皮月饼改造成现在这样的广东月饼，大概是由于确是好吃，于是天下靡然从之，统一了神州的月饼坛。他们又引进了西方音乐，把中国旧乐与之融合，改造成现在的广东音乐，至少我这个乐盲——应该称为“乐聋”——听起来异常好听。这一点又证明广东人决不保守，对新鲜事物极为宽容，心胸极为豁达。广东人，还有福建人，有了这一些特点，中国近代史上的一些革命或者革新的英雄人物，如康有为、梁启超、孙中山、林则徐等，都生在闽粤，就丝毫也不足怪了。

我像博士卖驴一样，唠唠叨叨地写了这样一大篇，所为何来呢？我只想证明一件事，证明石老确是一个佛山人，一个广东人，一个真正的佛山人、广东人，广东人所有的优点，他无不具备。我由石老而联想到我的另外一个老朋友林志纯教授。林是福建人，较我犹长一岁，是地道的耄耋老人了。个子虽不高，然而腰板挺直，走路健步如飞。在他眼中，宇宙间好像没有困难之事，字典里好像没有“困难”二字。他做事果断迅捷，我从来没有看见他皱过眉头，像是一团火，所向无前。同这样的人见面，自己纵因事碰壁而精神萎靡，也必能立即振作起来。有这样感染力的人是极少的，林老就是一个。

然而，石老也是一个。要举例子嘛，就在眼前。今年11月8日，石老在教育部的支持下准备向全国101所211工程的大学赠书，地点选在广州的暨南大学。暨大是一所有九十多年历史的著名学府，从上海迁至广州，以面向华侨为主，兼收内地学生，学生数目已达一万多人，教师队伍整齐，图书设备丰富。这次赠书是一次空前壮举，石老和暨大都希望我能参加。但我自念年迈体衰，难耐长途跋涉，没有答应。可我万万没有想到，11月1日上午，石老竟在施汉云和汉屏姐妹陪同下，不远数千里，专程从广州飞到北京，亲临寒舍催请。这颇有点出我意料，然而感激之情却溢满胸腔，我义无反顾，只能舍命陪君子了。

有一件小事儿，颇值得一提。我正在写《新疆佛教史》中的一章，需要台湾出版的《高僧传索引》；但在北大图书馆中只能找到其中的一本。这次见到石老，不禁向他提到此事，我只不过是试一试运气而已。然而我万没有想到，四五天以后，汉云从香港打来长途电话说。《高僧传索引》，石老已经用十万火急的办法，从台湾购得，又用真正的特快专递的办法，运到了香港，共用去两千多港币。听了以后，我感激得简直说不出话来。这是我最想得到的一套书；然而茫茫大地，渺渺人寰，我托什么人，到什么地方去找呢？可眼前竟不费吹灰之力，于无意中得之，真是"不亦乐乎"了。从这一件微不足道的小事中也能看到石老对朋友之忠诚，办事之雷厉风行，我钦敬之心油然而生。

我在上面已经提到，石老捐书的规模之大是绝对空前的。这一件事，从表面上看起来，能促进海峡两岸文化教育的发展。但是，我认为，其意义远不止于此。它能增强两岸同胞的相互了解，而了解又能使感情增长。感情逐渐浓厚了，会大大地有利于统一。不管眼前还有多少跳梁小丑别有用心地在捣鬼，在破坏，中国有朝一日必然要统一，这是顺乎民心应乎潮流的问题，螳臂是挡不了车的。等到将来吾中华土地金瓯重圆之日，麒麟阁上必然有石老的名字，这还用怀疑吗？

我本来没有打算写这样多的，然而下笔不能自休，仿佛不是我拖笔写字，而是笔提着我写。写到这里，好像还有许多许多话要说。我用尽全力，强迫自己停下笔来。好一个说不完道不尽的石老石景宜！

二 暨南大学

我这一次广东之行的主要动因来自暨南大学，这一点我在上面已经谈了一些。

此时北京已是初冬。虽然今年北方气候偏暖，但也已是木叶脱落，层林尽染的时节，而广东仍是夏天天气。北京开暖气，广州开冷气，差别有如天渊了。因此，在飞临广州时，我们在飞机上忙着换衣服，脱掉毛衣，换上单衣，忙得不亦乐乎。

走下飞机，还没有走到迎接客人的人们聚集的栏杆旁边，就见到一位青年女子，满面欢笑，雀跃而来，紧紧地抱住了我的肩膀，这是汉云。在她身后是一位青年学者，经介绍，知道是暨大的副校长蒋述卓教授。我对他可以说是久仰久仰了，他的文章我已经读过一些，是一位成绩卓著的哲学家、史学家、天文学家。我可万万没有想到，我们竟在这里会面。汉云来接，是在意料之中的。蒋先生来接则完全在我意料之外。不管怎样，他们的来临使我这一个刚从初冬的北京来的人胸中溢满了融融的暖意，与广州的夏日天气正相配合。

广州对我来说并不陌生，我已经来过多次了。但是，当前中国的发展，疾如暴风骤雨，一转瞬间，就会让人有换了人间之感。城市的发展，也完全一样。我在北京海淀已经住了将近半个世纪，但是，今天让我步行出门，走不了多久，肯定就会迷路。广州何独不然！街道宽敞了，到处都清洁了，再衬上南国的绿树碧草，有的地方真如阆苑仙境，我不禁顾而乐之。

走进暨南大学，住进专家楼，楼里，楼外，楼上，楼下，一派繁忙的节日热烈气氛。这样的赠书盛会，据我所能回忆到的，在中国还是第一次，大概暨大全校师生都动员起来了，到处彩旗飘扬，标语闪红，连百年古榕都似乎焕发了青春，叶子碧绿油亮，根须在暖风中晃来晃去，仿佛在鼓掌喝彩。人们则个个忙得团团转，但是满面含笑，透露出心中的快乐，人人都仿佛是在过年。一派喜气洋洋的温馨的气氛弥漫了整个的风光旖旎的校园。我们被安置在整个专家楼最高级的套间里，不断有各地来的旧友来访。石景宜老先生也在汉云的陪同下前来看我。一直到了深夜，我已经沐浴上床，忙碌了一天的暨大刘校长还在蒋述卓副校长的陪同下来到我的房间，向我表示欢迎。所有这一切行动都温暖着我的心。仅仅在半天以前，我们还处在万里雪飘的北方；一转瞬间，我们就来到繁花生树的南国，处在温暖的友情中。我心里甜甜蜜蜜地进入睡乡。

第二天上午，赠书大会在曾宪梓捐建的科学会堂中举行。这一座建筑巍峨雄伟，大气磅礴，会议大厅也十分宽敞明亮。厅中坐满了来自全国的三四百位大学领导人和图书馆长，他们代表着全国101所211工程的大学。大家都知道，所谓211工程是在教育部领导下，经过极其严格慎重的手续评选出来的大学，是全国一千多所大学的排头兵，它们代表着中国教育的最高水平，211工程是一个极其光荣的称号。教育是一个国家的核心，是保证这个国家前进的重要手段，是这个国家立国的基础，而大学又是一个国家教育的最高基地。今天到会的嘉宾就是这些基地的代表。大学是知识的渊薮，是智慧的宝库，今天到会的代表就是从众多的渊薮中，从众多的宝库中走出来的。我浮想联翩，不禁想到了中国旧日传说的天上的文曲星，我抑制不住自己的幻想和联想，顺口就溜出来了一副对联：

百座文曲聚暨大

八方风雨会羊城

这仅仅是一时感情冲动，工拙非所计也。

今天到会的除了101所大学的领导外，还有教育部副部长韦钰院士，以及中央和广东本地的一些政府领导人。石景宜老先生当然是众人瞩目的中心人物，他的长公子和事业接班人石汉基先生也参加并代表石老发了言。仪式隆重而简单，不到一个小时就结束了。

这样，我们应石老的召约到广州来的任务可以说是已经完成了，晚上再参加广州市长的宴请，明天就可以打道回府了。然而，石老却让我们到他的故乡佛山去看一看、玩一玩，用他的话来说："你玩三天，四天，五天，六天，时间越长越好。"情不可却，我只有遵命了。于是，在汉云的护驾下，我们登上了车，向着佛山疾驰而去。

三　到了佛山

佛山，我是第一次来，但是它的大名却久已如雷贯耳了。

我不知道，佛山距广州究竟有多远。我只是懵懵懂懂地觉得，或者说是期望着，一出广州，马路两旁必然是稻田星罗棋布，流水潺湲，椰榕成荫，一派南国农田风光。然而，车子行行重行行，路两旁只见高楼耸立，路中间只见车如穿梭，毫无田园的感觉。走了约摸一个小时，汉云说："到了！"她的意思是指佛山到了，然而在我的感觉中，我们仿佛还没有离开广州。

可是"到了"毕竟是真的到了。我们住进了佛山市政府迎宾馆。这是一座美轮美奂、富丽堂皇的宏伟建筑，似乎不对外营业，只招待来佛山的贵宾。在迎宾大厅的里面，是一池清水，里面浮着几十条尺把长的五色鲤鱼。再往里是一丛丛的热带植物，把整个小天井渲染得郁郁葱葱，青翠欲滴，宛然一首绿色的诗，一曲绿色的音乐。令人看了胸中不禁萌生盎然的生机。

我被安置在一套所谓总统套间里。这一个套间之大真令我惊诧不止。一进门是一间会客室，估计面积至少有一百多平米，中间摆着几个极大的皮沙发，然而在这一间屋子里却不见其大，只觉其小。再往里面走，是一间书屋；转进一个门，是一间极大的卧室，最后是一间极大的卫生间。我平生住过几次总统套间，今年春天在山东聊城住的那一个套间面积就大得惊人。然而，同佛山的比起来，却只能说是小巫见大巫了。这一下子就让我回忆起在新中国成立初期我随中国文化代表团访问缅甸和印度的情景。我在印度首都新德里，被印度朋友视作贵宾中之贵宾，被安置在原为英国总督府现为印度总统府的、用红色巨石建筑成的、宛如一个巨大的城堡的贵宾楼中。我同团长的居室本是隔壁，但走出我的房门走向丁老的居室时，好久都走不到，大有长途跋涉之感，由此可见我的卧室之宽大。这一间房子至少有半个篮球场大。在空荡荡的大屋的正中摆上了一张床，夜里我躺在床上，左顾右盼，左距墙壁极远，右也不近，我仿佛是躺在大海中的一叶孤舟中。这令我不期而然想到了宋代苏东坡《赤壁赋》中的两句话："纵一苇之所如，凌万顷之茫然。"我的屋中当然没有水，然而在我的感觉中却确实有水；虽然水波不兴，却依然感到水天渺茫。时隔将近半个世纪，这种印象或者幻觉犹历历如在目前。今天我在佛山又忽然回忆起这种令人神往的印象或者幻象来，仿佛时间凝住未动，我又回到了五十年前。

这次来到佛山，陪同我们参观游览的主人，除汉云外，又增加了几位：一位是徐玲玲，是佛山市政府办公室综合处的科长，为人热情，诚恳，淳朴，活泼，我们真可以说是一见如故。见面不久，她就管我叫爷爷，别人说，我又认了一个孙女。一位是梁文炽，是佛山市图书馆的副馆长，按照当地的习惯，所有带"长"的官员，在别人嘴中都把"长"字省掉，所以我们就称他为"梁馆"，他为人敦厚，诚恳，说话不多，但待人殷勤。一位是南海市图书馆的馆长陈志东，我们当然称她为"陈馆"了。她为人文静，说话不多，但热情可掬。另一位是黄锡荣，是石景宜刘紫英伉俪艺术馆的司机，我们管他叫"小黄"，一直陪我们到处参观，服务认真不苟。我们这个参观游览的队伍一下子增加到七八个人。在三天中，我们这个小小的队伍，不论是坐在车内，还是走在路上，总是欢声笑语，其乐融融，令我永世难忘。

四　佛山街头小景

我们每天准时从迎宾馆出发，出去参观访问。但一定要先在馆中上演一幕简短的“序剧”，地点就在水池岸边。玲玲总让那些花枝招展的服务小姐拿一碟鱼饵来，并请我撒向池中。池中的锦鲤似乎能通人性，只要我们在池边一站，它们就从远处摇摆着尾巴游了过来，恭候我们的布施。鱼饵一撒下去，鱼们立即活跃起来，拥拥挤挤，跌跌撞撞，一条鱼甚至压在另一条的身上，抢夺鱼饵。小池中一时波浪翻腾，水花四溅，形成了非常壮观的局面。

鱼饵撒完，序剧告终。

我们走出了大门。

我们走出了大门，并不是在佛山街头溜达，我们实在没有足够的时间或闲散的心情。俗话说“走马观花”，我们只能走“车”观花。正如今年年初在台北一样，“台北街头小景”，都是透过车窗的玻璃看出来的。今天在佛山，“佛山街头小景”，也都是在车上看到的、体会到的。完全出乎我意料。我原以为那如雷贯耳的佛山镇，不过是南国的在偏僻中初露繁华的比一般镇稍大的边鄙的城镇而已。今天身临其境，才发现我完全错了。佛山市并不比我在中国，在世界上许多地方看到的繁华的古城稍有逊色。这里的马路，虽然不像北京那样宽敞，然而马路上车水马龙，行人多如过江之鲫，挥汗成雨，联袂成风，拥拥挤挤，摩肩接踵。北京的王府井大街，上海的南京路，不过如此也。

我无论到哪一个新的城市，总好注意街旁的店铺。在这方面，佛山并没有什么特异之处，它不像台北那样，到处都有槟榔店，这里我一间也没有看到。同是亚热带潮湿闷热的气候，为什么两地竟这样悬殊，我说不明白。这里同广州一样，饭店酒楼林立，多半标出了“生猛海鲜”一类的宣传字样。对于广州的食品，我在上面已经略有涉及。只这“生猛”二字就是多么彰明昭著，多么生动有力。积多年之经验（含教训），我得到了一个真理：一个北方人在广东吃饭，一道菜端上桌来，你尽管伸筷猛夹，开口大嚼，你可千万别盘问是什么东西。否则的话，如果你得到的回答是长虫（蛇）或水中山上的某一种虫子或动物，则你必悚然败下阵来，筷欲伸而退避，口欲开而紧闭，这一顿饭你准吃不好。

我还有一个习惯，也许是一个好习惯，这就是，我不管走到什么地方，总注意当地的花草树木。我在中国北方住了一辈子，抬头见松柏，环视唯柳槐，繁花虽满地，少是终年开，心中颇以为憾。现在来到了佛山，在北方季节已经到了初冬，此地却还似盛夏，花树繁茂，眼光所及，无非姹紫嫣红，真正是顾而乐之。但是也还有遗憾之处，就是不知道花的名称。当年中国诗人李思纯到了巴黎花都，只能“对月略能推汉历，看花苦为译秦名”。我在佛山，确实用不着推汉历，也用不着译秦名，可是我连汉名也不知道。因此，我改作了两句：“对月无需推汉历，看花难于问姓名。”我的心情可见一斑。无奈，我只能迷离模糊地欣赏花的秀色了。

我在广州街头就曾得到一个印象：同北京比较起来，这里的摩托车要比北京多得多。然而到了佛山才发现，这里的摩托车比广州还要多。这使我一下子回忆起泰国的曼谷来。几年前，我曾在那里待过几天。曼谷的堵车现象名震寰宇。有时候一堵就是几个小时。此时，我坐在车中，好像被囚在一座古堡里，车窗变成了囚窗，心中满怀雄心壮志，有如一只搏云天而上腾的大鹏，却是伤了翅膀，动弹不了。我莫名其妙地想到两句唐诗：“沉舟侧畔千帆过，病树前头万木春。”千帆是什么呢？就是在汽车的夹缝里颇为迅速敏捷地走动的摩托车。佛山的摩托车的数量确实还不能同曼谷比肩，然而已颇为可观了。困扰北京交通的自行车，在这里变成了稀有品种，有时候竟像在日本一样走在人行道上。摩托车则在街尾爬行的汽车长龙中，翩若惊鸿，婉若游龙，在汽车群的缝隙中，左闪右躲，前瞻后顾，转瞬就飞出去老远老远。驾驶摩托车的人，因为一律头戴钢盔，乍看上去，不辨雌雄。但是，有时候我从车窗里忽然看出去，瞥见摩托车的脚蹬上挂着一只高跟鞋的高跟，再抬头向上一看，头盔的外面有几缕秀发在风中飞动，我一下子就恍然了：驾车者是一位妙龄靓女，威武秀逸，雄风不减须眉，宛如《红楼梦》中提到的“姽婳将军”，真让我们这些外地人喜煞，羡煞。

五　佛山陶瓷厂

我的地理知识和科技知识，都不是很令人满意。但是我从小就听说江西景德镇的瓷器和广东佛山镇的陶器。虽然听说了，但是山高路远，只有心向往之而已。哪里想到，今天竟因缘巧合，我来到了佛山，以陶瓷闻名全国全世界的佛山。在参观节目中必须有佛山陶瓷厂，这已经是天经地义的事了。

在迎宾馆里住了一夜，第二天开始参观。匆匆忙忙地参观了祖庙以后，陪同我们参观的朋友们，汉云、玲玲、梁馆、陈馆等就迫不及待地把我们带到了佛山陶瓷厂。玲玲是当地政府官员，从而我们这一队人马就受到了特殊的待遇，到处为我们开了绿灯，经理亲自出来迎接。要说受宠若惊嘛，我们似乎没有这样的感觉；但是，我们感觉到温暖与亲切，却也是事实。我们首先看制作车间。看样子，这个车间也不可能是对外开放的，只因我们一下子变成了VIP“贵宾”，所以我们就有了进入的特权。屋子很大，有许多工作台，每一个台旁坐着一位雕塑家，大半是年轻的妇女。台上堆着一大块黑色的用水和成的陶土，这是用来雕塑的原料。我用“雕塑”这个词儿，也许不太恰当。她们在手中把陶土抟来抟去，抟成了一些小动物、一些小人和其他许多别的东西，准备入窑烧炼。北方有捏面人这个行当，“捏”字也许更恰当。这个问题，我有点说不清楚，就此打住吧。那些年轻的雕塑家——不能叫做“捏家”吧？——有的在干活，有的手里拿着一个极大的梨在使劲地啃，意态潇洒，笑容可掬。

我们又走到了一个展览大厅去参观。这里同工作车间大不一样了。大厅四周排列着一些木架，架子上陈列着一些烧炼好的大型的彩陶雕塑品，流光溢彩，姿态生动，有的是中国民间崇拜的仙佛，特别引人注目的是大肚子弥勒佛。这是在任何庙中都能见到的一尊佛，看到他，人们都会不由自主地想到关于他的一副对联：“大肚能容，容天下难容之事；

笑口常开，笑世上可笑之人。”今天在这里又见到了他，在艺术家的手下，他的形象更生动，更可笑，更令人喜爱。除了佛像，还有一些中国历史上的名人，都是老百姓喜闻乐见的。另外还有一些其他题材的雕塑品，琳琅满目，美不胜收。木架之间都留有空隙，墙上贴着艺术家的照片和艺术职称，他们显然都是名家、大家，造诣非凡，同制作车间里的那一些年轻女艺术家们不可同日而语了。我灵机一动，忽然想到，同制作车间比较起来，这里好像是阳春白雪，那里就有点像下里巴人了。

我浮想联翩，一下子忽然想到几年前的一个春天我到洛阳去看牡丹。“洛阳牡丹甲天下”，这是没有人不承认的。牡丹的国色天香，也是无人不知的。每年四月下旬，牡丹就开满了古都洛阳。大马路上，公园里，特别是最大的与皇城有联系的公园里，牡丹开得姹紫嫣红，花团锦簇，形成了一片花海，形成了一座花城，全国各地的人，全世界各地的人，操着不同的方言和语言，穿着不同的服装和鞋靴，拥拥挤挤，摩肩接踵，聚集在一起，共同分享着“朝酣酒”和“夜染衣”的飘逸的神采和境界，欢笑声和惊叹声汇成了一曲有声音、有色彩、有形象的钧天大乐，直上云霄。

在我的回忆中，在这样一曲钧天大乐中，却闪出了一缕缕黄色、绿色和白色的光芒，这是有名的唐三彩的光芒。洛阳的唐三彩闻名天下，一件真正的唐三彩的骆驼或马，价值连城。唐三彩也是陶器。我的知识面太有限，我至今还弄不清楚，洛阳的唐三彩与佛山的彩陶雕塑有什么关系，有什么分别。二者都是天下之至美，为中国人民和世界人民平庸的生活增添不少耀目的光彩，成为我们中华民族的骄傲。

我又浮想联翩，想到中国的雕塑和西欧的雕塑。西方自古希腊以来，雕塑就是美学家主要研究对象之一，这个传统几千年来一直延续下来，从未中断过。在中国，雕塑的起源似乎比希腊晚，地位也没有那样重要。但是也并非没有著名的雕塑家，唐代的杨惠之就是最著名的一个，他同吴道子同师张僧繇，吴后来成了“画圣”，他则以雕塑名天下，但是后继似乎乏人。雕塑这一门艺术，同绘画比较起来，完全不能相提并论，后者历史悠久，涉及面广，英姿勃发，光彩照人，代代都是如日中天，名家辈出，佳作迭现，几乎垄断了中国艺术史。雕塑则干瘪失色，不能登大雅之堂。全国许多地方的五百罗汉，虽艺术水平参差不齐，但确有精品，多半也沦为民间艺术。另外一些雕塑，比如龙门、云冈、敦煌、麦积山、大足等地的佛像石雕或泥塑，确实引起了全世界的瞩目，但是它们的价值还没有得到充分的阐明与评估，让人不禁为之一叹。

说到佛像雕塑，我忽然联想到好多年前我在四川都江堰李冰庙中一点感受。我去参观李冰庙时，这一座气势恢宏、历史悠久的大庙已经遭受了“十年浩劫”的洗礼，无知暴徒们已经把李冰父子的塑像砸了个粉碎。改革开放以后，天日重明，有识之士看到高高的台座上空空如也，实在不像样子，于是请什么美术学院的雕塑家们，用受了西方影响的雕塑手法，塑成了两座像，放置在那里。这两座像艺术性可能是高的，但是，在我眼中，它们同巍峨的大殿、庄严的台座，无论如何也协调不起来，看上去简直有滑稽之感。我因而想到，我国历代那些民间雕塑家，名不见经传，艺不被重视，却确有其不可及之处，这问题实在值得深入研究。

今天的佛山陶瓷厂，依我看是民间艺术与专家精英艺术相结合的地方。可是还没见有人注意到这个问题。中国民间的捏面人、塑佛像、制陶瓷等的艺术家们，实在还有很多有待发掘的奥秘，专家学者们何妨暂时走出象牙之塔，观察和探讨一下这个问题。这个问题如能解决，我国的雕塑理论必能有新的创获。

六　西樵山

广东有两句俗话：佛山无山，南海无海。可是我们的佛山之游中竟包括了西樵山这一座真正的山，可见我们已经走出了狭义的佛山的境界，到有山的地方来了。我缺少广东地理的知识，手头又没有地图可查。我依稀感觉到，佛山可能是广东的一个中等市，管辖几个小的市和县。因为，在经常陪同我们参观访问的本地朋友中，有一位南海市图书馆的馆长陈志东女士，按当地的习惯说法，应该称之为“陈馆”。南海市是否是一个属于佛山市的县级市呢？

这些猜想，不管正确与否，都是无关大局的。中国古人说：“名者，实之宾也。”这些猜想都属于名的范畴，不过是“宾”而已。西樵山却是“实”的，西樵山之美更是实而又实的。我在上面已经说到，此时的北方正是初冬天气，虽然还没有达到“千里冰封，万里雪飘”的程度，但池塘已经结了薄冰，屋里已经使用了暖气。可是在广东，在佛山，却依然是阳春天气，杂花满树，群鸟飞鸣。我们的车子驶出了佛山市，真正领略到了广东的田园风光。马路两旁长满了低低的灌木丛，不知道叫什么名字。一路都看到一丛丛紫色的花，万绿丛中一团紫，确实是鲜艳动人，引人注目，我们北方来的几个侉子，在吃惊之余左右打听花的名字，到头来也没有打听出什么结果。

我们的车一路开上山去，这就是西樵山。山不算太高，但山路上弯子也不少。山下的田野村舍一会儿出现在车的右边，但一转瞬间又忽然出现在车的左边，当然都是居高临下的。我事前就听说，石景宜老先生就诞生在山下某一个村庄里。此时，我遥望山下，但见烟雾缭绕，树影迷离，却说不出究竟在什么地方诞生了这样一位热爱祖国，热爱祖国文化教育的奇人。我继而又想到，在这样山清水秀的地方，诞生这样嵚崎磊落的人，又是事理之必然。想来想去，我别是一般滋味在心头。

汽车终于开上了山巅。所谓山巅，其实并没有什么云峰插天，鸟道蔽日，只是一片大平地。上面修建了旅馆、花园和其他一些设施，有点像庐山的牯岭。山顶上立着一座南海观世音菩萨站立的雕像，高达三十多米，不知道是用什么材料雕成的。谁要是想攀登上去瞻仰一下的话，要登几百级台阶。游人虽多，真正登上去的人却极少，可见攀登艰苦的程度。我们同来的人中，我是一个衰朽老翁，当然连想攀登都不敢想，其余的年轻人也都安于在下面徘徊，向上仰望。我见有人站在离台阶还很远的地方低头合掌，虔心默祷，表示对这一位以救苦救难的大菩萨的敬意。但是，我幻想，如果我真正登上去的话，我会看到别有一番境界，至少也会像杜甫登泰山那样："会当凌绝顶，一览众山小。"

我没有打听，是什么人，由于什么原因，花费这样多的财力、物力和人力，选择了这个地方，修建这样一座上凌青天的观音雕像。我却无端联想到我在欧洲进几个著名的天主教大教堂的感受。我走进了哥特式的大教堂，里面设备并不豪华，毋宁说是相当简陋，但是，如果抬头向上看，就会看到在大堂极高极高的尖顶上有一缕阳光透过五彩玻璃窗流了进来。阳光到处都有，但在不同的地方会产生不同的效果。在这大教堂内部光顶上，衬托着堂内灰暗的背景，这阳光显得特别耀眼，光彩熠熠，带给人们特殊的含义和感觉，不管你信不信上面有个天堂，你总会感觉到，这神秘的光明象征着什么；如果是信徒的话，当然就会在下意识或潜意识中感觉到，上面有一个光明的天堂。

现在，在西樵山上，这一座加上底座和山包恐怕要高达百米的、"离天三尺三"高的观世音菩萨的塑像，起到同西方哥特式大教堂同样的作用。不管你是否是信徒，看到这一位慈眉善目，好像用悲天悯人的目光下视大千世界的芸芸众生，随时准备着拯救他们于苦难的大海中的菩萨，心里总会有一种异样的、温暖的感觉吧。至于我自己，我研究了一辈子佛教，但从来不是佛教信徒。我尊重世界上一切正大光明的宗教的信徒，也尊重他们的宗教。因为，我认为，人与人是不相同的。有的人有宗教需要，有的人就没有，绝不能是此而非彼，厚此而薄彼。宗教信仰是个人的问题，只要能帮助我们安定团结，就是好事情，我们就没有理由不拥护。

在这西樵山顶上，树木蓊郁，空气新鲜，山风习习，净无纤尘。我们狠狠地享受了一下大自然给予我们的快乐。陶渊明的诗，"久在樊笼里，复得返自然"，好像是我们的写照。可惜世间的快乐都是短暂的，这一次也不能例外。到了我们该下山的时候了。我们的汽车沿着原路盘旋而下。走到了一个地方，看到在碧绿的山麓下，立着一座黄色的神像，背景的绿色与神像的黄色相映鲜明，十分有趣。玲玲说：那是黄大仙。

我没有来得及细问黄大仙又是怎么一回事，脑袋里还是装满了南海观世音菩萨的影子，不久就回到了佛山。

七　中央电视台南海影视城

对于影视城这种新鲜玩意儿，我不是没有印象和认识的。我已经看过两座了。

十几年以前，我应邀到河北石家庄去讲学。讲完以后，主人热情安排我们到邻近的正定县去参观，这里有拍摄电视剧《红楼梦》时使用过的一个院子，里面大院套小院，大概原书中的潇湘馆、怡红院等地方都有，当然不能完全像当年真实建筑那样辉煌，只不过是拍摄用的特殊道具而已。大院外面是一条名字与荣国府有联系的大街，街两旁有一些商店，不是真正做买卖用的，也只是道具而已。好像当时还没有“影视城”这样的名称，其实已经具备了现在影视城的规模。这一个大院现存怎样了我不清楚，我再也没有听人提到过它，可它却时不时地会出现在我的回忆中。

第二座就是前几年由女企业家梅子创建的北普陀影视基地，坐落在北京大兴县。我曾应邀去过几次。基地规模极大，据说原是一个垃圾场，梅子出资买了下来，清除了垃圾，一片高楼大厦拔地而起，气势极为雄伟。里面有自成院落的楼群，有艺术培训中心，有供人们开会住宿的大厅和客房。另外有很多座别墅，其中有几座称做总统别墅。另外有一座大庙，内供一百尊南海观世音菩萨，形态各异，美轮美奂。走进里面，香气缭绕，磬声回荡，即使非信徒也会有肃穆之感。院中有一个大湖，花榭游廊，径达湖心亭中。旁边有一个院落，叫做曹雪芹诗词碑林，由当代著名的学者、书法家书写刻石。由此可见基地主人的文化修养。又有一条“宋街”，是按照宋代的建筑形式修建成的，当然这与正定县的荣国府街是一样的，不是为了做生意，而是为了拍摄电影。有一年春天，正是桃花盛开的时候，梅子想请我们去游赏，因事未果。但是我遥想十里桃花怒放的情景，不由想到东坡的词："春牛春杖，无限春风来海上。便与春工，染得桃花似肉红。"我遐想不已。又有一次，我们到了北普陀，看到大院两端，各竖一长竿，高达几十米，竿间拴了一条长绳，有河南来的马戏团特技演员在绳上走来走去，还玩出一些花样，仰望如空中飞燕，让人看了无限担惊。从那以后，我好久没有听到北普陀的消息，不知道它现在怎样了。

今天我们居然来到了佛山的南海影视城。事先我脑袋里一点想法都没有，以为不过是一个参观的项目，同其他项目不会有什么两样。然而，一下车，我就傻了眼。大门楼简直像一座大城堡，朝外面的极高极宽的墙壁上，赫然嵌着五个大字："太平天国城"。我猜想，当年为了拍摄以太平天国为背景的电视剧时修建了这一座城。仅从城门外看上去就能够知道，城里面的规模会极为宏伟辽阔，不但非正定县的荣国府大院所能比拟，连大兴的北普陀影视基地也难望其项背。

在进入城门之前，我还想补充一点。在高大的城门洞上面的城墙上，耸立着一座黄瓦红柱的大殿似的建筑，令人一看到会想到北京的午门和前门，像是箭楼，但比一般的箭楼规模要大得多。这还不足为奇，奇怪的是，覆盖着三个城门洞的城墙，不是短短的一段城墙，而是形成了一段半圆形的城墙，相当长，两端城上各建有角楼一座，名之曰东角楼和西角楼。这在其他地方我还没有见过。在城墙的半环抱中有一个广场，面积当然比不上天安门广场，但是较之莫斯科的红场，绝无多少逊色。总之，人们在走进太平天国城之前，先受到一个下马威，它的雄伟恢宏的气象震慑了你的灵魂。

现在是走进太平天国城的时候了。一走进大门，眼前豁然开朗，我们仿佛走进了北京的故宫。先要走过五龙桥，这就有点像故宫的御河桥，桥两面各有清塘一泓，碧波潋滟，怡神悦目。再往前是前殿，有点像北京的午门，建筑形式也几乎一模一样。再前进是正殿。过了正殿最后是大殿，殿高数层，绮楼金阁，回廊四通，气势恢宏，令人神移。所有这些殿阁，一律是黄瓦红柱，一派帝京气象。虽然规模不及北京故宫，然而留给人的印象，则极有相似之处，让我们这些从北京来的人，逛过故宫的人，恍惚间忘记了自己是在佛山，仿佛又置身北京的故宫中了。

因为园子太大，建筑太多，想要仔细观赏，非有几天的时间不可，那样我们是绝对做不到的。我们仅有几个小时的时间，迫不得已，只好租了两部电瓶车，乘车漫游全园，对全园先有一个概括的印象，然后再重点观赏几处重要的景点，点与面相结合，就算是真正游逛了太平天国城。电瓶车在园子里绕了一周，道路时高时低，弯弯曲曲，两旁的景观随时变化，夹道盛开着南国的名花。有时看到小山，上面挤满了郁郁葱葱的树木，一片碧绿。时见巨石，据说多半是人工制造的。但是，这对我们来说，毫无影响。我们是欣赏者，不是研究者，只要我们眼中是石，心中也自然就是石了。只要能赏心悦目，真假与我何干？又见大小湖泊，清水满塘。这自然不会是人工假造的了。又见零散楼台，与正殿大殿不相联系，依然黄瓦红柱，威仪俨然。总之，我们坐在电瓶车上，走车观花，走车观景，看到了不知多少美妙的东西，印象庞杂，心旷神怡；虽然仍难免迷离模糊，但是对这一座影视城在心中有了一个比较完整的印象。还有一些重要景点，大概是因为电瓶车一闪而过，我们没有能下车参观，比如天王府区、东王府、翼王府、杭州府衙、钟鼓楼、江南水乡、江南民居、香港澳门街、梨园大戏院等名胜，我们都没有下车欣赏，只有俟诸异日了。

走车观景，对全园有了一个大体的了解以后，主人建议我们重点深入参观几个重要景点。而太平天国城，除了固定的景点以外，还有一些并不固定而随时变换的表演节目。这在买门票时我们便知道了，因为随着门票还有一个“演出时间表”，前者是固定的，后者是变动的。我们去的时候，正在上演着一些新节目，大可一饱眼福了。

我们首先选择的是法属大溪地土著风情舞，演出地点是水乡区舞台。我们的电瓶车开到的时候，舞蹈已经开始了。既然是在“水乡区”，此地一定多水。看台建筑在水乡边上，居高临下，有几十层台阶。表演地是在深深的下面平地上，三面环水，中有一岛，水上有桥，表演者有时是在桥后，有的又走过桥来。他们的队伍看来是相当庞大的，男、女、老、幼都有。最引人注目的可能是一群年轻的女孩子的舞蹈。因为我在埃及开罗看到过举世闻名的女孩子的肚皮舞，极富特色，极富吸引力，为全世界任何民族所无。我对舞蹈不是内行，但是我感到眼前这些非洲女孩子的舞蹈颇有点像埃及的肚皮舞，难道这是一种非洲独特的舞风吗？除了舞蹈以外，还有歌唱，歌唱者男女都有。我想在场没有什么人会听懂歌唱的内容的，因为歌词据说是斯瓦希里语。在这样一个纯粹中国古典式的园林中，听到这样充满了异域风情的歌声，而中非两地的观众和演唱者却能心心相印，这不能不说是大千世界和谐的表现，不同肤色、不同语言的人民的心灵相通了。

演出结束以后，看台上一片掌声。我们那位开电瓶车的极为机灵的小伙子，不知道是怎样一来，竟走下了台阶，走到非洲演员的队伍中，同那些女孩子手拍手地对舞起来。汉云和玲玲也把我从车上扶下，同玉洁一起，走下了台阶，走到非洲艺术家队伍中。我知道，他们大概都能说一点法语，便讲了几句法语，对他们表示感谢和赞美。我万没有想到，这几句法语竟有这样大的神力。舞蹈队伍中一位年龄最大的人，可能是他们的领队，一下子把我搂住，跟我拥抱起来，并把他头上戴的一顶草帽戴在我的头上，还摘下脖子上挂的一串用白色贝壳串成的项链，套在我的脖子上。我一时手足无措，却感到对方赤着上身的体温，温得我心神激动。我顿时想到白居易的两句诗：“同是天涯沦落人，相逢何必曾相识！”这诗只对了一半，我身居祖国，并未沦落，而他却是不远数万里从西非流落到中国来卖艺为生，是地地道道的天涯沦落人。他难道不日夜怀念自己的祖国吗？同情心冲击着我的灵魂，我眼中流出了泪水。但是，时间只有几分钟，我们相逢的缘分也就仅有这么长。我回头登上了台阶，说了声An revoir，“明日隔山岳，世事两茫茫”了。

从那里我们乘上了电瓶车，走到了水战馆，观看“靖港水战”。水战的内容和情节都不清楚，但是设备却极具规模，一个宽大的水塘，中间用木板、木柱搭成了许多架子和平台，还有一座木板大桥。架子最高的地方有几十丈高，像是一艘军舰上的指挥塔，这可能是当年拍太平天国的影视剧时当作军舰使用的。这一次“靖港水战”，实际上是一场跳水表演，有的演员从桥上往下跳，有的从木架子上往下跳，技术最高的则从指挥塔上往下跳，几十丈高，演员入水时，当然会水花四溅。一时水塘中波浪汹涌，人声鼎沸，记得还有烟火一类的东西；虽无情节，仍然蔚为奇观。看台上一时掌声雷动。我没有看清楚，不知怎样一来，一位小伙子从水中跃出，走到看台前面，浑身滴着水，用湿漉漉的手，同坐在前排的人——我们也坐在那里的——一一握手，嘴里连声呼“hello”不已。这立刻引起了我的警觉，仔细一瞅小伙子，竟是碧眼黄发，并非炎黄子孙。同刚才碰到非洲人一样，我又浮想联翩：难道这是流落到中国来打工献艺的“天之骄子”吗？过去都是中国人到欧美去打工，现在竟也有欧美人到中国来打工了，岂不大快人心也哉！

我们的电瓶车又移动了，驶到了马戏场去看“三英战吕布”。这是一个极大场子，坐落在一块洼地上，与靖港水战区相连。看台高高地建筑在崖子上，居高临下，对场子里面的活动可以一览无余。我们的电瓶车走过崖子上面时，看到一两百名十几岁的男孩子，身穿黄色的兵卒的衣服，大概是等候入场跑集体龙套的，他们喜笑颜开，快活非常，让人看了高兴。我们走到看台上，坐在前排。不久，崖下广场上战斗就开始了，左边一彪人马，旌旗招展，威武雄壮，将军骑在马上，步卒停驻马下。右边同样一彪人马。两军对垒，表演的是《三国演义》“虎牢关三英战吕布”那个节目，刘、关、张三英在左方，吕布在右方。只见一匹战马飞也似的从左边跃出，右面的吕布出马迎战，没有战上两三回合，吕布方天画戟一举，把对方的战将挑于马下，人躺在地上，战马跑回本营。如此这般，吕布连挑四五员大将。最后，刘、关、张三英出马，大战一场，刀枪齐举，花样繁多，战了不知多少回合，不分胜负，双方鸣金收兵。一场大战，从而结束。三英和吕布驰马绕场一周，皆大欢喜。

我们又登上电瓶车，走马观花式地参观了城中的几个景点，看了看吴桥杂技表演，听了听编钟演奏，都能怡情娱性，各有所长。太平天国城太大，我们的时间太短。几个小时的逗留，对全城有了一个大体的了解，对城中的特色也有了比较深刻的印象。要说是尽兴，那就相距太远了。希望有朝一日还能回到这里来。我们就这样一步三回首地离开了太平天国城。

八　南国桃园

我们在佛山仅仅停留了两天，但是我们两过南国桃园，我与桃园可谓缘分不浅。我在这里又立了专章写南国桃园，有人可能认为我对桃园应该十分熟悉，了如指掌。可是事实却是，我对桃园了解极少，不知桃园究竟是个什么样子。

第一天下午，我们参观了几个地方以后，来到了南国桃园，目的是想看里面的动物园。这里的动物园同北京的不一样，在北京动物园的动物，特别是老虎和狮子一类的凶恶的家伙，被关在铁栏杆里面，人们在外面自由自在地观赏。而在这里则正相反，凶猛的动物自由自在地窜跃在林莽中，人却被囚在汽车里，隔着车窗观赏动物，实际上人反而成了动物观赏的对象。这情景很多年前我曾在印度海得拉巴经历过一次。是一座养着一头雄狮和七八头雌狮的广袤的山林。我们的汽车走近狮群时，狮子们懒洋洋地躺在树荫里，对我们露出不屑一顾的样子，煞是有趣。我在那里第一次，也是最后一次，亲手摸了老虎的屁股，一只猛虎被诱进一只铁笼子里，空间仅够老虎转身之用。当老虎的屁股转到我们眼前时，园长把手伸进铁栏杆，拍了拍老虎的屁股，给我们示范，为我们打气。我战战兢兢地把手伸进去，拍了拍老虎的屁股，窘态可掬，至今历历如在目前。

今天我们来到佛山的南国桃园，听说里面也有这样一座动物园，我这个有过经验的人喜出望外，很想看上一看，重温一下摸老虎屁股的旧梦；其余没有我这种经验的人，当然更是急不可待。可是，我们失望了，据说时间已逼近下午四时，是停止入园的时候了。我们都回天无力，快快离去。

第二天，我们在上午游览了太平天国城，中午时分，又经过了南国桃园，这一次不过是假道而已，本来没有抱有什么希望。可是，当我们的车行驶在一片大湖的岸边时，湖的对岸有山峰数座，蓊郁的碧树从山下湖边一直长到山巅，除了绿色以外，看不到任何杂色。奇怪的是，树上竟开满了白色的花朵，极大极白。这立刻引起了我的兴趣，却忽然又见几朵白色竟飞了起来，从一丛绿树飞向另外一丛。即使是飞了起来，我看起来依然是白色的花朵。别人告诉我，这是白鹭，夜里栖息在树上，白天飞到湖上去觅食鱼虾。中午时分是很难见到的。难道白鹭们是为了欢迎我们才在中午飞还的吗，我立即想起了唐诗：

西塞山前白鹭飞，
桃花流水鳜鱼肥。

这里不是西塞山，只有流水，不见桃花，水里是否有鳜鱼，不得而知。然而白鹭确实飞了。一千多年前诗人笔下的奇景，我竟于无意中见之，不亦快哉！

九　石景宜艺术馆

全名应该是石景宜刘紫英伉俪文化艺术馆，这里写的是简称。

石景宜先生是佛山人，功成名就之后，在自己的故乡修建了这一座艺术馆，其心情是完全可以理解的。

艺术馆坐落在一座大公园中，前面是一片极大的空阔的绿地。入门处一排大石头刻着启功先生题写的馆名。往里走是一座新式的大楼。我前后来过两次，留给我的印象是，气势恢宏，宽敞，明亮。再想细致地去描绘，我就没有了词。

在这里，我忽然想到了一个问题，是我以前也偶尔想到过的，这就是汉语表达能力的问题。汉语是世界上最伟大的语言，至少是其中之一。理由是，使用汉语，能够用最少的劳动传达最多的信息，这一点我曾屡次申言。但是，当代流行的汉语语言和文字也存缺点：缺少能使用的形容词。说风景美、宫阙美、美人美、花卉美等，翻来倒去就是那几个常用的词儿。描写山高峰险的词也是缺少的。其实在中国词书中，这样的词是相当丰富的。连中国古典文学诗、词、歌、赋中，也不贫乏。不知是出于什么原因，到了今天的语言和文字中竟变得这样单调和贫乏。可为什么一般人都感觉不到呢？我无法解释。可能是因为一般人的审美情趣老化了，迟钝了，只求了解一个大概，就感到满足，不细加追究了。

今天我来到了石景宜艺术馆，看到了宏伟宽敞的楼房，很想细致地捕绘一番；但是，搜索枯肠，毫无所获。我除了像晋朝人那样高呼“奈何！奈何！”之外，也没有别的办法，我有的只是那几个老掉了牙的形容词，只有一切尽在不言中了。

进了大楼，二楼有宽大的走廊，向外一面，没有房间，可以俯瞰整个公园。对面墙上挂满了石景宜先生收藏的中国现代名家的书画，琳琅满目。馆内藏书却不多，石景宜先生捐赠的书有三四百万册之多，足以组成一个中型的图书馆，而艺术馆中收藏却颇少，所以此馆以“艺术”名，而不以“图书”名，经我鉴定的那几帙泰文字母写成的巴利藏和缅文字母写成的巴利藏，陈列在一间特辟的小房间中，可见石老对这两种巴利藏珍视的程度。艺术馆馆长梁根祥先生本人就是一个很有造诣的画家，原是佛山画院的院长。他热情招待我们，陪我们参观，最后还拿出了自己的画集送给我们，结了一段艺术因缘。最后他请我写几个字，我写了“功在祖国，泽被人民”八个大字，指的当然是石景宜先生。又算了结了一个翰墨因缘。

这样，我们在佛山的两天的参观游览活动就以参观石景宜艺术馆画上了一个非常令人满意、非常令人难忘的句号。至今遥望南天，犹追思不已。

十 尾 声

这一段尾声其实是没有必要的。没有必要又写它干吗呢？我只不过感到非写不行而已。

我们在佛山虽然住了三夜，实际上只活动了两天。除了参观我在上面写过的地方以外，还参观了祖庙和梁园，都是令人难忘的。在我这将近九十年的一生中，两天只不过如太仓之一粟，大海之一滴；然而留给我的印象和忆念却超过了两个月，甚至两年。我在上面的“楔子”中把自己比做一只风筝，现在这一只风筝早已落在燕园中，而且还跨越了一个世纪，从20世纪越到21世纪，不知道风筝尾巴上的那一条极长极长的线的另一端还捏在汉云、玲玲以及其他佛山朋友手中没有？佛山市的党政领导，市长、副市长、秘书长梁绍棠、梅彼得、李玉光、麦炎祥等同志，与我素无往来，我一介书生，“文不如司书生，武不如救火兵”，他们又绝无求于我，然而盛情宴请，精心接待，我感到异常温暖，我的佛山情结将伴我终生矣。

尾声毕，全文终。

2000年1月8日

游小三峡

愧我孤陋寡闻，虽然已届耄耋之年，而且1955年还畅游过一次三峡；但是，直到不久以前，我还只知有大三峡，小三峡则未之见也。

最近几年来，风闻“小三峡”这个名词，我也隐隐约约朦朦胧胧地认为，这只不过是在葛洲坝修建以后，长江上游水涨，因而形成了这个所谓“小三峡”而已。我并没有什么渴望想去游历一番。

然而，世界事有大出人意料者。今年九十月之交，中国的《人民日报》与日本的《朝日新闻》联合举办“展望二十一世纪的亚洲——国际讨论会”，租了一艘长江上的豪华游轮“峨眉号”，边游三峡，边开会。我应邀参加。日程表上安排有游小三峡一项。直至此时，也还没有能引起我的注意和兴趣，我只不过觉得游一游也不错而已。

游轮驶过了闻名世界的神女峰等景观，在巫山县停泊。在这里换小艇进入大宁河，所谓小三峡就在这里。我此时才如梦初醒：原来还真有一个小三峡呀！

在这里，我立即注意到了一个奇怪的现象。长江水由于上游水土流失极端严重，原来的清水已经变成了黄水，同黄河差不多了，而大宁河水则尚清澈。两股水汇流处，一清一黄，大有泾渭分明之概。我的耳目为之一新，精神为之一振了。我们在大三峡中已经航行了不短的距离。大自然瑰丽奇伟的风光，已经领略了不少。我现在虽然承认了，世上真还有一个小三峡，但是，在我下意识中又萌生了一个念头：小三峡的风光决不会超过大三峡。如果真正超过了的话，那岂不是本末倒置了吗？

然而，这一回我又错了。小艇转入小三峡以后不久，我就不断地吃惊起来。这里的水势诚然比不上长江的混茫浩瀚，没有杜甫所说的那样“不尽长江滚滚来”的气势。然而水平如镜，清澈见底。两岸耸立的青山也与大三峡有所不同。在那里，岸边的悬崖绝壁，葱茏绿树，只能远观；有时还被罩在迷蒙的云雾中，不露峥嵘。在这里却就在我们身边，有时简直就像悬在我们头顶上，仿佛伸手就可以摸到。峭壁千仞，我原以为不过是一句套话。这里的峭壁真有千仞，而且是拔地而起，笔直上升。其威势之大，简直让我目瞪口呆，胆战心寒。不由得你不叹宇宙之神奇。至于碧树，真是绿到无以复加的程度。这碧绿，仿佛凝结成液体，“滴翠”二字绝不是夸张。我坐在小艇上，好像真感觉到这碧绿滴了下来，滴到了我的头上，滴到了别人头上，滴到了小艇中，滴到了清水中，与水的碧绿混在一起，幻成了一个碧绿的宇宙。

同是碧绿，并不单调。河回路转，岸上景色一时一变，大有山阴道上应接不暇之概。导游小姐口若悬河，把两岸山上的著名景观说得活灵活现。同别的名胜一样，这些景观大都同中国的珍奇动物，同民间流行的神话传说联系起来，什么熊猫洞，什么猴子捞月，什么水帘洞，什么观音坐莲台，等等。如果她不说，你或许不会想到。但是，经她一指点，则越看越像，不得不佩服当地老百姓幻想之丰富了。

两岸山上，也有不是幻想的东西，确确实实是人工造成的东西。比如栈道。在悬崖峭壁上，我看到一排相隔一二尺的小方洞，是人工凿成的。方洞中插上木板，当年拉纤的奴隶就赤足走在上面。据说这样的栈道竟长达四百里。我们很容易想象出，这玩意儿有多么危险。还比如悬棺，也同样是凿在悬崖峭壁上的洞，这个洞当然要大得多，大得能容下一口棺材。我们今天很难想象，这棺材是怎样抬上去的。在中国的西南一带，有悬棺的地方颇为不少。这可能是当地民族的一种特殊的风习。

正当大家聆听导游小姐生动的讲解，欣赏两岸高山的名胜古迹时，忽然有人大喊了一声：“猴子！猴子！”全艇的人立刻活跃起来。我虽然老眼昏花，此时也仿佛得到了神力，似乎能明察秋毫了。我抬头向右岸的山崖上绿树丛中望过去，果然看到几只猴子，在树枝上跳来跳去。灰黄色的皮毛衬上了树的碧绿，仿佛凸出来似的，异常清晰明显。

艇上的中日人士都熟悉唐代大诗人李白的那一首著名的诗：

朝辞白帝彩云间，
千里江陵一日还。
两岸猿声啼不住，
轻舟已过万重山。

这是多么美妙无比的情景啊！可惜的是，三峡的猿声早已消逝，很久以来就没有能听到了。我曾担心，我们的子子孙孙永远再也没有可能欣赏李白诗中的意境了。然而，眼前，就在这小三峡中，猴子居然又露了面，为小三峡增加美妙，为人类增添欢乐，我们艇上这一群人的兴奋和喜悦，还能用言语来表达吗？

全艇的人兴会淋漓，谈笑风生。本来已经够美妙绝伦的山水，仿佛更增添了几分妩媚，山仿佛更清，水仿佛更秀，连小艇也仿佛更轻，飞速地驶在绿琉璃似的水面上，撞碎了天空中白云的倒影，撞碎了青峦翠峰的倒影。我们此时真仿佛离开了人间，飘飘然驶入仙境了。

由于时间关系，我们无法走到小三峡的尽头，也就是大宁河能通航的一百二十公里。走了大约一半的路程，我们的小艇就转回头来，走上归程。

沿岸的风光我们已经看过一遍，用不着再讲解、翻译。活泼的导游小姐也坐下来休息了。又因为此时已是顺水行舟，艇速极快。艇上的人也多半坐在那里，自由交谈，甚至有人在闭目养神。一切都比较清静，没有来时那样的兴奋和激动了。

然而日本学者突然又兴奋活跃起来。他们站起身来，又是招手，又是欢笑。原来他们在一艘逆水而上的游艇上看到了日本前首相中曾根康弘，他也来游小三峡了。这真是一次意想不到的事情。两艘游艇，一只上水，一只下水，擦肩而过，只在一瞬间。可艇中的宁静的气氛再也保持不下去了。中日双方的学者们，还有专程陪我们游览的县委书记和随从们，精神又都抖擞起来，小艇又载满了欢声笑语了。

我在这里顺便插上几句话。回到北京以后，我在《人民日报》上读到了林林同志翻译的中曾根康弘的俳句《小三峡舟行》：

一泓秋水分山脉，
波光何碧绿。
伴赤壁凝立，
望澄澈之秋空。

可见此时不是政治家而是诗人的中曾根康弘先生是多么陶醉于中国的山水中而诗兴淋漓了。

回头再说我们小艇中的情景。大家看到了日本的首相来游中国的小三峡，可见小三峡吸引力之大。大家把话题一转，自然而然就转到了中日山水的比较上。日本全国山清水秀，几乎可以说，全国就是一个大花园。日本人爱美之心和洁癖，扬名世界。每一个家庭，门前总有一个小花园。哪怕只有一丈见方，也必然栽上一棵松树，种上一些花草，看上去美妙无比，真令人赏心悦目。天然景色也并不缺少，像富士山、箱根等著名的风景胜地，更真正能拴住游者的心。但是，日本毕竟是一个岛国，地方是有限的，像中国的大、小三峡，在日本是无法想象的。即使造物主想对日本垂青，他也无法把大、小三峡安放在日本列岛上。这是再明显不过的事实。

大家七嘴八舌，畅谈不休。日本朋友看上去也非常兴奋，兴致很高。他们心里怎么想，我当然不得而知。然而在这气象恢宏、鬼斧神工般的小三峡中，大自然景观的威力压在每一个人头上，令人目眩神移，谁也无法否认摆在眼前的这个事实了。

对我个人来讲，过去不知道有多少次了，我目击祖国的名山大川，常常感慨万端。过去我朦朦胧胧不甚了了的小三峡，现在又摆在我的眼前，我说不出话来。自然的伟大和威力，我这一支拙笔是描绘不出来的。我虔心默祝，感谢大自然独垂青于我中华，独钟爱我们的赤县神州。我感到骄傲，感到光荣，觉得我们这一片土地真是非常可爱的。这种感觉或者感情，将永远保留在我内心深处。

1992年11月24日

图书在版编目（CIP）数据

我的黛蓝时代 / 季羡林著. —杭州 ：浙江人民出版社，2016.7(2017.2 重印)

（季羡林 ：国学大师斑斓人生书系）

ISBN 978-7-213-07488-2

Ⅰ. ①我… Ⅱ. ①季… Ⅲ. ①散文集-中国-当代 Ⅳ. ①I267

中国版本图书馆 CIP 数据核字(2016)第 150663 号

我的黛蓝时代

季羡林　著

出版发行：浙江人民出版社(杭州市体育场路 347 号　邮编　310006)

市场部电话：(0571)85061682　85176516

集团网址：浙江出版联合集团　http://www.zjcb.com

责任编辑：潘玉凤

责任校对：朱　妍

选题策划：王佩芬

特约编辑：陈锦红

封面设计：观止堂_未氓

电脑制版：杭州大漠照排印刷有限公司

印　　刷：浙江新华印刷技术有限公司

开　　本：670 毫米×980 毫米　1/16　　印　　张：22.75

字　　数：310 千字　　插　　页：2

版　　次：2016 年 7 月第 1 版　　印　　次：2017 年 2 月第 2 次印刷

书　　号：ISBN 978-7-213-07488-2

定　　价：38.80 元